机器岛

L'Île à hélice

[法]儒勒·凡尔纳·著
许崇山 钟燕萍·译

人民文学出版社

Jules Verne
L'Île à hélice
Simplified Chinese translation copyright
©People's Literature Publishing House 2024
All rights reserved

图书在版编目（CIP）数据

机器岛 ／（法）儒勒·凡尔纳著；许崇山，钟燕萍译． —— 北京：人民文学出版社，2024
ISBN 978-7-02-018394-4

Ⅰ．①机… Ⅱ．①儒… ②许… ③钟… Ⅲ．①幻想小说—法国—近代 Ⅳ．① I565.44

中国国家版本馆 CIP 数据核字（2023）第 236697 号

责任编辑　黄凌霞
装帧设计　黄云香
责任印制　任　祎

出版发行　人民文学出版社
社　　址　北京市朝内大街166号
邮政编码　100705

印　　刷　河北新华第一印刷有限责任公司
经　　销　全国新华书店等

字　　数　316千字
开　　本　880毫米×1230毫米　1/32
印　　张　18　插页3
印　　数　1—6000
版　　次　2024年1月北京第1版
印　　次　2024年1月第1次印刷

书　　号　978-7-02-018394-4
定　　价　68.00元

如有印装质量问题，请与本社图书销售中心调换。电话：010-65233595

目 录

上 部

第 一 章	四重奏乐队	003
第 二 章	不和谐奏鸣曲的威力	021
第 三 章	饶舌的导游	045
第 四 章	四重奏乐队陷入窘境	062
第 五 章	模范岛与亿兆城	082
第 六 章	客人……俯首就范	101
第 七 章	向西航行	124
第 八 章	远 航	145
第 九 章	桑威奇群岛	163
第 十 章	跨越赤道	183
第十一章	马克萨斯群岛	205
第十二章	帕摩图群岛三星期	229
第十三章	停泊在塔希提	250
第十四章	盛宴连席	271

下 部

第 一 章	在库克群岛	297
第 二 章	拜访一座又一座岛屿	318
第 三 章	御前音乐会	340
第 四 章	英国人的最后通牒	360
第 五 章	汤加-塔布的"塔布"	379
第 六 章	猛兽麇集	400
第 七 章	围猎	417
第 八 章	斐济群岛和斐济人	428
第 九 章	差点儿宣战	448
第 十 章	模范岛易主	471
第十一章	进攻与防守	493
第十二章	右舷与左舷的决裂	513
第十三章	潘希纳描述的场面	534
第十四章	结局	556

译后记 571

上　部

第一章　四重奏乐队

倘若一次旅行不能善始，那么，它也就很难善终。至少，眼前这四位器乐演奏家对此深有体会，此刻，他们的乐器散落一地。实际上，他们乘坐的那辆双门轿车刚刚冲上道路斜坡，却突然倾覆，而且，他们才在最近的火车站搭乘上这辆车。

第一位演奏家一骨碌爬起身来，问道："没人受伤吧？……"

"我没事儿，仅仅有点儿划伤！"第二位回答道，顺手摸了摸被碎玻璃划破的脸颊。

第三位的腿肚子流出几滴血，他回话道："我嘛，受了点儿擦伤。"

总而言之，情况不算太严重。

"我的大提琴呢？……"第四位高声叫道，"但愿我的大提琴安然无恙！"

幸亏，几件乐器盒完好无损。无论是大提琴，还是两把小提琴，以及那把中提琴，都没有摔坏，倘若有必要，最多只需调一调音。几件乐器不愧都是名牌货，谁说不是呢？

"可恶的铁路，把咱们扔在半道，上不着天下不着地！……"

他们的乐器散落一地。

第一位接着说道。

"可恶的轿车,把咱们翻到荒野,前不着村后不着店!……"另一位抱怨道。

"而且恰在此时,夜幕即将降临!……"第三位补充道。

"十分幸运,我们的音乐会安排在后天!"第四位提醒道。

接下来,面对这场灾难,几位艺术家豁达乐观,你一言我一语地开起了玩笑。按照老习惯,其中一位艺术家借助音乐术语,说起了俏皮话:

"此刻,请看,我们的轿车仰卧而眠①!"

"潘希纳!"他的一位同伴叫道。

"不过,在我看来,"潘希纳继续说道,"那是因为我们的谱号②里加入了太多的变音记号③!"

"你能否闭上嘴?……"

"看来,我们只好把这几段乐曲④,转移到另一辆轿车去!"潘希纳壮着胆子补充道。

确实!他们遇到的麻烦有点儿多。事实上,读者很快就能见识到。

他们上述对话使用的是法语,不过,他们本来也可以讲英

---

① 此处为双关语,上述法语单词的最后一个音节,与七声音阶的第一音阶相同。
② 此处为双关语,谱号在音乐中指写在五线谱最左端,用以确定谱表中各线间的具体音高位置的符号。
③ 此处为双关语,法语的"变音记号"与"事故"是同一个词。意指这趟旅行事故频发。
④ 此处为双关语,法语的"乐曲"与"零碎物品"是同一个词。

语,因为,这四位演奏家都会使用沃尔特·司各特①和库柏②的语言,熟练程度不亚于自己的母语,因为,他们曾经在盎格鲁-撒克逊国度③漂泊旅行过许多次。于是,他们开始用英语询问轿车的车夫。

这条汉子的伤势最重,因为,在轿车前桥撞毁的那一刻,他从座位上被抛了出去。不过,身体仅遭受几处挫伤,不算太严重,只是疼痛难耐。然而,由于韧带扭伤,车夫已经无法行走。有鉴于此,必须想办法,把他送到前面的村子。

说真的,在这场事故中,没人送命,实在是个奇迹。这条道路穿越山区,掠过深沟险壑,途经多处湍急溪流,溪流切断路面,涉水前行异常艰难。倘若刚才,轿车前桥在溪流下游几步远的地方断裂,毫无疑问,车子就将在岩石上翻滚,坠入深渊,也许,在这场灾祸中,将无人幸免于难。

无论如何,这辆轿车已无法使用。驾辕的两匹马,其中一匹的脑袋撞上尖锐岩石,正躺在地上喘粗气。另一匹胯骨受伤,伤势还挺严重。也就是说,他们现在既无马套车,也无车可乘。

总体看来,这四位艺术家在下加利福尼亚④的地界儿,简直就是厄运缠身。他们在24个小时之内,接连遭遇两场事故……唉,当真令人无法容忍……

---

① 沃尔特·司各特(1771—1832),英国历史小说家和诗人。
② 詹姆斯·费尼莫·库柏(1789—1851),美国作家、小说家。
③ 盎格鲁-撒克逊人使用英语,多数英国人和美国人属其后裔。此处泛指英语国家。
④ 此处特指加利福尼亚州的南部地区。

那个时代，旧金山①还是加利福尼亚州的首府，它与圣迭戈②之间有直通铁路，后者几乎紧挨着这个历史悠久州的边界。就是在这座大城市，两天之后，四位艺术家将要举办一场音乐会，这场盛会早已广为宣传，热烈期待。四位旅行者正在奔往这座城市。他们在头一天离开旧金山，然而，就在火车距离圣迭戈仅剩大约50英里远的地方，一段不合节拍的插曲③出现了。

是的，即使这群人里最乐观的那位，也忍不住说一声："乱弹琴④！"对于这位视唱练习⑤获奖者的感言，我们只好姑妄听之。

由于河水突然暴涨，冲毁了一段三至四英里的铁路，火车被迫滞留在帕斯卡尔车站。出事地点前方两英里远的地方才有铁路，但是，由于事故发生在几个小时之前，转运工作尚未安排，因此，他们无法乘火车赶路。

他们面临选择：或者，等待铁路恢复通车；或者，到最近的小镇上，找一辆随便什么车，直奔圣迭戈。

四位演奏家选择了后一个方案。在邻近村庄里，他们发现一辆老旧不堪，被虫蛀得千疮百孔，一点儿也谈不上舒适的双

---

① 旧金山又译"三藩市"，是美国加利福尼亚州太平洋沿岸的港口城市，曾经是该州首府。
② 圣迭戈是美国加利福尼亚州的一个太平洋沿岸城市，位于美国本土的西南角。
③ 此处为双关语，法语的"不合节拍的插曲"与"意外事故"为同一个词。
④ 此处为双关语，法语的"休止符的切分音"与"乱弹琴"为同一个词组。
⑤ 视唱是音乐的基础学科之一，视唱练习是音乐专业的一门重要基础课。

篷四轮马车。他们向出租车主付了高价，说服车夫，许以优厚小费，终于在将近下午两点钟的时候，撂下行李，随身携带乐器，乘车出发了。直到晚上7点钟，旅途顺利，没有遇到太多困难，大家也没觉得太累。然而，就在此时，第二段不合节拍的插曲出现：轿车翻了，而且，更麻烦的是，这辆所谓的轿车已然不堪乘用，无法继续赶路。

可是，四位演奏家距离圣迭戈，还有足足二十来英里！

说起来，这四位法兰西音乐家，更确切地说，四位地道的巴黎音乐家，他们为什么要在下加利福尼亚这片陌生的旷野里，冒险奔波呢？

为什么呢？……下面，让我们略做说明，顺便描绘一下四位演奏家的形象。在这个奇异的故事里，出现了许多人物，在偶然因素的神奇作用下，四位演奏家将要扮演各自的角色。

就在这一年——我们无法确定大约是在哪一年——美利坚合众国已经把联邦旗帜上的星星数量翻了一番①。它的势力已经扩展到加拿大自治领②，直抵北冰洋海滨，并且延伸到墨西哥、危地马拉、洪都拉斯、尼加拉瓜和哥斯达黎加等地，直达巴拿马运河，美国的工业和商业实力蓬勃发展，如日中天。与此同时，在这帮侵略性十足的美国佬心中，迸发出对艺术的情感追求。如果说，此时，他们在美学领域的成就还十分有限，国民在绘画、

---

① 美国的国旗上，每一颗星代表一个州，美国领土每增加一个州，国旗上就增加一颗星。
② 自治领是英国殖民地制度的一个特殊国家体制。今天的加拿大，当初曾是英国的自治领之一。

雕塑,以及音乐领域的民智尚未开窍,但至少,他们已经普遍开始喜欢优秀作品。于是,美国佬不惜重金,购买古典和现代大师的作品,充实私人与公共画廊;不惜高价聘请成名的戏剧艺术家,以及技艺高超的器乐演奏家,让匮乏已久的美好高尚情感,浸淫他们的精神世界。

说到音乐领域,最受新大陆音乐爱好者欣赏的,首先是十九世纪后半叶著名作曲家的作品,包括梅耶贝尔①、阿莱维②、古诺③、柏辽兹④、瓦格纳⑤、威尔第⑥、马塞⑦、圣-桑⑧、雷耶⑨、马斯奈⑩,以及德利布⑪。再往后,逐渐地,他们开始听懂更为深刻的作品,包括莫扎特⑫、海顿⑬,以及贝多芬⑭的作品,他们对这门高雅艺术追根溯源,一直到它才华横溢的十八世纪。他们听

---

① 贾科莫·梅耶贝尔(1791—1864),德国作曲家、指挥家,也是19世纪法国式大歌剧的主要代表人物。
② 雅克·阿莱维(1799—1862),法国作曲家,代表作为歌剧《犹太女》。
③ 查理·弗朗索瓦·古诺(1818—1893),法国作曲家,代表作为歌剧《浮士德》。
④ 艾克托尔·路易·柏辽兹(1803—1869),法国作曲家,是法国浪漫乐派的主要代表人物。
⑤ 理查德·瓦格纳(1813—1883年),浪漫主义时期德国作曲家、指挥家。
⑥ 居塞比·威尔第(1813—1901),意大利伟大的歌剧作曲家。
⑦ 吕多维克·马塞(1822—1884),法国作曲家。
⑧ 夏尔·卡米尔·圣-桑(1835—1921),法国钢琴、管风琴演奏家,作曲家。
⑨ 欧内斯特·雷耶(1823—1909),法国作曲家。
⑩ 儒勒·马斯奈(1842—1912),法国作曲家,代表作品为歌剧《泰伊思》。
⑪ 莱奥·德利布(1836—1891),法国歌剧、芭蕾舞剧作曲家,同时也是一位管风琴家。
⑫ 沃尔夫冈·阿玛多伊斯·莫扎特(1756—1791),奥地利古典主义作曲家。
⑬ 弗朗茨·约瑟夫·海顿(1732—1809),奥地利古典主义时期作曲家。
⑭ 路德维希·凡·贝多芬(1770—1827),欧洲古典主义时期作曲家。

完了歌舞剧，又去听抒情歌剧，听完了抒情歌剧，再去听交响乐、奏鸣曲，然后是管弦乐组曲。凑巧，就在我们故事发生的时候，一股对于奏鸣曲的狂热正席卷联邦各州，人们心甘情愿地大把掏钱买票，一张二分音符音乐会的门票20美元，四分音符的门票10美元，八分音符的门票也要5美元①。

　　四位器乐大师听说了这股迷恋热潮，于是，打定主意，来到美利坚合众国，希望弄一个名利双收。这四位好伙伴，昔日都曾求学于音乐戏剧学院，他们在巴黎颇有名气，特别擅长演奏所谓的"室内乐②"，其音乐会备受欢迎，不过，它在北美洲尚未普及。四人当中有第一小提琴，第二小提琴，中提琴，以及大提琴，他们饱含深沉情感，演绎莫扎特、贝多芬、门德尔松③、海顿，以及肖邦④的弦乐四重奏作品，合奏无懈可击，美妙绝伦，世所罕见！他们并未自吹自擂，确实如此。他们也没有大肆宣扬，然而，他们的演奏完美无瑕，技艺娴熟，无与伦比！他们的四重奏之所以大获成功，还有一个重要原因，即，当时，人们已经开始听腻了气势非凡的协奏交响乐，人们觉得，

---

① 音符时值在乐谱中用来表达各音符之间的相对持续时间。二分音符的时值是全音符的二分之一，四分音符是四分之一，八分音符是八分之一。此处指一场音乐会的时长，具有讽刺意味。

② 室内乐是一种音乐表演形式，指在较小场所，由几件乐器演奏的小型器乐曲，主要指重奏曲和小型器乐合奏曲。

③ 雅科布·路德维希·费利克斯·门德尔松·巴托尔迪（1809—1847），德国作曲家，浪漫乐派最具代表性的人物之一。

④ 弗里德里克·弗朗索瓦·肖邦（1810—1849），波兰作曲家、钢琴家。历史上最具影响力和最受欢迎的钢琴作曲家之一。

这种音乐，无非就是用一堆声波，通过艺术的组合，制造出令人震撼的效果，仅此而已。尤其是，完全没必要怂恿这堆声波，制造出震耳欲聋、疾风暴雨般的效果。

总之，我们的四位器乐演奏家下定决心，要教美国人学会欣赏轻柔美妙的室内乐。他们乘船来到了新世界①，在过去的两年里，美国音乐迷给予他们的不仅有热情喝彩，还有美元。无论是他们的早场音乐会，还是晚场音乐会，总受到热烈追捧。四重奏乐队——美国佬这么称呼他们——对来自各方的邀请，特别是有钱人的邀请应接不暇。无论各种各样的节庆集会，甚至花园派对，都不能缺了这支乐队，哪怕需要提醒在座各位不要走神。在这股迷恋热潮中，四重奏乐队收获了大笔美钞，倘若这笔钱积存在纽约银行的保险柜里，也算得上一笔可观财富了。然而，它却成了空中楼阁。为啥？因为，我们的巴黎音乐家在美国被本土化了，变成拉弓弦的王子，操弄四弦琴的国王，他们压根儿就没想着攒钱，而且出手阔绰！他们喜欢上了这种四处游荡的生活，确信自己到哪儿都会受到热情款待，重金犒劳。他们从纽约跑到旧金山，从魁北克②跑到新奥尔良③，从新斯科舍④跑到得克萨斯⑤，总之，从某种程度上说，他们放荡不

---

① 新世界，亦称新大陆，泛指美洲，此处特指北美洲。
② 魁北克位于加拿大东南部，是该国面积最大的省。
③ 新奥尔良是美国路易斯安那州南部的一座海港城市。
④ 新斯科舍是加拿大东南部的一个省，亦称新苏格兰。
⑤ 得克萨斯是美国南方最大的州。

羁——简直活像年轻的波希米亚人①,那块地方曾经属于古老的法兰克②,是它最可爱的省份,历史悠久,美丽动人,令人神往!

扯得太远了,或者,现在,我们应该挨个儿、指名道姓地,把他们介绍给读者,因为,有些读者可能从来没有,甚至永远都不会有幸聆听他们的表演。

伊弗内斯——第一小提琴手——32岁,中等偏上身材,刻意保养得精干纤瘦,金发微卷,素面无髯,黑色大眼,双手纤细,手指伸展开来,足够灵动按捺那把"瓜尔内里乌斯③"的指板④。此公神态优雅,经常披一件深色大衣,喜欢戴一顶丝质高帽,也许,他有点儿装腔作势,但确切地说,却是这伙人里最无忧无虑的主儿,在涉及利益的问题上,也最不上心,是位地地道道的艺术家,热爱欣赏美好事物,演奏才华横溢,前途不可限量。

弗拉斯科林——第二小提琴手——30岁,个头矮小,身材趋于发福,他正为此烦恼不已,此公生就栗色头发和胡须,脑袋硕壮,黑眸闪烁,隆准顾长,架着一副须臾不能离开的金丝近视眼镜,扇动的鼻翼被压出红色印痕;这是一位好小伙,殷勤亲切,热心助人,乐于帮助同伴减轻负担,负责乐队的财会

---

① 此处为双关语,法语"放荡不羁"与"波西米亚人"为同一个词根。
② 法兰克王国是法兰克人于中世纪在西欧建立的封建王国。波希米亚在今捷克境内,曾隶属法兰克王国。
③ 瓜尔内里乌斯是意大利著名制琴家族。此处特指伊弗内斯使用的那把小提琴。
④ 连接琴头与琴箱的长板,因弹奏时手指在其上游走而得名。

业务，力行勤俭节约，可惜收效甚微，对于同伴伊弗内斯取得的成就，他毫无妒意，自己也从未奢望表演小提琴独奏，尽管他其实是一位出色的音乐家，——此刻，他身穿旅行服，外面套着一件宽大的风衣。

潘希纳——中提琴手——大家平时称呼他为"殿下"，27岁，在乐队里年龄最小，也最调皮，天性如此，属于那种永远长不大的人；他生就聪明的脑瓜，双目永远机灵有神，红棕色头发浓密蓬松，髭须尖尖，牙齿雪白，快言快语，酷爱说笑话，最喜欢双关语，嗜好成癖，简直不可救药。他言辞犀利，攻守兼备，精力异常充沛。在演奏时，但凡看到第一音阶①的谱号——他总要称之为"活像一串调味瓶"——他就是这么个乐天脾气，永远也改不了，总喜欢没完没了地开玩笑，全然不顾伙伴们对此的厌恶反感，为了这个，他时常受到四重奏乐队头儿的教训、责备，甚至"斥责"。

是的，乐队里确实有一位头儿，他就是大提琴手塞巴斯蒂安·佐恩，他之所以当上头儿，不仅因为才华横溢，还由于最为年长——55岁，身材矮小，专心敬业，金发依然浓密，紧贴鬓角，髭须浓密，与杂乱下垂的胡须融为一体，脸色殷红，透过眼镜的镜片，双眸炯炯有神，不过，在辨读乐谱的时候，他还得再摞上一副夹鼻眼镜。他的双手胖乎乎，右手习惯于舞弄琴弓，做波浪形运动，在无名指和小手指上，戴着粗大的戒指。

---

① 第一音阶，在简谱里为"1"，音名为"C"，唱名为"do"。此处为戏谑语。

我们认为，这样的铅笔素描，足够描绘一个男人，或者一位艺术家的形象。然而，倘若在大约四十年的时间里，一个人在膝盖上始终放着一只会响的木头匣子①，那么，这样的素描就力有不逮了。有过这番经历的人必然终生受累，性格也难免遭受波及。多数大提琴家都很健谈，而且情感易怒，他们言辞傲慢，语气潇洒，不过，绝非浅薄之徒。塞巴斯蒂安·佐恩就是这样的人，无论伊弗内斯、弗拉斯科林，还是潘希纳，全都心甘情愿地追随他，由他决定巡演的路线，对他言听计从。因为，他精于此道。大家已经习惯了他的蛮横专断，即使有时候，他的言行"乱了节拍②"，大家也不过一笑置之，——正如那个目无尊长的潘希纳所说：即使一位演奏家③，也有马失前蹄的时候。无论音乐会曲目的制定，还是旅行的日程，乃至与经纪人的联系，这些繁杂的事务统统归他处理，同时，也让他咄咄逼人的性格表现得淋漓尽致。唯独有一件事儿，他从不介入，那就是收入问题。这笔公共基金的使用，由精明细致、谨小慎微的弗拉斯科林负责，这位第二小提琴手，同时担任首席会计。

现在，四重奏乐队成员介绍完毕，就好像它已站上演出台。我们已经认识了它的几位成员的形象，尽管还不够完整，但至少已十分清晰。读者会看到，在这个奇异故事里，发生的意外情节将如何展开：读者将看到，这四位巴黎佬如何摆脱困境，在

---

① 此处指大提琴的音箱。
② 此处为双关语，法语"乱了节拍"与"没把握分寸"为同一个词组。
③ 此处为双关语，法语"演奏家"与"执行者"为同一个词。

游历过美利坚各个联邦州，备受追捧之后，他们即将被送往哪里……还是不要提前透露剧情，殿下已经在喊了："别跳过乐章①"，让我们耐下心来，拭目以待。

就这样，在晚上，大约八点钟的时候，四位巴黎佬被困在下加利福尼亚的荒野路上，守在那辆《倾覆轿车》的残骸旁——正如潘希纳所说，这情形，与布瓦尔迪厄②的一首曲目恰好相映成趣。如果说，弗拉斯科林、伊弗内斯，还有潘希纳，面对这次历险听天由命，甚至有感而发，拿音乐术语打趣玩笑，那么，必须承认，对于四重奏乐队的头儿来说，面对这事儿却颇感恼火，几近发怒。有什么办法？这位大提琴家天生肝火旺盛，就像俗话所说：热血满腔。难怪伊弗内斯觉得，这哥们儿简直就是埃阿斯③与阿喀琉斯④的化身，那两位可是上古时代出了名的暴脾气。

千万别忘了，我们提醒过，如果说塞巴斯蒂安·佐恩脾气暴躁，伊弗内斯头脑冷静，弗拉斯科林性情安详，潘希纳开朗乐观——他们却志同道合，友情深厚，亲如兄弟。他们彼此心心相印，任何利益纷争，或者个人情感，都无法干扰他们的友情，这友情源自共同的兴趣爱好。犹如这几件做工精良的乐器，他们的心灵永远融洽和谐。

---

① 此处为双关语，法语"乐章"与"故事情节"为同一个词。
② 弗朗索瓦-阿德里安·布瓦尔迪厄（1775—1834），法国作曲家，一生共写有四十多部歌剧。
③ 埃阿斯是特洛伊战争中希腊联军的英雄。
④ 阿喀琉斯是希腊神话中的英雄，海洋女神忒提斯和凡人英雄珀琉斯之子。

塞巴斯蒂安·佐恩还在一边诅咒,一边抚摸自己那把大提琴的盒子,期盼它完好无损,此时,弗拉斯科林走到车夫身旁:

"喂,朋友,"他问道,"请问,我们往下该怎么办?"

"我们能做的,"那个男人回答道,"……只有等待……既然我们没有了马匹,也没了车子。"

"我们就听天由命!"潘希纳叫道,"假如老天不帮忙呢……"

"我们得想办法。"弗拉斯科林提醒道,他向来头脑清晰,思路务实。

"去哪儿想办法?……"塞巴斯蒂安·佐恩咆哮着,烦躁地在路上来回溜达。

"哪儿有办法,就去那儿找!"车夫反驳道。

"嗯!您倒是说说看,好个赶车的。"大提琴手的嗓音逐渐升高,直奔高音区①,他接着说道,"这就算是答案了,对吗!怎么着……就因为他的笨手笨脚,把我们都弄翻在地,车子撞坏了,牲口也弄残了,结果,他就给了一句:'你们自己想办法摆脱困境!……'"

塞巴斯蒂安·佐恩由着自己的性子,唠唠叨叨,说出一大堆毫无意义的抱怨,此时,弗拉斯科林打断他的唠叨,插了这么一句:

"老伙计佐恩,请让我来解决。"

---

① 此处为双关语,法语"高音区"与"提高嗓门"是一个词组。

"去哪儿想办法?……"塞巴斯蒂安·佐恩咆哮着。

然后，他转身面向车夫，说道：

"我们身在何处，朋友？……"

"距离弗雷沙尔还有5英里。"

"那是个火车站？……"

"不是……是一座海边的村子。"

"那么，能在那里找到一辆车吗？……"

"一辆车……不可能……也许能找到运货的车……"

"一辆运货的牛车，我们好像回到墨洛温王朝①的时代！"潘希纳叫道。

"那倒也无所谓！"弗拉斯科林说道。

"喂！"塞巴斯蒂安·佐恩接着说道，"倒不如问问他，在这个偏僻的弗雷沙尔，能不能找到小旅馆，……我实在不想赶夜路了……"

"朋友，"弗拉斯科林询问道，"在弗雷沙尔，能不能找到随便一家什么旅馆？……"

"有……是我们更换驿马的小客栈。"

"那么，沿着这条大路往前走，是不是就能找到这个村子？……"

"一直往前走，可以。"

"我们动身吧！"大提琴手叫嚷到。

"可是，这条汉子呢，就这么把他遗弃在那儿，是不是太残

---

① 墨洛温王朝是法兰克王国的第一个王朝，存在于公元481年至751年。

忍了……"潘希纳苦恼地提醒道,"您瞧,朋友,您能不能……在我们的帮助下……"

"不可能!"车夫回答道,"另外,我宁愿留在这里……跟我的轿车一起……等到天亮以后,总有办法脱困……"

"一旦到达弗雷沙尔,"弗拉斯科林接着说道,"我们可以找人过来搭救您……"

"好的……客栈老板和我很熟,他不会看着我落难不管……"

"我们动身吧?……"大提琴手一边高声喊着,一边把他的乐器盒子扶了起来。

"稍等片刻,"潘希纳回嘴道,"动身之前,过来搭把手,把我们这位车夫扶躺到斜坡上……"

确实,应该把他拖到路面旁边,由于车夫的双腿伤势严重,行动不便,潘希纳和弗拉斯科林把他抬起来,送到路边,让他背靠着一棵大树的树根,低垂的树枝,俨然构成绿色的篷帐。

"我们动身吧?……"塞巴斯蒂安·佐恩再一次咆哮着,一边说,一边用两根专用皮带,把乐器盒扛到背上。

"这就可以了,"弗拉斯科林说着,然后,他转身对车夫说道,"那么,就这样说好了……弗雷沙尔的客栈老板会派人来救你……在此之前,朋友,您不再需要什么了,对不对?……"

"是的……"车夫回答道,"如果你们的水壶里,还剩点儿杜松子酒,请给我喝上一大口。"

潘希纳的酒壶还是满的,于是,殿下心甘情愿,慷慨解囊。

019

"留着它吧，好伙计，"他说道，"这一晚上，您都不会觉得冷了……我是说，您心里不会凉了！"

大提琴手最后的一声吆喝，终于让同伴们动身上路。幸好，当初，他们没有把行李装上轿车，而是留在了火车车厢里。虽然他们推迟了抵达圣迭戈，但至少，这几位音乐家不必费力拖着行李奔往弗雷沙尔村。这几件提琴盒子，就让他们够呛了，更别提那件大提琴箱子。的确，对于一位名副其实的器乐演奏家来说，他永远不会与自己的乐器分开，——就好像士兵离不开武器，或者，蜗牛离不开甲壳。

第二章　不和谐奏鸣曲的威力

眼下，四重奏乐队的处境不妙：黑灯瞎火，道路不熟，徒步跋涉，四周几乎荒无人烟，在这种地方，出没的歹徒恐怕比旅行者还要多。这一切，让人难免心惊胆战。当然了，法国佬向来胆儿大，这几位也毫不逊色。然而，英勇无畏并不等于鲁莽轻率，两者泾渭分明，心智健全的人都明白这一点。总而言之，如果不是由于铁路被洪水淹没，如果轿车没有在距离弗雷沙尔5英里的地方倾覆，我们这几位演奏家绝不至于冒险，摸黑走上这条危机四伏的道路。无论如何，但愿他们一路平安，别再遇上烦心事。

此时，大约晚上八点钟，塞巴斯蒂安·佐恩与同伴们按照车夫的指点，朝着海滨的方向走去。对三位提琴家来说，他们随身携带的提琴皮盒子不算笨重，因此没有理由怨天尤人。无论是庄重睿智的弗拉斯科林，还是天性乐观的潘希纳，抑或是善于幻想的伊弗内斯，全都毫无怨言。然而，大提琴手背着他的大提琴盒子，——简直就像背了个衣橱！依着他那个脾气，免不了怒气冲天，这也情有可原。于是，他满腹牢骚，唉声叹气，嘴里不停嘟哝:"哼呀! 哈呀! 哎哟!"当真是怨声载道。

夜色已十分浓重。稠密的云朵掠过天空,偶尔露出狭窄的缝隙,云缝里露出诡异的月亮,刚好显现月初的四分之一月面①。月色为何如此诡异,谁也不知道,也许,是因为看到塞巴斯蒂安·佐恩乱发脾气,金色头发的菲贝②不乐意讨好他。大提琴手不禁挥舞拳头,冲着月亮叫道:

"喂,瞧你那蠢样,在那儿干吗呢! ……瞧它那样,活像一瓣没长熟的西瓜片,不! 我从来没见过这么愚蠢的玩意儿,在天上瞎溜达!"

"我倒是希望月亮正脸照着咱们。"弗拉斯科林说道。

"为什么呢?……"潘希纳问道。

"这样,我们就能看得清楚一点儿。"

"噢,贞洁的狄安娜③,"伊弗内斯吟诵道,"噢,奔波在宁静的夜晚,噢,面色苍白的地球卫星,噢,令人艳羡的恩底弥翁④……"

正当第一小提琴手准备用第一弦的高把位⑤演奏时,大提琴手叫喊道:"你吟诵完了没有?"

"大家加快脚步,"弗拉斯科林说道,"不然,我们就得在星

---

① 根据月相规律,此刻为新月(初一)至上玄月(初七初八)的中间,即初三或初四。
② 菲贝是古希腊神话中的狩猎女神阿耳忒弥斯的别名,曾被比喻为月亮。
③ 狄安娜是古罗马神话中的月亮与橡树女神。
④ 恩底弥翁是希腊神话中的美男子,牧羊人,为月亮女神塞勒涅所钟爱。
⑤ 小提琴共有四根弦。从右至左依次为一弦,二弦,三弦,四弦。小提琴共有15个把位,靠近琴头的把位为低把,靠近琴马的为高把。此处比喻伊弗内斯吟诵的投入程度。

"噢,贞洁的狄安娜。"伊弗内斯吟诵道。

光下露营……"

"那也得有星星啊……哎,别耽误了我们的圣迭戈音乐会!"潘希纳提醒道。

"提醒得对,言之有理!"塞巴斯蒂安·佐恩一边大声说道,一边晃了晃背上的琴盒,它随即发出哀怨的悲鸣。

"不过,老兄,我的这个想法,"潘希纳说道,"还是拜你所赐。"

"拜我所赐?……"

"毫无疑问!当初,我们为什么不留在旧金山,那里有成群的加利福尼亚音乐迷,足够我们去取悦!"

"我再说一遍,"大提琴手问道,"当初,我们为什么要动身?……"

"因为,那是你的决策。"

"就算是,我承认,那个临时决定很糟糕,但是,如果……"

"哎!……我的朋友们!"此时,伊弗内斯说了一句,一边用手指了指天空中的某一处,那儿,一缕微弱的月光给云朵镶上了白色的花边。

"看到什么了,伊弗内斯?"

"你们看,那朵云彩像不像一条龙,正在扇动翅膀[1],展开孔雀般的尾巴,眨着上百只眼睛,活像阿耳戈斯[2]!"

---

[1] 欧美传说中的龙,其形象带有翅膀,口中喷火,性情凶恶。

[2] 阿耳戈斯是古希腊神话中的百眼巨人,他死后,天后赫拉取下他的眼睛,撒在自己的孔雀尾巴上作为装饰。

很可能，塞巴斯蒂安·佐恩并没有百眼巨人那么好的视力，根本瞧不清那位看守伊纳库斯女儿的怪物①，因为，他连眼前那条深邃的车辙都没看清，笨拙地一脚踩了进去，随即，他肚皮朝下趴倒在地，连带着后背上的琴盒，那样子，活像一只巨大的鞘翅目昆虫②，正在地上爬行。

于是，这位器乐演奏家雷霆震怒——这的确情有可原——瞧着那个还在欣赏天上怪物的第一小提琴手，塞巴斯蒂安·佐恩严厉斥责道：

"都怪伊弗内斯，如果我没抬头看他那头可恶的怪龙……"

"它已经不像一条龙了，现在，活像一只双耳尖底瓮！你们只要稍微发挥一点儿想象力，就能看见，赫柏③正捧着它，向外倾倒仙酒……"

"小心点儿，这仙酒里可掺了不少水呢，"潘希纳叫道，"而且，你那位可爱的青春女神，有可能把我们浇得浑身透湿！"

无巧不成书，天上真的开始落雨了。于是，四个人小心谨慎，准备加快步伐，力争赶到弗雷沙尔去避雨。

他们扶起怒气未消、嘀咕抱怨的大提琴手，让他站直了。殷勤的弗拉斯科林提议，帮他背负大提琴盒。起初，塞巴斯蒂安·佐恩拒绝，然后，终于同意……与自己的乐器暂时分

---

① 伊纳库斯是古罗马神话中的河神，他的女儿名叫艾欧，被木星变成小母牛，被天后赫拉交由百眼巨人看守。
② 鞘翅目是昆虫纲的一个种类，典型者诸如瓢虫、金龟子、屎壳郎等。
③ 赫柏是古希腊神话中的青春女神，也是奥林匹斯山诸神的斟酒官。

离……这可是一把根特牌大提琴,配上伯纳德尔琴弓①,换句话说,简直就是他的半条命……然而,他终于不得不屈服了,于是,这珍贵的半条命就转移到助人为乐的弗拉斯科林的背上,而他的那只轻便的提琴盒子则托付给了塞巴斯蒂安·佐恩。

他们重新上路,疾行了两英里,没有再发生意外。夜色越来越浓重,大雨即将来临。几大滴水珠落下来,这雨滴来自高空饱含暴雨的云团。不过,伊弗内斯眼中那位美丽的赫柏手中的双耳尖底瓮尚未尽情倾倒,我们这四位夜行人有望顺利抵达弗雷沙尔,不至于被淋成落汤鸡。

另一方面,他们还需小心谨慎,避免在漆黑的路上摔倒,因为路面凹凸不平,尤其在急转弯的地方,坑坑洼洼,路边沟壑纵横,到处是阴暗的悬崖峭壁,下面传来激荡咆哮的溪流声。面对此情此景,每个人的心情迥异,如果说,伊弗内斯的感觉充满诗情画意,弗拉斯科林却忧心忡忡。

还有一桩令人不安的事情,那就是,在下加利福尼亚的这些道路上,总会遇到形迹可疑之人,对旅行者的安全构成威胁。四重奏乐队赤手空拳,仅有三只提琴和一只大提琴的琴弓,这显然不够,因为,这个地方乃是柯尔特式手枪②的发源地,那个时代,这玩意可是声名显赫,威力强大。如果塞巴斯蒂安·佐恩和他的同伴们是美国人,他们肯定会在专用的裤兜里揣上一

---

① 根特是巴黎的著名乐器公司,伯纳德尔是19世纪法国著名的琴弓制作师。
② 即由美国人塞缪尔·柯尔特于1835年发明的左轮手枪,由美国老牌枪械商柯尔特公司制造。

支这种武器。因为，一位真正的美国佬，从旧金山前往圣迭戈，只要走陆路，在旅途中，他一定会携带一支这种六连发的护身符。但是，法国佬并不认为有这个必要。补充说一句，他们以前是这么想的，但是以后，或许会后悔。

潘希纳走在最前面，边走边扫视着路边的斜坡。无论道路左侧还是右侧，如果斜坡过于陡峭，那么，遭到突然袭击的可能性就小一些。这位"殿下"戏谑成性，一时兴之所至，总想给伙伴们整点儿恶作剧，愚蠢地"吓唬"他们一下，比方说，突然停住脚步，用恐惧颤抖的语气小声说道：

"哎！……那边儿……我看见了什么？……快准备射击……"

然而，当道路逐渐深入茂密的森林，周围到处生长着巨杉①，树身高达150英尺，看到加利福尼亚的这些巨型植物，潘希纳再也没了开玩笑的兴致。这些粗大的树干后面，每一棵都能隐藏埋伏十来条汉子……一道闪光，紧接着伴随清脆的轰鸣……一颗子弹呼啸掠过……看到这情形吗？……就要听见这声音了吗？……在这么个地方，显然，十分适合发动夜间袭击，在这里，随时可能遇到埋伏，实在令人担心。如果说，十分幸运，他们没有遇到强盗，那是因为，在美国西部，这类稀有品种早已销声匿迹，或者说，无论在旧大陆，还是在新大陆，这些强盗早已改行劫掠金融市场！……卡尔·莫尔与让·斯博

---

① 巨杉是杉科巨杉属大乔木。原产于美国加利福尼亚州海岸，俗称"世界爷"。

027

加尔①的后代子孙，落了这么个下场！除了伊弗内斯，还有谁会冒出这样的念头？"显然，"——伊弗内斯想着——"时过境迁，世事无常。"

突然，潘希纳站住，一动不动。

事实上，紧随其后的弗拉斯科林也站住不动了。

很快，塞巴斯蒂安·佐恩和伊弗内斯跟上来，与他俩站在一起。

"发生什么事儿？……"第二小提琴手问道。

"我好像看见……"中提琴手回答道。

这回，他真不是在开玩笑。刚才，树林里，确实有一个物体在移动。

"是个人，还是个动物？……"弗拉斯科林问道。

"我不知道。"

他的回答恰如其分。没有人能猜出那是什么东西。大家紧挨在一起，一动不动，瞪眼瞧着，默然无语。云层露出一隙青天，一束月光笼罩在这片阴暗的树林，透过巨杉的枝叶，洒在林间。月色中，百步之遥的物体依稀可辨。

潘希纳眼神好，辨别能力最强。这东西比人形大多了，更像是一只体形硕大的四足动物。……什么动物呢？……肯定是一只猛兽……但是，一只什么猛兽呢？……

---

① 卡尔·莫尔是德国作家席勒剧本《强盗》中的盗魁，让·斯博加尔是法国作家夏尔·诺蒂耶小说《让·斯博加尔》中的强盗首领。此处特指美国西部的早期开拓者。

大家紧挨在一起，一动不动，瞪眼瞧着，默然无语。

"一只跖行动物①。"伊弗内斯说道。

"可恶的动物,"塞巴斯蒂安·佐恩极不耐烦地低声说道,"照你所说,伊弗内斯,就算是只动物!……你能不能说句让人听懂的话?……什么叫作跖行动物?"

"就是四条腿着地行走的动物!"潘希纳解释道。

"一头熊!"弗拉斯科林回答道。

的确,这就是一头熊,而且个头儿还挺大。在下加利福尼亚的这片森林里,既没有狮子,也没有老虎,更没有豹子。最常见的访客,就是熊,一般来说,碰上这些家伙,结果往往很不乐观。

理所当然,这帮巴黎佬心照不宣,一致同意对这头跖行动物退避三舍。再说了,这里毕竟是人家的地盘……于是,这帮人彼此紧靠着,面朝那厮,沉着地缓步向后退却,避免摆出逃跑的架势。

这头畜生迈着小碎步,跟着他们,不时挥舞前爪,宛如发报机的双臂②,只见它扭动着胯骨,慢步走来,活像一位马诺拉③。逐渐地,这厮步步紧逼,动作神态显露敌意——它发出沙哑的嘶吼,双颌发出撼人心魄的敲击声。

"我们要不要各自离开,分头行动?……"殿下建议道。

---

① 跖行动物是前肢腕掌指或后肢跗跖趾都着地的哺乳动物。例如猴子和熊。
② 当时,用来远距离传递信息的信号装置,带有高大的悬臂。《基督山恩仇记》书中对此有具体描写。
③ 马诺拉,在西班牙语中指双翅目寄蝇科的一个属,此处转意为西班牙女郎。

"千万别这么干!"弗拉斯科林回答道,"否则,我们当中有一个就会被追上,为其他人做出牺牲!"

他们没有贸然行动,显然,倘若那么做,一定凶多吉少。

就这样,四重奏乐队抱成一团,撤到一块相对敞亮的林间空地边缘地带。熊逼近了——只剩下十来步远。这个地方最适宜它发动攻击?……这很可能,因为它的吼声益发凶猛,步伐也在加快。

小团体加速后退,第二小提琴手语气急迫地叮嘱道:

"镇定……朋友们,保持镇定!"

他们穿过了这片林间空地,重新得到树林的掩护。然而,此时,威胁丝毫没有减弱。他们借助一棵又一棵树干的掩护,那头畜生不得不绕来绕去,始终没有做好攻击准备。突然,它停止了可怕的嘶吼,放慢了步伐,预备发起攻击……

此时,阴暗的林间,响起缓慢悠扬的琴声,伴随乐曲,艺术家的心灵倏然升腾。

这是伊弗内斯,只见他从琴盒中抽出小提琴,用力舞动琴弓,一时间琴声大作。天才的创意!音乐家们为什么就不能求助于自己的音乐呢?当初,在安菲翁[1]的琴声感召下,顽石们不是自行排列在忒拜城周围吗[2]?还有,那些凶猛的野兽,在琴

---

[1] 安菲翁是古希腊神话人物,宙斯之子。热爱音乐,尤其擅长弹奏竖琴。
[2] 根据希腊神话,安菲翁痴迷弹奏竖琴,优美的琴声让顽石感应,环绕在他周围,从而建成了忒拜的宫殿。

声的感召下，不是个个帖耳俯首，蜷伏在俄耳甫斯①的膝下？既然如此，那就应该相信，这头加利福尼亚的棕熊，与其神话中的同类一样，受到了祖先遗传的艺术天赋的感召，因为，此时，它的残暴野性泯灭了，本能地欣赏起了乐曲，而且，随着四重奏乐队有序撤退的步伐，它亦步亦趋，发出了乐迷们特有的呜咽低鸣声。简直差一点，它就要喝彩喊出声：好啊！……

一刻钟之后，塞巴斯蒂安·佐恩和同伴们来到了森林的边缘，他们走出树林，伊弗内斯始终在不停演奏……

那头畜生停住了脚步，看上去，不打算继续往前走了，只见它用力拍打两只硕大的熊爪。

与此同时，潘希纳也抓起了自己的乐器，大声说道：

"来一段棕熊舞曲，要活泼一点儿！"

于是，第一小提琴手按照自己熟悉的主题，用力胡乱拉响了高调乐曲，配合着他，中提琴也发出了激烈的低音旋律，伴随着杂乱小音程②的中音……

如此一来，这头畜生开始跳起了舞，一会儿抬起右爪，一会儿举起左爪，摇摇摆摆，扭来扭去，目送这支乐队远远地走上大路。

"喔！"潘希纳注视着熊，说道，"这不过是一头马戏团的熊。"

---

① 俄耳甫斯是希腊神话人物，善弹竖琴，能令猛兽在瞬间变得温和柔顺、俯首帖耳。
② 音乐术语，即音级数，意思是音与音之间的听觉上的距离。

"管它是什么熊！"弗拉斯科林回答道，"伊弗内斯的办法当真了不起，这个机灵鬼！"

"快走吧……拉起小快板①，"大提琴手插嘴道，"千万别往身后看！"

大约九点钟的时候，阿波罗②的四位得意门生终于全须全尾抵达弗雷沙尔。尽管那头跐行动物没有紧随不舍，但是，这最后一段路程，他们的行进速度却相当可观。

弗雷沙尔是一座偏僻的村庄，村里有一个广场，生长着山毛榉，四周分布着四十来栋房子，或者，不如称作小木屋，距离此地两英里之外，就是海滨。

几栋民居笼罩在高大树木的阴影里，四位艺术家静悄悄地走过房屋，面前霍然出现一座广场，广场尽头，隐约可见一座简陋的教堂，以及它简陋的钟楼。他们站成一圈，一动不动，好像准备演奏一段即兴乐曲，然后，几个人打算商量一下。

"这个，就算是村庄了？……"潘希纳说道。

"你还琢磨着，想要找到一座与费城③，或者纽约相媲美的城市？"弗拉斯科林反问道。

"不过，你们要找的村庄正在沉睡！"塞巴斯蒂安·佐恩反驳道，边说边耸了耸肩膀。

"我们可别把整个村子都吵醒！"伊弗内斯语气轻柔地喃喃

---

① 此处为双关语，快板指每分钟的节拍速率在132左右的音乐节奏，此处指加快脚步。
② 阿波罗是古希腊神话中的光明、预言、音乐和医药之神。
③ 费城是美国第五大城市，位于宾夕法尼亚州东南部。

033

说道。

"恰恰相反，就是要把这村子唤醒！"潘希纳大声说道。

实际上，除非他们打算整晚露宿，否则，这也是唯一可行的办法。

然而，此时，广场上寂静无声，了无生气。没有一扇窗是半敞着，也没有一个窗户透出灯光。在一片寂静和安宁的氛围里，似乎"睡美人"的宫殿近在咫尺①。

"那好吧……客栈在哪里？……"弗拉斯科林问道。

对呀……就是马车夫曾经提到的，那个可以让落难旅客投宿，并且受到热情款待的客栈，它在哪儿？……还有那个客栈老板，他应该赶去营救倒霉的车夫，他在哪儿？……难道那可怜的车夫是在凭空捏造？……或者——还有一种可能——塞巴斯蒂安·佐恩及其同伴们走错了路？……这里根本不是弗雷沙尔村？

这一连串疑问，都需要一个确切无疑的答案。因此，有必要找到一位本地居民，向他询问。可是，要想做到这一点，就只能敲响一间小木屋的房门，——而且，要尽可能直接去敲客栈的房门，前提则是，他们有幸找到这家客栈。

于是，四位音乐家开始行动，在昏暗阴郁的广场周围摸索辨认，试图在这些小木屋的门脸上，找到悬挂的招牌……然而，

---

① 《睡美人》是格林童话中的一则故事，公主被巫婆施了魔法，她和整个王国都进入了梦乡。

显然，并没有客栈的招牌。

既然找不到客栈的招牌，至少总可以找到一间小木屋，让他们住上一晚。反正这儿也不是在苏格兰，那就按照美国人的风格行事。在弗雷沙尔村里，按照每位客人一两个美元的价格，提供一顿晚餐和一张床，哪个本地人会拒绝呢？

"敲门吧。"弗拉斯科林说道。

"注意节拍①，"潘希纳补充道，"请按八分之六拍②！"

他们按照三拍，或者四拍的节奏敲门，然而，结果毫无二致。尽管四重奏乐队敲响了十几座小木屋的房门，祈求回应，然而，既没有一扇门，也没有一扇窗户被敲开。

"我们搞错了，"伊弗内斯宣称道，"这里不是一座村庄，而是一座墓地，在这里，人们进入梦乡，而且长眠不起……犹如'旷野的呼声③'。"

"阿门！"殿下用教堂唱诗班的浑厚嗓音回答道。

面对周围一片死寂沉沉，怎么办？继续朝圣迭戈走吗？……说得容易，大家早已饥肠辘辘，疲惫不堪……再说了，黑灯瞎火，也没有个向导，走哪条路？……设法走到另一个村子！……哪个村子？……车夫曾经说过，沿着海滨，这一带没有任何村庄……大家只能是越走越迷路……最好的办法，就

---

① 此处为双关语，法语"节拍"与"敲门声"为同一个词。
② 在古典曲目中，常以八分音符为一拍，每一小节共6拍。此处为戏谑语。
③ "旷野的呼声"为基督教圣经典故：圣约翰在旷野传道，并大声疾呼。此处转意为：无人回应。

是等天亮!……然而,距离天亮还有大约六个小时,无遮无掩,天空中乌云密布,暴雨随时莅临,肯定不能坐等天亮——即使是艺术家,也接受不了这个主意。

面对困境,潘希纳想出了一个办法。他脑瓜里的主意层出不穷,尽管这些主意往往不太高明。不过,这一次,他的办法却得到睿智的弗拉斯科林的赞同。

"朋友们,"他说道,"面对一头熊,我们都能成功摆脱困境,既然如此,面对一座加利福尼亚的村庄,我们怎么可能束手无措?……我们曾经演奏了一点儿乐曲,就驯服了那头跖行动物……那么,就让我们用更激越的协奏曲,来唤醒这些乡巴佬。这段曲子,我们要大量使用强奏乐段①,以及众多快板②……"

"值得试一试。"弗拉斯科林回答道。

甚至还没等潘希纳说完,塞巴斯蒂安·佐恩就把大提琴从盒子里掏出来,支在了钢尾柱③上,由于没有座椅,他只好站着,把琴弓拿在手里,随时准备用大提琴的音箱,奏响他所熟知的任何乐曲。

几乎与此同时,他的同伴们也行动起来,准备伴随他,尽情演奏一曲。

---

① 节奏感强烈的音乐。
② 古典音乐中的速度标记,由慢至快依次是广板、行板、快板。
③ 大提琴尾部的小圆柱,带有一支长的支撑铁杆,用来稳定琴身。

"翁斯洛①的降B调四重奏,"他说道,"开始……节拍随意!"

作为高明的器乐演奏家,对翁斯洛的这首四重奏曲目,他们烂熟于心,就算闭着眼睛,也能让手指灵巧地在大提琴、中提琴,以及两把小提琴的指板上游走。

现在,他们倾心投入在突发奇想的演奏中。也许,无论在美利坚联邦的娱乐场,还是在剧院里,他们的演奏从来没有如此才华横溢,摄人心魄。空气中弥漫着悠扬悦耳的和弦声,除非是个聋子,否则,有谁能够抗拒它的诱惑?就算如同伊弗内斯的猜测,这里是一座墓地,在如此动人的乐曲声中,那些坟墓也会敞开,逝去的人们重新站起身,就连骷髅也禁不住鼓掌喝彩……

然而,可惜,那些小木屋依旧门窗紧闭,里面的人仍然沉睡不醒。伴随响亮的结束音,这支四重奏一曲终了,弗雷沙尔村似乎无动于衷。

"哦!原来如此!"塞巴斯蒂安·佐恩义愤填膺,高声喊叫道,"看来,他们需要一段嘈杂音,就好像给他们那头熊听的杂音,只有这样,才能让他们尚未开化的耳朵听懂?……那好吧!让我们重新开始,不过,你,伊弗内斯,用D音演奏;你,弗拉斯科林,用E弦演奏;你,潘希纳,用G调演奏;至于我,继

---

① 安德烈·乔治·路易·翁斯洛(1784—1853),英裔法国作曲家,曾被誉为"法国的贝多芬"。

续用降 B 调演奏。现在，让我们抡圆了，使劲儿！"

这简直就是噪音！震耳欲聋的噪音！这噪音，让人不禁想起在巴西某地的无名乡村，由若因维利王子①担任指挥，临时凑齐的一支乐队！听这声音，简直就像用"醋瓶子"蹭出来的丑陋交响乐——而且是把瓦格纳的曲子颠倒过来演奏！……

甭管怎么说，潘希纳的主意确实管用。虽然一曲精彩的演奏没能见效，但是，这阵噪音却立竿见影。弗雷沙尔终于苏醒过来。陆续有好几处窗户出现亮光，两三扇窗户被灯光照亮。村里的居民出现动静，看来他们并未长眠不起，也并非耳朵聋了，因为他们听见了，而且还在倾听……

虽然曲子跑调儿，但是，大家依然严格跟着节拍演奏，因此，演奏出现间隙，此时，潘希纳喊道："他们一定会拿苹果砸我们！"

"噢，那可太棒了……正好送给我们吃！"讲究实际的弗拉斯科林回答道。

于是，在塞巴斯蒂安·佐恩的指挥下，四重奏再次更激越地响起来。随后，他们使用四种不同的音调，整齐划一地奏出结束曲，艺术家们终于住手了。

此刻，足有二十，或者三十个窗户已经敞开，从窗户里面并没有扔出苹果，而是传出热烈的掌声，赞美声，以及一阵又

---

① 若因维利是巴西南部的移民城市，据说曾是一位巴西公主嫁给法国若因维利王子的嫁妆，后来成为巴西多元文化交融的缩影。

四重奏再次更激越地响起来。

一阵的喝彩声！如此美妙的音乐，弗雷沙尔人可是从来无福享受！毫无疑问，这下子，所有的房屋都情愿安顿几位无与伦比的演奏大师！

不过，就在大师们热情洋溢地进行器乐演奏时，来了一位新观众，在艺术家们毫无知觉的情况下，他往前挪了几步。此人从一辆带座电动车上走下来，伫立在广场的一个角落。即使在昏暗的夜色中，依然可以看得出，此人个头儿高大，身材魁梧。

此刻，各个木屋的窗户都已开启，是不是即将大门洞开，迎接音乐家们登堂入室——不过，这一点似乎尚未十分确定——只见这位新来宾走上前，用纯正的法语，以及和蔼的语气说道：

"先生们，我是个音乐爱好者，非常荣幸，请允许我对你们表示祝贺……"

"是对我们的最后一个曲目吗？……"潘希纳用嘲弄的口吻反驳道。

"不，先生们……是对第一个曲目，如此才华横溢地演奏翁斯洛的四重奏，我很少听到过！"

毫无疑问，此人是个行家。

"先生，"塞巴斯蒂安·佐恩代表同伴们回答道，"您的恭维让我们十分感动……假如我们的第二段曲目让您感到刺耳不适，那是因为……"

"先生，"陌生人打断了可能冗长的解释，回答道，"对于如此荒诞，但却极为完美的演奏，我也从来不曾听到过。不过，我完全理解你们为何如此演奏。不过是想要唤醒弗雷沙尔村的这些憨厚居民。不过,他们已经重新入睡……这样吧,先生们,你们以如此方式,徒劳无功地想要从居民那里获得的东西,请允许我来奉上……"

"投宿吗?……"弗拉斯科林问道。

"是的,投宿,上好的苏格兰式住宿条件。假如我没弄错,站在面前的,就是在我们广阔的美利坚备受欢迎,声名显赫的四重奏乐队……"

"先生,"弗拉斯科林觉得应该有所表示,说道,"我们确实倍感荣幸……那么……这个投宿的地方,我们到哪里可以找到,指望您吗?……"

"距离此地两英里。"

"是在另一座村庄吗?……"

"不……是在一座城市里。"

"是一座大城市吗?……"

"的确如此。"

"对不起,"潘希纳提醒道,"我们听说,在抵达圣迭戈之前,不存在任何城市……"

"这是一个误解……我觉得很难解释清楚。"

"误解?……"弗拉斯科林重复道。

"是的,先生们,而且,如果你们愿意随我前往,我保证,你们一定会受到符合艺术大师身份的热烈欢迎。"

"我赞成接受邀请……"伊弗内斯说道。

"我赞成你的想法。"潘希纳坚定地说道。

"等一下……等一下,"塞巴斯蒂安·佐恩叫道,"你们不要抢在乐队头儿的前面表态!"

"这是什么意思?……"美国佬问道。

"因为,圣迭戈那边,还等着我们过去。"弗拉斯科林回答道。

"在圣迭戈,"大提琴手补充道,"那儿为我们安排了一系列日场音乐会,其中的第一场,安排在后天,周日。"

"哦!"那人表示,语气明显有些焦虑不安。紧接着,他补充说道,"没关系,先生们,一天之内,你们有足够时间参观一座城市,一定不虚此行。而且,我保证,派人把你们送到最近的火车站,让你们按时抵达圣迭戈,绝不耽误!"

说实话,这些条件真够诱人,而且颇受音乐家们欢迎。照这样一来,四重奏乐队不仅可以下榻正经旅馆,还能享受舒适的房间——当然了,还有这位殷勤的陌生人所表达的敬重之意。

"同意吗,先生们?……"

"我们接受邀请。"塞巴斯蒂安·佐恩回答道。四个人又饿又累,对于这样的邀请,实在盛情难却。

"一言为定,"美国人回答道,"稍等片刻,我们就出发……20分钟之后就能抵达,我确信,你们一定会对我心存感激!"

无须赘言,刚才那段杂乱乐章引来听众的欢呼,赞美声过后,各家窗户已经重新关闭,灯火也都熄灭。弗雷沙尔村再次进入深沉的梦乡。

在美国人的带领下,四位艺术家走到电动车旁,把各自的乐器放上车,在车后部坐了下来。与此同时,那位殷勤的驾驶员,紧挨着机械师,坐在了车子的前部。随着操纵杆抬起,蓄电池开始运作,车子启动,很快加速,径直朝西方驶去。

一刻钟之后,出现一大片白色的光,宛如明亮的月光,令人眼花缭乱。那里,就是一座城市,我们的巴黎朋友再也不用怀疑它的存在。

此时,车子停了下来。弗拉斯科林说道:

"原来,我们这是在海边。"

"海边……不对,"美国人回答道,"我们需要渡过的是一条河……"

"可是,如何渡过?……"

"乘坐这条渡轮,我们的车子就要开上去。"

事实上,那里确实停着一条渡轮,在美国,这种渡轮很常见。车子与乘客们一起登上渡轮。无疑,这条渡轮依靠电力驱动,因为,它没有排放一点儿蒸汽。两分钟后,在河流对岸,渡轮靠上码头,码头位于一座港湾深处的湿坞[①]里。

车子继续上路行驶,穿过一条又一条田间小路,终于驶入一座公园,公园里有许多凌空架设的装置,投射出炫目的灯光。

围绕公园的栅栏上,打开了一道门,穿过门,车子驶上一

[①] 船坞的一种,湿坞内有水,船可直接驶入。

条又宽又长的街道,街面铺着隆隆作响的石板。5分钟后,艺术家们来到一座舒适旅馆的台阶下,按照美国人的叮嘱,他们受到殷勤热情的款待。艺术家们被带到一张餐桌旁,桌上摆着丰盛的晚餐,他们胃口大开,狼吞虎咽。这倒也在情理之中。

饭后,管事的把他们领进一个宽敞的房间,四个角落摆放了四张床,屋里点着明亮的白炽灯①,按动开关,能让灯光变成通宵不灭的柔和色调。对于这些神奇玩意儿,几位艺术家很想在第二天问个明白。终于,他们各自上床,酣然入梦,和谐的鼾声让"四重奏乐队"名副其实。

---

① 白炽灯是利用热辐射发出可见光的电光源。于1879年由美国发明家托马斯·阿尔瓦·爱迪生发明。

第三章　饶舌的导游

第二天，早晨7点钟，在这间公共寝室里，随着一声模仿喇叭的叫声，传来一连串话语，或者不如说，是一连串喊叫——那响亮的喇叭声，活像军营里的起床号：

"起来啦！……喔！……站起来……演奏二分音符①！"喊叫的人是潘希纳。

在四重奏乐队里，最为懒散的要数伊弗内斯，他更喜欢用三拍——甚至四拍②——的节奏，慢慢从床上热被窝里爬出来。不过这次，他不得不紧随同伴们，把自己的姿势从平躺改为直立。

"我们不能耽误时间，一分钟都不能耽搁！"殿下提醒道。

"是的，"塞巴斯蒂安·佐恩回答道，"因为明天，我们就得赶往圣迭戈。"

"那好吧！"伊弗内斯插嘴道，"花上半天时间，足够看完这

---

① 此处为双关语，二分音符是全音符的1/2，在歌曲结尾处经常使用。此处意指睡觉时间结束。
② 此处为双关语，即四三拍，或四四拍，意指生活的慢节奏。

位可爱美国人的城市。"

"让我颇为惊讶的是，"弗拉斯科林补充道，"在弗雷沙尔村附近，居然有这么一座大城市。……我们那位马车夫，他为什么忘记告诉我们呢？"

"问题的关键是，我们可否找到它，我的老伙计'G谱号①'，"潘希纳说道，"然而，我们确实已经身临其境！"

透过两扇宽大的窗户，阳光倾泻到房间里，放眼望去，外面有一条漂亮的林荫大道，足有一英里长。

在一间舒适的盥洗室里，四位朋友洗漱完毕，——动作既快又利索，因为，这里使用了最现代化的技术，"设施完备"：按照温度标识，水龙头分为热水与冷水；自动抽水的脸盆；还有热水浴缸、加热熨斗、可供挑选的香水喷洒器、电流驱动的叶片风扇；以及可调整的机械毛刷：一些毛刷用于梳理头发，另一些毛刷用于清理外套，或者给皮靴打蜡。

此外，除了电动的时钟和电灯泡，房间里还分布着许多机关，触手可及，例如铃声按钮，或者电话按钮，可与这栋旅馆里的各种服务设施瞬间相互沟通。

塞巴斯蒂安·佐恩和同伴们不仅可以联系旅馆方面，还能联通这座城市的各个街区，甚至，也许——这是潘希纳的想法——还能连接到美利坚合众国的任何一座城市。

"或者，甚至连接两个世界②。"伊弗内斯补充道。

---

① 此处为双关语和戏谑语，法语的"G谱号"与"关键答案"两个词组相似。

② 指新世界与旧世界，即美洲与欧洲。

他们还没有找到机会做这番尝试，此刻，时间刚好7点47分，电话里传来几句英语：

"卡利斯图斯·蒙巴尔向四重奏乐队的各位尊贵成员致以清晨问候，如果各位准备妥当，谨此邀请他们前往精益酒店的早餐厅，那里，早餐已经在恭候各位。"

"精益酒店！"伊弗内斯说道，"这家酒店的名字可真带劲儿！"

"卡利斯图斯·蒙巴尔，就是我们那位殷勤的美国人，"潘希纳醒悟道，"他的名字可够响亮！"

"我说朋友们，"大提琴手感到饥肠辘辘，迫不及待地叫道，"既然早餐已经备好，我们去吃吧，然后……"

"然后……我们去游览市容，"弗拉斯科林补充道，"真的，不知这座城市是啥模样？"

几位巴黎佬已经穿好衣服，或者马上就要穿好，潘希纳已经电话告知对方，他们荣幸地接受卡利斯图斯·蒙巴尔先生的邀请，5分钟之内就到。

紧接着，洗漱完毕之后，他们走进一座升降机，来到旅馆高大敞亮的前厅。前厅尽头，早餐厅的大门开启，厅内流光溢彩，金碧辉煌。

"我恭候各位，先生们，愿为各位效劳！"

刚刚说出这几句话的人，就是昨天的那位男士。此公属于人称自来熟的那一类。初次见面，就好像相交已久，或者，他更愿意说："我们是否久违了？"

"我恭候各位,先生们,愿为各位效劳!"

卡利斯图斯·蒙巴尔的年龄介于50岁至60岁之间，不过，猛一看，似乎只有45岁。此人中等偏高身材，略微有些发福；四肢粗壮有力，智力健全，精力充沛，举止果决。如果用一个成语来形容，此人可谓"生龙活虎"。

在美国，这类人并不少见，塞巴斯蒂安·佐恩和朋友们与之打过多次交道。卡利斯图斯·蒙巴尔天生一颗大圆脑壳，卷曲的金发依旧灿烂，宛如微风中摇摆不定的一簇树叶；他面色红润，胡须呈烟褐色，几缕须髯飘飘，上唇髭须却刮得干干净净；嘴角上扬，笑意盈盈，颇显嘲讽意味；牙齿似象牙般晶莹剔透；抽动的鼻孔，让鼻尖略显硕大，鼻子的根部结实地镶嵌在额头，连接着两条竖直的褶皱，褶皱间架着一副夹鼻眼镜，镜片由一根纤细，富有弹性，宛如丝线的银丝支撑，在镜片后面，转动的眼珠炯炯有神，虹膜泛着暗绿色，瞳孔犹如燃烧的碳粒；他的肩膀扛着公牛般粗壮的脖子，连接那颗硕大的脑壳；身躯方方正正，戳在两条肥硕的大腿上，下面连接着笔直的小腿，以及略显外撇的双足。

卡利斯图斯·蒙巴尔穿一件茶褐色的斜纹布外套，十分宽大，侧面衣兜里，露出镶花边手帕的一角。贴身穿一件白色马甲，嵌着三枚金纽扣。一根粗大的链条从一只口袋延伸到另一只口袋，链条弯垂，一头拴着一只钟表，另一头拴着一只计步器。链条中间悬挂着小饰物，叮咚作响。除了这根金银器，那双粉红肥胖的手上，还佩戴着一串戒指。他的衬衣洁白无瑕，浆洗得笔挺光亮，镶嵌着三枚钻石，衬衣领口低垂，衣领下面，系着一根纤细的领带，金褐色的条纹简洁明快。他身穿条纹裤，宽大的褶皱，布料下垂，裤腿逐渐缩窄到裤脚，下面是一双配着铝制搭扣的高帮皮鞋。

说到这位美国佬的神态，此公表情极为丰富，绝无丝毫内敛，——他属于那种自信心十足，而且"见多识广"的类型。毫无疑问，此人极善于应对，而且，办事效率奇高，这一点，从他浑身紧绷绷的肌肉，皱紧的眉头，以及紧绷的脸颊，就能看得出来。最后，他喜欢开怀大笑，不过，他的笑声更多发自鼻腔，而非口腔，类似冷笑，按照生理学家的说法，是类似于马匹嘶叫的笑。

这就是卡利斯图斯·蒙巴尔的形象。此刻，看到四重奏乐队走进来，他举起头上那顶，尽管没有插路易十三时代的羽毛，但毫不逊色的硕大帽子①，与艺术家们挨个握手。然后，引导他们走到一张餐桌旁，桌上摆着热气腾腾的茶壶，以及按照传统方法烤制的面包片。他嘴里不停地叨叨，让别人根本无法提问，——也许，他这样做，就是为了逃避回答问题，——他不停吹嘘自己城市如何壮丽堂皇，这座城市如何奇异新颖，喋喋不休，一刻不停，直到早餐结束的时候，他终于停止唠叨，说出如下几句话：

"请吧，先生们，请随我来。不过，需要叮嘱各位……"

"什么？"弗拉斯科林问道。

---

① 法王路易十三酷爱戴假发，成为社会时尚，导致流行戴宽大的帽子，并饰以鸵鸟羽毛。

"在我们的街道上，严禁随地吐痰……"

"我们没有这个习惯……"伊弗内斯不以为然地说道。

"太好了！……如此一来，你们就不会遭到罚款！"

"不吐痰……在美国！"潘希纳喃喃自语，语气中夹杂着惊讶与疑惑。

卡利斯图斯·蒙巴尔是难得一遇的全能型人才，既是向导，也是导游。对于这座城市的情况，他如数家珍。看见任何一座旅馆，他能说出老板是何许人；看到任何一栋房屋，还能说出里面居住的是谁；碰见任何一位路人，他都要亲切热情地打招呼。

这是一座规划整齐的城市。大街小巷纵横交错，犹如棋盘一般笔直划一，所有的人行道都修建了走廊。在实测平面图上，能显示出每一个街区。与此同时，城市面貌变化多端，居民住宅的外观样式，以及内部装修，无不体现出新颖别致的建筑风格。除了那几条商业街，这里的建筑犹如宫殿，雅致的庭院里，矗立着精美的亭台楼阁，门脸的建筑布局合理，房屋内部装饰豪华，还有小花园，以及房屋后面的大花园。不过，需要特别指出，显然，这里的树木，以及各种植物的栽种时间都不长，尚未遮阴蔽日。同样的情况也出现在街心公园，这些公园坐落在城市主干道的交叉路口，公园里铺着英格兰式的鲜嫩草坪，宛如绿茵茵的地毯，花坛里混杂生长着温带和热带植物，但是，地力不足，缺乏活力。这种特殊的自然现象与美国西部地区形成鲜明对照，大家都知道，在加利福尼亚的各大城市附近，到处是高大的森林，枝繁叶茂。

四重奏乐队漫步街头，边走边观察这座城市的一个街区，每个人的看法不尽相同，伊弗内斯看中的东西，弗拉斯科林不感兴趣；塞巴斯蒂安·佐恩感兴趣的玩意儿，潘希纳却无动于衷。——总而言之，对于这座陌生城市，以及它所包含的秘密，每个人都充满好奇。他们从不同的视角进行观察，应该能得出一个综合，而且足够正确的结论。更何况，卡利斯图斯·蒙巴尔就在旁边，而且有问必答。他说的话能算作回答吗？……这位话痨，活像一架风车，只要吹来一点微风，就旋转个不停，根本不等别人询问，唠唠叨叨，一刻不停，没办法，只能任其发挥。

离开精益酒店一刻钟之后，卡利斯图斯·蒙巴尔说道：

"现在，我们来到第三大道，这样的大道，本城共有三十来条。这一条的商业最为繁华，是我们的百老汇①，我们的摄政街②，我们的意大利大街③。在这儿的商店和商场里，消遣品和必需品无所不有。现代安逸舒适生活所追求的东西，一样都不缺！"

"我看到了不少商店，"潘希纳发现道，"但是，没看见一位购物者……"

"也许，此刻，时间还太早了？……"伊弗内斯补充道。

"这是因为，"卡利斯图斯·蒙巴尔回答道，"大多数购物订单，都是通过电话，或者，甚至通过远程传字下单……"

---

① 百老汇大道为纽约市重要的南北向道路，是美国戏剧艺术的活动中心。
② 摄政街是位于英国首都伦敦西区的一条街道，为伦敦的主要商业街。
③ 意大利大街是巴黎的一条商业街。

"现在，我们来到第三大道……"

"这是啥意思？……"弗拉斯科林问道。

"也就是说，我们通常使用传字机下单，这是一种性能优异的设备，就像电话可以传送话语，它可以传送书写文字。另外，别忘了，我们还有运动记录仪，它可以用来记录各种动作，主要作用于眼睛，或者，犹如留声机，主要作用于耳朵，以及放映机，用于记录影像。与普通的电报相比，传字机能够确保传递的严肃性，而普通电报早已被滥用，已经过时。我们可以用电传的方式，签署汇票，或者，签署票据……"

"甚至，签署婚约？……"潘希纳插嘴道，语气颇含嘲弄之意。

"毫无疑问，中提琴先生。人们当然可以通过电报线完成婚约，为什么不呢？……"

"也能办离婚？……"

"可以办离婚！……甚至，它已构成这种设备的最大业务量！"

说到这儿，导游开怀大笑，伴随笑声，马甲上挂的小玩意儿颤动不已。

"您可真有意思，蒙巴尔先生。"潘希纳说道，不禁跟着美国人一同笑了起来。

"是的……活像一只燕雀①，在明媚的阳光下飞翔！"

走到这里，面前出现一条横向的交通干线，这里是第十九

---

① 此处引用一句法语俗语，意为"非常快乐"。

大道，街上没有任何商业设施。与其他街道一样，有轨电车来往穿梭，车辆飞快驶过，却不曾掀起丝毫灰尘。因为，街面铺设了澳大利亚产红柳桉木地板，这种材质具有耐腐蚀性，——为什么不用巴西产的桃花心木？——而且，犹如用锉屑打磨过，表面光滑洁净。另一方面，弗拉斯科林极善观察物理现象，他发现，双脚踩在街面，会发出金属板材似的声响。

"这些制铁工匠当真了不起！"他自言自语道，"他们居然可以用薄钢板制作街面！"

于是，他靠近卡利斯图斯·蒙巴尔，打算询问详情，恰在此时，这位先生却高声叫道：

"先生们，请看这座府邸！"

他指着一座宏伟壮观的建筑物，它的正面突出部位，整个儿被铝制栅栏包围，侧面坐落着迎宾庭院。

"这座府邸——也可以把它叫作宫殿——里面居住着本城一位显要人物全家。此人名叫杰姆·坦克顿，在伊利诺伊州拥有取之不尽的石油矿藏，也许，他是最有钱的人，因此，也是本城最令人尊敬，也是最尊贵的市民……"

"百万富翁？……"斯蒂安·佐恩问道。

"哦哦！"卡利斯图斯·蒙巴尔揶揄道，"百万，对我们而言，根本不算什么。在我们这儿，百万还得乘以数百倍。在这座城市里，有的是顶级富豪。这就是为什么，短短数年间，本城的商人个个都发了大财——我说的是零售商，因为，在这个独一无二的小天地里，根本就没有从事大宗贸易的批发商……"

"那么，有没有工业家？……"潘希纳问道。

"没有工业家！"

"那么，有没有船老板？……"弗拉斯科林问道。

"也没有。"

"那么，有食利者吗？……"塞巴斯蒂安·佐恩插嘴道。

"只有依靠定期收益的食利者，或者是正在积攒年金的商人。"

"这样哦，……那么，有没有工人呢？……"伊弗内斯询问道。

"如果我们需要工人，就从外面雇来。先生们，一旦工程完毕，就让他们回去，……而且让他们挣了大钱！……"

"您看，蒙巴尔先生，"弗拉斯科林说道，"在您的城市里，还保留着几位穷人，是因为你们不想让这类人绝迹吗？……"

"穷人？第二小提琴手先生，……在这儿，您连一个都见不到！"

"那就是说，乞讨是被禁止的？……"

"从来也没有禁止过，因为，本城不接纳乞讨者。乞讨这种现象，仅仅适合于合众国的其他城市，它们为乞讨者准备了拘留所、收容所，以及劳教所……甚至，作为补充，还有教养所……"

"您可以确认，这儿就没有监狱吗？……"

"不仅没有监狱，更没有囚犯。"

"难道，就没有罪犯吗？……"

"我们希望他们留在新、旧两个大陆,那里的条件更适合他们,可以充分发挥各自特长。"

"哎!说真的,蒙巴尔先生,"塞巴斯蒂安·佐恩说道:"听您这么一说,我们感觉好像并非置身在美国?"

"昨天,你们曾经身在美国,大提琴手先生。"这位令人惊诧的导游说道。

"昨天?……"弗拉斯科林反问道,心里琢磨对方这句突兀的话究竟是什么意思。

"毫无疑问!……今天,你们置身于一个独立的城市,自由的城市,在这里,合众国没有任何权力,这座城市自己做主……"

"那么,它叫什么名字?……"塞巴斯蒂安·佐恩问道,他天生的急脾气开始发作。

"它的名字?……"卡利斯图斯·蒙巴尔回答道,"请允许我暂时不说出来……"

"那么,什么时候我们能知道?……"

"等到你们的参观结束,而且,本城将对各位的莅临感到非常荣幸。"

这位美国人的回答,让人颇感疑惑。甭管怎么说,这一点并不重要。中午之前,四重奏乐队就将结束这趟奇异的漫步,只要在离开此地之前,能够知道这座城市的名字,这就足够了,难道不是吗?唯一需要考虑的,倒是这个问题:这么一座庞大的城市,坐落在加利福尼亚的海边,怎么可能不属于美利坚合众国，而且，另一方面，当初，那位马车夫为什么不说清楚这些，这点如何解释？ 总而言之，问题的关键在于，24个小时之后，几位演奏家就应该抵达圣迭戈，到了那儿，甭管卡利斯图斯·蒙巴尔愿不愿意，谜底就应该被揭开。

这位奇怪的人物又开始讲解，喋喋不休，让人感到，他在刻意回避，不愿做更多解释。

"先生们，"他说道，"我们现在位于第三十七大道的入口处，请看，眼前的景象多么壮观！ 在这个街区，同样没有商店，也没有商场，街道上，看不见任何商业活动的迹象。在这里，只有旅馆，以及私宅。不过，与第十九大道相比，这里的富裕程度略显逊色。居民多为食利者，年金在1000万至1200万之间……"

"怎么，这就算穷人啦！"潘希纳回答道，不禁瞠目结舌。

"哎！ 中提琴手先生，"卡利斯图斯·蒙巴尔回答道，"相对而言，难免有人被视为穷人！ 如果一个人手里仅有10万法郎，那么，在他看来，坐拥百万的人就是富翁。但是，如果一个人手里有上亿的财富，与之相比，百万富翁就不算什么！"

几位艺术家早已发现，这位导游的言谈话语间，出现最频繁的词，就是"百万"，——在他看来，这个词简直魅力无穷！说到这个词，他总是鼓起双腮，发出金属般响亮的嗓音，给人的感觉，就像一边说话，一边在数钞票。犹如仙女能口吐珍珠和宝石，这位双唇微启，吐出的即使不是钻石，至少也得是金币。

接下来，塞巴斯蒂安·佐恩和潘希纳、弗拉斯科林，以及伊弗内斯一起，继续在这座神奇的城市里穿行，至于这座城市究竟叫啥名字，他们仍然一无所知。这里，各条街道熙熙攘攘，人来人往，所有人的穿着十分得体，看不到破衣烂衫，有碍观瞻的穷人。随处可见有轨电车、两轮板车，以及卡车，它们全都依靠电力驱动。在一些主要的交通干线，甚至安装了活动人行道，依靠极长的链条牵引，人们在活动人行道上散步，就好像走在行进的火车上，行人与车辆同步运行。

电动汽车在街上穿梭，车轮在街面上滚动，犹如台球在球台桌布上滚动一般，轻柔安静。至于驿车，按照这个单词的原意①，也就是由马匹牵引的车辆，只有在富裕街区才能看到。

"噢！那里有一座教堂。"弗拉斯科林说道。

只见他手指着一座结构沉重的建筑物，坐落在一片绿草茵茵的广场上，不过，从建筑学角度看，这栋建筑毫无特色，貌似萨瓦地区的普通房屋②。

"这是新教徒③的礼拜堂。"卡利斯图斯·蒙巴尔回答道，随即伫立在这栋大房子跟前。

"在您的城里，有没有天主教堂？……"伊弗内斯问道。

"有的，先生，另外，我想提请您注意到，虽然在我们这个星球上，存在着上千种宗教，但是，在我们这里，只存在天主教和新教。这里不像联邦的各个州，变得四分五裂，起因不是

---

① 法语的这个单词，原意指"带有随从的华丽马车"。
② 萨瓦是法国的一个省，位于罗纳－阿尔卑斯大区。
③ 新教即基督教新教，与"公教""正教"并列为基督教三大派别之一。

缘于政治,就是缘于宗教。在那些地方,各种宗教派别花样繁多,卫理公会①、英国圣公会②、长老会③、再洗礼教派④、卫斯理教派⑤……在这里,只有罗马天主教⑥,或者,信奉加尔文派教义的新教。"

"那么,这里通用何种语言呢?……"

"通用英语和法语……"

"对此,我们颇感欣慰。"潘希纳说道。

"这座城市,"卡利斯图斯·蒙巴尔接着说道,"也因此划分为两个区,两区的大小相仿。我们现在置身于……"

"西区,我说得对吗?……"弗拉斯科林边说,边用手指着天上太阳的方位。

"西区……照您的说法……"

"怎么……什么叫照我的说法?……"第二小提琴手对这句回答颇为意外,不禁反问道,"难道,这座城市的方位能够按照每个人的想法,随意变化?……"

"是的……但,也不是……"卡利斯图斯·蒙巴尔说道,"晚些时候,我会向各位解释这一点……现在,我再回到这两

---

① 卫理公会是基督教新教卫斯理宗的美以美会、坚理会和美普会合并而成的基督教教会。
② 英国圣公会是英国的国家教会及安立甘宗的母教会。
③ 长老会是基督新教三大流派之一,又称长老宗、归正宗、加尔文派等。
④ 再洗礼教派是基督教派之一,最初出现并流行于瑞士和德国。
⑤ 卫斯理教派,亦称卫斯理宗,是基督教新教七大宗派之一。
⑥ 天主教的全称为"罗马天主教会",亦称"罗马公教"。

个区的话题……西区,就照您的说法吧,在这里居住的,全部都是虔诚的新教徒,包括我们现在所处位置,居民都是实诚的新教徒。至于天主教徒,他们的文化层次更高,讲究更精致的方式,他们都居住在……就算是东区吧。所以我要告诉你们,这座教堂是一座新教礼拜堂。"

"看上去挺不错,"伊弗内斯提醒道,"不过,看它那沉闷的建筑风格,在里面做祈祷,恐怕难以仰望上苍,更像俯首跪向大地……"

"这话说得真漂亮!"潘希纳叫道,"蒙巴尔先生,在这样一座高度机械化的现代城市,无疑,人们可以通过电话倾听布道,或者弥撒①?……"

"完全正确。"

"也能通过电话做忏悔②?……"

"什么都能做,就像使用传字机办理结婚,而且,您得承认,这么做十分方便……"

"难以置信,蒙巴尔先生,"潘希纳回答道,"简直令人难以置信!"

---

① 布道与弥撒,都是基督教的宗教仪式。
② 做忏悔是基督教徒对自己的罪过表示悔改,祈求上帝赦免的一种赎罪方式。

第四章　四重奏乐队陷入窘境

11点钟，经过长时间漫步，大家应该饿了。几位艺术家早已饥肠辘辘，伴随着肠胃的集体痉挛，他们一致认为，无论如何，当务之急，是去吃午饭。

卡利斯图斯·蒙巴尔颇有同感。和贵宾们一样，他也要满足日常需求，恢复体力。那么，是否要返回精益酒店呢？

是的。因为，看上去，这座城市的饭馆似乎并不太多。而且，显然，各家饭馆更愿意闭门谢客，似乎不大欢迎来自新旧两个世界的游客登门。

仅仅几分钟，一辆无轨电车就把这群饿汉送回旅馆，坐到了丰盛的餐桌旁。与乏味的美国式午餐大相径庭，面前的美食令艺术家们颇感意外，各种菜肴花样繁多：烹饪考究的牛肉或羊肉、娇嫩可口的家禽肉，以及新鲜美味的鱼肉。除此之外，与联邦各地餐馆提供的冰水不同，这里提供的是各种啤酒，以及生长在梅多克①和勃艮第②山丘地区，沐浴过法兰西阳光的葡萄

---

① 梅多克是法国波尔多地区最著名的葡萄酒产区。
② 勃艮第位于法国汝拉山脉和巴黎盆地东南端之间，是著名葡萄酒产区。

制成的十年佳酿。

对于这顿午餐,潘希纳和弗拉斯科林吃得津津有味,塞巴斯蒂安·佐恩与伊弗内斯同样心满意足……理所当然地,卡利斯图斯·蒙巴尔坚持请客买单,艺术家们如果坚辞不受,倒显得不近人情。

与此同时,这个美国佬继续唠唠叨叨,让自己可爱的天性一展无遗。他聊到了这座城市的方方面面,唯独回避了宾客们最关心的那个问题——这座独立的城市究竟是个啥情况,他为何始终回避说出城市的名字。音乐家们还得耐心等待,到此行结束的时候,美国佬总要揭开谜底。他会不会存心想让四重奏乐队迷恋陶醉,以至于错过开往圣迭戈的火车?……不至于。于是,饱餐之后,大家继续开怀畅饮,一边喝着热茶、咖啡,以及甜酒,一边品尝甜点。就在即将结束时,传来一声轰鸣,震得旅馆玻璃簌簌颤抖。

"什么情况?……"伊弗内斯跳起来,问道。

"先生们,请别担心,"卡利斯图斯·蒙巴尔回答道,"这是观象台的炮声。"

"如果它是在正午开炮,"弗拉斯科林看了一下手表,插嘴道,"我可以确定,它迟到了……"

"不,中提琴手先生,这里的太阳和别的地方一样,不会迟到!"

说到这儿,这位美国人的嘴角泛起一丝古怪的微笑,夹鼻眼镜后面的双眸炯炯有神,与此同时,他还搓了搓双手。这一切,让人不禁认为，他在为自己的"恶作剧"而自鸣得意。

与同伴们相比，弗拉斯科林并未因为这顿美餐而丧失警惕，他用怀疑的目光看着对方，禁不住满腹狐疑。

"走吧，我的朋友们——请允许我使用这个友好的称呼，"美国人用极为和蔼的语气补充说道，"我们还要参观这座城市的第二个部分，倘若让你们遗漏掉任何一处细节，我将懊悔莫及！时间已经十分紧迫……"

"开往圣迭戈的火车应该几点钟出发？……"塞巴斯蒂安·佐恩询问道，他十分担心，千万别因为迟到而无法履约。

"是的……几点钟出发？……"弗拉斯科林再次强调道。

"噢！……要到晚上呢，"卡利斯图斯·蒙巴尔眨了眨左眼，回答道，"来吧，各位来宾，来吧……有我做向导，你们绝不会后悔！"

面对如此殷切的邀请，谁能拒绝？四位艺术家离开了精益旅馆大堂，沿着人行道，悠然漫步。看来，他们一定是喝了太多的葡萄酒，因为，他们感到双腿略微有些颤抖，脚下的大地正在轻微移动。然而，此刻，他们并没有踏上身旁正在运行的移动人行道。

"哎！哎！……扶着点儿，莎迪翁①！"殿下步履蹒跚地叫喊着。

---

① 此处为双关语。莎迪翁为莎士比亚作品中的一个人名，法语为感叹词，转意为：小心，谨慎。

"我觉得，我们喝得有点儿多！"伊弗内斯抹了抹额头，插嘴道。

"好吧，各位来自巴黎的先生，"美国人关心地说道，"咱们下不为例！……这次畅饮，权当对你们表示欢迎……"

"确实，我们十分尽兴①！"潘希纳说着，心情极为愉快，完全心领了对方的好意。

在卡利斯图斯·蒙巴尔的引导下，他们顺着一条大道走到了另一个街区。在这里，热闹的街景完全是另一番气象，氛围与清教徒②的主张格格不入。让人觉得，似乎突然从联邦的北部各州，穿越到了南部各州，从芝加哥③穿越到新奥尔良④，从伊利诺斯⑤，来到了路易斯安那⑥。与新教徒居住的街区相比，这里商店的顾客更多，居民住宅更为新颖别致，宅邸，或者说家族住宅更为舒适，旅馆同样豪华，不过，外观更招人喜爱。这里居民的神态，包括步态和举止，也大相径庭。这一切令人不禁想到，这座城市具有双重性，就好像某些星球，两个部分并非一个围绕另一个旋转，而是并驾齐驱。

一行人已经来到这个区的中心地带，驻足在靠近第十五大道中段的地方，此时，伊弗内斯叫了起来：

---

① 此处为双关语。原话是："倒光了浇花的水。"
② 清教徒是基督教的改革派，主张简单、实在、上帝面前人人平等的信徒生活。
③ 芝加哥地处北美大陆的中心地带，是美国第二大商业中心区。
④ 新奥尔良是美国路易斯安那州南部的一座海港城市。
⑤ 伊利诺斯州位于美国东部，又被戏称为"草原州"。
⑥ 路易斯安那是美国南部的一个州，位于墨西哥湾沿岸。

"我的天呀，这儿有一座宫殿……"

"这是科弗利家族的府邸，"卡利斯图斯·蒙巴尔回答道，"纳特·科弗利，与杰姆·坦克顿不相上下……"

"比他还有钱？……"潘希纳问道。

"两人差不多，"美国人说道，"这位从前是新奥尔良的银行家，他有数百个百万美元，钱很多，掰着两手的手指都数不过来！"

"那他得戴一副多么漂亮的手套呀。亲爱的蒙巴尔先生！"

"您说得太对了。"

"那么，这两位名流，杰姆·坦克顿和纳特·科弗利，按照常理……他们是否相互为敌？……"

"至少吧，他们互为竞争对手，相互嫉妒，都想在城市事务方面拥有更多话语权……"

"最终，他们是否会厮杀？……"塞巴斯蒂安·佐恩问道。

"有可能……倘若其中的一个想要吞掉另一个……"

"真有那一天，可是不好消化呀！"殿下回答道。

这句话让卡利斯图斯·蒙巴尔觉得十分有趣，禁不住捧腹大笑。

天主教堂矗立在一片开阔的广场上，老远望去，它那匀称的建筑结构令人赏心悦目。这是一幢哥特式建筑，来访者可以近距离地欣赏它的建筑风格，因为，那些垂直的线条给人以美感，倘若站在远处观赏，反而看不清它的建筑特点。这座圣玛丽教堂的尖顶纤巧精细，圆花窗轻盈别致，火焰式的尖形穹窿精美雅观，双扇格局的窗户造型十分优美，所有这一切，无不令人叹为观止。

"典型的盎格鲁-撒克逊风格①的哥特式教堂，真漂亮！"伊弗内斯素来爱好建筑学，不禁说道，"蒙巴尔先生，您刚才说得真对，您这座城市的两个部分，毫无相似之处，就连一个区的礼拜堂，与另一个区教堂的风格都大异其趣。"

"然而，伊弗内斯先生，这两个区却是一母同胞……"

"不过……它们不会是同一个父亲吧？……"潘希纳插嘴道。

"不对，……我可爱的朋友们，它们是同一个父亲！只不过，它们被抚育成长的方式截然不同，都是为了迎合某些人的习俗，这些人来到这里，就是为了寻求安宁、幸福、无忧无虑的生活……无论在旧大陆，还是新大陆的任何一座城市，都无法找到这样的生活环境。"

"蒙巴尔先生，以阿波罗②的名义起誓，"伊弗内斯回答道："请您不要过度激发我们的好奇心！……您这样，简直就像吟诵几个唱段中的一句，等了半天才能听到主音③……"

"而且，您这样，让我们的耳朵都听出老茧了！"塞巴斯蒂

---

① 盎格鲁-撒克逊人通常指生活在大不列颠岛东部和南部地区的一些民族，其建筑风格一般而言相对简单。

② 阿波罗是古希腊神话中的司掌文艺之神，作为音乐神，善弹七弦里拉琴。

③ 主音是一个音乐调式的核心。此处指主要情节。

安·佐恩补充说道:"您承诺过,要向我们说出这座神奇城市的名字,依我看,现在是时候了吧?……"

"还不到时候,我亲爱的贵客们,"美国人扶了扶架在大鼻子上的金丝眼镜,回答道:"请等到我们的漫步结束之后。现在,我们继续……"

弗拉斯科林在充满好奇的同时,隐隐感到一丝担忧,于是说道:"在继续散步之前,我有一个提议。"

"什么提议?……"

"为什么,我们不去爬到圣玛丽教堂的钟楼上面。从那里,我们可以看到……"

"不可以!"卡利斯图斯·蒙巴尔一边摇晃毛发蓬松的大脑壳,一边高叫道,"……现在不行……要等晚一会儿……"

"要等到何时?……"大提琴手问道,碰上这么多不可理喻的托词,他已经厌烦至极。

"等到我们的参观结束,佐恩先生。"

"到那时,我们还回到这座教堂吗?……"

"不,朋友们,参观完观象台,我们的漫步才算结束。观象台有一座高塔,它比圣玛丽教堂的钟楼要高出三分之一。"

"可是,为什么,"弗拉斯科林执拗地说道,"我们不能利用眼下的时机呢?……"

"那是因为……您这样做,会让我得不到预期的效果!"

这位美国人高深莫测,从他口中,根本无法得到别样答复。

大家只好服从安排,认真地踏遍了第二区的大街小巷,然后，又参观了商业街区，包括裁缝店、制靴店、制帽店、肉店、杂货店、面包店，以及水果店，等等。大多数路人都与卡利斯图斯·蒙巴尔打招呼，他回应着，似乎自己的虚荣心得到极大满足。一路上，他不停自吹自擂，活像炫耀卖弄的杂耍艺人，一条舌头上下翻飞，犹如节日里不停敲击的钟心锤。

将近2点钟的时候，四重奏乐队来到城市边缘地带，这里围着高高的栅栏，栅栏上攀爬着植物和花卉。栅栏的外面，伸展着田野，田野的边际与地平线融为一体。

在这里，弗拉斯科林有一个发现，但是，他觉得无须告诉自己的同伴。毫无疑问，一旦登上观象台塔楼的顶端，一切都将真相大白。他的这个发现就是：既然现在是2点钟，那么，太阳应该位于西南方，然而，此刻的太阳却位于东南方。

对于这个发现，心思缜密的弗拉斯科林颇感吃惊。于是，就像拉伯雷①说过的，他"挖空心思"，开始认真思索。恰在此时，卡利斯图斯·蒙巴尔心中念头一转，高声叫道：

"先生们，几分钟之后，有轨电车就要出发了。我们动身去港口……"

"去港口？……"塞巴斯蒂安·佐恩疑问道……

"是的！这段路程最多只有1英里——路上，你们还能观赏我们的公园！"

---

① 弗朗索瓦·拉伯雷（1494—1553），法国人文主义作家，主要著作是长篇小说《巨人传》。

如果有一座港口，那么，它就应该位于下加利福尼亚的海滨，在这座城市的南边，或者北边……事实上，如果这座港口并不位于海滨的某地，那它还能在哪儿呢？

几位艺术家有点儿疑惑不解，一起登上一辆漂亮的车子——这是一辆由直流发电机驱动的中型机车，动力十足。四人在软垫长椅上就座。此时，车上已经坐了不少游客，他们纷纷与卡利斯图斯·蒙巴尔握手——大家都认得这个怪男人。

这是城市周围的一片田野，卡利斯图斯·蒙巴尔称之为公园不无道理。这里的道路一眼望不到头，到处是绿茵茵的草坪，彩漆的围栏，或笔直延伸，或弯弯曲曲，它们被统称为"篱笆"。在保护地的周围，生长着树丛，有橡树、枫树、山毛榉、栗子树、朴树、榆树、以及雪松，这些树还没长大，但已经是成百上千种鸟儿嬉戏的乐园。这里是典型的英格兰式花园，到处有活跃的喷泉，花坛里盛开着花朵，散发出春天的鲜活气息，茂密的灌木丛，植物品种繁多，既有蒙特卡洛①特有的硕大天竺葵，也有来自亚历山大②的柑树、柠檬树、橄榄树、夹竹桃、乳香黄连木、芦荟、山茶花、大丽菊、以及白色的蔷薇花；还有来自南美洲的绣球花、白色和粉色的莲花、以及西番莲；此外，还能看到来自波斯地区的各式各样的吊钟海棠、丹参、秋海棠、风信子、郁金香、番红花、水仙花、银莲花，以及毛茛；还有鸢尾花、仙

---

① 蒙特卡洛是摩纳哥公国的一座城市，位于欧洲地中海之滨。
② 亚历山大是埃及第二大城市，位于地中海南岸。

客来、兰花、蒲包花、欧洲蕨，以及热带地区的特有植物，包括美人蕉、棕榈树、椰枣树、无花果树、桉树、金合欢花、香蕉树、番石榴树、加拉巴士木、椰子树。总而言之，即使在品种最丰富的植物园里，植物学爱好者渴望找到的品种，这里应有尽有。

伊弗内斯素有背诵古诗的癖好，此刻，他觉得似乎身处《阿丝特蕾》①田园诗般的意境里。确实如此，倘若这片清新的草地上出现成群的绵羊，抑或有几只红棕色的奶牛跨过围栏，如果再来上几只麂子、牝鹿，以及森林里常见的四足动物，姿态优雅地在树丛间蹦跳，那么，自己和同伴就要化身于尔菲②笔下的牧羊人，身边陪伴着可爱的牧羊女，只可惜，眼下这些全都杳无踪迹。至于那条利尼翁河③，也被眼前这条蛇形河所替代，湍急的河水流淌在这片岗峦起伏的田野。

只不过，眼前这一切太像是人工营造的景物。

于是，喜欢挖苦讽刺的潘希纳叫了起来：

"瞧瞧这些！这就是你们所谓的河流吗？"

随即，卡利斯图斯·蒙巴尔回答道：

"河流吗？……那又怎么了？……"

---

① 《阿丝特蕾》是法国作家于尔菲和作家巴罗创作的田园小说，描写牧羊人与牧羊女的爱情故事。
② 奥诺雷·于尔菲（1567—1625），法国古典主义作家，长篇小说《阿丝特蕾》开法国古典小说的先河。
③ 利尼翁河流经法国东北部科多尔省，是《阿丝特蕾》故事的背景地。

"当然喽！有河流就有了水。"

"有水……也就是说，是那种品质糟糕，微生物密布，伤寒病菌丛生的水，是吗？"

"就算是吧，不过，可以把水净化处理……"

"何苦多此一举呢，其实，现在获取洁净水十分容易，不但可以去除所有杂质，甚至还能根据需要，生产充气，或者添加铁质的饮用水……"

"你们生产自己所需的水？……"弗拉斯科林问道。

"当然了，而且我们向居民家里供应热水和冷水，同时，我们还提供照明、传声、报时、暖气、冷气、动力、灭菌服务，以及传导供电的服务……"

"照这么说，您是否还想让我相信，"伊弗内斯反诘道，"你们甚至还能制造雨水，浇灌草坪和花卉？……"

"诚如斯言……先生。"美国人答应着，一边用手捋着那把烟褐色的胡子，手指上的珠宝熠熠生辉。

"按照要求随时下雨！"塞巴斯蒂安·佐恩惊叫道。

"是的，我亲爱的朋友们，经过控制的雨水可以定时、定量，根据实际需要，及时喷洒下来，控制的设施就在我们脚下。这么做，总比等待大自然的恩赐要好些，不用忍受反复无常的气候变化，而且，如果出现连阴雨，或者长期干旱无雨，我们也不至于束手无策，诅咒恶劣天气，不是吗？"

"我打断一下，蒙巴尔先生，"弗拉斯科林声称道，"好吧！就算你们能够随心所欲喷洒雨水，但是，倘若天降大雨，你们又如何能够阻止……"

"天气?……难道需要做什么事情吗?……"

"天气,或者,这么说吧,阴云密布,气流伴随着阵风、狂风、飓风、龙卷风,甚至暴风雨袭来……比方说,在天气恶劣的季节里,在这样的情况下……"

"天气恶劣的季节?……"卡利斯图斯·蒙巴尔重复道。

"是的……冬天……"

"冬天?……冬天是什么玩意儿?……"

"跟您说的冬天,就是严寒,还有冰、雪!"美国佬的回答颇有嘲弄意味,激怒了塞巴斯蒂安·佐恩,不禁大声吼道。

"没见识过!"卡利斯图斯·蒙巴尔平静地回答道。

四位巴黎佬面面相觑。他们面前的是不是一个疯子,或者故弄玄虚的家伙? 如果是个疯子,就该把他关起来;如果是第二种情况,则应当饱以老拳,以示惩戒。

言谈间,有轨电车一直缓慢穿行在迷人的花园里。无论是塞巴斯蒂安·佐恩,还是他的同伴们,大家都看到,在这座宽阔花园的外面,分布着一块块精心种植的田地,五彩缤纷,犹如早年间,在裁缝店门口张拌的各色布料样品。毫无疑问,这些都是菜地,生长着土豆、白菜、胡萝卜、萝卜、韭葱,总而言之,做一锅美味蔬菜牛肉汤所需的原料,这里应有尽有。

甭管怎样,他们迫切希望来到真正的农田,以便亲眼见识这个古怪地方生产的小麦、燕麦、玉米、大麦、黑麦、荞麦,以及其他谷物。

073

然而，出现在面前的却是一座真正的工厂，低矮的房顶覆盖着磨砂玻璃，上面矗立着若干铁皮烟囱。这些烟囱依靠铁索支撑，酷似行驶的轮船上面的烟囱，犹如大东方号客轮[①]，依靠十万匹马力驱动强大的螺旋桨旋转，唯一的区别在于，这里冒出的不是黑烟，而是几缕纤细的青烟，烟灰对空气没有丝毫玷污。

这座工厂的占地面积达一万平方码[②]，也就是说，将近一公顷。自从在那位美国人的引领下，四重奏乐队开始"巡游"以来——请原谅我们使用"巡游"一词——这是他们目睹的第一座工业设施。

"噢！这座设施是干吗用的？……"潘希纳问道。

"这是一座工厂，配备了石油驱动的蒸汽设施。"卡利斯图斯·蒙巴尔回答道，他的目光炯炯有神，似乎从夹鼻眼镜的镜片后面直射出来。

"那么，您的这座工厂，它生产什么东西？……"

"生产电力，并且提供给全城，包括公园和田野，由此产生动力，以及照明。与此同时，这座工厂还给我们的电报机、传字机、电话、电传机、报时装置、厨房炉灶、施工机械、弧光和白炽灯、铝制月亮，以及海底电缆提供动力……"

---

① 大东方号客轮是英国于1851年建造的燃煤蒸汽机帆船，排水量近3万吨，为当时最大的铁壳船，号称工业七大奇迹之一。凡尔纳在《海底两万里》一书中，也曾提到过大东方号。

② 码是英制长度单位，1码等于3英尺，合0.9144米。

"你们还有海底电缆？……"弗拉斯科林诧异地问道。

"是的！……把这座城市与美国沿海多地连接起来……"

"为此，有必要修建如此大规模的工厂吗？……"

"我认为有必要……因为我们要消耗很多电力……以及精神动力！"卡利斯图斯·蒙巴尔反诘道，"先生们，请相信，为了保证这座无与伦比的城市运转，我们需要的动能难以估量，因为，这是一座世界上独一无二的城市。"

这座巨大工厂里，传来低沉的轰鸣声，巨大的蒸汽喷射声，机器时断时续的运转声，声音回荡着传到地面，一切表明，这里产生的机械动力，超过了迄今为止现代工业的极限。谁能想象到，为了驱动那些发电机，给蓄电池充电，竟然需要如此巨大的动力？

有轨电车继续行驶，前行了四分之一英里后，停在了港口的车站。

旅客们下了车，他们的导游引导旅客们在码头上漫步，一边继续唠叨，自吹自擂。沿途排列着仓库和货栈，这座港口呈椭圆形，最多也就能停泊十来艘船。与其说是港口，不如说是一座港内湿坞，湿坞尽头设置了防波堤，港内有两座钢骨架支撑的码头，还有两盏大灯，为海上驶来入港的船只提供便利。

这一天，湿坞内只停泊了六艘轮船，其中，几艘船运来石油，另几艘运来的都是必需的日用消费品——还有几条电力驱动的小船，那是用于出海的钓鱼船。

弗拉斯科林注意到，这座港口的入口朝向北方，他由此得出结论，这座港口应该位于某个海岬的北部，而这个海岬应该是下加利福尼亚海滨面向太平洋的突出部位。他还观察到，这里海流向着东方涌动，而且流速挺快，因为海流冲刷着码头突堤的堤首，形成波浪，就好像行驶船只侧面的水波——无疑，这种现象的产生是缘于上涨的潮水，尽管在美国的西海岸，潮汐涨落的幅度并不大。

"请问，我们昨天在渡口渡过的那条河在哪儿？"弗拉斯科林问道。

"在我们身后。"美国佬的回答言简意赅。

然而，如果要想返回城里，以便赶上晚间开往圣迭戈的火车，现在最好不再耽搁了。

塞巴斯蒂安·佐恩提醒这一点，卡利斯图斯·蒙巴尔回答道：

"请放宽心，亲爱的好朋友们……还来得及……我们将乘坐有轨电车返回城里，在此之前，我们将沿着海滨行驶……既然你们曾经希望俯瞰这个地区的全貌，用不了一个小时，大家就能站在瞭望塔上一目了然。"

"您能保证吗？……"大提琴手追问道。

"我向你们保证，明天，太阳升起的时候，你们将远离目前身处的地方！"

尽管这个回答有点儿模棱两可，但他们只好姑妄听之。另一方面，与几位同伴比起来，弗拉斯科林的好奇心更为强烈，迫不及待希望登上塔楼的顶端，因为，美国人承诺，从那里望出去，周围方圆上百英里将一览无余。倘若登顶之后，还不能

这里海流向着东方涌动。

确定这座奇特城市的地理位置，那就永远别想弄明白了。

在港口尽头，另有一条有轨电车线，顺着海岸线伸展。有轨电车共有六节车厢，车上已经坐了很多游客。车厢由一辆电力机车牵引，车载蓄电池的功率高达200安培－欧姆[①]，时速可达15至18千米。

卡利斯图斯·蒙巴尔请四重奏乐队登上电车，几位巴黎佬甚至觉得，这辆有轨电车就是在等他们上车才出发。

他们眼前的田野，与城市至港口的那片公园景色相似。同样平坦，受到精心养护。不过，绿茵茵的草坪，被青翠的草地和田野所取代，仅此而已。菜地依然可见，至于谷物则杳无踪迹。此刻，从地下设施里，喷洒出人工降雨，大雨如甘霖一般，浇灌着整齐划一，分割成条状的田野。

老天爷可做不到如此及时，精准适量地普降甘霖。

铁轨沿着海滨延伸，电车的一侧是大海，另一侧是田野，就这样一直行驶了4英里——折算大约为5千米。然后，车子停在一座炮台前，那里安放着12门大口径火炮，炮台门口写着：冲角炮台[②]。

"这里的大炮都已经炮弹上膛，而且从不拉栓退膛……这种方式与古老欧洲一样！"卡利斯图斯·蒙巴尔特意指出。

[①] 安培是电流单位；欧姆是电阻单位。凡尔纳借用这两个概念，并组合新词，作为蓄电池功率的单位。

[②] 冲角是古代攻击战船的船艏柱下端安装的船艏尖锐利器，用于冲击敌舰。冲角炮台意味着，这里位于模范岛的前端。

在这里，海岸线出现明显弯折，形成类似海角的形状，而且尖角锐利，宛如一艘轮船的船艏部位。或者，甚至就像一艘装甲舰的冲角，海水被冲角分开，翻起白色的浪花泡沫。无疑，这是海流产生的效应，因为，浪花在远处逐渐延伸，平缓，渐渐消失在落日余晖里。

从这里开始，又有一条电车线开始延伸，一直通往城市中心，与此同时，刚才的那条电车线路则顺着弧形的海岸线继续延长。

卡利斯图斯·蒙巴尔让几位来宾换乘这条线路的电车，声称大家将直接返回城里。

漫步到此足够了。卡利斯图斯·蒙巴尔掏出自己的表，这是一块产自日内瓦的斯万牌名表——一块会说话的表，而且它还能留住声音，只需按下表的按钮，它就能清晰地说出下述词语：4点13分。

"您不会忘记，我们应该去攀登瞭望塔，是吧？……"弗拉斯科林提醒道。

"我亲爱的，咱们也算是老朋友了……即使我忘了自己姓什么，也不会忘记这件事！更何况，我的姓还颇有名气！再往前4英里，我们即将抵达一座壮观的建筑物，它位于第一大道的尽头，就是这条大道，把我们的城市一分为二。"

有轨电车出发了。路旁田野里，"下午雨"——美国人这么称呼它——还在喷洒，田野的那一边，可以重新望见栅栏包围的公园，以及里面的草坪、花坛和树丛。

在一座四方形的高塔上面，镶嵌着一个巨型表盘，上面有两根指针显示时刻，形状颇似伦敦国会大厦上面的巨钟。此时，巨钟敲响了四点半。

在这座高塔下面，坐落着观象台的建筑物，它们分属不同部门，其中，几栋建筑物上部罩着金属圆顶，圆顶上敞开着玻璃覆盖的裂缝，这是天文学家用于观测星星运行的地方。这些建筑物分布在中心庭院周围，庭院当中矗立着那座方塔，高达150英尺①。在塔顶长廊里，视线可以横扫周边25千米的范围，因为，地平线上，没有任何突起物遮挡视线，既没有山丘，也没有山脉。

一位身着漂亮制服的守门人打开一道门，卡利斯图斯·蒙巴尔在几位来宾之前，率先走进门去，厅堂的尽头，停放着升降机的笼子，升降机由电力驱动。四重奏乐队跟随向导，站好各自的位置。笼子向上平稳运行，45秒钟后，停在了塔顶的平台。

平台上，立柱顶端悬挂着一面硕大的旗帜，在北风的吹拂下，平纹薄织布料的旗子随风摆动。

这是哪个国家的旗帜？几位巴黎佬谁也认不出来。从它的红白相间的线条看，这应该是美国旗，然而，在象征合众国蓝天的地方，在那个时代，本来应该有67颗星②，这里却只有一颗星。说它是一颗星，或者，不如说是一轮金色的太阳，在天蓝的底色上光芒四射，似乎与天上的太阳相映生辉。

---

① 1英尺相当于305毫米。
② 美国星条旗的星星从13颗，陆续增至现在的50颗。此处暗喻美国领土的扩张趋势。

"先生们，这是我们的旗帜。"卡利斯图斯·蒙巴尔脱帽致敬，庄重地说道。

塞巴斯蒂安·佐恩和同伴们别无选择，只能学着他，脱帽致敬。随后，他们迈步向前，一直走到平台的记墙跟前，俯下身去……

一阵叫声，从他们的胸腔迸发出来——开始，是惊呼，随即，是怒吼！

放眼望去，视野开阔，四周呈现一个圆盘，边际与海平线融为一体。极目远望，没有丝毫陆地的踪影。

然而，昨天夜里，当他们乘坐美国人的车子，离开弗雷沙尔村以后，塞巴斯蒂安·佐恩、弗拉斯科林、伊弗内斯，以及潘希纳一直沿着一条土路，行驶了足有两英里……之后，他们与那辆电动车一起，乘上渡轮，渡过了一条河……然后，再次脚踏实地……事实上，如果他们曾经离开加利福尼亚海滨，开始进行某种海上航行，可以肯定，他们应该能够发觉……

弗拉斯科林转身面对卡利斯图斯·蒙巴尔：

"我们身处一座岛上？……"他问道。

"恰如您亲眼所见！"美国佬回答道，嘴角露出极其和蔼可亲的微笑。

"那么，这是哪座岛？……"

"模范岛。"

"那么，这座城呢？……"

"亿兆城。"

第五章　模范岛与亿兆城

在那个时代，人们还在期待出现一位大胆的统计学家，配上一位地理学家，期望他们对地球表面分布的岛屿数量，给出一个准确的数据。这个数据，毫不夸张地说，可望达到数千个之多。在这些岛屿当中，难道就找不出那么一座岛屿，能够满足模范岛创造者们的追求，以及这座岛屿未来居民们的苛刻愿望？不！一个都找不到。有鉴于此，一个基于"美国机械"实践的想法诞生了，即建造一座真正的人工岛屿，让它成为现代冶金工业的最高成就。

模范岛——也可称之为"典范岛"，是一座由螺旋桨推动的岛屿。亿兆城是这座岛屿的首府。为什么取这个名字？很显然，因为该首府是一座亿万富翁们的城市。是古尔德①、范德比尔特②，以及罗斯柴尔德家族③的城市。不过，有人质疑，在英语里面，原来并没有"十亿"这个单词……新、旧两个大陆的

---

① 杰伊·古尔德（1836—1892），19世纪美国铁路和电报系统的巨头。
② 科尼利尔斯·范德比尔特（1794—1877），美国轮船和铁路巨头。
③ 罗斯柴尔德家族是欧洲乃至世界著名的金融家族，发迹于19世纪初。

盎格鲁-撒克逊人总喜欢说"一千个百万",也就是十亿……而"十亿",是一个法语单词……就算如此吧,然而,近年来,无论在英国,还是在美国,这个单词却演变为日常用语——用这个词给模范岛的首府命名,实在恰如其分。

其实,建造一座人工岛屿,这个想法并无新奇之处。在一条河,一座湖泊,甚至一片海洋里,用足够多的建筑材料堆砌成岛屿,人力完全可以胜任。然而,这还不够。考虑到它的用途,需要满足它的苛刻要求,这座岛屿就必须能够移动,也就是说,它应该是一座漂浮的岛屿。难就难在这儿。不过,这点儿困难对于工厂的生产能力来说,并非不可企及,因为,工厂可以加工钢铁,而且,那里的机器功能强大,简直无所不能。

早在十九世纪末叶,天性好大喜功的美国人就提出构想,在距离陆地数百里①的海上,修建一个巨大的浮筏,用铁锚固定。这座浮筏,倘若不能称之为城市,至少可以算作大西洋里的驿站,上面配有饭馆、旅馆、俱乐部、剧院,等等。在这里,游客们可以享受海滨城市拥有的最时尚娱乐消遣。于是,这个构想被付诸实施,并且大大完善。不过,建造的不再是固定浮筏,而是一座移动的城市。

就在本书故事开始时的六年前,问世了一家美国企业,名叫"模范岛责任有限公司",其注册资本为5亿美元②,并分成

---

① 此处为法国古里,1古里约合4千米。
② 折合25亿法郎。——原注

模范岛

500只股份。该公司旨在建造一座人工岛屿，这座岛将向美国富豪们提供各种奢华享乐，而且是地球上任何地方都寻觅不到的享乐。那个时候，美国的财富大多来自铁路开发、银行经营、石油资源的收益，或者是贩卖腌猪肉的贸易所得，一时间，财源滚滚，盆满钵盈，于是，上述股份很快被认购一空。

建造这座岛屿用时4年，需要指出的是，该岛的基本规模，内部设施，以及运转方式，都使它能在广阔无垠的太平洋绝大部分海域游弋。我们在描述有关规模时，使用公制单位，而非英制——盎格鲁-撒克逊人习惯使用的方法令人厌恶，而且说不清道不明，远不如十进制的计算方法好用。

无论在中国的扬子江上，还是巴西的亚马孙河，抑或是欧洲的多瑙河上，都有许多水上村庄。不过，这些水上村庄只是建在木排上的几栋小屋，寿命不长。一旦木排抵达目的地，就会被拆散，小屋随之解体，村庄也就烟消云散。

可是，我们这里说的岛屿，完全是另一码事：这座岛屿将被置于大海中，使用年限很长……与人类创造的其他作品一样福寿绵长。

不仅如此，根据莱温斯坦[①]的理论，学者们推测出令人诧异的精确数据，——到2072年，地球上的居民人数将多达60亿，真到了那一天，谁晓得，陆地会不会显得过于狭小？当各个大

[①] 莱温斯坦（生卒年代不详），英国学者，人口统计学家，于19世纪晚期提出人口移动理论，其代表作为《人口迁移规律》。

陆变得拥挤不堪时,是否需要移居海上?……

模范岛是一座钢质岛屿,为了承载它那硕大的体重,外壳的强度必须精心计算。它由27万个浮箱组成,每个浮箱高16.66米,长、宽各10米。因此,每个浮箱的水平面为正方形,边长10米,面积为100平方米。这些浮箱全部用螺栓连接,固定,形成面积达2700万平方米,或者说,面积为27平方千米的岛屿。建造者们把它做成椭圆形,岛屿的长度为7千米,宽度为5千米,按整数计算,周长为18千米①。

岛屿外壳浸入水下的部分,深度为30码②,外壳的水上部分,高度为20码。由此可知,模范岛的满载吃水深度为10米。由此进一步得出结论,它的体积为43200万立方米,它的排水量等于体积的五分之三,即25900万立方米。

岛屿外壳的水下部分,全部经过处理覆盖起来。这项工作难度极大,花费了很长时间——它的发明家因此成为亿万富翁——这项发明旨在阻止各种贝类动物侵蚀与海水接触的钢板外壳表面。

岛屿外壳的钢板都被撑杆和螺栓,以及铆接牢牢固定,这样,就不用担心新岛屿的地表下面发生变形和断裂。

为了建造这座巨大的航海机械,必须设置一个专用工场。为此,模范岛公司首先买下位于老加利福尼亚半岛狭长顶端的马德莱娜海湾,及其周围的海滨地域,那里几乎紧靠北回归线。

---

① 巴黎的城墙周长为39千米,同时,巴黎旧时内城的周长为23千米。——原注

在这座海湾里，模范岛公司的工程师们，在闻名遐迩的威廉·特森领导下，开始指挥建造工程。威廉·特森在这项工程结束仅仅几个月之后，就辞世而去。就像那位布鲁内尔①，在大东方号失败的下水工程后②，一命呜呼。那么，模范岛会不会与最现代化的大东方号命运雷同？毕竟，它的尺寸规模要比后者大上千百倍。

谁都明白，让这座人工岛漂浮海面，并不需要下水工程。因为，它的建造是分部件进行的，这些部件按照方格排列在马德莱娜海湾里，属于美国海岸的这块地方③，变成了这座移动岛屿的停泊港，一旦人工岛需要维修，还能嵌入进来。

人工岛的框架，或者，也可以称之为外壳，是由这些总数达27万的浮箱格子组成，在预留给中心城市的地方，外壳被予以特殊加固，除此之外，其他地方都覆盖了厚厚的种植土壤，这些腐殖土能够满足有限的植被需求，包括草坪、花坛、灌木，甚至包括树丛、草地，以及蔬菜田。不过，若想让这块人造土地生长谷物，并且饲养牲畜，维持鲜肉商店的供应，这个想法不大现实。因此，鲜肉只能依靠定期进口。不过，岛上安置了必要的设施，用以维持牛奶，以及家禽的供应，无须依

---

① 伊桑巴德·金德姆·布鲁内尔（1806—1859），英国工程师，皇家学会会员，主持修建了大西方铁路、系列蒸汽轮船和众多的重要桥梁。
② 1854年，布鲁内尔主持建造巨轮"大东方号"。但是，巨轮于1858年举行的入水仪式发生事故，之后，费时三个月，大东方号才浮上水面。翌年，布鲁内尔辞世。
③ 1822年下加利福尼亚脱离西班牙独立。美墨战争后，加利福尼亚被分成两半，一半划归墨西哥，一半划归美国。

模范岛的建造是分部件进行的。

赖进口。

模范岛上四分之三的土地，即大约21平方千米的地方，都有植被覆盖，包括公园里青翠欲滴、四季常青的草地；盛产蔬菜和水果，集约化种植的农田；还有饲草茂盛的人工牧场，用于放养少量家畜群。不过，在那里，已经广泛实现了农业电气化，也就是说，在直流电的作用下，蔬菜能够异常迅速地生长，植株硕大，产量惊人。例如，小红萝卜能有45厘米长，一根胡萝卜重达3公斤。这里的花园、菜园，还有果园，能够和弗吉尼亚州，或者路易斯安那州最美丽的地方媲美。完全不必为此感到惊讶：因为，在这座岛上，人们完全不计工本，所以，它被恰如其分地称为"太平洋瑰宝"。

在27平方千米的全岛总面积中，岛屿首府"亿兆城"占地约五分之一，即，城市面积约5平方千米，或者说，500公顷，城区周长为9千米。读者们陪同塞巴斯蒂安·佐恩及其同伴巡游过该城，对那里比较熟悉，应该不会迷路了。另一方面，我们也熟知那些美国城市，它们的现代化程度，让人感到既幸福，又困惑——感到幸福，是因为城市交通极为便利；感到困惑，是因为在那里，根本体会不到艺术感和想象力。我们已经知道，亿兆城呈椭圆形，分为两个部分，分界线就是号称第一大道的交通干线，这条大道全长3千米多一点儿。观象台坐落在这条大道的一头顶端，在大道的另一头，突兀地坐落着一栋高大建筑物，那是市政厅，里面集中了全市的民事机构，包括水务、路政、园林、休闲场所管理，市警察局、海关、市场管理、殡葬、养老院、各级学校、宗教以及艺术部门。

那么，现在让我们看看，这座周长18千米的岛上，都住着些什么人呢？

目前，地球上人口百万以上的大城市似乎共计12个——其中4个在中国。相比之下，机器岛的居民只有约1万——他们全部出生于美国本土。这些公民到这座高度现代化的人造机器岛上来，就是希图休憩与安宁，他们可不希望彼此之间发生任何国际纠纷。从宗教的角度看，对于彼此不在一个阵营里的生活，他们已经过够了，不愿继续忍受。来自北方的美国佬都住在机器岛的左舷一侧，相反，那些南方佬则居住在右舷一侧，谁也无法限制他们上岛居住的特权，否则，模范岛公司的利益也会受到极大损害。

当初，在这片钢铁地皮初建之时，用于城市建设的位置已经确定，大小街道的平面图获得通过，建设工程开始启动，包括豪华旅馆、普通住宅、零售商店、公共建筑，以及教堂与礼拜堂，但是，没有高达27层的建筑，没有摩天大楼，或者说，没有那种在芝加哥常见的"高耸入云"的大楼。使用的建筑材料也都比较结实，而且分量较轻。建材以耐腐蚀金属为主，例如铝材，它的分量，只相当于同等体积钢材的七分之一——正如圣·克莱尔·德维尔①所说，它是属于未来的建材——完全适用于坚固的建筑物。与此同时，还使用了人造石材，这种水泥

---

① 圣·克莱尔·德维尔（1818—1881），法国化学家，发明用钠还原氯化铝工艺。首次实现铝的工业化生产。

砖块非常好用。另外，甚至还有玻璃砖，这是一种浇铸、吹制成型的空心砖，制作工艺颇像玻璃瓶，用精细的灰浆把透明的玻璃砖黏合成一体，倘若需要，甚至可以用它建造理想的玻璃房屋。不过实际上，大量使用的还是金属骨架，就像目前造船业普遍使用的建材一样。说到底，模范岛不就是一艘巨大的轮船吗？

所有这些物业，都归模范岛公司所有，那些居民，无论他们拥有多少财富，在这里不过就是租户。除此之外，这些美国人个个富可敌国，无论欧洲的君主，还是印度的总督，与他们相比，全都不值一提。模范岛公司必须向居民提供最舒适的条件，满足他们的需求。

事实上，如果根据现有统计数据，全世界累积储备的黄金总值为180亿，白银总值为200亿，那么，可以认为，这座"太平洋瑰宝"上的居民拥有其中的相当大份额。

此外，从一开始，这个项目的盈利状况就表现良好。旅馆与住宅的租金相当惊人。有些房租的金额超过好几百万美元。许多居民挥金如土，每年缴纳这笔房租毫不在乎。单是亿兆城，给公司带来的收益就相当可观。必须承认，在地理名录上，模范岛的首府亿兆城绝非浪得虚名。

除了这些富裕家庭，还有数百个家庭，他们的年租金在10万至20万之间，并且满足于这种简朴生活。除此之外，居民中还包括教授、供货商、雇员、仆役，还有一些外国人，他们漂浮在海上生活的时间不长，而且不被允许在亿兆城，也不许在模范岛上定居。至于律师，他们在岛上的数量很少，这表明，岛上极少发生诉讼案件；说到医生，他们的数量更为稀少，这也表明，岛上居民的死亡率极其低下。另一方面，岛上的每位居民都准确了解自己的身体状况，他们用测力机测量自己的肌肉力量；用呼吸测定器测量肺活量；用脉率计测量心脏收缩能力；最后，他们还要用磁强计测量自己生命力的指数。不仅如此，在这座城市里，既没有酒吧，也没有咖啡馆，更没有夜总会，总之，一切可能导致酒精中毒的玩意，统统没有。这里，从来没有发生过一次酗酒，或者说，醉得不省人事的情况。除此之外，请不要忘记，这里的市政部门向居民提供电力、照明、动力、暖气、压缩空气、稀薄空气、冷气、高压水，甚至还有气动电报，以及电话服务。由于这是一座螺旋桨驱动的岛屿，有能力秩序井然地规避恶劣气候，免除任何微生物造成的负面影响，所以，即使有人在这里去世，那也是长命百岁，油尽灯枯之后的寿终正寝。

模范岛上有士兵吗？有！在斯图尔特上校的麾下，有一支500人的军队，因为，必须考虑到，太平洋海域并非永远太平。一旦模范岛靠近某些岛群，亟须小心谨慎，谨防各色人种的海盗袭击。这支军队享受高薪待遇，其中每位成员的薪水，比老欧洲的那些将军司令还高，对此，我们不必大惊小怪。士兵享受的待遇包括住房、食物、衣服，这些统统由岛屿财政负担，这支军队的军官，个个腰缠万贯，士兵的招募条件十分苛刻，应召者百里挑一。

模范岛上有警察吗？有。根据市政府给予的必要权限，岛上驻扎了几个班的警力，足以保证城市的安全。而且，模范岛上不存在动乱因素。岛屿的海岸线由海关警卫队负责，昼夜把守。要想登岛，只能通过港口。那些不法之徒如何溜得进来？至于极个别在岛上犯事儿的坏蛋，他们转瞬之间就会被抓住，受到审判，根据判决结果，被送到太平洋的西边，或者东边，被扔到新、旧大陆的某个旮旯，永远不能重返模范岛。

我们曾经说过：模范岛有港口。那么，它真的拥有不止一个港口吗？是的，模范岛有两个港口。这座岛的大致形状为椭圆形，在它最小直径的两端，各有一座港口。其中一个名叫右舷港，另一个名为左舷港，这名字倒挺符合法国海军惯用的命名方式。

实际上，在任何情况下，都不必担心模范岛的定期进口会中断。由于该岛拥有两个港口，而且各自的朝向完全相反，因此，船只无法进港的情况不会出现。假如出现恶劣天气，导致一个港口无法停靠，另一个港口就能迎接入港船只，无论海上风向如何，港口服务都可确保无恙。通过右舷港和左舷港，各种商品不断输往模范岛，专用的轮船送来石油、面粉、谷物、葡萄酒、啤酒、现代饮食需要的其他饮料，还有茶叶、咖啡、可可，以及各类杂货和罐头食品，等等。同样通过港口，送来美国最好的批发市场提供的牛、羊、猪，保证模范岛上的鲜肉供应，总之，能够满足最挑剔的美食家对食材的需求。不仅如此，港口还输入各种纺织品、时尚用品，以满足最讲究穿着的男士，或者最优雅女士的需求。上述这些东西，都能在亿兆城的供应商那里买到——至于价格如何,我们不便透露,以免读者提出疑问。

鉴于上述事实,读者会问,这些货轮是如何定期往来于美国沿海地区与机器岛之间?因为,这座螺旋桨驱动的岛是一座会移动的岛屿——今天在这片海域,明天,它就可能开到20海里以外的海域。

答案十分简单。模范岛从来不会随意航行。它的移动路线早已被高层管理部门规划妥当,规划的依据,就是观象台气象学家们的研究成果。模范岛在海上漫游,虽然会对路线做出某些更改,但始终航行在太平洋气候最宜人的海域,并且尽可能地规避寒流,或者热流,因为气候变化可能引发多种肺部疾病。正是基于这一点,在谈论冬天这个话题的时候,卡利斯图斯·蒙巴尔才有胆量说:"没见识过!"模范岛只航行在北纬35度线与南纬35度线之间的海域,在70个纬度之间,大约1400海里的范围内,这儿可是绝佳的航海区域!送货轮船很清楚,在哪里可以找到这颗"太平洋瑰宝",因为,它的航行路线是预先制定好的,穿行在多座美妙岛群之间,这些岛群犹如浩瀚荒凉的大洋中星罗棋布的绿洲。

然而,即使在这种情况下,运货轮船仍需避免盲目寻找模范岛的航向角①。而且,模范岛公司不喜欢利用澳大拉西亚②及

---

① 航向角是指轮船航迹的切线角,也就是船运动的方向。
② 澳大拉西亚一词特指大洋洲的一个地区,包括澳大利亚、新西兰和邻近的太平洋岛屿,也可直译为"大洋洲"。

中国东部拓展公司拥有的电缆,这些电缆数量多达25条,总长16000海里。不!机器岛不愿意依赖任何人。为此,模范岛在这片海域设置了数百个浮标,这些浮标承载着电缆终端,电缆连接到马德莱娜海湾。模范岛可以靠泊浮标,用电线连接观象台的相关设施,发出电讯,于是,海湾的相关机构就能随时了解模范岛所处位置的经纬度。由此,负责运输物资的部门就能让货轮像火车班车一样定点准时。

另外,还有一个重要问题,有必要予以澄清。

那就是淡水问题,为了满足岛上居民对淡水的极大需求,如何弄来淡水?

淡水吗?……在港口附近,有两个工厂,专门负责用蒸馏法制造淡水,通过管道输送到居民家中,或者,输送到田野土层的下面。淡水系统不仅满足居民的各种需求,而且提供给路政部门,或者化作甘霖,洒向农田和草坪,让它们不再依赖变幻无常的老天爷。这些水不仅是淡水,而且经过蒸馏、电化处理,还做过卫生净化,变成世界上最纯净的水,要知道,在新旧两个世界里,一粒针头大的水滴,就能包含150亿只微生物。

还剩下一个问题,那就是,这座奇妙的机器岛如何移动。它不需要很高的行驶速度,因为,在6个月的时间里,它都不需要离开特定的海域,这片海域位于南北回归线之间,以及经线130度至180度之间。每昼夜,模范岛仅需行驶15至20海里就行,无须更多。本来,这样的漂移速度,用拖拽的方式就能轻松达到。只需要用一种印度植物加工制成缆索，人称椰棕索，这种绳索十分坚固，而且轻盈，在牵引两头的水面上可以漂浮，在水下也绝不会断裂。椰棕索可以拴在岛屿两端的滚筒上，而滚筒依靠蒸汽驱动。模范岛依靠自身动力来回移动，就像在某些河段，船只逆流而上，或顺流而下。然而，由于机器岛体形庞大，这条椰棕索必须极其粗壮，否则恐怕很容易导致海损事故。而且，模范岛的自由从此遭到缆索束缚，只能顺着固定的缆索移动，更何况，一向崇尚自由的美国公民，在涉及自由的议题上，绝对不会让步妥协。

十分幸运，电气专家的研究取得了可观进展，电力已经成为这个世界的灵魂，依靠电力，人们可以无所不能。因此，正是求助于电力，人工岛的移动难题得以迎刃而解。两家工厂驱动发电机组，产生的动力，简直无穷无尽。它们输出的直流电力，电压高达2000伏特。这些直流发电机驱动了一组功率强大的螺旋桨，它们被安装在两个港口附近。每座工厂里，安置了上百座锅炉，这些锅炉的燃料，是用石油加工做成的油饼，与煤炭相比，油饼没那么笨重，污染程度更低，所含的热值① 却更高。依靠这些锅炉，每座工厂输出的功率高达500万匹马力②。两座工厂的领导是两位总工程师，即沃森先生和索姆瓦先生，协助他们的是人数众多的机械师，以及司炉工。而所有这些人

---

① 热值，在燃料化学中，表示燃料质量的一种重要指标。
② 马力，俗称匹，是一个古老的功率单位。现行标准的国际功率单位是瓦特。

的最高领导，则是埃塞尔·西姆科准将。这位准将居住在观象台，通过电话与两座工厂保持联系，其中一座位于左舷港旁边，另一座位于右舷港旁边。就是在西姆科准将的指挥下，航行的指令得以执行，模范岛得以沿着既定路线前进，或者后退。25日至26日夜间，就是从观象台发出了起航的命令，当时，模范岛正停在加利福尼亚海岸附近，准备开始它的年度航行。

在我们的读者当中，如果有谁喜欢神游，不妨大胆登上模范岛，参与这趟太平洋之旅，以及途中发生的各种曲折经历，也许，他们会感到不虚此行。

现在，让我们了解模范岛的最大航行速度。当它的那些机器发挥出一千万匹马力的威力时，模范岛的航速可达每小时八节①。有时候，阵风能让螺旋桨的桨叶露出水面，但动力强悍的桨叶不会对岛身产生影响。由于螺旋桨的个头巨大，它甚至不会产生海浪水波。晕船者大可不必担心。在"上岛"后的最初几天里，人们能略微感觉到颤抖，那是螺旋桨转动效果传至岛屿地下。岛屿的前后两端，各有一个冲角，长度大约为60米，依靠冲角，岛屿能轻松劈波斩浪，平稳航行，巡游在广阔无垠的海面。

理所当然，除了用于模范岛航行，两座工厂产生的电力还

---

① 节是航海的速率单位，1节等于每小时航行1海里，或1.852千米。8节为时速8海里，或14.816千米。

埃塞尔·西姆科准将

有其他用途。正是依靠这些电力,照亮了田野、公园,以及城市。也正是依靠电力,通过灯塔透镜,产生巨大光源,发射出的光柱横扫海面,向远方通告机器岛的莅临,预防任何可能发生的碰撞事故。除此之外,电力还被利用服务于私人或商业街区的电报、传字、电传和电话系统。最后,电力还为那几个人造月亮提供能源,每个人造月亮的亮度等于5000烛光①,照明的范围达500米。

此时,这架庞大无比的航海机器正在进行它的第二次太平洋巡游。一个月之前,它离开马德莱娜海湾,向北驶往北纬35度线,以便再次踏上前往桑威奇群岛②的既定路线。然而,就在它沿着下加利福尼亚海岸行驶时,卡利斯图斯·蒙巴尔从电话讯息中获悉,四重奏乐队离开旧金山,正在前往圣迭戈,他随即建议,设法邀请几位杰出艺术家上岛。我们已经知道,他为此采取了何种方式,以及如何让他们登上了机器岛,那时候,模范岛就停泊在距离海岸几链③远的海面上,我们还知道,正是通过这个恶作剧,亿兆城的音乐迷们将对室内乐如醉如痴。

机器岛是人类智慧的杰出成就,无愧于二十世纪,堪称世

---

① 烛光是发光强度的计量单位。该概念最初由英国制定,后修改为国际标准。
② 桑威奇群岛是英国航海家詹姆斯·库克在1778年发现夏威夷时,对当地所起的名称,以纪念他的上司兼赞助者,第四代桑威奇伯爵。从19世纪晚期开始,这个名称不再被广泛使用。本书作者多次、轮流使用桑威奇群岛与夏威夷群岛的名称,也是为了尊重历史。为尊重原著,译者严格遵照原文使用这两个名称。
③ 链为航海用语,旧时计量距离的单位,1链约合200米。

界第九大奇迹①。现在,两位小提琴手,一位中提琴手,以及一位大提琴手已成为这座岛屿的客人,他们随着模范岛,正在前往浩瀚太平洋的西部海域。

---

① 国际公认的世界七大奇迹:埃及胡夫金字塔、巴比伦空中花园、阿尔忒弥斯神庙、奥林匹亚宙斯神像、摩索拉斯陵墓、罗德岛太阳神巨像和亚历山大灯塔。在此基础上,其他第八,甚至第九大奇迹,均为一种赞誉,而非确指。

第六章　客人……俯首就范

虽然,塞巴斯蒂安·佐恩、弗拉斯科林、伊弗内斯、潘希纳四人见多识广,处变不惊,但现在,他们仍然义愤填膺,难以自持,恨不得扑向卡利斯图斯·蒙巴尔,扼住他的喉咙。本来,他们满心以为自己脚下踏着北美洲的大地,但是,却正被送往茫茫大海!本来以为自己距离圣迭戈仅有20来英里,那里的人们还在期待第二天的音乐会,却突然获悉,自己正在远行,而且是置身于人工岛上,还是一座漂浮不定的人工岛!说实话,他们怒气冲天,的确情有可原。

美国人很幸运,躲过了第一波怒火冲击。趁着四重奏乐队惊诧莫名,或者说,还在目瞪口呆之际,他乘坐升降机,离开瞭望塔平台,暂时地逃离了四位巴黎佬的非难与指责。

"这个坏蛋!"大提琴手叫道。

"这个畜生!"中提琴手叫道。

"哦!哦!……甭管怎么说,幸亏有他,让我们有机会见证奇迹……"小提琴独奏家不置可否地说道。

"难道你会原谅他吗?"第二小提琴手回答道。

"绝不原谅,"潘希纳反诘道,"如果模范岛上有法院,我们一定要让他接受审判,这个美国骗子!"

"如果岛上有刽子手,"塞巴斯蒂安·佐恩怒吼道,"我们一定要让人吊死他!"

不过,要想做到这一切,首先,四位得下降回到与亿兆城居民同样的高度。在150英尺高的半空,警察不可能办案。只要升降机运行,片刻之后,他们就能回到地面。然而,升降机的笼子却一直没有上来,而且,也找不到可以下去的楼梯。在这座瞭望塔的顶端,四重奏乐队与世隔绝,断了联系。

经过第一波狂怒与发泄之后,塞巴斯蒂安·佐恩,以及潘希纳和弗拉斯科林沉默下来,终于一动不动,唯独伊弗内斯仍在欣赏赞叹。在他们头上,那面大旗仍在迎风招展。塞巴斯蒂安·佐恩气愤不已,真想把旗杆的升降索割断,让大旗跌落,犹如一艘战舰,降旗表示屈服。不过,最好还是不要惹祸上身,就在塞巴斯蒂安·佐恩用手攥住一把锋利短刀的时候,同伴们把他拦住了。

"别让我们自己变得理亏。"明智的弗拉斯科林提醒道。

"这样……你就认命啦?……"潘希纳问道。

"不是……不过,别把事情弄复杂。"

"可是,我们的行李都被运往圣迭戈了!……"殿下抱着双臂,提醒道。

"还有,我们明天的音乐会!……"塞巴斯蒂安·佐恩叫道。

"我们可以通过电话进行表演!"第一小提琴手回答道,这个玩笑让急躁的大提琴手愈加暴跳如雷。

同伴们把他拦住了。

读者还记得，观象台坐落在第一大道尽头一座小公园的中央。这条交通干线长达3千米，把亿兆城分为两个部分，在它的另一头儿，艺术家们可以望见，那儿有一栋貌似宫殿的建筑物，上面矗立着一座轻盈典雅的钟楼。他们想到，那里应该是政府机关所在地，抑或是市政厅，也许，亿兆城也有一位市长，以及他的副手们。他们没有想错。恰在此时，钟楼传来悦耳的钟声，伴着拂面微风，一直传到瞭望塔这边。

"听呀！……这是D大调。"伊弗内斯说道。

"而且，是四分之二拍。"潘希纳说道。

钟楼敲响五点钟。

"那么，晚饭，"塞巴斯蒂安·佐恩叫道，"还有，睡觉？……难道，由于这个卑鄙的蒙巴尔犯错儿，我们就得在这个平台上过夜？这里可是150英尺高的半空。"

假如升降机不上来，几位囚徒就没办法离开囚笼，情况确实令人担忧。

事实上，在这个低纬度地区，黄昏极为短暂，落日坠向地平线，宛如一颗弹丸。四重奏乐队的目光一直投向天际尽头，眼前一片茫茫大海，看不到一片船帆，也望不见一缕青烟。在环岛线路上，行驶的有轨电车穿过田野，或者，来往于两座港口之间。在这个钟点儿，公园里依然人流如织，从瞭望塔顶端望去，那里犹如一座巨大的花坛，盛开着杜鹃花、铁线莲[①]、茉

[①] 铁线莲，别名铁线牡丹、番莲，为毛茛科铁线莲属植物，多数为落叶或常绿草质藤本。

莉花、藤萝、西番莲、秋海棠、丹参、风信子、大丽菊、山茶花，以及品种各异的蔷薇花。散步的人们穿梭往来，——包括成年男士和年轻人，那些欧洲大城市里有碍观瞻的"小瘪三"，在这里杳无踪迹，这里的成年人个个体魄健壮，精力充沛。妇女和年轻姑娘们多数穿淡黄色服饰，在气候炎热的地方，这种装束最为流行，她们牵遛着漂亮的小猎兔狗，狗儿穿着丝绸外罩，以及镶金边的饰带。这些绅士淑女三五成群，走在细沙铺就，蜿蜒在草坪之间的小径上。一些人斜倚着电动车靠垫，另一些人坐在绿荫下的长凳上。远处，年轻绅士们在练习网球、板球、高尔夫球，以及足球，还有人骑着活蹦乱跳的小型马①，正在打马球。一群群孩子在草地上嬉戏——这些美国孩子精力如此旺盛，令人惊叹不已，他们特别崇尚个人自由——小女孩尤其如此。一些人纵马骑行在精心养护的马道上，还有些人在喧闹的游园会上相互追逐。

这个时候，城里的商业街区依然人来人往。

在主要交通干线上，活动人行道载着路人正在运行。瞭望塔脚下，在观象台的庭院花园里，行人你来我往，几位囚徒毫不犹豫地希望引起行人的注意，为此，潘希纳和弗拉斯科林一次又一次地大声呼唤。他们也确实让人家听到了喊声，因为，一些行人向他们挥手致意，甚至行人的喊话声也传到了他们的耳边。但是，没有一个行人对塔顶平台出现友好人士感到意外，

---

① 小型马，特指背高不及142厘米的马。典型种包括设德兰，以及威尔士小型马。

没有人大惊小怪。至于行人的喊话，也无非就是"再见""你好"之类的问候语，或者其他友好与客气的表示。艺术家们感到，亿兆城的居民似乎已经知道四位巴黎人莅临模范岛，卡利斯图斯·蒙巴尔正在为他们尽地主之谊。

"噢！噢！……他们在嘲笑我们！"潘希纳说道。

"我也颇有同感！"伊弗内斯接着说道。

一个小时过去了——在此期间，他们的呼唤徒劳无益。无论是弗拉斯科林的恳切请求，还是塞巴斯蒂安·佐恩的怒吼谩骂，全都毫无效果。而且，随着晚饭时间的临近，公园里散步的人，以及街上闲逛的人逐渐稀少，情况终于变得令人无法容忍！

"毫无疑问，"伊弗内斯唤起内心充满浪漫的记忆，说道，"我们就像一群异教徒，遭到一个怪才引导，进入了一个怪诞之地，我们难免遭受惩罚，因为我们看了不该看到的东西……"

"他想用饥饿迫使我们屈服！"潘希纳回答道。

"在此之前，我们一定要想方设法延长生命！"塞巴斯蒂安·佐恩不禁叫道。

"如果到最后，我们不得不相互蚕食……第一个被吃掉的应该是伊弗内斯！"潘希纳说道。

"想吃就请随意！"第一小提琴手悲天悯人地叹息道，一边说，一边低头引颈，准备受死。

恰在此时，高塔深处传来动静，升降机的笼子上来了，停在平台上。囚徒们都想着，只要看到卡利斯图斯·蒙巴尔现身，一定要用最合适的方式迎接他……

笼子是空的。

那好吧！君子报仇，十年不晚。受骗的人总能找到骗人的家伙。现在，最要紧的是下去，降到那个骗子所在的位置，下去的方法很简单，就是在笼子里站好。

他们照此办理。等到大提琴手和同伴们进入笼子，它随即启动，不到一分钟，已经降到瞭望塔底层。

"要知道，"潘希纳跺着脚，说道，"我们并非站在天然的G调上①！"

这句玩笑说得简直太不是时候！因此，谁都不愿搭理他。门打开了。四个人依次走出笼子。院子里空无一人。四人穿过院子，走进小公园的林荫道。

在那儿，几个行人来回走过，对这几位陌生人视而不见。弗拉斯科林经过观察，提醒大家谨慎行事，塞巴斯蒂安·佐恩也不再随意指责抱怨。他们最好是向政府部门提出指控，晚一点儿提出也没关系。四重奏乐队商量决定，先返回精益旅馆，等到第二天，再就人身自由问题提出申诉。于是，四人顺着第一大道步行而去。

至少，几位巴黎佬是否有幸引起公众的注意？……答案不置可否。路人看到他们，并未给予特别关注——也许，他们就像那些数量不多的游客，偶尔来到亿兆城参观。不过，他们的

---

① 此处为双关语，法语"土地"与音阶的第五个唱名G调，为同一个单词。

情况极为特殊，受此影响，自己感觉不太舒服，总以为别人盯着他们，然而，实际上，并没人在意这几位巴黎佬。另一方面，在四位巴黎佬眼里，这些四处漂泊的岛民与众不同，他们宁愿在地球上最广阔的海洋里游荡，也不愿与自己的同类相互交往。四个人有这样的看法，也算情有可原。只要稍微发挥一点儿想象力，就能把这些岛民看作太阳系其他星球的来客。以上都是伊弗内斯的想法，此刻，他的思维极为亢奋，正把他带向幻想的世界。至于潘希纳，他只是随意说道：

"说真的，这些路人，个个都像亿万富翁。我觉得，他们都像机器岛一样，每人腰间也插了一把小螺旋桨。"

不过，四人的饥饿感越来越强烈。中午饭已经是遥远的过去，辘辘饥肠亟待满足日常需求。必须赶紧返回精益旅馆。从明天起，他们将采取一切措施，设法搭乘模范岛的一艘轮船，让人把他们送回圣迭戈。而且，还要让卡利斯图斯·蒙巴尔支付一笔赔偿金，这样才算公平合理。

然而，就在他们沿着第一大道行走时，弗拉斯科林在一栋豪华建筑物前停住脚步。大厦的门楣上方，镌写着金色大字：娱乐场。在高大的正门拱廊右侧，一座餐厅触目可及，透过装饰着蔓藤花纹的玻璃窗，可以看见，里面摆着成排桌椅，其中几张桌旁，已经有人在享用晚餐，桌子周围，还有不少人走来走去。

"这儿，有人在吃饭！……"第二小提琴手说道，一边用目光询问饥饿的同伴们。

他得到了潘希纳的简洁回应：

"我们进去！"

于是，他们一个跟着一个，鱼贯进入餐厅。这是一座开放式餐厅，经常有外国人前来光顾，艺术家们的出现，似乎并未引起旁人关注。潘希纳一向擅长点菜，他审视菜单，点好菜，五分钟之后，这顿丰盛晚餐的第一道菜肴端了上来，几位饥民狼吞虎咽。非常幸运，四重奏乐队的钱包十分充盈，倘若他们在模范岛把钱花光了，在圣迭戈的几场收入，就能又把钱包塞满。

真是美味佳肴，比纽约，或者旧金山餐馆的饭菜强多了，这里用的都是电炉灶，大火小火，调节自如。菜肴包括罐装牡蛎汤、玉米粒烩肉块、凉拌芹菜、大黄甜点①，这些都是传统菜肴，随后送上来的，还有极其鲜美的鱼肉、无与伦比的朗姆牛排、岛上集约化种植的蔬菜，甚至还有野味，无疑，这些猎获物都来自加利福尼亚的草原和森林。至于饮料，根本没有美国风格的冰水，而是各式啤酒，以及来自勃艮第、波尔多，以及莱茵河畔葡萄园的佳酿，请相信，亿兆城酒窖储存的这些葡萄酒，全都价格不菲。

这顿饭让几位巴黎佬恢复了精力，思路也开始活跃起来。几位协奏曲演奏家品尝着不掺水的酒，心想，也许，他们的这趟经历并非那么糟糕，谁知道呢。这些事儿，在那些吹气鼓动

---

① 大黄是多种蓼科大黄属植物的合称，在中国，大黄主要入药，但在欧洲及中东，有些品种大黄可供食用。

音波，操弄吹奏乐器的人眼中，属于天经地义，在操弄弦乐器的人看来，却是不可饶恕。管他呢！伊弗内斯和潘希纳，甚至包括弗拉斯科林本人，他们觉得，在这座亿兆城里，生活充满希望，甚至前途灿烂。只有塞巴斯蒂安·佐恩与同伴们的看法截然不同，他心中的怒火，并没有被来自法兰西的葡萄酒熄灭。

总而言之，到结账的时候，四重奏乐队已经醉意蒙眬，用一句古代高卢①的俗语形容，他们全都"喝高了"。一位身着黑衣的饭店领班，把账单递给乐队出纳弗拉斯科林。

第二小提琴手看了一眼账单金额，不禁站起，重新坐下，然后，再次站起，用手揉了揉眼睛，目光投向天花板。

"你怎么啦？……"伊弗内斯问道。

"我从头到脚，浑身战栗！"弗拉斯科林回答道。

"很贵吗？……"

"岂止是贵……我们要付200法郎……"

"四个人？……"

"不……每位。"

确实如此，160美元，不多，也不少——至于账单的细节：鸡肉，15美元；鱼肉，20美元；朗姆牛排，25美元；梅多克葡萄酒和勃艮第葡萄酒，每瓶30美元——其他差不多都是这个价格。

"见鬼！……"殿下禁不住叫道。

---

① 高卢是古代西欧的地区名，包括现在的法国、比利时等地。

"抢钱呀！"塞巴斯蒂安·佐恩喊道。

上述对话都是法语，那位尊贵的餐厅领班并未听懂。不过，他已经猜到刚刚发生了什么。只见他嘴角露出一丝微笑，而且，绝无蔑视的意思，仅仅是略感惊讶的微笑。在他看来，4人吃一顿晚餐，花费160美元稀松平常。在亿兆城，就是这个价格。

"别丢脸！"潘希纳说道，"事关法兰西的体面，掏钱……"

"甭管怎么说，"弗拉斯科林反诘道，"我们必须得去圣迭戈，否则到后天，连买三明治的钱都没了！"

他一边说，一边拿出钱包，从里边掏出厚厚一沓美钞纸币，幸亏，美元在亿兆城可以流通。就在他准备把钱递给餐厅领班的时候，一个声音传了过来：

"这几位先生不必付账。"

这是卡利斯图斯·蒙巴尔的声音。这个美国佬刚刚走进餐厅，一如既往地和蔼可亲，满脸堆笑。

"是他！"塞巴斯蒂安·佐恩大声叫道，真想上去，一把揪住他的脖子，用力握紧，就像他表演强奏乐段①时，紧握大提琴的琴柄。

"冷静，我亲爱的佐恩，"美国人说道，"请你们，您和您的同伴，前往那间客厅，那边已经准备好了咖啡。在那儿，我们可以畅所欲言，好好聊一聊，等到我们谈完了……"

"我就好掐死您了！"塞巴斯蒂安·佐恩怒喝道。

---

① 此处为双关语，法语的"用力"与"强奏乐段"为同一个单词。

"抢钱呀！"

"不……您将会亲吻我的双手……"

"我根本不会亲吻您的任何地方!"大提琴手叫道,义愤填膺,脸上红一阵,白一阵。

片刻之后,卡利斯图斯·蒙巴尔的客人们已经倚靠在柔软的长沙发上,他本人则坐在摇椅里前后摇晃。

现在,他开始向贵宾们做自我介绍,以下是他的表白:

"卡利斯图斯·蒙巴尔,来自纽约,50岁,著名的巴纳姆①的侄孙,现任模范岛艺术总监,负责与绘画、雕塑、音乐相关的业务,并且全面负责亿兆城的娱乐事务。现在,先生们,你们知道我是谁了吧……"

"那么,有时候,"塞巴斯蒂安·佐恩问道,"您是否还会担任侦探,负责引诱别人上当,然后强制性地拘禁人家?……"

"脾气暴躁的大提琴手,别着急对我做判断,"总监回答道,"请听我说完。"

"请您说下去,"弗拉斯科林语气严肃地反诘道,"我们洗耳恭听。"

"先生们,"卡利斯图斯·蒙巴尔和蔼可亲地接着说道,"在这次会晤中,我只想与你们探讨有关音乐的问题,譬如,我们这座机器岛上的音乐领域现状。目前,亿兆城还没有一座剧院;然而,一旦它想要,剧院就能像施了魔法般冒出来。迄今为止,

---

① 菲尼亚斯·泰勒·巴纳姆(1810—1891),美国著名演艺界经纪人,曾当选康涅狄格州议员。

岛上的公民都是通过完善的机器设备，随时欣赏经典的抒情乐曲，满足他们的音乐爱好。无论是古典音乐家，还是现代音乐家，当今的著名艺术家，还是最时尚的器乐演奏家，只要我们愿意，都能借助留声机欣赏到……"

"你们那种留声机，不过就是鸟风琴①。"伊弗内斯鄙夷地叫道。

"没有您以为的那般不堪，小提琴演奏家，"总监回答道，"倚靠自己的机器，我们已经不止一次，冒昧地倾听过你们的演奏，那时候，你们正在波士顿，或者费城巡演。如果你们愿意，甚至可以亲手为自己的演出鼓掌……"

那个时代，卓越的爱迪生②的发明正处于巅峰时期。留声机早已不是当初那只音乐匣子的样子，多亏了它的那位伟大发明者，音乐家和器乐演奏家，以及歌唱家们转瞬即逝的天才表现得以保存下来，让子孙后代有机会欣赏，而且，保存得惟妙惟肖，与雕塑和绘画作品一样传之后世。如果愿意，可以管它叫作回声，但是，这种回声与原声毫无二致，就像摄影术一样，把歌声，或者音乐声的细致、微妙之处，纯粹真切地保留下来。

说到这些，卡利斯图斯·蒙巴尔热情洋溢，给四位听众留下深刻印象。他谈起圣-桑、雷耶、昂布鲁瓦·托马③、古诺、

---

① 鸟风琴是源于18世纪法国的一种手摇小风琴。此处比喻音质恶劣。
② 托马斯·阿尔瓦·爱迪生（1847—1931），美国发明家，拥有一千多项发明专利，包括留声机、白炽灯、麦克风、电影放映机等。
③ 昂布鲁瓦·托马（1811—1896），法国作曲家，代表作是歌剧《哈姆雷特》。

马斯奈、威尔第,以及柏辽兹、梅耶贝尔、阿莱维、罗西尼[①]、贝多芬、海顿、莫扎特等音乐家的不朽名作,几乎无所不知,而且倾心崇拜。他长期担任艺术经纪人,倾尽所能,只为推广他们的作品。听一听他的这段经历,一定很有意思。甭管怎么说,眼下这个阶段,尽管瓦格纳的作品不那么流行了,但是,其他音乐家的作品,似乎仍有待推广。

当他终于住嘴,准备喘一口气,潘希纳赶紧打住他的话头:

"您说的这些都挺好,"他说道,"然而,在我看来,您的亿兆城历来听到的,都是罐头盒里的音乐,因为,世人向这里运送的,都是罐装旋律,就如同罐装沙丁鱼,或者罐装腌牛肉……"

"请原谅,中提琴手先生。"

"殿下可以原谅您,但他要强调的其实就一点:您的留声机只能保留逝去的音乐,然而,一位艺术家的真实演奏,亿兆城的人却从未领略过……"

"再次请您原谅。"

"蒙巴尔先生,只要您希望,我们的朋友潘希纳尽可以原谅您,"弗拉斯科林说道,"殿下一向以慈悲为怀。不过,他的看法是正确的。再说了,如果您能够与美国,或者欧洲的各大剧院取得联系……"

"您觉得,这是不可能的吗?我亲爱的弗拉斯科林?"总监

[①] 焦阿基诺·安东尼奥·罗西尼(1792—1868),意大利歌剧作曲家,其代表作是歌剧《塞维尔的理发师》。

叫道，同时停止了在摇椅上打秋千。

"您说什么？……"

"我想说的是，这无非就是价格问题。我们的城市足够富裕，能够满足任何新奇的需求，以及对抒情艺术的渴望！为此，它做了一件事儿……"

"啥事儿？……"

"在这座娱乐场的音乐厅里，安置了一套电传剧院设施。模范岛公司拥有多条水下电缆，都沉在太平洋的海底，电缆的一头连着马德莱娜海湾，另一头悬挂在大型浮标上面，对吗？那好了，一旦我们的市民想要欣赏新旧世界的某一位歌手演唱，我们就连接上某一根电缆，然后，向马德莱娜海湾的相应部门发出电话指令。他们就与美洲，或者欧洲建立联系，把电线，或者电缆接通到相应剧院，以及相应的音乐厅，与此同时，我们的音乐爱好者就坐在这座娱乐场里，身临其境地欣赏这些遥远的演出，并且鼓掌喝彩……"

"但是，在另一头，听不到这边的鼓掌喝彩……"伊弗内斯叫道。

"请您原谅，亲爱的伊弗内斯先生，他们可以通过回传线路，听到鼓掌喝彩。"

随后，卡利斯图斯·蒙巴尔开始陈述自己对于音乐神奇作用的见解，这番陈述极其冗长，在他看来，音乐不仅是一种艺术的表现方式，而且还是灵丹妙药。根据威斯敏斯特教堂[①]约

---

① 威斯敏斯特教堂是英国地位最高的教堂，坐落在伦敦泰晤士河北岸。

翰·哈佛的学说，亿万富翁们发现，利用音乐艺术，可以取得神奇的治疗效果。这套方法能让他们保持健康的体魄。音乐对中枢神经产生反射作用，颤抖的和声有利于扩张动脉血管，促进血液循环，还可以根据需要，加速或减缓血液流速。依据声音的强度，以及音调的变化，音乐能够加速心脏跳动，以及呼吸系统的速率，从而为人体组织添加营养，成为一剂辅药。为此，亿兆城设立了提供音乐能量的部门，通过电话系统，向居民家中输送声波。诸如此类。

四重奏乐队听得目瞪口呆。他们从来没听说过，可以从医学角度讨论他们的艺术，甚至，他们为此感到有些不快。不过，喜欢奇思妙想的伊弗内斯还是忍耐不住，急于附和这套理论，此刻，对方已经把话题上溯至撒乌尔王[1]时代，开始引用著名的竖琴弹奏家大卫王[2]的药方，以及治疗方法。

"是！……是！……"总监刚说完最后一段独白，伊弗内斯赶紧插嘴道，"完全正确。只需根据诊断，对症下药就好！还需根据病人体质的贫血程度，决定选择瓦格纳，或是柏辽兹……"

"对于多血质的病体，就得选择门德尔松，或者莫扎特，用音乐替代锶溴化物[3]，疗效会好很多。"卡利斯图斯·蒙巴尔回答道。

---

[1] 根据《圣经·旧约》记载，撒乌尔王是以色列的第一代君王。
[2] 根据《圣经·旧约》记载，大卫王是犹太支派耶西的第八个儿子，善弹竖琴，并用琴声赶走扫罗身上的恶魔。
[3] 溴化物一般指含溴二元化合物，可用于合成镇静剂和麻醉剂等。

听着这番高深莫测的对话，塞巴斯蒂安·佐恩忍不住突兀地插话道：

"这些都无关紧要，"他说道，"您为什么把我们弄来这里？……"

"因为，弦乐器能够发挥最强大的功效……"

"确实如此，先生！但愿它能治疗您的神经症，正是您的神经病，中断了我们的行程，阻止了我们抵达圣迭戈，本来，明天，我们要在那儿举行一场演出……"

"正是如此，我最要好的朋友们！"

"在您眼里，我们不过就是一帮玩儿音乐的医科学生，或者鼓弄旋律的药剂师，对吗？……"潘希纳吼叫道。

"不对，先生们，"卡利斯图斯·蒙巴尔站起身来，回答道，"在我看来，你们是才华横溢的艺术家，而且声名显赫。四重奏乐队在美国巡演，广受欢迎，喝彩声甚至传到了我们岛上。于是，模范岛公司想到，是时候了，应该邀请真正的高手名家，请他们取代留声机和电传剧院设备，用看得见摸得着的方式，直面亿兆城的市民，为他们表演经典艺术作品，让他们获得无与伦比的享受。公司希望，在邀请歌剧管弦乐队之前，首先邀请室内乐队。于是，公司想到了你们，因为，你们是室内乐最著名的代表。公司赋予我这个使命，无论如何，要把你们弄来，如果有必要，甚至不惜诱骗。因此，你们是第一批即将在模范岛大获成功的艺术家，请各位想一想，你们将受到多么热烈的欢迎！"

听到总监这番热情洋溢的言辞，伊弗内斯和潘希纳颇受感动。这番话会不会又是故弄玄虚，对此，他们毫不在意。弗拉斯科林一向善于深思熟虑，他在考虑，是否需要认真对待这番冒险经历。无论怎样，在如此神奇的岛屿上，会不会发生神奇的故事？至于塞巴斯蒂安·佐恩，他已经铁了心，坚决不投降。

"不，先生，"塞巴斯蒂安·佐恩叫道，"您不能在人家尚未同意的情况下，强迫对方服从……我们将提起诉讼，告您！……"

"您本应对我心存感激，却要告我的状……您可真是忘恩负义！"总监反驳道。

"那么，先生，我们将获得赔偿吗？……"

"赔偿……到时候，我付给你们的，将比你们希望的多出百倍……"

"怎样的赔偿？"讲究实际的弗拉斯科林问道。

卡利斯图斯·蒙巴尔拿过皮包，抽出一页印有模范岛徽章的纸张，把它展示给艺术家们：

"您四位只需在这份契约下面签字，这件事儿就谈成了。"他说道。

"签字？我们还没看呢……"第二小提琴手回答道，"天底下哪儿有这么办事儿的！"

"您签了这份东西，绝对不会后悔！"卡利斯图斯·蒙巴尔禁不住放声大笑，整个人似乎都膨胀起来，他接着说道，"不过，我们还是需要履行正常手续。这是公司向你们提供的一份合同，从今天算起，合同有效期一年，内容涉及室内音乐的表演，与你们在美国巡回表演的曲目相同。12个月后，模范岛将回到马德莱娜海湾，你们也将准时回到那里……"

"以便继续我们在圣迭戈的演出，对不对？"塞巴斯蒂安·佐恩叫道，"到那时，在圣迭戈迎接我们的，将是喝倒彩的嘘声……"

"不，先生们，将是欢呼与喝彩声！像你们这样卓越的艺术家，音乐爱好者们从来趋之若鹜，迫切希望亲耳倾听……即使音乐会迟到一年！"

这家伙，真是让人恨得牙根痒。

弗拉斯科林拿起那页纸，认真看了起来。

"谁为我们提供担保？……"他问道。

"模范岛公司提供担保，在合同上签字的是西律斯·比克斯塔夫先生，他是我们的总裁。"

"那么，薪水就是这份合同上写的那样吗？……"

"完全正确，也就是说，100万法郎……"

"给我们四个人吗？……"潘希纳叫道。

"给每个人，"卡利斯图斯·蒙巴尔微笑着回答道，"况且，你们的才华是无价之宝，这个数字与之无法相提并论！"

必须承认，这句奉承话让人十分受用。然而，塞巴斯蒂安·佐恩还在抗议。他一心只想赶往圣迭戈，甭管多高的价格，都不能接受。弗拉斯科林费了好大力气，才平息了他的怒火。

甭管多高的价格，都不能接受。

另一方面，面对总监的提议，他们仍旧将信将疑。一份为期一年的合同，几位艺术家每人100万法郎，这是当真吗？……确实当真，弗拉斯科林看得出来，因为，他问道：

"这些薪水如何支付呢？……"

"分四次支付，"总监回答道，"这份是第一季度的薪水。"

卡利斯图斯·蒙巴尔从鼓鼓囊囊的皮包里，掏出来4捆钞票，每捆5万美元，也就是25万法郎，把它们分别递给弗拉斯科林，以及他的同伴们。

这种办事风格——真是地道的美国范儿。

从某种程度上说，塞巴斯蒂安·佐恩不愿意动摇。不过，他这个人，尽管脾气暴躁，却从来不忘算计。他不禁考虑道：

"尽管如此，按照你们岛上的价格水平，如果吃一只小山鹑，就要花费25法郎，那么很可能，买一副手套就得花100法郎，买一双长靴，还不得花500法郎？……"

"噢！佐恩先生，公司才不在乎这点儿小钱，"卡利斯图斯·蒙巴尔叫道，"而且，公司希望，四重奏乐队的艺术家们在岛上生活期间，包吃包住，费用由公司付讫！"

面对如此优厚的待遇，除了在合同上签字，还能说什么呢？

于是，弗拉斯科林、潘希纳，以及伊弗内斯，挨个儿照此办理，塞巴斯蒂安·佐恩喃喃自语，嘟囔着：这一切简直荒诞不经……登上一座机器岛，肯定没有好下场……等着看如何收场吧……最终，他还是下决心，也把名字签了。

履行完毕这道手续，如果说，弗拉斯科林、潘希纳，以及伊弗内斯没有亲吻卡利斯图斯·蒙巴尔的手,但至少,他们亲热地握住了这只手。握了四次手,每次价值100万!

于是,就这样,四重奏乐队开始了奇特的历险,同时,乐队成员俯首就范,变成模范岛的客人。

第七章　向西航行

模范岛在太平洋平稳航行，每年这个季节，海面平静，人称太平洋，果然名副其实。一天一夜过去，塞巴斯蒂安·佐恩已经习惯了这种平静的漂移生活，他和同伴们甚至感觉不到自己正在航行。模范岛拥有数百个螺旋桨，在上千万匹马力的驱使下，动力强悍，整座岛屿的钢铁外壳仅仅让人略感震颤。亿兆城根基牢固，纹丝不动。甚至，就连海军装甲巨舰都无法抗拒的海面涌浪，对模范岛也无可奈何。在居民住宅，无论桌子还是灯具，都丝毫不受横摇①的影响。这点儿颤抖算得了什么？无论巴黎、伦敦，甚至纽约的房子，都不如这里的房子根基牢固，难以撼动。

在马德莱娜海湾休整数周后，由公司总裁主持，模范岛名人委员会确定了年度航行方案。机器岛将先后巡游东太平洋的一系列主要群岛，那一带海域空气洁净，富含臭氧，以及带电的浓缩氧气，与普通空气相比，那里的氧气成分异常活跃。由

---

① 横摇是船舶舰垂直线与其在水平面的夹角，即船舶在水面的横向摇摆。

于机器岛行动自如，可以利用自己的优势，随心所欲遨游。无论往西，还是往东，无论驶往美国海滨，还是驶往亚洲东部地区，只要它愿意，都能做到。模范岛想去哪儿，就去哪儿，充分享受航行带来的丰富体验。甚至，如果它愿意，还可以离开太平洋，绕过合恩角①，或者好望角②，前往大西洋或者印度洋。它只需遵循既定航向，无论海流，还是暴风雨，都无法阻止它实现自己的目标。

不过，这座"太平洋瑰宝"没必要航行到那么遥远的海域，因为，太平洋拥有数不清的群岛，能提供足够的空间，远非那两个大洋可以媲美。太平洋这座舞台足够广阔，可以提供多条航行路线。机器岛能从一座群岛驶往另一座群岛，虽然，它并不拥有动物特有的本能，无法依靠辨别方向的第六感觉③，寻找并满足自己的需要。机器岛的航行，仰仗的是一位可靠的舵手，它的航行方案经过长时间讨论，并且获得一致同意。迄今为止，在这个问题上，左舷区居民与右舷区居民之间，还从未发生过意见分歧。眼下，正是依照已经通过的决定，机器岛向西航行，驶往桑威奇群岛。从四重奏乐队登上机器岛的地方，到这座群岛，距离大约为1200里④，机器岛低速行驶，走完这段路程需耗时一个月。然后，它将在这片群岛停留，等待合适的时机，然

---

① 合恩角位于南美洲最南端，是太平洋与大西洋分界线。
② 好望角是非洲西南端非常著名的岬角，曾经是从大西洋进入印度洋的必经之地。
③ 此处指视觉、听觉、嗅觉、味觉和触觉等五个基本感觉外，动物拥有的本能直觉。
④ 此处为法国古里，1古里约合4千米，即，这段行程约为4800千米。

……海面涌浪，对模范岛也无可奈何。

后驶往位于南半球的另一个群岛。

就在那个令人难忘日子的第二天，四重奏乐队离开精益旅馆，住进了娱乐场的一套房间里——这套专供他们使用的房间十分舒适，陈设华丽，应有尽有。房间窗户正对着伸展的第一大道。塞巴斯蒂安·佐恩、弗拉斯科林、潘希纳，以及伊弗内斯，每人拥有自己的房间，各房间围绕着共用客厅。这栋建筑的中心庭院里，生长着茂盛的树木，在树荫的庇护下，喷泉送来清新空气。这座庭院的一侧，坐落着亿兆城博物馆。庭院另一侧，就是音乐厅，在那里，来自巴黎的艺术家们将幸运地取代留声机的回声，以及电传剧院设备的实况转播。每天，只要他们愿意，可以在餐厅里就餐两次、三次，甚至更多次，而且，餐厅老板不会向他们出示那些不靠谱的账单。

这天早晨，大家在客厅里聚齐，正准备下去吃早餐。

"我说，各位提琴手们，"潘希纳问道，"对于这趟经历，你们有什么想法？"

"一场梦，"伊弗内斯回答道，"梦见我们一年能赚一百万……"

"可它却千真万确地摆在面前，"弗拉斯科林回答道，"摸一摸自己的口袋，你能抽出来那一百万的第一个四分之一……"

"现在需要知道的是，这个梦将如何终结？……我觉得，结局可能一团糟！"塞巴斯蒂安·佐恩叫道，面对强加给自己的锦绣前程，他始终顾虑重重。

"而且，咱们的行李呢？……"他补充说道。

实际上，他们的行李应该已被送往圣迭戈，既不可能从那里被运回来,也不可能等待主人前往领取。噢! 这些行李极为普通:无非是几只箱子,里面装着内衣、盥洗用具、替换的衣服,以及演出服装,那是他们登台面对观众时需要穿的。

对于这个问题,四位艺术家不必操心。不出48个小时,他们那套略显褪色的演出服,就已经被新送来的演出服所取代。这套衣服价值1500法郎,那双高帮皮鞋价值500法郎,不过无须他们掏腰包。

不仅如此,卡利斯图斯·蒙巴尔非常熟练地承揽了这项颇为微妙的业务,只希望四重奏乐队无所顾虑,心无旁骛。很难想象,一位总监居然如此殷勤周到,无微不至。他在娱乐场也拥有一套居室,在那里指挥着手下各个部门,公司为他提供足够的资金,用以支持他那些豪爽慷慨的花销……我们最好不要披露具体的金额。

娱乐场里还设置了阅览室,以及游艺室,不过,在这里,无论巴卡拉①、纸牌、轮盘赌、扑克②,以及其他任何带有赌博性质的游戏,均在严禁之列。那里,还能看到一间吸烟室,里面的烟由一家新近成立的公司负责制作,在烟草公司的中央操作室,烟草被置于燃烧炉内,产生的烟经过提纯,过滤尼古丁③,然后通过管道输送至各家各户。香烟爱好者只需用嘴唇含住管道终端特殊的琥珀烟嘴,计数器负责统计每日的

---

① 巴卡拉是流行于欧洲赌场,通常由三人玩的纸牌游戏。
② 这里特指一种源于美国的赌博方式,每人掌握五张纸牌。
③ 尼古丁俗名烟碱,是烟草的重要成分,可使人上瘾,产生依赖性。

那里，还能看到一间吸烟室。

消费量。

在这座娱乐场里，音乐爱好者可以欣赏来自远方的音乐，现在，又将观赏四重奏乐队的表演，此外，这里还陈列着亿兆城的收藏品。对于绘画艺术爱好者来说，这里的博物馆拥有丰富的古代以及当代绘画作品，其中不乏重金购置的经典名作，包括意大利、荷兰、德国，以及法国的各个绘画流派，这些收藏足以媲美巴黎、伦敦、慕尼黑、罗马和佛罗伦萨，藏品中包括拉斐尔①、达·芬奇②、乔尔乔内③、科雷乔④、多梅尼基诺⑤、里贝拉⑥、牟利罗⑦、雷斯达尔⑧、伦勃朗⑨、鲁本斯⑩、库伊普⑪、佛兰斯·哈尔斯⑫、霍贝玛⑬、凡·戴克⑭、荷尔拜因⑮，等等。此外，

---

① 拉斐尔·圣齐奥（1483—1520），意大利画家、与达·芬奇和米开朗基罗合称"文艺复兴三杰"。
② 列奥纳多·达·芬奇（1452—1519），意大利文艺复兴画家、科学家、发明家。现代学者称他为"文艺复兴时期最完美的代表"。
③ 乔尔乔内（1477—1510），意大利威尼斯画派画家。
④ 科雷乔（1489—1534），原名安托尼奥·阿来里，意大利16世纪早期的创新派画家。
⑤ 多梅尼基诺（1581—1641），意大利巴洛克风格画家。
⑥ 里贝拉（1591—1652），意大利巴伦西亚画派画家。
⑦ 牟利罗（1617—1682），西班牙巴洛克画家。
⑧ 雷斯达尔（1602—1670），荷兰黄金时代的风景画家。
⑨ 伦勃朗（1606—1669），荷兰画家，也是欧洲17世纪最伟大的画家之一。
⑩ 鲁本斯（1577—1640），17世纪佛兰德斯画家，巴洛克画派早期代表人物。
⑪ 库伊普（1620—1691），荷兰黄金时代的主要画家之一。
⑫ 佛兰斯·哈尔斯（1582—1666），荷兰17世纪著名画家。
⑬ 霍贝玛（1638—1709），荷兰画家。
⑭ 凡·戴克（1599—1641），17世纪佛兰德斯画家。
⑮ 荷尔拜因（1497—1543），德国画家。

还有当代画家，诸如：弗拉戈纳尔①、安格尔②、德拉克罗瓦③、谢弗④、卡巴特⑤、德拉罗什⑥、雷尼昂、库图尔⑦、梅索尼埃⑧、米勒⑨、卢梭⑩、迪普雷⑪、布拉斯卡萨⑫、麦卡特、特纳⑬、特罗恩⑭、柯罗⑮、多比尼⑯、博德里⑰、博纳特⑱、杜兰⑲、约瑟夫·莱菲博瑞⑳、福尔隆㉑、布勒东㉒、比奈㉓、约瑟夫·杨㉔，以及卡巴内尔㉕，

---

① 弗拉戈纳尔（1732—1806），法国洛可可风格画家。
② 安格尔（1780—1867），法国画家。
③ 德拉克罗瓦（1798—1863），法国著名画家。
④ 谢弗（1795—1858），荷兰画家。
⑤ 卡巴特（1812—1893），法国画家。
⑥ 德拉罗什（1797—1859），法国学院派画家。
⑦ 库图尔（1815—1879），法国学院派画家。
⑧ 梅索尼埃（1815—1891），法国古典学院派画家、雕塑家。
⑨ 米勒（1814—1875），法国写实主义田园画家。
⑩ 卢梭（1844—1910），法国后期印象派画家。
⑪ 迪普雷（1811—1889），法国风景画家，巴比松画派代表人物之一。
⑫ 布拉斯卡萨（1804—1867），法国巴比松派的田园画家。
⑬ 特纳（1775—1851），英国风景画家。
⑭ 特罗恩（1810—1865），法国巴比松画派画家。
⑮ 柯罗（1796—1875），法国画家。
⑯ 多比尼（1817—1878），法国画家，印象画派的先驱。
⑰ 博德里（1828—1886），法国画家。
⑱ 博纳特（1833—1922），法国学院派画家。
⑲ 杜兰（1837—1917），法国画家，法兰西学院院士。
⑳ 约瑟夫·莱菲博瑞（1834—1911），法国学院派画家。
㉑ 福尔隆（1833—1900），法国现实主义画家。
㉒ 布勒东（1827—1906），法国现实主义画家。
㉓ 比奈（1857—1911），法国实验心理学家，具有艺术修养。
㉔ 约瑟夫·杨（1836—1897），法国画家。
㉕ 卡巴内尔（1823—1889），法兰西第二帝国最有影响力的学院派画家之一。

等等。为了永久保存这些画作，它们都被置于预先抽为真空的玻璃橱内。值得关注的是，这座博物馆里，尚未摆放印象画派①、恐惧画派、未来主义画派的作品；不过，毫无疑问，用不了多久，这些颓废派艺术品就将充斥博物馆，模范岛逃脱不了它们瘟疫般的入侵。与此同时，博物馆还收藏了价值连城的雕塑品，包括古代和现代艺术大师的大理石雕塑，它们都坐落在娱乐场的庭院内。由于这里的气候条件，既没有雨水，也没有雾霾，所以，这些雕塑、雕像，以及胸像，可以扛得住岁月的侵蚀，无须担忧。

尽管这些精美艺术品是否经常被人观赏，也无论模范岛的名流们是否真的热爱这些珍品，更遑论他们的艺术修养究竟有多高，这些我们无从知晓，不过，有一点十分清楚，即右舷区的艺术爱好者人数，要远多于左舷区。尽管如此，在购买若干艺术珍品的问题上，他们的意见完全一致，在拍卖会上，他们报出不可思议的高价，令新旧两个大陆的任何王公富豪，诸如奥马尔公爵②，或者肖查德③都甘拜下风。

在娱乐场里，最吸引访客的是阅览室，这里摆放着欧洲和美国的各种期刊、报纸，均由定期班轮从马德莱娜海湾送抵模范岛。这些期刊报纸被读者翻看，反复阅读之后，都被收藏进

---

① 印象画派是19世纪下半叶法国兴起的一个画派，对绘画技法的革新有很大影响。
② 奥马尔公爵（1822—1897），法国末代国王路易·菲利普之子，热衷艺术珍品的收藏。
③ 阿尔弗雷德·肖查德（1821—1909），法国富商，曾花八十万法郎从美国购回米勒名作《晚祷》，捐赠卢浮宫而名噪一时。生前收藏艺术珍品遗赠巴黎奥赛博物馆。

图书馆的仓库，那里排列保存着成千上万种图书，特意安排了一位图书管理员负责整理保管，他的薪酬高达2.5万美元。在模范岛的所有公务员当中，也许，这位图书管理员的工作最清闲。此外，这座图书馆里还收藏了若干有声图书：读者不必费力阅读，只需按一下按钮，就能听到一位播音员，用悦耳的嗓音朗诵图书——譬如，由勒古韦先生①朗诵的拉辛②作品《费德尔》③。

至于"本地"报纸，在两位总编辑的领导下，模范岛出版两份报纸，就在娱乐场的车间里编辑、排版、印刷。其中一张报纸名为《右舷记事报》，这是专供右舷区的报纸，另一张名为《新先驱报》，专供左舷区。报纸专栏报道各种事件，诸如：邮轮抵达、海上新闻、海事要闻、食品行市表（商业街最关注这个栏目）、每日测定的经纬度位置、名人委员会的各种决定、总裁颁布的政令。此外，还有各种民事通告，诸如：出生、婚姻、讣告——这项内容极为罕见。另一方面，报道里从来不会出现盗窃、凶杀事件，法院也仅仅审理涉及市民的争讼，以及民事诉讼案。报纸从来不会专门报道百岁老人的消息，因为，在这里，长寿已经不是少数人专享的特殊现象。

至于涉及外国的政治新闻，模范岛通过沉入太平洋海底深处的电缆，每天与马德莱娜海湾保持电话通信。如果有关事件

---

① 欧内斯特·勒古韦（1807—1903），法国著名法学家，法兰西学院院士。
② 让·拉辛（1639—1699），法国剧作家，与高乃依和莫里哀合称17世纪最伟大的三位法国剧作家。
③ 《费德尔》是法国古典戏剧的代表作，由让·拉辛创作于1677年。

涉及某些利益，亿兆城居民总能对全世界发生的事情及时获悉。必须补充说明一下，无论《右舷记事报》，还是《新先驱报》，其言论都不算太尖锐。迄今为止，两张报纸明智相处，关系良好。不过，没有人知道，这种文雅谦恭的讨论交流状态能否持久。在宗教领域，无论新教教义，还是天主教教义，都讲究宽容与和解，大家在模范岛上和谐共处。说实在的，从长远来看，倘若讨厌的政治因素掺和进来，如果某些人旧事重提，如果涉及个人利益冲突，涉及自尊心，到那时……

除了上述两份报纸，模范岛还出版周刊，或者月刊，专门转载外国报纸上的文章，文章作者都是著名评论家的后人，诸如萨尔塞、勒梅特尔、夏尔马、富尔内尔、德尚、富基尔、弗朗斯，以及其他大牌评论家。除此之外，还出版画刊。甚至还有十多种俱乐部、夜总会刊物，或者街头小报，专门刊登日常社交新闻。这些刊物别无所求，唯一目的就是供人消遣片刻，满足读者的精神需求……甚至口腹之欲。是的！有些刊物就是用可食面团制作，印刷文字的墨水则是巧克力。早餐时，读者阅毕，随即吃进肚子里。这些可食刊物，有的具有止泻药效，还有的具有轻度导泻药效，对人体十分有益。四重奏乐队认为，这项发明不仅有趣，而且颇为实用。

"瞧，这种阅读方式有益于消化！"伊弗内斯恰如其分地评论道。

"而且是富有营养的文学作品，"潘希纳回答道，"糕点与文学融为一体，再配上音乐，简直太完美了！"

现在，自然而然地，人们会问，机器岛究竟拥有何种财源，才能让岛上居民维持如此奢华的生活，新旧两个世界里，没有哪座城市能与之媲美。这座岛的收益必定高得离谱，因为，它需要负担那么多部门的开销，还要给全体雇员发薪水。

然而，当他们就这个问题询问总监时，对方却回答道：

"在这儿，人们不做生意。我们既没有贸易委员会，也没有证券交易所，更没有工业。至于商业，那也仅限于满足岛上的需求。我们从来不会为外国人举办类似1893年芝加哥万国博览会，或者1900年巴黎世界博览会那样的盛会。不！这里不存在对生意经的顶礼膜拜。我们从来不喊'前进！①'，除非是为了让这座'太平洋瑰宝'往前行驶。为了维持模范岛的运行，我们并非通过做生意获取必要的资金，而是通过海关。是的！海关税收能满足我们的全部财政预算需求……"

"那么，这笔预算有多大？……"

"预算的金额为三千万美元，我亲爱的朋友们！"

"一亿法郎，"第二小提琴手叫道，"仅仅一万人口的城市！……"

"正如您所说，我亲爱的弗拉斯利林，这笔钱全部来自海关税收。我们没有任何赠款，本地几乎不生产任何物品。没有！我们仅仅向右舷港和左舷港赋予征税权。这也就解释了，为什么岛上消费品的价格如此昂贵——这个昂贵，只是相对而言，

---

① 此处为英语，意思是先行一步，或指有进取心的行为。

而且大家都能接受，因为，在你们看来高昂的价格，与每个人的支付能力密切相关。"

说到这儿，卡利斯图斯·蒙巴尔再次情绪激昂，大肆吹嘘自己的城市，吹嘘自己的岛屿——它是从高等级星球飞来的一枚瑰宝，降落在浩瀚的太平洋上，是一座漂浮的伊甸园①，避居在这里的，都是睿智的贤人，只有在这里，才能找到真正的幸福，世上绝无仅有的幸福！卡利斯图斯·蒙巴尔活像一个江湖卖艺人！好像正在高喊：

"请进，先生们，请进，太太们！……请走检票口！……座位不多了！……马上就开戏……赶紧买票……"等等，诸如此类。

确实如此，座位有限，但是，票价也是真昂贵！啊！这位总监挥舞着手里的百万美元，在这座亿兆城里，百万美元，那不过是笔小数目！

在上述大段冗长的独白里，各种溢美之词层出不穷，伴之以狂热的手舞足蹈，通过这段独白，四重奏乐队弄清楚了模范岛各个行政机构。首先，学校实行强制的免费义务教育，教书的老师享受政府部长级别的待遇。学生不仅学习流行语言，甚至学习消失了的语言，课程包括历史、地理、自然科学、数学，以及兴趣艺术课，内容之丰富，不逊于老大陆的任何一所大学，甚至科学院，——这是卡利斯图斯·蒙巴尔的看法。事实上，

---

① 据《圣经·旧约·创世记》记载，伊甸园是东方乐土。

这里的学生不必在公共课程上花费心思，如果说，这一代岛民还掌握着合众国学校教育的浅薄知识，那么，他们的后代接受教育的程度，会比他们更低。这一点确属美中不足，也许这样，岛民将遗世独立，成为人类当中的另类。

竟然如此！难道，这座人工岛上的居民，他们从来不去外国旅行吗？难道，他们从来不去参观岛外的国度，不去看看欧洲的大都市吗？那些历史悠久的地方，曾经传世无数各种珍贵遗产，难道，他们也不去游览吗？去的！他们当中有些人，出于某种好奇心理，曾经旅行去过遥远的地方。然而，他们对那些地方不感兴趣，多数人甚至厌恶反感；他们觉得，那些地方与模范岛平静的环境格格不入；他们耐不住那些地方的炎热；忍受不了那里的严寒；最后，他们着凉感冒。可是，在亿兆城，他们从未患过感冒。于是，他们匆匆忙忙，急不可耐地返回自己的岛屿，这些人过于轻率，冒冒失失地离开模范岛。通过这些旅行，他们得到了什么？一无所获。就像一句希腊俗语所说，他们"空手而返"，让我们再补充一句，他们"徒劳无功"。

至于那些外国人，被模范岛的大名吸引，因为——按照某些人的说法——自从埃菲尔铁塔[①]位列世界第八大奇迹之后，模范岛跻身世界第九大奇迹，不过，卡利斯图斯·蒙巴尔认为，来这里参观的外国人不会太多。尽管这些外国游客登岛给两座

[①] 埃菲尔铁塔在法国巴黎，建于1889年，总高324米，设计新颖独特，是世界建筑史的技术杰作。

港口带来新的收入财源，但是模范岛并不在乎这些。去年上岛的外国人当中，多数都是美国人。来自其他国度的游客很少，或者说，有的国家干脆没人来过。不过，还是来过几位英国人，他们很容易辨认，因为，据说由于伦敦雨水多，英国人的裤脚一律挽得很高。另一方面，对于模范岛的问世，大英帝国一向很不喜欢。因为，在英国看来，模范岛妨碍了海上航行，它宁愿看到这座岛屿消失。至于德国人，来访的人数极少，而且，即使有德国人登岛，他们也只会把亿兆城看作是另一个芝加哥。在所有来访的外国人当中，唯独法国人最受模范岛公司殷切热情的欢迎，因为，这个民族不算是来自欧洲的入侵者①。不过，迄今为止，模范岛上是否还没有来过哪怕一位法国人？……

"这不大可能。"潘希纳提醒道。

"我们法国人不太有钱……"弗拉斯科林补充道。

"可能没有靠年金收入的食利者，"总监回答道，"但有可能当上公务员……"

"这么说来，在亿兆城里，有我们的一位同胞？……"伊弗内斯问道。

"有一位。"

"这位幸运儿，他是谁？……"

"阿萨纳塞·多雷姆斯先生。"

---

① 美国独立战争期间，北美十三州殖民地反抗英国统治，后来，法国加入战争对抗英国，有助于美国独立。

"那么，这位阿萨纳塞·多雷姆斯在这里干什么？"潘希纳叫道。

"他是一位舞蹈教授，同时教导礼仪举止，得到管理部门给予的优厚待遇，此外，还享受专门授课的课时费……"

"是，也只有法国人能教这门课程！……"殿下接茬儿道。

现在，四重奏乐队已经弄明白，模范岛是如何组织运行其行政管理。于是，他们把注意力集中到本次令人神往的航行，眼下，模范岛正驶往太平洋的西部海域。在西姆科准将的指挥下，伴随模范岛航向的变化，太阳从岛屿的不同地方升起，如果没有这种变化，塞巴斯蒂安·佐恩和同伴们真就以为自己仍旧身处陆地。尽管这里号称太平洋，但依然会有狂风巨浪，自启航后的半个来月，已经遭遇过两次恶劣天气，狂风大作，阵风袭人，海面巨浪冲击着岛屿的金属外壳，犹如拍击海岸，溅起浪花。但是，在波涛汹涌的洋面上，迎着海浪的冲击，模范岛平稳如常。狂怒的大海在模范岛面前无能为力。人类的智慧战胜了大自然。

15天之后，6月11日，举行第一次室内音乐会，多条街道两侧，闪烁着电力照明的海报。不用说，器乐演奏家们已经预先拜会了模范岛总裁，以及亿兆城的市政府。西律斯·比克斯塔夫对他们表示了最热烈的欢迎。报纸载文介绍四重奏乐队在美利坚合众国巡演取得的成就，热情祝贺总监请来四位艺术家——尽管邀请的方式有点儿冒犯，大家对此心知肚明。能够亲眼观赏，同时亲耳聆听几位艺术家表演音乐大师的杰作，简直令人期盼！喜欢欣赏音乐的行家当真艳福不浅！

　　四位巴黎佬之所以入驻亿兆城娱乐场，那是花大价钱请来的，因此，他们的音乐会不可能对公众免费开放，这一点，想都别想，根本没门儿。管理部门还指望从中获得丰厚盈利，就像那些美国马戏班的经纪人，他们聘请的歌手，每唱一个节拍①，甚至一个音符②，都要收费1美元。按照惯例，市民来娱乐场欣赏电传戏剧，或者留声机音乐，也是要付费的。因此，那一天的音乐会，门票必然极其昂贵。所有座位都是一个价儿，每把沙发200美元，也就是说，用法国货币折算，等于1000法郎。卡利斯图斯·蒙巴尔自信地认为，音乐会一定座无虚席。

　　他果然说对了。所有座位被订购一空。娱乐场音乐厅优雅舒适，但只能容纳一百来个座位。确实，如果举行一场座位拍卖会，真不知能拍卖出多高的价钱来。然而，这么干不符合模范岛的规矩。在这里，所有销售物品的价格，必须预先公布市场行情，无论涉及的是生活必需品，还是奢侈品。倘若没有这条规矩，鉴于某些人拥有巨额财富，难免出现垄断，因此，最好避免这种现象。确实，如果说，右舷区的富人们来听音乐会，那是出于对艺术的热爱，那么很可能，左舷区富豪们赶来，不过是出于身份的需要。

　　当塞巴斯蒂安·佐恩、潘希纳、伊弗内斯和弗拉斯科林出

---

① 节拍是衡量节奏的单位，也是乐曲中表示固定单位时值和强弱规律的组织形式。

② 音符即音的符号，在简谱中记录音高低和长短的符号。在五线谱中用符头加符干、符尾小椭圆点来标记。

现在纽约、芝加哥、费城，或者巴尔的摩的观众面前时，他们可以毫不夸张地说，面前的观众不乏百万富翁。然而，这一晚，如果说他们的观众不乏亿万富翁，事实上，他们恐怕都说少了。想想看！杰姆·坦克顿、纳特·科弗利，还有他们的家眷，都坐在最显眼的第一排沙发里。在其他座位上，随处可见，众多音乐爱好者全是准亿万富翁，用潘希纳的话说，他们个个"腰缠万贯"，这个说法倒是颇为贴切。

登上舞台的时间到了，四重奏乐队的头儿说道："上去吧！"

随后，他们走上舞台，心情并不比在别处更激动，甚至在巴黎的观众面前，他们的心情也不过如此。也许，那些巴黎观众腰包里的钱并不多，但是，他们心灵深处的艺术细胞却更发达。

必须强调，尽管他们还没有上过那位法国同胞多雷姆斯的礼仪课程，但是，塞巴斯蒂安·佐恩、伊弗内斯、弗拉斯科林和潘希纳的服装非常得体，雪白的领带价值25法郎，镶嵌的大颗灰珍珠价值50法郎，衬衣价值70法郎，高帮皮鞋价值180法郎，马甲价值200法郎，黑色裤子价值500法郎，黑色外套价值1500法郎——当然了，这些都记在管理部门的账上。几位艺术家受到热情欢迎，大家鼓掌，右舷区的观众掌声热烈，左舷区的观众掌声含蓄——各自的性格脾气，由此可见一斑。

音乐会的曲目包括四支曲子，乐谱由娱乐场图书馆提供，在总监的关照下，图书馆准备了大量丰富的乐谱。

降E调，第一号弦乐四重奏，作品第12，门德尔松；

F大调，第二号弦乐四重奏，作品第16，海顿；

降 E 调，第十号弦乐四重奏，作品第 74，贝多芬；

A 大调，第五号弦乐四重奏，作品第 10，莫扎特；

在这间坐满亿万富翁的音乐厅里，四位演奏家的表演极为出色，他们脚下是一座漂浮的岛屿，岛屿下面是深不可测的海洋，在太平洋的这片海域，海水深度超过五千米。他们的表演获得圆满成功，备受称赞，特别是右舷区音乐爱好者的称赞。在这个令人难忘的晚会上，总监的表现最突出：他大喜过望。简直可以说，是他在进行表演，而且是同时操弄两把小提琴，一把中提琴，还有一把大提琴的表演。几位演奏大师开门见喜——他们的经纪人大获成功！

必须指出，如果说，演出期间，音乐厅里座无虚席，娱乐场周围同样人潮如流。事实上，很多人没能搞到一个沙发席位，甚至没弄到一张折叠椅的加座，更遑论那些被高额票价拒之门外的人。这些站在外面的听众大多收入微薄，只能站得老远窃听，就好像音乐声从留声机匣子里，或者电话亭里传出来。不过，他们的掌声依旧热烈，并未因此而稍减。

音乐会结束时，爆发出一阵欢呼。塞巴斯蒂安·佐恩、伊弗内斯、弗拉斯科林和潘希纳出现在娱乐场左侧阳台上，第一大道灯火通明，高处的灯光，以及电气月亮的光辉耀眼夺目，天空中苍白的塞勒涅① 为之黯然失色。

---

① 塞勒涅是希腊神话中的满月女神，与其兄赫利俄斯每天轮流驾车从天空经过，形成昼夜交替。

第一大道灯火通明。

在娱乐场对面，人行道上，稍远一点儿的地方，一对夫妇吸引了伊弗内斯的注意。一个男人站在那里，一位女士挽住他的胳膊。男士的年龄在五十岁上下，中等偏高身材，相貌出众，表情严峻，甚至略显悲哀。女士的年龄略显年轻，神情高傲，帽檐下，露出因年龄而略显花白的头发。

伊弗内斯被他们的矜持神态吸引，不禁指给卡利斯图斯·蒙巴尔看。

"这两位是什么人？"他向总监问道。

"这两个人吗？……"总监颇为轻蔑地撇了撇嘴，回答道，"哦！……他们是狂热的音乐爱好者。"

"他们为何不在娱乐场音乐厅里订座位？"

"毫无疑问，对于他们来说，门票价格过于昂贵。"

"那么，他们的财富呢？……"

"他们的年金刚够二十来万法郎。"

"哦！"潘希纳叫道，"那么，这俩可怜的家伙是干什么的？……"

"他们是马勒卡利亚[①]的国王与王后。"

[①] 此处为作者杜撰的地名。

第八章 远 航

　　自从建造了这台硕大的航海机器，模范岛公司就需承担双重职能，一个是航行，另一个是行政管理。

　　对于第一个职能，谁都知道，它隶属于那位指挥官，或者叫船长，也就是那位美国海军出身的埃塞尔·西姆科准将。此人五十岁，是位经验丰富的航海家，对太平洋的各个海域了如指掌，包括那里的海流、风暴、暗礁，以及海底的珊瑚礁。因此，他具备足够能力，稳健掌舵，肩负起驾驶机器岛的重任，保护众多岛民，不负上帝，以及公司股东们的重托。

　　第二个职能，涉及多个行政部门的组织工作，这项职能隶属于本岛总裁。西律斯·比克斯塔夫先生是来自缅因州[①]的美国佬，作为联邦的一个州，在美国联邦的分裂战争[②]中，这个州是最少参与自相残杀的诸州之一。因此，在机器岛的两个区之间，十分幸运，西律斯·比克斯塔夫选择中立，不偏不倚。

---

① 缅因州是美国的第23州，位于美国东北角的新英格兰地区。
② 此处指美国的南北战争（1861—1865），这是美国历史上一场规模最大的内战。

总裁的年龄将近六十来岁，单身。此人沉着冷静，自制力极强，外表冷淡，但内心刚毅果决，性格内敛，颇有英国佬风范，绅士味极浓，言行举止慎重严谨。即使不在模范岛，而是在其他任何国度，他都算得上一位了不起的人物，而且备受敬重。然而，在这里，他不过是公司的一个高级职员。另一方面，虽然他的薪俸抵得上一个欧洲小国元首的年俸，不过并不富有，在亿兆城的富豪面前，他将如何自处？

西律斯·比克斯塔夫在担任模范岛总裁的同时，还兼任首府的市长。因此，他占据了那座耸立于第一大道尽头的市政厅，与大道另一头的观象台遥相呼应，那里是埃塞尔·西姆科准将的府邸。总裁在市政厅办公，那里负责接待处理各种民事业务，包括出生，岛上的出生率处于中等水平，足以保证本岛的未来；死亡，——逝者将被送往马德莱娜海湾的墓地；婚姻——根据模范岛的规矩，首先举行民政仪式，然后举行宗教仪式。在市政厅里，还有多个行政部门在运行，而且从未受到市民的抱怨责难，由此可见，市长与公务员们相当恪尽职守。当总监把塞巴斯蒂安·佐恩、潘希纳、伊弗内斯，以及弗拉斯科林介绍给总裁的时候，他们都对这位先生留下极为良好的印象，认为此公品行优良，处事公道，讲究务实，毫无偏见，亦无空想。

"先生们，"总裁对他们说道，"你们莅临本岛，让我们倍感荣幸。也许，我们的总监邀请各位的方式不太合适，但是，你们将会原谅他，我说得对吗？此外，对于本市，你们定会无可挑剔。本市只希望你们每月举行两场音乐会，同时，你们将会

西律斯・比克斯塔夫先生。

接到私人邀请，而你们享有充分自由，决定是否接受。作为音乐大师，本市向你们致敬。我们不会忘记，你们是本市有幸接待的第一批艺术家！"

四重奏乐队对于此次接见深感荣幸，面对卡利斯图斯·蒙巴尔，毫不掩饰自己的满意心情。

"是的，这位西律斯·比克斯塔夫先生的确和蔼可亲，"总监轻轻耸了耸肩膀，回答道，"只可惜，他并未拥有10亿，或者20亿财富……"

"世上并无尽善尽美之人！"潘希纳反驳道。

亿兆城的总裁兼市长配有两名副手，帮助他处理机器岛上并不复杂的行政事务。在他们手下，有一小拨雇员，领取适当的薪酬，并被分配到各个部门。至于市议会，它根本不存在。要它有啥用？取代市议会的是名人委员会——它有三十来位成员，个个聪明智慧，富可敌国。一旦需要就重大事情做出决策，他们就会齐聚一堂——譬如，从环境卫生的角度考虑，制定相应的航线。在这个问题上，我们的巴黎佬将会看到，有时候，对航线的制定存在争议，而且很难达成一致。不过，迄今为止，西律斯·比克斯塔夫善于机灵、明智地周旋，总能使对立双方达成妥协，并且照顾到各方的自尊。理所当然地，他有两名副手，一位是新教教徒，名叫巴泰勒米·鲁格，另一位是天主教徒，名叫哈布利·哈考特。两位都是从模范岛公司的高管中遴选来，热心辅佐西律斯·比克斯塔夫。

就这样，十八个月以来，机器岛平稳运转，特立独行，甚至遗世独立，避开烦人的恶劣天气，在自己选择的海域，在浩瀚无垠的太平洋上自由自在地遨游，四重奏乐队将在这里度过整整一年时光。他们的前程充满未知，甚至可能经历一些风险，对此，他们一无所知，但也毫不畏惧，正如大提琴手所说：只要按部就班，一切都能迎刃而解。不过，既然这片人工天地已经问世，并被置于浩瀚大洋之上，那么，是否意味着，人类的智慧已经超越了造物主赋予人类能力的极限？……

机器岛继续向西航行。每天，当太阳跨越子午圈①的时候，埃塞尔·西姆科准将的部下，即观象台的军官们都会测定所在位置。在市政厅钟楼的四个侧面，各有一个表盘，准确标识出机器岛所处位置的经纬度，与此同时，上述标识还通过电报，发往各个交叉路口、旅馆、公共建筑，甚至发到居民住宅里。而且，随着机器岛向东，或者向西航行，根据位置变化，标识及时做相应调整。如此，亿兆城的市民可随时了解，知道模范岛在航线上所处的位置。

除了在海洋里平静移动，与新旧两个大陆的大都市相比，亿兆城并无不同之处，城市生活亦毫无二致。公众生活，以及市民私生活平静如常。于是，我们的四位器乐演奏家闲来无事，开展了第一次休闲之旅，目的是探访这座太平洋瑰宝蕴含的新奇之处。他们乘坐有轨电车，在岛上各处闲逛。他们参观两座电力生产工厂，里面的设备排列整齐，驱动两套螺旋桨的机器

---

① 子午圈是地平坐标系或赤道坐标系中的大圆，天体运动经过子午圈称为中天。

功率强大，所有这些令人惊叹不已。他们看到，工厂里的人员纪律严明，两套螺旋桨的运行，分别由沃森工程师和索姆瓦工程师指挥。多艘汽船为模范岛提供服务，按照固定的间隔时间，根据港口所处位置，以及进港的难易程度，左舷港和右舷港轮番接纳汽船进港。

如果说，固执的塞巴斯蒂安·佐恩拒绝欣赏这些神奇的东西，弗拉斯科林的感受相对温和，伊弗内斯则是激动万分，兴奋不已！在他看来，到二十世纪，将有许多漂浮城市在海洋里纵横驰骋，这是未来舒适生活与人类进步的巅峰之作。乘坐这艘移动的岛屿，前往拜访大洋洲一带的姊妹岛，这趟旅行简直太棒了，超级棒！至于潘希纳，他觉得，在这座富裕的岛屿上，人们谈论百万美元，简直就像在谈论25个路易①。这里流行使用纸钞，人们习惯于在兜里揣两千，或者三千美元，这一切，让他感到阵阵头晕目眩。殿下不止一次地对弗拉斯科林说道：

"老兄，你身上有没有揣着5万法郎零钱？……"

在此期间，四重奏乐队无论走到哪儿，都受到热烈欢迎，他们也结识了一些人，不是吗，有那位能干的蒙巴尔引荐介绍，谁还会怠慢他们？

首先，他们前往拜访了自己的同胞阿萨纳塞·多雷姆斯，就是那位舞蹈礼仪教授。

---

① 路易是法国金币名，因币上铸有路易十三和路易十四的头像而得名。一个路易等于24法郎。

每天，……观象台的军官们都会测定所在位置。

这位正直的先生住在右舷区,位于第二十五大道的一栋朴素住宅里,租金为三千美元。他有一位上了年纪的女仆,每月的薪水是100美元。能够会晤法国人,他感到十分荣幸……这几位法国人,给法兰西增添了光彩。

这是一位70岁的老翁,身材矮小,略显消瘦,甚至算得上瘦骨嶙峋,不过目光依然炯炯有神,牙齿一颗不缺,微卷的头发依然浓密,与他的胡须同样苍白。老翁步履稳重,颇有节奏感,前胸昂起,腰板笔挺,双臂圆抡,双足略微外撇,鞋袜洁净无瑕。几位艺术家兴趣盎然地与之交谈,对方欣然应对,神态优雅,十分健谈。

"太荣幸了,亲爱的同胞们,我简直太荣幸了,"头一次见面,他重复说了足有二十遍,"我十分荣幸与你们见面!你们居然想来这座城市定居,这主意简直太妙了!你们绝不会后悔,我已经习惯了这里的生活,如果让我换一种生活方式,那简直难以想象!"

"那么,多雷姆斯先生,您在这儿生活多长时间了?"伊弗内斯问道。

"已经18个月了,"教授的双脚换了一个姿势,回答道,"模范岛甫一创建,我就来这儿了。我原来住在新奥尔良①,多亏了我在那里良好的工作业绩,才让令人尊敬的总裁,西律斯·比

---

① 新奥尔良是美国路易斯安那州的一座海港城市,曾是法国在北美洲的殖民地,具有法国风情。

克斯塔夫先生接受了我的工作申请。自从那个神圣的日子以来，我就负责领导这里的一所舞蹈礼仪艺术学院，由此获得的酬金，让我有可能在这里生活……"

"作为百万富翁留下来！"潘希纳叫道。

"哦！是这里的百万富翁……"

"我懂……我懂……我亲爱的同胞。不过，据总监对我们说，您的艺术学院似乎学生不多……"

"我的学生都在城里，这是事实，而且全是年轻人。年轻的美国人自认为天生就懂得基本礼仪。为此，那些年轻人宁愿秘而不宣地学习礼仪。于是，我就悄悄教导他们，帮他们掌握法兰西式的优雅举止。"

教授微笑地说着，神态娇俏，犹如半老徐娘，努力摆出优雅的姿态。

他是庇卡底①人，出生于桑泰尔，少年时期就离开法国，来到美国定居，一直住在新奥尔良。那里属于法兰西梦牵魂绕的路易斯安那②，居民多为法国后裔，因此，对于才华横溢的阿萨纳塞·多雷姆斯来说，找到适合自己的机会并不难。他曾经为几个大家族工作，成绩斐然，而且攒下一笔钱，可惜，在某一天，这笔钱又被更精明的美国人掠走了。恰在此时，模范岛公司开始创业，大肆宣传，散发广告，招徕那些超级富豪，这些

---

① 庇卡底位于法国西北部，历史上曾经是法国的一个省。桑泰尔是该地区的一个小市镇。
② 路易斯安那是美国南部的一个州，曾是法属殖民地，后被拿破仑以每英亩4美分的价格卖给美国。

富豪经营铁路、石油矿藏，以及猪肉，或者腌猪肉生意，积累了数不清的财富。也就在那时，阿萨纳塞·多雷姆斯打定主意，向这座新城市的总裁申请一份工作，那时候，像他这样的教授职位竞争还不太激烈。由于科弗利家族也出身于新奥尔良，而且对他抱有好感，于是，该家族的族长推荐了他，后来，这位族长成为亿兆城右舷区声望最高的名人之一。在族长的力荐下，阿萨纳塞·多雷姆斯被录用了，于是，一位法国人，而且还是庇卡底地区的乡巴佬，跻身成为模范岛的职员。确实，他仅仅在自己家里授课，在娱乐场的那间教室里，永远只有教授自己，伫立在镜子前沉思冥想。但，那并不重要，因为，他的薪水并未因此减少一分钱。

总之，这是一位正人君子，稍微有点儿怪癖，略显滑稽，而且颇为自命不凡，自认为秉承了韦斯特里斯①和圣–莱昂②的遗风，继承了布鲁梅尔③与西摩勋爵④的衣钵。不仅如此，在四重奏乐队看来，他既然是一位同胞——在距离法国千万里之遥的地方，这么一位同胞总是值得尊重。

理所当然，四个巴黎佬倾诉了最近的遭遇，告诉他，四人是在何种状况下来到机器岛，以及，卡利斯图斯·蒙巴尔用了什么招数把他们留在了岛上——实话实说——以及，在他们

---

① 盖坦·韦斯特里斯（1729—1808），法国芭蕾舞蹈家。
② 亚瑟·圣–莱昂（1821—1870），法国芭蕾演员、编导。
③ 勃·布鲁梅尔，19世纪末至20世纪初，法国最著名的服装设计师。
④ 弗雷德里克·比彻姆·西摩勋爵（1821—1895），英国皇室贵族。

登岛几个小时之后，机器岛如何拔锚起航。

"咱们这位总监如此行事，我一点儿都不感到意外。"老教授回答道，"这是他的一贯手法 …… 以前他就这么干过，今后还会这么干！…… 这才是巴纳姆的嫡传子孙①，他早晚得牵累公司 …… 此人办事毫无底线，必得吃几次苦头才晓得收敛 …… 他活像那帮美国佬，躺在沙发里，双脚翘到窗台上，自吹自擂！…… 从根儿上说，这人不坏，但是，有点儿不知天高地厚！…… 甭管怎么说，我亲爱的同胞们，千万别记恨他，而且，虽然耽误了圣迭戈音乐会，确实令人烦恼，但除此之外，有机会来到亿兆城，你们应该感到庆幸。在这儿，你们是受人尊重的 …… 对此，你们应该深有体会。"

"特别是，每到一个季度末的时候！"弗拉斯科林反诘道。作为乐队的会计，他深感责任重大。

谈到岛上两个阵营之间对立的问题，阿萨纳塞·多雷姆斯肯定，并且证实了卡利斯图斯·蒙巴尔的说法，在他看来，这个问题将是地平线上出现的一抹阴影，甚至可能演变成狂风，对机器岛构成威胁。在右舷区居民与左舷区居民之间，将会发生冲突，涉及双方的利益和自尊，难免令人担忧。坦克顿家族与科弗利家族是本地最富有的两个家族，他们相互猜忌，敌视情绪与日俱增，如果没有办法弥合分歧，也许，早晚会爆发冲突。

---

① 巴纳姆初期游艺事业以畸人异物为主，利用侏儒、连体双胞胎等畸人赚钱。参阅本书第六章相关注释。

是的……爆发冲突！……

"不过，即使爆发冲突，也不可能让机器岛一分为二，我们倒不必为此操心……"潘希纳提醒道。

"至少，在我们驻岛期间，不发生冲突就好！"大提琴手补充道。

"噢！……这座岛结实着呢，亲爱的同胞们！"阿萨纳塞·多雷姆斯回答道，"它在海上已经遨游了十八个月，迄今为止，尚未发生过任何重大事故。仅仅经历过三次无关痛痒的维修，甚至都不需要返回马德莱娜海湾锚泊！别忘了，它可是用钢板制作！"

这句话一语中的，如果在这个世界上，钢板制作的东西都不绝对牢固，还能指望什么材料？钢材，是铁的冶炼物，而我们地球本身，总体来说，也差不多就是一团巨大的碳化物，不是吗？由此可见，模范岛，其实就是缩小的地球。

紧接着，潘希纳又想起，需要询问教授对西律斯·比克斯塔夫总裁的看法。

"他也如钢铁般坚硬？"

"是的，潘希纳先生，"阿萨纳塞·多雷姆斯回答道，"作为管理者，他精力充沛，能力过人。不幸的是，在亿兆城，即使坚毅如钢铁，也未必足以应对……"

"是不是得像黄金一般昂贵。"伊弗内斯反诘道。

"恰如您所说，或者说，他如履薄冰！"

这句话恰如其分。尽管西律斯·比克斯塔夫身居高位，但仍不过是公司的一名高级职员。他掌管着多项民事业务，负责海关税收，监督公共卫生，街道清扫，园林养护，受理纳税人的投诉——一言以蔽之，就是与大多数被管理者较劲作对——仅此而已。在模范岛，必须兢兢业业，然而，恰如教授所言：西律斯·比克斯塔夫如履薄冰。

另一方面，职责要求他，必须在两个阵营之间保持中立，弥合分歧，时刻避免失去平衡，以免让一方满意，另一方却心生反感。掌控好这项策略，难度极大。

事实上，有些想法已经显露苗头，很可能终将导致两个阵营的冲突。譬如，右舷区居民迁居来模范岛，就是希望平静地享受他们的财富，然而，左舷区居民却舍不得放弃自己的生意经，他们自忖，为何不能利用机器岛，把它变成一艘巨型商船，为何不能让它运送各种货物，前往大洋的四面八方；为何模范岛上不能开办任何工厂……总之，虽然他们来到机器岛不足两年，这些以坦克顿为首的美国佬，已经开始留恋经商生涯。只不过，迄今为止，他们还只是嘴上议论，尚不至于让西律斯·比克斯塔夫总裁忧心忡忡。尽管如此，他还是希望，将来形势不会恶化，内部分歧不会导致混乱，毕竟，这座人工岛建造的初衷，就是让居民享受宁静生活。

辞别阿萨纳塞·多雷姆斯时，四重奏乐队答应还会再来看望他。按照惯例，教授下午要去娱乐场，尽管那里没人等着他。但是，为了避免被人指责擅离职守，他必须守候在那儿，在空无一人的大厅镜子前，认真备课。

与此同时，机器岛每日继续向西航行，而且，航向略偏向西南方，以便驶往桑威奇群岛。这里的纬度接近热带，气温已经开始升高。如果没有海风的吹拂，亿兆城市民难以忍受这种高温。幸亏，夜晚依旧凉爽。即使在最炎热的时候，依赖人工降雨的滋润，岛上的树木和草坪依旧青翠怡人。每天正午，市政厅钟楼的表盘都会显示定位标识，并且电传到各个街区。6月17日，模范岛的位置在西经155度与北纬27度交会点，已经接近热带。

"简直可以说，我们被金乌① 拖拽而行，"伊弗内斯吟诵道，"或者，你们也可以更优雅地说，是被阿波罗神② 的马儿拖拽而行。"

这个比喻十分贴切，而且富有诗意。然而，塞巴斯蒂安·佐恩听了，仅仅耸了耸肩。他可不想扮演这种被拖拽的角色……甭管乐意还是不乐意。

"然后呢，"他不止一次地说道，"让我们走着瞧，这趟历险究竟落个什么结局！"

每天，当公园里游人如织的时候，四重奏乐队总要去那里溜达一圈。围绕着草地，亿兆城市民以自己喜欢的方式，或骑马，或步行，抑或是驾车，随意漫游。喜欢社交的人们，展示着自己当天的第三套服装，这套装束浑身上下皆为单一色调，从帽

---

① 此处法语词组"太阳"，为诗歌用语，所以译为"金乌"。
② 在古希腊神话中，阿波罗也是光明之神，以及航海者的保护神。

子，一直到皮鞋，而且，最流行使用印度丝绸，这是今年的时髦式样。还能经常看到，服装使用纤维素制作的人造丝绸，布料波光粼粼，而且，甚至还有用松木，或者落叶松为原料制作的人造棉布料，那是一种分化处理后的分离纤维。

目睹这些，潘希纳不禁说道：

"总有一天，你们会看到，好朋友都穿常春藤布料的衣服，而用垂柳制作布料的衣服，则专供伤心的寡妇！①"

无论何种情况下，亿兆城的有钱人都不会使用来自巴黎以外地方的布料，也不会穿戴并非出自本城制衣大师之手的服装——而且是那种大师，他们公然宣扬："女人必须讲求外在美。"

有时候，马勒卡利亚国王与王后会从这些活泼好动的绅士淑女身边经过，对于丧失君权的皇室伉俪，几位艺术家抱有真切的同情，看到两位令人敬畏的贵人携手相伴，四重奏乐队不禁感慨万千！……与周围的丽人相比，他们相对贫穷，然而，他们享有的自豪与自尊溢于言表，犹如圣贤，清丽脱俗于尘世。实际上，的确，对于本岛公民中有一位国王，模范岛的美国人颇感自豪，并且对其原有地位继续予以尊重。至于四重奏乐队，一旦在城里的街道，或者公园小径上相遇，他们总会对国王陛下表达法兰西式的敬意，国王与王后深受感动。不过，总体来说，他们的地位，无法与西律斯·比克斯塔夫相提并论，远不如后

---

① 此处为双关语。法语单词"常春藤"与"携手相连"相似；"垂柳"与"哭泣"相同。

者来得显赫。

事实上，对于患有航海恐惧症的旅行者来说，最适宜搭乘一座活动岛屿穿洋渡海。以这种方式旅游，无须惧怕任何意外，即使遭遇狂风，也丝毫不用担心。这座岛屿两侧配备的动力高达一千万蒸汽-马力①，遭遇无风天气时，它不会停滞不前，即使遭遇逆风，它也足够强大与之抗衡。如果说碰撞构成一种威胁，对它来说，这种威胁并不存在。倘若有蒸汽轮船全速驶来，或者有帆船满帆驶来，撞上机器岛的钢铁之躯，它们只能自认倒霉。再说了，这类碰撞事故极少可能发生，因为，机器岛的灯光照亮了它的港口、船艏，以及船艉。这些电光来自铝制人造月亮，通宵灯火通明。至于暴风雨，更是小菜一碟。机器岛巨大的体量，足以抵挡滔天巨浪。

然而，如果潘希纳和弗拉斯科林散步到机器岛的岛艏，或者岛艉，也就是冲角炮台，或者岛艉炮台，他俩都觉得，这里缺少海角、海岬、岬头、小海湾，以及沙滩。这里的海岸只有钢铁护墙，由数百万颗螺栓和铆钉予以固定。如果有一位画家，他一定很遗憾看不到历尽沧桑，表面凹凸不平，类似大象皮肤的岩礁，更看不到随潮水涌来，在激浪拍击下摇曳的各种海藻！毫无疑问，工业杰作永远代替不了大自然的美景。尽管伊弗内斯喜欢赞美一切，对此，也不得不予以承认。这座人工岛屿缺少的，恰恰就是造物主的造化印记。

---

① 蒸汽-马力，这是作者用两个单词组合的词汇，借以表示机器岛的动力单位。

这座岛屿两侧配备的动力高达一千万蒸汽-马力。

6月25日夜间，模范岛跨越北回归线，这里是太平洋热带地区的分界线。就在这一刻，四重奏乐队在娱乐场音乐厅举行了第二场演出。必须指出，由于第一场演出大获成功，沙发座席的价格提高了三分之一。

　　没有关系，音乐厅依旧人满为患。爱好者们为了座位争先恐后。显然，这种室内音乐对身体健康大有裨益，没有人对它的疗效产生怀疑。按照惯例，曲目依旧是莫扎特、贝多芬，以及海顿。

　　演奏者再次大获成功，巴黎式的喝彩声此起彼伏，发自内心。不过，即使没有这种形式的喝彩，伊弗内斯、弗拉斯科林，以及潘希纳也会对亿万富翁的喝彩声心满意足，对于这些富翁，塞巴斯蒂安·佐恩始终极度蔑视。

　　"我们还想强求什么呢？"伊弗内斯对他说道，"机器岛正在进入热带地区……"

　　"是'齐声'① 喝彩的热带地区！"潘希纳反诘道，他始终改不掉玩弄辞藻的恶习。

　　随后，当他们步出娱乐场时，在那些没钱购买300美元一张座票的可怜家伙当中，他们看到了谁？……马勒卡利亚的国王与王后谦逊地站在门旁。

---

① 此处为双关语，法语"齐声"与"音乐会"为同一个词。

第九章　桑威奇群岛

在太平洋的这片海域，透过海水，可以看到，有一条海底山脉，顺着西—北—西，以及东—南—东的走向延伸，长度达900里①。这片海底凹陷下去，深达4000米，与大洋洲陆地截然分开。这条海底山脉只有8座山峰露出海面，分别形成：尼好岛、考爱岛、瓦胡岛、莫洛凯岛、拉奈岛、毛依岛、卡胡拉威岛，以及夏威夷岛。八个岛屿大小不一，组成夏威夷群岛②，也就是所谓的桑威奇群岛。这座群岛的一部分向西延伸至热带地区，不过，多为露出海面的岩石与暗礁。

犹如那把大提琴躲在琴盒里，塞巴斯蒂安·佐恩一向蜷缩在角落，不停嘀咕抱怨，对大自然的奇妙景色视若无睹，潘希纳、伊弗内斯，还有弗拉斯科林把他摞在一边，相互争辩，各说各的理儿。

"当然，"其中一人说道，"既然我们费了那么大劲，远渡浩

---

① 此处为法国古里，1古里约合4千米，900古里约合3600千米。
② 夏威夷群岛位于太平洋几乎正中部，呈弧状横贯北回归线。夏威夷岛是上述八个岛屿中面积最大的岛，亦称"大岛"，夏威夷群岛由此得名。

瀚的太平洋,那么,我不反对前往拜访夏威夷诸岛,至少能让此行难以忘怀,何乐不为!"

"补充说一句,"另一位回答道,"桑威奇的本地人,让我稍微联想起远西地区①的波尼人和苏族人②,或者其他彻底开化了的印第安人。倘若能够遇到真正的野人,我倒是觉得颇为有趣……比方说,食人生番……"

"夏威夷本地人还在吃人肉吗?……"第三位询问道。

"但愿如此,"潘希纳严肃地回答道,"就是他们的祖父吃掉了库克船长③。既然祖父们能够品尝杰出航海家的肉,那么,子孙们就不大可能改掉吃人肉的习俗。"

必须承认,殿下在谈论这位著名的英国海员时,态度不够敬重,要知道,就是此人于1778年发现了这座群岛。

这番谈话表明,我们的艺术家希望通过这次偶遇的航行,亲眼见识土著人,而且是比动物园展示的标本更为真实的土著,总之,是生活在故乡,保持原生态的土著。为此,他们颇有些急不可耐,希望早日抵达那里,每天盼着瞭望船员报告,早日发现夏威夷群岛高山的身影。

报告发布于7月6日早晨。消息立刻传遍四方,娱乐场的告示牌上,电传显出如下文字:

---

① 美国远西地区,特指从落基山脉以西到太平洋沿岸的广大地区。
② 苏族人,亦称苏人,特指旧时居于从密歇根湖到落基山脉大平原地区的北美印第安人。
③ 詹姆斯·库克(1728—1779),人称"库克船长",英国著名航海家、探险家,在与夏威夷岛民发生打斗时,遇害身亡。

"从模范岛可望见桑威奇岛屿。"

确实，现在距离那里还有50里①之遥；但是，即使在这个距离，如果天气晴朗，那片群岛的最高峰，即夏威夷岛上的那座4200米高的山峰，已经触目可及。

在埃塞尔·西姆科准将的指挥下，模范岛从东北方向驶往瓦胡岛，这座岛屿的首府名叫火奴鲁鲁②，它同时也是这片群岛的首府。这座岛是该群岛按纬度从北向南排列的第三座岛屿，另外两座分别是尼好岛与考爱岛，前者是一片广阔的牲畜乐园，后者则处于前者的西北方位。瓦胡岛并非桑威奇群岛的唯一大岛，因为它的面积仅为1680平方千米，与之相比，夏威夷岛的面积将近17000平方千米③。至于其他岛屿，其面积加起来总共只有3812平方千米。

不用说，自启航以来，巴黎艺术家与模范岛的主要行政官员建立了良好关系。所有官员，包括总裁、准将、斯图尔特上校，以及两位总工程师沃森和索姆瓦，全都极为友好，对他们表示热情欢迎。四人经常往访观象台，喜欢在瞭望塔平台上，一待就是几个小时。这一天，不出意外，乐队中最富激情的两位，伊弗内斯和潘希纳再次来到这里，大约上午十点钟，他俩乘坐升降机，按照潘希纳的说法，"攀升到桅杆顶部"。

---

① 此处为法国古里，1古里约合4千米。
② 火奴鲁鲁是美国夏威夷州的首府，华人称为檀香山，位于瓦胡岛的东南角，是一座海港城市。
③ 原文如此。现代测量显示，夏威夷岛的实际面积为10458平方千米。

埃塞尔·西姆科准将已经先行抵达那里。他把自己的望远镜递给两位朋友，叮嘱他们观察地平线上的某一点，那里位于西南方，笼罩在天际雾霾的下面。

"那是夏威夷岛的冒纳罗亚火山，"他说道，"或者是冒纳开亚火山，这是两座巨大的火山①，在1852年和1855年，曾经在岛上形成熔岩河流，面积达700平方米。1880年，它俩的火山口抛出大量喷发物，体积多达7亿立方米！"

"真壮观！"伊弗内斯回答道，"将军，您是否想过，我们可能有幸亲眼看见这么一场壮景？……"

"我不知道，伊弗内斯先生，"埃塞尔·西姆科回答道，"那些火山并不奉命行事……"

"噢！只要来这么一次，而且，咱们还可提供一点儿赞助，行不行？……"潘希纳补充说道，"如果我阔绰到坦克顿先生，或者科弗利先生那种程度，就会掏钱，让它们按照我的奇想，来一次喷发……"

"那好吧，咱们就跟他们商量一下，"准将微笑着反诘道，"我毫不怀疑，为了让您高兴，他们可能弄个奇迹出来。"

紧接着，潘希纳又询问起，桑威奇群岛总共有多少人口。准将告诉他，如果说，在本世纪初②，那里曾经有20万居民，现在，已经减少了一半。

---

① 冒纳罗亚火山，海拔4176米；冒纳开亚火山，海拔4207米。两座火山均位于夏威夷岛，是世界著名的活火山。

② 此处指19世纪初。

"这样！西姆科先生，10万野蛮人，够多了。假设，幸存的这些都是可怕的食人生番，而且食人的胃口依旧如故，那么，模范岛上的亿万富翁还不够人家塞牙缝！"

机器岛前来拜访夏威夷群岛，这不是第一次，去年，为了追寻有益健康的气候，它就曾经穿越这片海域。而且，实际上，这座群岛有不少来自美国的病人，与此同时，欧洲的医生也会把自己的病人送来这里吮吸太平洋的空气。为什么不呢？现在，火奴鲁鲁距离巴黎只有25天的行程，更何况，这里的空气世上绝无仅有，在这儿，能让人的肺部浸透氧气……

7月9日上午，群岛已经抵近模范岛的视野范围之内，距离位于西南方的瓦胡岛只有5海里。更远处，在东边，高耸着钻石头火山①，这是一座死火山，从后向前俯瞰锚泊海面。旁边耸立着另一座圆锥体山峰，英国人管它叫"潘趣酒碗②"。按照准将的看法，它更像一个脸盆，倘若盛满白兰地酒，或者杜松子酒，约翰牛③将毫不犹豫地一饮而尽。

模范岛从瓦胡岛和莫洛凯岛之间的海面驶过，此刻，它就像一艘依靠船舵行驶的轮船，在左舷和右舷两组螺旋桨的作用下，不停变换位置。绕过瓦胡岛东南方的海角之后，这座漂浮的机器停下来，由于吃水深度可观，它停在距离海岸10链远的

---

① 钻石头火山是瓦胡岛的地标，据说当年库克船长在夜晚看到山头像蓝宝石般发光，遂称其为钻石山。
② 潘趣酒是一种用酒、果汁、香料等调和的鸡尾酒，亦称宾治酒。
③ 约翰牛是英国的拟人化形象，为人愚笨、桀骜不驯、欺凌弱小。此处有讽刺意味。

海面上。为避免机器岛产生回转①，有必要让它与陆地保持足够距离，机器岛不会进行严格意义上的"锚泊"，也就是说，它从不使用船锚，因为，在水深达到或超过100米的海面，使用船锚没有意义。因此，机器岛依靠机械手段，在停泊期间，开动机器，驱使岛屿向前，或者向后移动，保证它不会移位，让它如同夏威夷群岛的八座主要岛屿一样，岿然不动。

四重奏乐队凝视着眼前展开的高大景物。远远望去，只能看到一簇簇的树木，一片片的柑橘林，以及其他温带植物群落的典型漂亮树种。往西看去，通过一处狭窄的暗礁缺口，望见一片不大的内湖，那就是珍珠湖，犹如一片平原，散布着死火山口。

瓦胡岛的景色相当宜人，而且，事实上，潘希纳一心惦记的食人生番，他们对自己的狩猎场所也十分满意，至于殿下，仍然希望他们保持吃人肉的本能……

但是，殿下突然失声大叫起来：

"上帝呀，我看到了什么？……"

"你看到了啥？……"弗拉斯科林问道。

"那边……几座钟楼……"

"是的……还有几座塔……甚至还有貌似宫殿的建筑！……"伊弗内斯回答道。

"在那样的地方，居然吃掉库克船长，简直不可能！……"

---

① 回转，此处特指受风或潮水影响，船舶在水面做纵移、横移和偏移的复合运动。

"这里不是桑威奇群岛！"塞巴斯蒂安·佐恩耸了耸肩，说道，"准将一定走错路了……"

"肯定走错了！"潘希纳接着说道。

不！埃塞尔·西姆科准将没有走错，那边，的确就是瓦胡岛，至于那座面积达数平方千米的城市，确实就是火奴鲁鲁。

好吧！看来需要承认现实。自从那位伟大的英国航海家发现这片群岛以来，此地早已时过境迁！通过传教士们的热情奉献，卫理公会教徒、英国国教教徒，以及天主教徒竞相扩大影响力，成功地让原本信奉异教的卡纳克人①融入文明社会。不仅当地的原始语言趋于消失，为盎格鲁-撒克逊语言所取代，而且，大批美国人和中国人移居来此——其中，多数人在当地占有土地，并由此诞生了一个半中国化的族群，名叫哈帕-帕凯——然后，又来了大批葡萄牙人，他们主要从事桑威奇群岛与欧洲之间的海事业务。不过，本地土著依然存在，而且，数量足够满足四位艺术家的好奇心，只是，土著人遭到中国人传来的麻风病的严重伤害，后果则是，他们已基本丧失食人生番的特征。

"噢，多么珍贵的本地色彩，"第一小提琴手叫道，"哪只手把你从现代调色板上抹去！"

是的！时间、文明、进步，它们都是自然法则，就是它们，把这份色彩几乎彻底抹净。对此，尽管略带一丝遗憾，但必须

---

① 卡纳克人，一般泛指太平洋东部的民族集团，包括毛利人、汤加人、夏威夷人，等等，亦被统称为波利尼西亚人。

予以承认。

模范岛放出几条电动小艇,越过长串暗礁。两座栅状突堤①形成尖锐夹角,夹角之间,就是港湾入口,港湾周围呈梯形分布的高山,挡住侵袭的海风。自1794年以来,这里抵挡海面涌浪的暗礁,已经抬升了1米,不过,入口处的水深,依然足够让吃水18至20英尺的船只通过靠上码头。此时,从其中一条小艇上,走下来塞巴斯蒂安·佐恩,以及他的同伴们。

"失望!……令人失望!……"潘希纳喃喃自语道。在旅行中,离奇幻想瞬间破灭,此情此景,难免令人大失所望……

"早知如此,还不如待在家里!"大提琴手耸了耸肩,反诘道。

"不!"伊弗内斯一向热情洋溢,他叫道,"一座人造岛屿,前来拜访大洋洲的一系列群岛,这件事本身就无与伦比,不是吗?……"

不过,虽然从道德层面上说,桑威奇群岛今非昔比,令我们的艺术家大失所望,但是,它的气候则另当别论。尽管这座群岛所处地区被人称作"热海"②,但是,在太平洋的诸多海域中,这里的气候却属最宜人的海域之一。如果说,当东北信风③尚未笼罩此地时,群岛的气温会攀升1摄氏度;再如果说,当南边吹

---

① 栅状突堤是防波堤的水中建筑物,作用为阻断波浪的冲击力,保护船舶安全停泊。
② 此处指夏威夷群岛地处热带海洋性季风气候带。
③ 信风是从副热带高压带吹向赤道低气压带的风,北半球吹的是东北信风,南半球吹的是东南信风。

来反信风①，会给这里带来人称"库亚斯"的大暴雨；那么，火奴鲁鲁的平均气温常年不超过21摄氏度。这么一座紧邻炎热地区的群岛，能有这样的气候，确实值得庆幸。因此，本地居民从不抱怨这里的气候，也正是这个缘故，如前所述，这座群岛吸引美国病人纷至沓来。

甭管怎么说，随着四重奏乐队步步深入了解这座群岛的秘密，笼罩在它身上的幻象纷纷跌落……犹如秋末缤纷的落叶。他们可以认为自己受了蒙骗，倒不如说，他们是自愿接受了假象的诱惑。

"都怪卡利斯图斯·蒙巴尔，就是他，让我们再次中了圈套。"潘希纳断言道。他回想起，当初，总监在谈到桑威奇群岛的时候，曾经说过，这里是太平洋本地土著最后的堡垒。

然而，当他们就此尖锐指责总监时，对方却眨着右眼回答道②：

"有啥办法呢，我亲爱的朋友，自从我最后一次来这儿旅行，这里发生的变化太大了，简直面目全非！"

"捉弄人！"潘希纳指责道，边说边狠狠地向总监做了一个威胁的手势。

唯一可以确信的是，如果说这里发生过变化，那么，这个变化的速度简直异乎寻常。就在不久前，桑威奇群岛实行的还

---

① 反信风与其低层信风的风向相反，故名反信风。北半球为西南反信风，南半球为西北反信风。

② 据研究，当人在说谎时，眨眼的频率会明显提高。这里暗指对方在骗人。

是君主立宪制，这个制度创建于1837年，设立了两院，一个贵族院，一个众议院。贵族院议员只能由本地的土地所有者推选；众院议员则由全体识文断字的公民推选。贵族院议员的任期为6年，众议员的任期为2年。两院议员人数均为24名，面对皇室内阁，两院议员共商议事，而皇室内阁则由国王的四位顾问组成。

"如此说来，"伊弗内斯说道，"这儿有过一位国王，还是立宪制国王，而不是一个头戴羽冠的猴子，坐在那儿接受外国人谦卑的敬意！……"

"我敢肯定，"潘希纳断言道，"这位国王陛下甚至都没有戴鼻环……而且，他嘴里的假牙，也一定来自新大陆最好的牙医！"

"噢！文明……文明！"第一小提琴手叫道，"这些卡纳克人，当他们张嘴咬自己的俘虏时，根本不需要戴一嘴假牙！"

几位善于幻想的艺术家如此看待世事，实在过于幼稚。是的！火奴鲁鲁曾经有过国王，或者，至少可以说，这里曾经有过一位女王，名叫利留卡拉尼[①]，如今已被废黜。当初，有一位凯乌拉尼公主企图向夏威夷王室索取高额赔偿，为了维护自己儿子——阿戴王子的权利，这位女王曾经奋力争斗[②]。总而言之，在很长时期内，这座群岛曾经时局动荡，从某种意义上说，

[①] 利留卡拉尼女王(1838—1917)，夏威夷王国最后一位君主和唯一的女王。

[②] 利留卡拉尼女王于1891年登基后，曾锐意改修宪法，可惜失败。1893年，利留卡拉尼女王被推翻，美国人于翌年建立夏威夷共和国。

这情形颇似那些美洲，或者欧洲老牌国家。动荡时局是否会导致夏威夷军队进行有效干预，进而引发可悲的军事政变？不会，想都别想。因为，这支所谓的军队，总共只有250名服役士兵，以及250名志愿兵。要想颠覆一个政体，仅靠500人远远不够，——至少，在太平洋的这片海域内，肯定办不到。

不过，那里还有英国人，他们正在觊觎。看上去，那位凯乌拉尼公主似乎得到英国人的同情。另一方面，日本政府也想争夺对这片群岛的保护权，而且，它还得到当地种植园雇佣的大批苦力①的支持……

这么一来，那些美国人呢，他们在干什么？这也恰恰是弗拉斯科林向卡利斯图斯·蒙巴尔提出的疑问。在谈到上述军队干预的时候，他提出了这个问题。

"美国人吗？"总监回答道："他们看不上这个保护权。美国人只想保住自己在桑威奇群岛上的航海基地，为自己在太平洋航线上的远洋航船提供保障。有了这个，他们就心满意足。"

然而，1875年，卡美哈梅哈国王②前往华盛顿拜访大总统，并把这片群岛置于合众国的庇护之下。不过，17年之后，当克利夫兰先生③决定恢复利留卡拉尼女王的王位时，在桑威奇与美国之间，爆发了激烈的争吵，因为当时，桑威奇群岛已经建立

---

① 苦力，特指殖民者在殖民地或半殖民地奴役的、从事体力劳动的工人。
② 卡美哈梅哈为夏威夷王国的国王，此处指该王国第七代国王卡拉卡瓦一世（1836—1891）。任内，他到华盛顿会见美国总统格兰特，并于1875年与美国签署互惠条约。
③ 格罗弗·克利夫兰（1837—1908），美国政治家，第22和24任美国总统。

了共和制①，时任总统名叫桑福德·多尔②。

然而，无论是原住民，还是现代移民，作为人民，他们明确表达的意志，无论如何也不会动摇。于是，1894年7月4日，夏威夷群岛成立共和国，多尔先生出任共和国总统。

模范岛停泊了十来天。在此期间，许多居民乘机拜访火奴鲁鲁及其周边地区。科弗利一家、坦克顿一家，以及亿兆城的名流们，每天乘船前往港口。另一方面，尽管机器岛已经第二次出现在夏威夷海域，本地人对它依旧艳羡不已，成群结队拥来参观这个神奇地方。确实，要想接纳这些外国人登岛，西律斯·比克斯塔夫的警察不堪重负，同时，夜幕降临，到了规定时间，还必须确保参观者下岛离去。幸亏采取了安全措施，外来者除非获得准许，很难潜入这座太平洋瑰宝，而且，参观不易获得批准。总之，两座岛屿之间，双方仅保持友好交往，并无官方接触。

四重奏乐队在夏威夷做过几次远足，兴趣盎然。几位巴黎佬对本地土著颇为关注：他们的外貌特征明显，皮肤棕色，表情温和，透着高傲神情。此外，尽管夏威夷群岛已实行共和制，但也许，他们依旧留恋过去自由自在的原始生活。

当地流行一句谚语"这里的空气自由自在"，但实际上，当地人早已失去自由。

---

① 美国在1893年发动政变推翻夏威夷王国，为准备与美合并，成立过渡政权即夏威夷共和国。

② 桑福德·多尔（1844—1926），曾任夏威夷共和国总统。

本地人对模范岛依旧艳美不已。

事实上，自从卡美哈梅哈①征服了这片群岛，于1837年建立代议制君主政体，这儿的每座岛屿就有了一位专责管理的总督。目前，在共和政体下，这些岛屿又被划分为各个行政区，以及行政分区。

"瞧吧，"潘希纳说道，"比照共和八年宪法②，这里也会出现一大堆省长、区长，以及省政府顾问！"

"我就想着早点儿回家！"塞巴斯蒂安·佐恩反诘道。

如果尚未欣赏瓦胡岛上的各处美景，就此返回，那就大错特错了。虽然这座岛屿的植被并不茂盛，但是，景色绝佳。在海滨，生长着椰子树，以及其他种类的棕榈树、面包树，以及三叶油桐树，利用这些树种，可以得到油脂、蓖麻、曼陀罗，以及靛青。在流水潺潺的山谷里，到处生长着一种侵略性极强，俗称"梅内维亚"的野草，众多灌木丛如树木般高大，还有藜属植物，哈拉派派③——这是一种富含树脂的高大植物。森林植被一直延伸到海拔2000米的高山，到处生长着木本香料，以及高大挺拔的桃金娘科植物。还有硕大的酸模属植物，以及枝叶浓密，如杂乱蛇群般缠绕的茎藤植物。至于土地里的收获物，为商业和外贸出口提供货源，包括稻谷、椰子，以及甘蔗。各个岛屿之间，从事着频繁的沿海贸易，各类产品集中到火奴鲁

---

① 卡美哈梅哈为夏威夷群岛酋长，统一诸岛，建立夏威夷王国，被尊为卡美哈梅哈大帝。
② 共和八年宪法，亦称"拿破仑宪法"或1799年宪法。该宪法重申法国废除封建制，实行共和制。
③ 哈拉派派是夏威夷特有植物，亦称剑叶龙血树。

鲁，然后被运往美洲。

说到这里的动物，品种并不丰富。如果说，面对比他们更聪明的人种，这里的卡纳克人逐渐消失，那么，这儿的动物们依然故我，并无变化。这里的养殖动物，只有猪、鸡、羊；这儿根本没有猛兽，充其量也就那么几对野猪；还有就是蚊子，纠缠不休，令人烦恼；蝎子的数量很多，还有多种无害的蜥蜴；这儿的鸟从来不会歌唱，在卵生鸟类当中，有一种太平洋亚种镰嘴管舌鸟①，羽毛颜色黑黄相间，卡美哈梅哈的那件著名披风，就是用这种羽毛编织而成，据说，做这件披风，让本地土著耗费了九代人的时间。

在这片群岛上，人类的数量相当可观——而且都是仿照美国模式，已经文明开化的人类。这里拥有善于经营的企业，实行义务教育的学校，而且这里的教育系统在1878年世界博览会②上曾经获得奖励；除此之外，这里还拥有众多图书馆，当地出版英文和卡纳克文字的报纸。几位巴黎佬对此并不感到意外，因为这片群岛的社会名流，绝大多数是美国人，他们的语言与他们的货币一样，在这里通行无阻。只不过，这些上层人士十分愿意招纳来自天朝③的中国人作为自己的仆佣。这种做法与美国西部的风气截然相反，在那里，盛行排华恶习，甚至故意称他们为"黄祸"。

---

① 镰嘴管舌鸟，体长约15厘米，夏威夷岛特有鸟种，也是夏威夷旋蜜雀中最美丽的雀鸟。
② 即1878年5月20日至11月10日举行的第三届巴黎世界博览会。
③ 天朝是古代周边国家对中国大一统王朝的称谓，后被西方人用来泛指中国。

如杂乱蛇群般缠绕的茎藤植物。

不用说，自从模范岛停泊这里，与瓦胡岛的首府遥相对望，当地港口的小艇满载爱好者，频繁地绕机器岛转圈。这里天气良好，海面波澜不惊，小艇沿着钢铁海岸，在一链的距离范围，绕行模范岛20来千米，这么一趟航行令人赏心悦目。与此同时，模范岛上的海关人员严密监视周围的一切。

除了这些观光者，还能看到，有一艘轻盈的船只，每天坚持不懈在机器岛周围水域游荡。这是一条马来亚①式样的小帆船，上面有两根桅杆，船艉为方形，船上载有十来个人，服从一位神情刚毅的船长指挥。不过，尽管这条帆船持续不断在周围徘徊，模范岛总裁对它并未产生任何怀疑。实际上，这些人一刻不停地从周围各个角度端详机器岛，从一侧港口绕到另一侧港口，研究海岸的设施。一言以蔽之，即使他们心里打什么坏主意，这么一小队人马，面对上万之众的机器岛居民，他们能干什么呢？因此，无论这条双桅帆船在白天来回梭巡，抑或是夜间逗留在附近海面，对于这条船的行迹，没人放在心上，更没有向火奴鲁鲁的海事部门就此提出质询。

7月10日早晨，四重奏乐队告别瓦胡岛。天刚亮，在强大推进器的作用下，模范岛启程了。它首先原地转了个身，然后朝西南方向驶去，目的是前往游览夏威夷的其他几座岛屿。它需要斜插驶入赤道附近的海流，这股海流正从东向西运动——与另一股顺着群岛向北涌动的海流背道而驰。

---

① 由于历史原因，人们习惯称呼现今马来西亚半岛为"马来亚"。

179

为了让麇集在左舷海滨的那些居民高兴，模范岛大胆地在莫洛凯岛与考爱岛之间的海域穿行。考爱岛是这片群岛中面积最小的岛屿之一，在它的上方，屹立着一座1800米高，名叫尼尔豪的火山，它仍在冒着褐色的灰烟，山脚下，珊瑚礁构成陡峭的环形山坡，陡坡上端，排列着沙丘，海浪猛烈拍打陡峭的珊瑚礁，发出阵阵金属般轰鸣，回声激越。夜幕降临，机器岛还滞留在这片狭窄的海域，不过，有西姆科准将把控航向，机器岛必定安然无恙。当落日终于隐没在拉奈岛山峰背后时，瞭望船员应该没有发现那艘双桅小帆船，它离开瓦胡岛港口，一直尾随模范岛，并力求贴近它附近的水域。然而，不妨再说一遍，对于这么一条马来亚小船的出现，机器岛有啥可担心的呢？

第二天，天亮之后，那条小船已经成为北方天际的一个小白点儿。

这一天，模范岛继续在卡胡拉威岛与毛伊岛之间航行。毛伊岛的首府是拉海纳镇，那里专供捕鲸船停泊，在桑威奇群岛的各岛屿中，这座岛屿的面积位居第二，岛上的火山名叫哈莱阿卡拉，意思是"太阳的居所"，它高达3000米，山尖直指天上的太阳。

在随后的两天里，机器岛始终沿着巨大的夏威夷岛海岸航行，正如前文谈到的，这座岛屿上的山峰高居群岛之首。就是在这座岛屿的凯阿拉凯夸湾，库克船长一开始受到当地土著的欢迎，并被视为天神，但随后，于1779年被土著杀害，那时，距离他发现这片群岛，时隔仅一年。当初，为了向英国的一

这些人一刻不停地从周围各个角度端详机器岛。

位著名政府部长表达敬意,库克船长把这座群岛命名为"桑威奇"①。希洛是这座岛屿的首府,位于岛屿的东岸,此时,从模范岛上还望不到它;不过,可以依稀望见位于岛屿西岸的科纳市。这座巨大的岛屿拥有57千米长的铁路,其主要用途是运送食品。四重奏乐队可以望见那边火车头喷吐的白烟……

"这儿居然还有这玩意儿!"伊弗内斯高叫道。

第二天,太平洋瑰宝离开这片海域,此刻,那条双桅小帆船也绕过了夏威夷岛的海岬,冒纳罗亚火山就矗立在海岬之上,这座高大山峰海拔4000米的山尖,笼罩在云霭中。

"上当,"潘希纳不禁说道,"我们上当了!"

"你说得对,"伊弗内斯回答道,"应该提前100年来这里。不过,那个时候,我们不大可能搭乘这座神奇的机器岛!"

"不管怎样,我们看到的土著,都穿着折叠衣领的西服上装,而不是头戴羽冠的食人生番,那不过是狡猾的卡利斯图斯随口瞎编的东西。但愿上帝明辨是非!我真遗憾,没有赶上库克船长的时代!"

"假如,食人生番把尊贵殿下吃了,如何?……"弗拉斯科林提醒道。

"那么……如果这辈子真有那么一次……能被人如此垂怜……我将备感欣慰!"

---

① 桑威奇伯爵(1718—1792),亦称三明治伯爵,英国政治家、军人,曾三任第一海军大臣。据称,他发明了食品三明治,后世即以其名称呼这种食品。

第十章　跨越赤道

　　从6月23日起，太阳开始向南半球倾斜。恶劣气候即将来临，开始蹂躏相关海域，因此，必须离开那里。灿烂金乌的轨迹显示，它正在朝赤道方向运行，既然如此，最好还是追随它，跨越赤道。在赤道的另一侧，气候宜人，尽管按照时间名称，那边是十月、十一月、十二月、一月和二月，但是却温暖如春。从夏威夷群岛到马克萨斯群岛①，两地相距大约3000千米。为此，模范岛抓紧时间赶路，把航速提升到最高。

　　严格意义上的波利尼西亚②位于这片广阔的海域，该片海域的北侧是赤道线，南侧是南回归线。海域面积达五百万平方千米，分布着11个岛群，岛屿总数多达220座，也就是说，这些岛屿露出水面的陆地面积为1万平方千米，除了这些岛屿，另外还有上千座小岛。这些岛屿都是海底山脉露出水面的山峰，这

---

① 马克萨斯群岛位于太平洋中南部，现为法属波利尼西亚的一部分。
② 广义的波利尼西亚指位于中太平洋的岛群，包括夏威夷群岛、新西兰，以及复活岛，总面积为2.6万平方千米。此处狭义的波利尼西亚，特指以法属波利尼西亚为中心，分布于太平洋东南部的部分群岛。

条海底山脉从西北向东南延伸，一直延伸至马克萨斯群岛，以及皮特凯恩岛①，同时，平行延伸出若干山脉的分支。

不妨设想，倘若这片海域的海水突然全部消失，就好像被唐克列法斯②释放出来的瘸腿魔鬼把所有海水抽空，就好像它掀开马德里的所有屋顶③，那时，我们眼前将展现出怎样一副神奇的地貌！无论瑞士，还是挪威，它们谁能比得上这里广阔无垠？这些海底的群山多数是火山，但其中还有几座山，完全是石珊瑚堆积而成，它们浑身上下都是石灰岩，或者角岩，山石表面被珊瑚虫④厚厚覆盖，这些呈辐射状生长的微生物，其组织结构虽然简单，却拥有巨大的繁殖能力，有本事向四面八方扩散。在这些岛屿中，有一些岛屿，尤其那些最年轻的岛屿，仅仅在山峰顶部覆盖着一层植被；其他岛屿则从头到脚长满茂密的植物，这样的岛屿曾经浑身覆盖珊瑚，普遍历史悠久。由此可知，这里的海底山峦起伏，隐身于太平洋的海水之下。模范岛就在这片山峦上面遨游，犹如一艘浮空器⑤，遨游在阿尔卑斯山，或者喜马拉雅山的崇山峻岭之上。只不过，托举着模范岛的，不是空气，而是海水。

然而，如同在广阔的空间，空气翻腾大幅移动，在这片海

---

① 皮特凯恩群岛，旧译"皮特岛"，位于太平洋中南部、波利尼西亚群岛东南部。
② 唐克列法斯是法国18世纪作家阿兰·勒内·勒萨日（1668—1747）的小说人物。
③ 瘸腿魔鬼也是法国作家勒萨日的小说人物，原本关在玻璃瓶内，被唐克列法斯放出后，在马德里上空飞行，掀开所有屋顶，暴露出形形色色被掩盖的隐私。
④ 珊瑚虫是珊瑚纲多类生物的统称。多群居，形状像树枝。珊瑚便是其死后留下的骨骼。
⑤ 浮空器一般是指比重轻于空气、依靠大气浮力升空的飞行器。

洋表面，海水同样翻卷流涌。大股海流从东向西涌动，与此同时，从6月到10月，太阳朝北回归线移动，此时，在海面以下，还会出现两股逆向海流。另一方面，在塔希提岛①周围，还存在着四种潮水，其满潮的时间各不相同，从而抵消了潮汐的威力，甚至让它变得无影无踪。至于这些群岛的气候，它们彼此迥异。多山的岛屿拦截住云霭，让雨水倾泻而下；与此同时，地势低矮的岛屿却干旱无雨，因为大风吹走了那里的水汽。

在娱乐场的图书馆里，如果找不到与太平洋有关的地图，那才是咄咄怪事。实际上，图书馆收藏的有关地图品种齐全，作为四重奏乐队治学态度最严谨的人，弗拉斯科林常来这里查阅。至于伊弗内斯，他更喜欢享受航行带来的种种惊喜，对这座人工岛赞赏不已，从来不肯花费精力研究地理概念。说到潘希纳，他只顾一心琢磨各种表面看起来可笑，或者荒诞的事情。至于塞巴斯蒂安·佐恩，他对航行路线漠不关心，因为前面要去的地方，他压根儿就不愿意去。

如此一来，弗拉斯科林就成了唯一琢磨波利尼西亚的人，他认真研究那里的各个主要群岛，包括巴斯群岛、马克萨斯群岛、帕摩图群岛、社会群岛、库克群岛、汤加群岛、萨摩亚群岛、奥斯塔拉群岛、瓦利斯群岛、范宁岛②，除此之外，还有一系列孤立的岛屿，诸如：纽埃、托科劳、菲尼克斯、马纳希基、

---

① 塔希提岛是南太平洋中部法属波利尼西亚社会群岛中向风群岛的最大岛屿。
② 以上各岛屿的英文与法文名词不尽相同，中文译名更是五花八门，本书尽量采用通用译名。

帕克、萨拉和戈麦斯①，等等。弗拉斯科林还知道，这些群岛的大多数，包括那些已经接受保护②的群岛，政权始终掌握在当地最强的酋长手中，他们的影响力不容置疑，而且，贫穷群体完全依附于富裕群体。除此之外，他还知道，这些当地土著信奉婆罗门教③、伊斯兰教、新教，以及天主教，不过，在法属各群岛上，天主教占有优势地位——它依靠盛大华丽的宗教仪式，收拢人心。弗拉斯科林甚至还知道，本地土著语言的拼音规则并不复杂，因为它只有13至17个拼音字母，而且混杂许多英语单词，终将被盎格鲁－撒克逊语言所取代。最后，弗拉斯科林还知道，总体来看，从人种学的角度观察，波希米亚人的数量趋于减少，这点十分令人遗憾，因为，与远离赤道地区的那些群岛土著相比，赤道地区的卡纳克人——这个名称的含义是"男人"——他们的肤色更白，更为优秀。在外来人种的侵蚀下，波利尼西亚正在逐渐消亡！是的！弗拉斯科林不仅了解这些，通过与埃塞尔·西姆科准将的交谈，他还知道了好多其他事情。因此，当同伴们询问时，弗拉斯科林无所不知，对答如流。

　　因此，潘希纳给他起了个绰号，叫作"热带地区拉鲁斯④"。

---

① 以上各岛屿的英文与法文名词不尽相同，中文译名更是五花八门，本书尽量采用通用译名。

② 所谓保护，就是把部分主权交给别国受其"保护"，当地首长保有一定行政权力，是殖民地的一种形式。

③ 婆罗门教是起源于古印度的宗教，也是现代印度教的古代形式。

④ 拉鲁斯是法国著名出版社，1852年拉鲁斯与同伴在巴黎创立。出版法语词典、百科全书等工具书。在法语中，"拉鲁斯"是词典，或者百科全书的代名词。

以上就是本地区的主要群岛，模范岛将陪同自己那些阔绰的岛民在群岛之间漫游。模范岛无愧幸福岛的名号，因为，它可以确保岛民充分享受物质方面的幸福生活，而且，从某种程度上，还能确保他们享受精神幸福。如此理想的状态，为什么非要冒险搅乱它？搅乱它的起因，无非是导致亿兆城分裂的两个阵营，也就是两个城区——坦克顿阵营与科弗利阵营，他们为了争夺影响力和优先权，彼此对抗、猜疑嫉妒，互不相让。无论如何，尽管几位艺术家对这场争斗丝毫不感兴趣，但是，争斗本身依然值得关注。

杰姆·坦克顿是地地道道的美国佬，个性自私，令人厌恶。此人脸庞宽阔，蓄着浅红色的半长胡须，平顶式发型，尽管年近六十，目光依然炯炯有神，双目虹膜近乎黄色，犹如猎狗的眼睛，瞳孔似燃烧的火焰。他个头高大，身体强壮，四肢孔武有力。他身上充满北美大草原上猎户[①]的气质，尽管他为了捕捉猎物，在自己设置的陷阱里，投放的是上百万头在芝加哥屠宰场里待宰的肥猪。此公素有暴力倾向，不过，其身份为他披上文明的外衣，尽管如此，仍掩饰不住缺乏基本教养的本质。他喜欢炫耀自己的财富，而且，正如俗话所说，他的"钱袋叮当作响"。不过，他总觉得自己的钱袋还不够饱满，为此，他本人，以及他周围的那些人，总惦记重操旧业。

坦克顿夫人是一位普通的美国人，挺不错的女士，唯自己

---

① 此处特指美国北部和加拿大地区，那些设陷阱捕捉毛皮兽的猎人。

丈夫的马首是瞻。她是一位优秀的母亲，在孩子们面前和蔼慈祥，命中注定要抚养一大堆子孙后代，并且尽心尽力，忠于职守。她把自己的孩子统统视为直系继承人①，既然要把20亿财富分给继承人，那么，为何不把他们的数量增加到十多个呢。

在这一大家子人里，四重奏乐队特别关注那位长子，他将在这段故事里扮演某种角色。沃尔特·坦克顿天生一表人才，智力水平中等，外貌、举止无不给人好感，与家庭里的那位家长相比，他更像坦克顿夫人。此人受过良好教育，曾经遍访美洲和欧洲，虽然数度出门旅行，但是，由于太过喜欢和习惯于模范岛的生活，因此，每次旅行都却步而返。他擅长体育运动，在各项体育赛事中，无论网球比赛，还是马球、高尔夫球，抑或是板球比赛，总能充当那帮年轻亿万富翁的头儿。对于自己早晚将会拥有的财富，他并未显得扬扬自得，本质上，这是个好人。的确，由于岛上不存在悲惨穷人，使他没机会显示自己的慈悲胸怀。总而言之，希望妹妹和弟弟们都能以他为榜样。如果说，妹妹和弟弟们尚未到婚配年龄，那么，沃尔特·坦克顿已年近三十，应该考虑婚姻大事。他对此是否已有想法？……让我们拭目以待。

如果说，坦克顿一家是左舷区最重要的家庭，与之形成对照，科弗利一家在右舷区首屈一指。两个家庭迥然不同。纳特·科弗利是法国后裔，与自己的对手相比，其天性更为精致，

---

① 直系继承人，指与继承人有直接血缘联系的继承人。

颇有法国先祖遗风。他的财富并非来自地层深处的石油矿藏，也不是热气腾腾的猪内脏。不！他经营工业、铁路，以及银行，依靠这些积累起巨额财富。对于他来说，一门心思考虑的，就是如何平静享受这笔财富，他反对任何想把太平洋瑰宝变成巨型工厂，或者超大商行的企图，——而且对自己的想法毫不掩饰。此人身高马大，举止得体，一头白发赏心悦目，浓密的褐色胡须中夹杂几根银丝。他的言谈略显冷漠，但不乏高雅风范。在亿兆城的名流中，许多人保留着合众国南部上流社会的传统，科弗利就是这批人的翘楚。他喜欢艺术，擅长绘画和音乐，非常喜欢说法语，这是右舷区的通行语言。除此之外，他还对欧美文学的动态了如指掌。另外，在需要喝彩的时候，他更习惯于鼓掌叫好，与西部地区和新英格兰狂呼乱喊的粗犷风格，形成鲜明对照。

科弗利夫人比自己的丈夫年轻十岁，刚刚年逾四十，对岁月流逝毫无怨言。这位女士优雅高贵，出身于路易斯安那老派儿的克里奥尔混血家族[①]，她精通音乐，善弹钢琴。千万别相信，一位二十世纪的雷耶[②]就能让亿兆城居民不敢再弹钢琴。科弗利夫人的府邸位于第十五大道，在那里，四重奏乐队曾多次与她合奏乐曲，对她的艺术天赋赞赏不已。

---

① 克里奥尔人是安的列斯群岛等地的白种人后裔。
② 欧内斯特·雷耶（1823—1909），法国作曲家，与凡尔纳生活在同一时代。凡尔纳写作本书的时代为19世纪末，此处，他暗示预言雷耶将在若干年后，即20世纪初闻名于世。

在继承人问题上,老天爷颇为眷顾坦克顿家族,却忽视了科弗利家族。科弗利有三个女儿,是他巨额财富仅有的三位继承人,在这个问题上,他从来不会跟对手较劲。三个女儿都非常漂亮,在新旧两个大陆上,无论从地位,还是财富上说,科弗利家都不乏求婚者。一旦到了谈婚论嫁的时候,自会有人登门拜求。另外,在美国,拥有如此巨额财富者不在少数,前几年,就有人谈论过那位小女孩泰瑞,这位小姐从两岁起,不就因为拥有七亿五千万身家而被人追求?这位小姑娘拥有先天优势,作为合众国最富有的女人之一,但愿她嫁得如意郎君,成为最幸福的女人之一。

科弗利伉俪的长女刚刚年满二十,名叫狄安娜,或者,就像家里人对她的昵称:"蒂"。这位女士极为美丽,在她身上,父母亲优秀的体质和气质兼而有之。她有一双美丽的蓝眼睛,一头美发介于栗色与金色之间,肤色靓丽,宛如新鲜绽放的玫瑰花瓣,她的身姿优美典雅,足以使科弗利小姐在亿兆城众多年轻人中脱颖而出,毫无疑问,大家也绝不会让外人惦记这位"无价之宝",——用这个词形容她,简直再精准、贴切不过。甚至可以说,除了考虑宗教因素,科弗利先生在女儿的婚姻大事上,根本不必操心,肯定能为女儿觅得一生幸福。

事实上,由于在许多问题上势不两立,模范岛上最杰出的两个家庭格格不入,这一点,确实令人遗憾。因为,看上去,沃尔特·坦克顿简直生来就是蒂·科弗利小姐的绝配。

不过,对于这对儿组合,根本想都不要去想……真要签署这样一份婚约,还不如把模范岛一分两半,左舷区居民占一半,右舷区居民占另一半,然后大家一拍两散!

"除非让爱情与功利毫不沾边!"有时候,总监如此断言,边说边在金丝眼镜后面眨眨眼。

甭管怎么说,沃尔特·坦克顿似乎并未对蒂·科弗利小姐表示过爱慕之情,反之亦然,——或者至少,倘若两人相互矜持有意,那也瞒过了亿兆城上流社会所有人的好奇心。

机器岛继续奔赤道而去,差不多顺着160度子午线[①]向南行驶。在它面前,伸展着太平洋的广阔海域,这里也是岛屿和小岛最少的一片海域,海水深度可达2里[②]。在7月25日这一天,机器岛从贝尔纳普海床上驶过,这里的海水深度达6000米,从那里,测深器捞上来一些奇怪的贝壳,或者说是植形类动物[③],其形状足以抵御如此水深形成的巨大压力,根据计算,那里的水压力相当于600个大气压力[④]。

5天之后,模范岛进入一片群岛海域,尽管这里时常被人称作"阿美利加岛群",但是,它却属于英国。先后从右舷经过巴尔米拉岛和桑卡隆岛之后,模范岛接近距离范宁岛[⑤]5海里的海

[①] 子午线亦称经线,相交于南北两极点。每根经线有其相对应数值,称为经度,指示东西位置。

[②] 此处为法国古里,1古里约合4千米,即,此处海水深度达8000米。

[③] 植形动物是指外观上像植物的动物,例如海葵。

[④] 气压是作用在单位面积上的大气压力;水压与水深浅和密度有关。作者借用大气压力作为水压计数单位。

[⑤] 范宁岛又译芬宁岛,位于太平洋中部莱恩群岛,1888年起沦为英国殖民地。今为基里巴斯属岛。

191

域，它是这片海域众多鸟粪堆积岛中的一座，也是这片群岛中最重要的一座岛屿。不过，这些露出海面的山峰并无绿色植被，甚至可以说是光秃秃，迄今为止，大英帝国还没有从这里捞到多少好处。尽管如此，英国还是在这里插了一脚，尽人皆知，英国最善于乱插脚，到处留下难以磨灭的脚印。

每天，同伴们都去周围的公园和田野闲逛，然而，弗拉斯科林却对这趟神奇航行的细节充满好奇，不时往访冲角炮台。在那里，他经常遇见埃塞尔·西姆科，准将很乐意向他讲述有关这片海域的趣闻乐事，每当听到特别有意思的事情，第二小提琴手总不忘转述给自己的同伴。

举例来说吧，7月30日到31日的那一晚，大自然慷慨地向他们奉献了一场精彩的表演，令艺术家们赞叹不已。

当天下午，出现一大片钵水母纲动物①，覆盖了好几平方海里水面，一些博物学家②把这种水母命名为"大洋洲水母"，模范岛居民从来没有遇到过如此众多的水母。这类动物的外观呈半球形，其生命形式极为原始，近似植物界生物③。那些鱼类，甭管多么贪吃，仅仅把水母当作鲜花观赏，因为，看上去，没有一条鱼打算把水母当作食物。这些大洋洲水母属于太平洋热

---

① 钵水母纲隶属腔肠动物门，该纲中的灯水母、游水母、黑伞水母和棕色水母具有发光能力。

② 博物学家指对动物学、植物学、矿物学、生理学等自然科学无所不知的学者。随着科学分支的发展，19世纪后半期以来，博物学的意义逐渐减弱，作为一门学科，逐渐消失。

③ 植物界为生物的一界，与其他生物类群的主要区别是含有叶绿素，能进行光合作用。

在那里，弗拉斯科林经常遇见埃塞尔·西姆科准将。

带海域的特产，它们个个像一把小阳伞，五颜六色，浑身透明，还长了许多触角，每个身长不过二三厘分。可以想象一下，恐怕得有数十亿只水母，才能麇集成如此巨大的一片！

当潘希纳被告知发现了如此众多的水母，殿下不禁说道：

"在模范岛那些不靠谱的社会名流面前，这件事没什么可大惊小怪，因为，对他们来说，十亿，不过就是一笔零花钱！"

夜幕降临后，一部分岛民动身奔赴"船艏楼"，也就是冲角炮台前面的那个平台。有轨电车人满为患。电动车满载好奇的人群。城里的阔佬们则乘坐漂亮的车子前往。科弗利一家和坦克顿一家接踵而至，不过彼此保持一定距离……杰姆先生没有向纳特先生打招呼，纳特先生也没搭理杰姆先生。不过，两家人全都到齐了。科弗利夫人和女儿素来对伊弗内斯和潘希纳客客气气，他们很高兴彼此攀谈。也许，沃尔特·坦克顿对于自己无法加入谈话，颇感惆怅；同样，也许，蒂小姐很希望有幸与这位年轻人交谈。上帝呀！如果这样，那将是多大一件丑闻，《右舷记事报》，或者《新先驱报》刊登的社交新闻，一定会飞短流长，暗示讽喻！

夜色深了，热带地区的夜晚，黑暗尤其浓重，天空繁星点点，太平洋的海底深处似乎通彻透亮，大片水母磷光闪烁，散发出粉色与蓝色光芒。它不像浪尖上划过的道道闪光，倒像是无数大团大团麇集的萤火虫，流光溢彩。大片磷光闪烁，光亮渐趋耀眼，亮度犹如遥远照耀的极光①，凭借光亮，四周纤毫毕

---

① 极光是出现于星球高磁纬地区上空的一种绚丽多彩的发光现象。

见。这一切让人感到，似乎太平洋把白天洒下的阳光尽数溶解，到夜晚，又将光辉释放出来，绚烂夺目。

很快，模范岛冲开大片水母，它们顺着两侧钢铁岛岸，分为两大片。几个小时之内，机器岛周围布满发光的水母，光彩持续不断，源源不绝。简直可以说，就像圣人，或者圣女头顶的光环，或者，更像耶稣头顶的光环，散发着月亮般的光辉。这般奇景一直持续到天色放亮，五彩缤纷的荧光终于熄灭。

6天之后，太平洋瑰宝抵达了我们这个地球一个假想的巨大圆环①，但又是实实在在描绘出来的圆环，它把天际线划分为两个等份。站在这里，我们可以同时看到天球②的两极，一个极位于北方，笼罩在北极星的星光下；另一个极位于南方，犹如一位战士，胸口挂着"十字勋章"③。还有一点需要补充说明，在这条赤道线上，分布着若干不同的点位，每天，繁星都要划出若干圆环，这些圆环与天际线平面形成垂直夹角。如果您打算把白天和夜晚分成两个等份，那么，您就应当置身于这片海域，站在那些跨越赤道的大陆地区，或者岛屿所在的区域，并且在这种地方安身立命。

自从离开夏威夷群岛后，模范岛已经航行了大约600千米。问世以来，这是它第二次跨越地球赤道，从一个半球驶向另一

---

① 即赤道线。
② 天球，天文学名词，是指以地球质心 M 为中心，半径 r 为任意长的一个假想的球体。
③ 此处指南十字座，它是南天星座之一，其主要亮星组成一个"十"字形，下方的一点为南天极。

个半球。这趟旅程,模范岛首先向南航行,然后,再掉头向北。对于亿兆城的居民来说,这次跨越赤道成为一个节日。在公园里,将举行公众聚会,在礼拜堂和教堂里,将举行宗教仪式,还将举行环岛电动汽车比赛。在观象台的瞭望塔平台上,将要施放漂亮的烟火,包括喷射烟火,金蛇烟火①,以及变色礼花,届时,满天星花灿烂,绚丽多彩,竞相媲美。

按照惯例,每条海船抵达赤道的时候,都要举行各种荒诞有趣的仪式,不难想象,模范岛也会举行类似的赤道洗礼活动。事实上,挑选这一天,也是专为模范岛离开马德莱娜海湾以后出生的孩子们举行洗礼。同样,作为首次进入南半球的外来客,他们也需经受一番这样的洗礼。

"这回该轮到我们了,"弗拉斯科林对同伴们说道,"换句话说,我们将接受洗礼!"

"简直难以想象!"塞巴斯蒂安·佐恩气愤地一边说,一边表示抗议。

"是的,我拙劣的低音演奏老伙计!"潘希纳回答道,"人家将要往我们头上成桶地浇未经祝圣②的水,我们还得坐在摇摆不定的小木板上,出其不意地被扔到水桶里,那位扮演回归线的人将及时现身,后面跟着一队小丑,把赤道黑水③抹在我们的脸上。"

---

① 特指喷射时成蛇形上升的烟火。
② 祝圣是基督教的一种宗教仪式,圣水是一个宗教概念,指天主教神父祝圣过的水。
③ 此处为双关语,法语"赤道无风带"与"装黑水的碗"是一个词组。赤道无风带是指赤道附近南、北纬5度之间的地带。此地风速微弱。

"他们可别以为，"塞巴斯蒂安·佐恩回答道，"我能忍受这套开玩笑的骗人把戏！……"

"必须忍受，"伊弗内斯说道，"每个国家有自己的风俗，即使宾客也得入乡随俗……"

"如果宾客是被迫滞留，那就另当别论！"执拗的四重奏乐队头儿大声叫道。

尽管在越过赤道的时候，有几条轮船快乐地举行了狂欢，但是，四重奏乐队尽可放心！他们不必担心那位回归线替身将要出现！塞巴斯蒂安·佐恩和同伴们也不会被人泼一身海水，实际上，人家献给他们的是名牌香槟酒。人家也没打算戏耍他们，预先用望远镜瞄准某地，骗他们说那就是赤道，那套把戏只适用于航船上的水手，对于模范岛的贵宾来说，并不合适。

8月5日下午，举行节日庆典。除了时刻不得擅离职守的海关关员，所有雇员一律享受休假。城里，以及港口的一切工作暂停。螺旋桨也不再旋转。至于那些蓄电池，它们保持足够的电压，可以维持照明系统，以及电信服务的正常运行。不过，模范岛并未静止不动，一股海流把它带往那条南北两个半球的分界线。在教堂和礼拜堂，还有圣玛丽教堂里，歌声和祈祷声此起彼伏，管风琴乐曲绕梁不绝。公园里正在举行激烈的体育竞赛，大家欢歌笑语，各色人等欢聚一堂。在沃尔特·坦克顿的率领下，那帮最有钱的绅士把高尔夫球和网球玩得风生水起。当太阳垂直落入地平线，黄昏时刻又持续了45分钟，随后，烟

那帮最有钱的绅士把高尔夫球和网球玩得风生水起。

火升空，漫天飞舞，这一晚没有月色，烟火表现得尤为缤纷绚丽，赏心悦目。

在娱乐场的大厅里，正如前述，四重奏乐队被施洗礼，洗礼仪式由西律斯·比克斯塔夫亲自主持。总裁递给艺术家们敞口酒杯，泛着泡沫的香槟酒奔腾欲滴，四位演奏家开怀畅饮凯歌牌①和路易王妃牌②香槟。塞巴斯蒂安·佐恩蛮不情愿地抱怨说，这么一场洗礼仪式，让他回想起，自己出生不久后，嘴唇上曾经浸润过的那股咸水味道③。

于是，为了向热情参加本次仪式的见证人表达谢意，四位巴黎佬演奏了他们曲目中最精彩的作品，包括：F大调，第七号弦乐四重奏，作品第59，贝多芬；降E调，第四号弦乐四重奏，作品第10，莫扎特；D小调，第四号弦乐四重奏，作品第17，海顿；安丹特，谢尔佐，随想曲与赋格曲，第七号弦乐四重奏，作品第81，门德尔松。是的！他们演奏的都是最优美的协奏曲，而且，免费奉献给听众。大厅门口拥挤不堪，大厅里人山人海。艺术家们不得不加奏一曲，有些曲段，甚至不得不连奏三遍。总裁向演奏家们授予金质勋章，勋章镶满硕大贵重的钻石，勋章正面绘制亿兆城的徽纹，另一面用法文铭刻：

---

① 凯歌香槟是法国粉红香槟酒著名品牌，首创于1775年。
② 路易王妃香槟是法国香槟酒著名品牌，由沙皇亚历山大二世定制，首创于1876年。
③ 此处指塞巴斯蒂安·佐恩幼时接受浸水式洗礼的情形，有戏谑之意。

模范岛公司、市政府、人民谨此
授予四重奏乐队

如果说，这些荣誉仍旧没有感动大提琴手，没有触及他那颗决不妥协的内心深处，显然，那是因为，正如同伴们所说，此公性格极其执拗倔强。

"骑驴看唱本，走着瞧吧！"他满脸不屑地说道，边说边用手焦躁地捋着胡须。

晚上十点三十五分的时候，——按照模范岛天文学家的计算——机器岛跨越赤道线。恰在此刻，冲角炮台的一门大炮应该响起一声轰鸣。位于小公园中央的观象台里，有一台电动仪器，一根电线把它与冲角炮台直接相连。对于模范岛的名流来说，如果有幸亲手发送电流到炮台，进而引发这声轰鸣，那将使自己的自尊心获得极大满足。

然而，就在这一天，两位重要人物都想扮演这个角色。大家猜得出来，他俩就是杰姆·坦克顿与纳特·科弗利。这件事儿，让西律斯·比克斯塔夫颇感为难。在市政府与本城两个区之间，预先进行了艰苦的谈判。但是，没能达成一致。在总裁的恳请下，卡利斯图斯·蒙巴尔担当调解人。尽管众人皆知，总监头脑机智灵活，外交经验极其丰富，但是，他徒劳无功。在纳特·科弗利面前，杰姆·坦克顿坚决不肯退让一步。与此同时，纳特·科弗利也绝不低头。局势一触即发。

激动人心的时刻即将来临,两位头领齐聚小公园,对面而立,那台仪器距离他俩只有数步之遥……只需一根手指嵌动按钮……

众人对涉及优先权的问题极为敏感,获悉这个困局,旋即拥挤前往这座小公园。

音乐会结束后,塞巴斯蒂安·佐恩、伊弗内斯、弗拉斯科林,以及潘希纳也来到此地,好奇地观察这场对决的每个步骤。鉴于左舷区与右舷区各自的立场,这场对决对模范岛的未来至关重要。

两位名流各自向前迈步,彼此甚至不屑稍微点头打个招呼。

"先生,我认为,"杰姆·坦克顿说道,"您不会与我争夺这份荣耀……"

"先生,这也恰恰是我对您的期待。"纳特·科弗利回答道。

"大庭广众丢面子,令我无法容忍……"

"对此,我亦有同感……"

"让我们看看吧!"杰姆·坦克顿朝着仪器迈出一步,大声叫道。

与此同时,纳特·科弗利也迈出了一步。两位名流的拥趸们开始骚动。双方阵营爆发出粗俗的挑衅。毫无疑问,沃尔特·坦克顿准备参与其中,支持父亲争权。然而,当他看到科弗利小姐仿佛置身事外,不禁顿觉尴尬为难。

至于总裁本人,尽管总监站在他身边,准备充当缓冲调解人,但很遗憾,他无法把约克家族的白蔷薇与兰开斯特家族的红蔷薇绑到一起①,做到两全其美。谁知道呢,这场可悲的竞争,与十五世纪的那场英国贵族之战相比②,后果是否更令人遗憾?

不过,模范岛的冲角跨越赤道的时刻已经临近。这个时刻精确到时钟的四分之一秒,计算误差仅为8米,观象台必须及时把信号发送出去。

"我倒有个主意!"潘希纳喃喃说道。

"什么主意?……"伊弗内斯回答道。

"我上去朝那仪器的按钮猛击一拳,这么做,他们两家都会欣然同意……"

"你可别这么干!"弗拉斯科林说道,同时伸出胳膊,猛地拦住殿下。

总而言之,谁也不晓得这个事件将如何了结,恰在此时,传来一声炮响……炮声并非来自冲角炮台,而是来自海面的炮响,声音清晰可辨。

人群安静下来。

既然这声炮响并非来自模范岛炮台,那么,它究竟意味着什么?

来自右舷港口的一份电报,几乎立即给出了相应的答案。

距离两三海里远的海面上,出现一艘遇难船只,刚刚发出

---

① 此处引用英国蔷薇战争典故。15世纪中叶,英国约克家族与兰开斯特家族为争夺英格兰王位进行三十年战争。约克家族的族徽为白蔷薇,兰开斯特家族的族徽为红蔷薇,史称蔷薇战争,亦称"玫瑰战争"。

② 蔷薇战争最终以交战双方联姻为结局,从而结束了法国金雀花王朝在英格兰的统治。

信号，请求援助。

　　这事儿来得突然，但也很幸运！大家不再想着争夺那个电动按钮，也顾不上庆祝跨越赤道线。现在不是考虑这些事情的时候。模范岛已经跨过赤道线，按规定要放的那一炮也被束之高阁。总而言之，这么着也挺好，坦克顿家族和科弗利家族双双保住了面子。

　　公众纷纷撤离小公园，而且，由于无轨电车已经停止行驶，大家步行，快速奔往右舷港的防波堤。

　　另一方面，自从海面上传来信号，港口官员已经采取一系列救援措施。停泊在港口湿坞内的一艘电动小艇，早已驶离码头。当人群抵达港口的时候，小艇已经从遇难船舶上把幸存者救了回来，至于那条海难船，随即消失在太平洋的海底深渊。

　　那条沉船，是一条马来亚式样的双桅帆船，就是它，自从模范岛离开夏威夷群岛后，始终尾随其后，锲而不舍。

停泊在港口湿坞内的一艘电动小艇，早已驶离码头。

第十一章　马克萨斯群岛

8月29日上午，太平洋瑰宝抵达马克萨斯群岛海域，这里位于南纬7度55分至10度30分之间，以及巴黎子午线西经141度至143度6分之间。从夏威夷群岛至此，模范岛的航行距离总计3500千米。

如果说这片群岛被称为"蒙大拿"，那是因为，有一位叫这个名字的西班牙人于1595年发现了这座群岛的南部。这座群岛还被称为"革命群岛"，那是因为，马尔尚船长①曾经于1791年拜访过这座群岛的西北部。这座群岛还被称为"努库-希瓦"，那是因为，这座群岛最重要的一个岛屿也叫这个名字。不过，平心而论，这座群岛更应该被称为"库克"，因为，正是这位著名的航海家，于1774年勘测了这片群岛。

以上这些，都是西姆科准将告诉弗拉斯科林的，后者认为，这些描述完全符合逻辑，并补充说道：

---

① 艾蒂安·马尔尚（1755—1793），法国航海家。他抵达该岛时，正值法国大革命爆发后的第三年。

"同样，人们也可以把这片群岛称为'法兰西群岛'，因为，我们身处马克萨斯群岛，就好像置身法兰西①。"

事实上，对于包括11座岛屿，或者小岛的这座群岛，一个法国人有权把它视为自己国家停泊在太平洋水域的海军分舰队，那几座大岛屿，可以看作是最大的一级战舰，包括努库－希瓦岛②，以及希瓦瓦岛③；中等大小的岛屿，可以看作是巡洋舰，以及其他舰船，包括希阿乌、乌阿普，以及乌乌卡；最小的岛屿，可以看作是护卫舰，包括莫坦、法图－希瓦，以及陶阿塔；至于那些小岛，或者珊瑚岛，则可以看作是这支舰队的普通小艇。不言而喻，这些岛屿无法像模范岛那样四处游弋。

1842年5月1日，驻太平洋海军基地司令，海军准将杜佩蒂－图阿尔斯④以法国名义宣布，这座群岛归属于法兰西。这座群岛与美洲、新西兰、澳大利亚、中国、摩鹿加群岛⑤，或者菲律宾之间的距离，大约在1000至2000里之间⑥。在这样的条件下，海军准将的行为是否值得赞扬，还是应予谴责？政府的反对派对此予以谴责，而政府则予以表彰。此举不仅让法兰西拥有了一处岛屿领地，远洋捕鱼船队可以在此休整，补充给养，而且，

---

① 马克萨斯群岛于1842年沦为法国殖民地，现为法属波利尼西亚的一部分。
② 努库－希瓦岛是马克萨斯群岛的主要岛屿，面积339平方千米。
③ 希瓦瓦岛是法属波利尼西亚的岛屿，属于马克萨斯群岛的一部分，面积316平方千米。
④ 杜佩蒂－图阿尔斯（1793—1864），法国海军准将。
⑤ 摩鹿加群岛，亦译马鲁古群岛，是印度尼西亚东北部岛屿的一组群岛。
⑥ 此处为法国古里，1古里约合4千米，即，4000千米至8000千米之间。

一旦巴拿马运河开放通行①，还能够带来现实的重大商业利益。如果法国再拿下，或者宣布对帕摩图群岛②，以及社会群岛③的保护权，将使上述商业利益进一步得到补充和扩大。因为，在这片浩瀚大洋的西北部海域，英国的影响力日渐扩大，如果法国扩大其在太平洋东南部海域的影响力，将有益于抗衡英国势力。

"不过，"弗拉斯科林向这位殷勤的导游问道，"在这个地方，我们是否拥有相应的军事力量？"

"直到1859年，"西姆科准将回答道，"在努库－希瓦岛有一支法国海军部队。这支队伍撤走之后，守卫法国旗帜的责任就交给了传教士。他们守土有责，拒绝外人入侵。"

"那么，现在情况如何？……"

"仅仅在泰奥海伊镇④留有一位驻扎官⑤，还有几名宪兵，以及若干土著士兵，率领他们的是一位军官，他同时负责维护法制与治安……"

"负责处理本地人的诉讼？……"

"包括本地人与移殖民的诉讼。"

---

① 巴拿马运河建成通航于1914年，晚于凡尔纳写作本书的时间20多年。
② 帕摩图群岛在凡尔纳的另一本小说《海底两万里》中曾经出现。据后文介绍，此地今译名为土阿莫土群岛，是南太平洋法属波利尼西亚的东部岛群，于19世纪被法国占领。
③ 社会群岛是法属波利尼西亚的主要岛群，陆地面积1647平方千米，于1881年沦为法国殖民地。
④ 泰奥海伊镇位于努库－希瓦岛南岸的泰奥海伊湾，是马克萨斯群岛的行政中心。
⑤ 驻扎官是殖民制度中，保护国派驻被保护国的官员。

"也就是说，在努库-希瓦岛上有移殖民？……"

"是的，有二十四位。"

"这点儿人，还凑不够一支交响乐队，甚至凑不齐一支管乐队，勉强能凑一支军乐队！"

确实，如果说，马克萨斯群岛疆域辽阔，长度为195英里，宽48英里，面积多达13000平方千米，那么，这里仅居住着24000名本地土著，也就是说，这里的移殖民人数，与当地居民的比例为1：1000。

如果南北美洲之间的那条新通道①打开了，马克萨斯群岛的人口将因此而增加吗？未来将会给出答案。至于模范岛上的居民人数，这些日子以来却有所增加，因为，8月5日那天夜里，模范岛从一条双桅帆船上，救回来一些马来亚人。

他们总共有10人，再加上他们的船长——之前我们已经描述过，此人容貌刚毅。船长自称名叫沙罗，大约四十来岁，手下船员个个是身强力壮的汉子，属于马来亚最西部岛屿的土著人种。三个月之前，这位沙罗率领船员们，载着一船椰肉干来到火奴鲁鲁。当时，模范岛正在那里做十天停泊。与群岛上的其他人一样，这些马来亚人对这座人工岛屿惊叹不已。不过，他们没有机会登岛参观，因为，获得登岛许可实属不易。大家还记得，他们那条双桅帆船经常在海面游荡，在半链远的范围，绕着机器岛转圈，做近距离观察。这条双桅帆船的出现并未引

---

① 此处指当时正在筹建的巴拿马运河。

起任何怀疑，即使这条船紧随西姆科准将，在几小时之后也离开火奴鲁鲁，同样没有引起更多怀疑。再说了，这么一条排水量不过百来吨，船员不过十来人的小船，有什么值得让人担忧？毫无疑问，没有。但是，这种看法也许大错特错……

当那声炮响引起右舷港军官的注意时，双桅帆船距离模范岛只有两三海里。派出的救援小艇及时赶到，接回了船长，还有他的手下船员。

这些马来亚人能说一口流利的英语——对于太平洋西部的土著来说，这种现象很常见，正如我们之前谈到过，英国影响力在那里已经占据绝对优势。于是，从他们口中，人们知道了那条船遭遇海难事故的缘由，甚至，如果救援小艇晚来几分钟，这11位马来亚人都将葬身海底深渊。

据这些人说，24个小时之前，也就是8月4日至5日的那个夜晚，双桅帆船遭到一艘高速行驶的轮船撞击，尽管帆船点亮了标识灯，但是，对方并未看到沙罗船长发出的信号。对于那艘轮船来说，这次碰撞不过是隔靴搔痒，好像完全没有感觉，因为它继续行驶。不过，也有可能，它是故意加速逃逸——很不幸，这种情况并不少见，为的是"逃避令人不快、代价昂贵的赔偿要求"。

虽然对于大吨位的轮船来说，这次碰撞无关痛痒，然而，它那高速冲过来的铁壳船体，对于马来亚帆船来说，后果却十分可怕。在桅杆靠前的位置，船身被撕开，至于它为何没有立即沉没，谁也解释不清楚。不过，帆船还能在水面漂浮，船员们紧紧抓住残骸。倘若当时海上天气恶劣，没人能逃脱拍击残骸的海浪。幸运的是，海流把他们冲向东方，并且靠近了模范岛。

甭管怎样，在询问沙罗船长时，对于这条即将沉没的帆船还能漂移到右舷港的视线范围内，西姆科准将感到极为诧异。

"对此，我也困惑不解，"马来亚人回答道，"看起来，在过去24小时里，您的岛屿并没行驶多远？……"

"这是唯一的合理解释，"西姆科准将回答道，"无论怎样，这不重要。你们获救了，这才是最要紧的。"

无论如何，救援小艇及时赶到，在它驶离遇难船只还不到四分之一海里时，双桅帆船一头扎向海底。

以上就是沙罗船长讲述的事情经过，他先对施行救援的军官讲了一遍，然后，又对西姆科准将复述了一遍。最后，再对西律斯·比克斯塔夫总裁说了一遍，在此期间，他和船员们都显得十分焦急，迫切希望获得全力协助。

现在的问题是，如何让这些海难者返回故乡。当初，海难事故发生时，这条船正扬帆驶往新赫布里底群岛①。此时，模范岛朝东南方航行，不可能改变原定航线，转而掉头斜插向西。于是，西律斯·比克斯塔夫向海难者们建议，把他们送往努库-希瓦岛，在那里等待路过的商船，以便搭船返回新赫布里底群岛。

---

① 新赫布里底群岛，今通译瓦努阿图群岛，是位于夏威夷和澳大利亚之间的南太平洋群岛。

西姆科准将询问沙罗船长。

船长和船员们相互看了看，显得极为尴尬，因为，这个建议让这些可怜人十分为难。丧失帆船和货物之后，他们囊空如洗，一无所有。如果滞留在马克萨斯群岛，可能需要等待很长时间，他们将如何维持生计？

"总裁先生，"船长恳切地说道，"你们救了我们，我们无以为报……尽管如此，我们仍然请求您，帮助我们更顺利地返回故乡……"

"有什么办法呢？……"西律斯·比克斯塔夫回答道。

"我们在火奴鲁鲁时听说，模范岛驶往南方海域后，将陆续探访马克萨斯群岛、帕摩图群岛，以及社会群岛，然后，还将驶往太平洋西部。"

"的确如此，"总裁说道，"而且很可能，在返回马德莱娜海湾之前，它还将往访斐济群岛①。"

"斐济，"船长接着说道："这座群岛属于英国，距离新赫布里底不算太远，从那儿，我们能比较方便地回家……如果您能收留我们，一直到那个时候……"

"在这个问题上，我无法对你们做出任何承诺，"总裁回答道，同"我无权允许外人搭乘模范岛。还是等我们抵达努库-希瓦岛之后再说吧。我将通过电缆，征求马德莱娜海湾管理部门的意见，如果它同意，我们就把你们送往斐济，从那里，你们能更轻松地返回家乡。"

---

① 即现在的斐济共和国，位于南太平洋，由332个岛屿组成，多为珊瑚礁环绕的火山岛。

凭借这个理由，这些马来亚人留在了模范岛，此时，8月29日，马克萨斯群岛已经遥遥在望。

这座群岛位于热带信风区，同样处于信风区的还有帕摩图群岛和社会群岛。在信风的吹拂下，这里温度适中，气候宜人。

一大清早，在西姆科准将的指挥下，模范岛出现在马克萨斯群岛的西北方。首先看到一座多沙的环礁，在海图上，这里被标识为"珊瑚小岛"，伴随涌动的海流，海浪猛烈地拍击着岛礁。

从左舷经过这座环礁后，瞭望船员很快报告发现第一座岛屿：费图乌[1]，这里地势陡峭，四周环绕壁立的悬崖，高达400米。再过去，就是希阿乌岛，岛屿高度为600米，从这个角度望过去，地势枯燥乏味，然而，从另一侧望去，那边草木丰茂，郁郁葱葱。这座岛有两个小海湾，乘坐小艇可驶入其内。

塞巴斯蒂安·佐恩的脾气依旧十分恶劣，弗拉斯科林、伊弗内斯和潘希纳索性不再搭理他，在埃塞尔·西姆科准将，以及诸位军官的陪同下，他们攀升至瞭望塔平台上。面对希阿乌岛，殿下欣喜若狂，不禁连连高声怪叫，众人对此见怪不怪。

"理所当然，"他说道，"这座岛上一定居住着成群的猫咪，而且，领头的一定是一只大公猫[2]……"

---

[1] 马克萨斯群岛分为东南和西北两个岛簇。东南岛簇包括希瓦瓦岛、法图伊瓦、塔胡阿塔，以及无人居住的蒙塔内和法图乌库岛；西北岛簇包括瓦普、瓦胡卡、埃奥、哈图图、桑德诸岛和努库－希瓦岛。

[2] 此处为双关语。法语"希阿乌"一词的发音，与法语"猫叫"的象声词相似。

此时，希阿乌岛位于机器岛的左舷，不过，西姆科准将不打算在那里停泊，而是指挥模范岛直奔这座群岛的主要岛屿，我们已经知道它的名字，神奇的模范岛将临时性地与其相邻为伴。

第二天，8月30日，天蒙蒙亮，几位巴黎佬再次来到老地方。头天夜里，努库-希瓦岛的高大身影已触目可及。天空晴朗，这座群岛的山脉，远在18里，甚至20里[①]之外都清晰可辨，因为，那儿有几座山峰的高度超过1200米，山脉顺着岛势延伸，犹如这座岛屿的巨大脊梁。

"你们注意到这座群岛的地势吗？"西姆科准将对几位来宾说道："这儿山脉的顶峰全都光秃秃，至少，在这个区域，此种情况比较少见。与此同时，整个山体的三分之二覆盖着植被，包括峡谷，甚至沟壑底部，到处林深草密，植被一直延伸至海滨的白色沙滩。"

"但是，"弗拉斯科林提醒道，"看上去，与群岛的整体地势相比，努库-希瓦岛有点儿与众不同，群岛大部分地区植被茂盛，而这儿显得贫瘠荒凉……"

"那是因为，我们从西北方朝这里靠拢，"西姆科准将回答道，"如果我们绕到这座岛屿的南边，景色将迥然不同，一定会让你们感到意外。在那边，到处是绿茵茵的原野，茂密的森林，还有许多高达三百公尺的瀑布……"

---

① 此处为法国古里，1古里约合4千米。

"噢！"潘希纳高声叫道，"溪水从埃菲尔铁搭①之巅奔流而下，这情形一定十分壮观！……尼亚加拉瀑布②也将为之艳羡不已……"

"根本不至于！"潘希纳反驳道，"尼亚加拉瀑布胜在其宽度，它从加拿大的河这边，一直延伸到美国的河那边，瀑布宽达900米……对此，你应该一清二楚，潘希纳，因为我们曾经去那儿参观过……"

"完全正确，我谨此向尼亚加拉瀑布深表歉意！"殿下回答道。

这天，模范岛保持1海里的距离，顺着努库-希瓦岛的海岸航行，眼前是一望无际的荒凉斜坡，向上延伸到一片名叫托维伊的中央高地，看上去，岩石悬崖连绵不断。不过，按照航海家布朗的说法，这里应该有优良的锚泊地。事实上，模范岛随后发现了这片锚地。

总体来看，虽然努库-希瓦岛的名字听上去优雅美妙，但实际上，这里的景色枯燥乏味。杜蒙·居维尔③曾经在太平洋旅行，并且抵达过南极地区，作为他上述旅行的同伴，V.杜穆林和德格雷两人曾经准确地描述过这里："这里美丽的自然风光统统分布在海湾里面，隐身在山谷沟壑的山坳里，这些山谷逐渐隆起，在岛屿中央形成高耸的山峰。"

---

① 巴黎埃菲尔铁塔的高度为325米（含顶端天线）。

② 尼亚加拉瀑布位于加拿大和美国交界处，落差约50至56米。

③ 杜蒙·居维尔（1790—1842），法国航海家，凡尔纳在《海底两万里》曾提到此人。

顺着这片荒凉的岛岸，拐过那座伸向西方的尖锐海岬，模范岛放慢右舷螺旋桨的转速，稍微改变航向，刚好绕过切利查戈夫海角，给这个海角命名的，是俄国航海家克鲁森斯特恩[1]。在这里，海岸向内凹去，形成狭长的弓形，在弓形中央，有一处狭窄的通道，这里就是塔约阿港，也叫赤根港，它是这个岛屿诸多小海湾中的一座，是一处良好的避风港，足以抵御太平洋令人生畏的狂风暴雨。

西姆科准将没有让机器岛在此地停留。在南边，还有两个海湾，一个位于南岸中部，名叫安娜-玛丽亚湾，或者叫泰奥海伊湾；另一个是"审计员湾"，或者叫太平湾，位于马丁海角的背面，马丁海角也是这座岛屿东南侧的最远端。模范岛将在泰奥海伊湾的正前方，停留大约12天。

测深器显示，距离努库-希瓦岛海岸不远的海底极为深邃。在那些海湾周围，探测的水深为四十，或者五十寻[2]。也就是说，模范岛可以轻松抵近海岛。于是，8月31日下午，模范岛紧邻泰奥海伊湾停泊。

当模范岛抵近港口视野范围时，右侧响起一阵炮声，紧接着，东边悬崖上升起一团盘旋的烟雾。

"哎！"潘希纳说道，"这儿鸣炮欢迎我们到来……"

---

[1] 亚当·约翰·冯·克鲁森斯特恩（1770—1846），俄罗斯航海家，也是俄罗斯环球航行第一人。

[2] 寻为航海名词，即水深单位。1英寻，约合1.83米；1法寻，约合1.624米。此处，凡尔纳并未给予确指。

"不，"西姆科准将回答道，"这座岛有两个主要部族，一个是塔伊族，另一个叫哈帕族，无论哪个部族，都不会拥有大炮，即使是表示欢迎的礼炮也没有。你们听到的，那是大海的轰鸣。在马丁海角，有一处半掩在海水中的洞穴，海浪猛烈冲击到洞穴深处，就会发出这种声音，那团烟雾，其实是喷出洞外的海浪飞沫。"

"我深感遗憾，"殿下回答道，"因为，一声炮响，意味着脱帽致敬。"

努库-希瓦岛还有其他名称——也可以说它有许多"教名"——因为，它有许多教父，先后对它施行洗礼。例如："联邦岛"，赐名的教父是英格拉姆[1]；"美丽岛"，赐名的是马尔尚；"亨利·马丁爵士岛"，赐名的是赫格特；"亚当岛"，赐名的是罗伯茨；"麦迪逊岛"，赐名的是波特[2]。这座岛屿的东西长度为17英里，南北长度为10英里。也就是说，环岛周长约为54英里。这里气候宜人。气温与热带地区相仿，同时具有信风带气候特征。

停泊在这片锚地，模范岛丝毫不用担心强烈海风，或者瓢泼大雨的袭扰，因为，每年，只在4月至10月期间，模范岛才会来此地停留，在这个季节，干燥的信风从东方吹向东南方，当地土著把这阵风叫作"图阿图卡"。到了10月，气温明显升高，

---

[1] 邓肯·英格拉姆（1802—1891），美国海军军官，航海家。

[2] 以上均为曾经到访努库-希瓦岛的各国航海家。按照航海惯例，对自己发现的无名岛屿拥有命名权。

到11月和12月，气候变得极为干燥。于是，从4月到10月，气流从东方，一直涌向东北方。

说到马克萨斯群岛的居民，必须回顾当年那些发现者的夸张描述，据他们说，这里的居民曾经多达10万人。

以严谨的资料为依据，伊利沙·雷克鲁斯[①]曾经估计，这座群岛总计只有6000人，其中绝大部分居住在努库-希瓦岛。在杜蒙·居维尔生活的时代，努库-希瓦岛居民曾经增加到8000人，并划分为塔伊、哈帕、泰奥纳斯，以及塔伊毕斯几大部族，然而，从那时以来，这座岛屿的居民日渐稀少。人口下降的原因何在？主要由于土著间的残酷战争，男性人口被掳往秘鲁的种植园，滥饮烈性酒，等等，最后还有一点，为什么不敢承认呢？那就是征服者带来的所有弊端，即使这些征服者属于文明种族。

在这里停泊的一周时间里，亿兆城的大批市民前往努库-希瓦岛参观。与此同时，努库-希瓦岛上的欧洲名流也做了回访，总裁大开方便之门，允许他们自由登上模范岛。

至于四重奏乐队，塞巴斯蒂安·佐恩与同伴们在努库-希瓦岛做了远足旅行，虽然辛苦，但是旅途愉快，不虚此行。

泰奥海伊湾是一座有狭窄通道的圆形海湾，模范岛无法在海湾内容身。海湾内分布着两处沙滩，沙滩之间，隔着一段荒凉、

[①] 伊利沙·雷克鲁斯（1830—1905），法国地理学家。

陡峻的悬崖峭壁。峭壁上，残留着一座波特①于1812年建造的要塞断壁。当年，这位海军军官占领努库－希瓦岛，美国军队就驻扎在悬崖东侧的海滩。不过，这次占领并未获得联邦政府的认可。

几位巴黎佬原本以为，坐落在对面海滩上的是一座城市，但实际上，那只是一座普通的村庄，村里多数房屋散布在林中树下。不过，他们发现，在众多峡谷中，努库－希瓦岛居民为何精心选择这座泰奥海伊峡谷，在这里安家，——原来，这座峡谷十分美丽！遍地生长着椰子树、香蕉树、木麻黄树、番石榴树、面包果树、木槿树，以及其他各种树木，茂密繁盛，生机盎然，穿行在树林中，令人赏心悦目。在茅屋里，游客们受到热情接待，如果上溯一个世纪，在同样地点，游客们也许会被人家啃得一干二净。如今，他们却能品尝用香蕉、面包果做的糕点，以及箭根薯可供食用的根茎，还有那种用芋头制作的淡黄色淀粉，新鲜的时候味道甜美，陈旧的时候味道发酸。至于那种名叫"豪"的东西，其实就是可以生吃的大鳐鱼肉，还有土著特别喜欢吃的，已经腐烂变质的鲨鱼里脊肉，对于这类东西，艺术家们坚定地拒绝品尝。

舞蹈教授阿萨纳塞·多雷姆斯陪同四位艺术家做过几次散步。去年，这位先生曾经到访过这儿，现在，由他充任向导。也许，这位舞蹈教授既不懂自然历史，对植物学也一窍不通，

---

① 彼得·布尔门·波特（1773—1844），美国政治家，曾任美国战争部长。

219

穿行在树林中，令人赏心悦目。

也许，他根本分不清楚什么是硕大的天蓝色槟榔青，它的果实很像苹果；也不认得什么是露兜树，不懂它为何享有那么高的声誉；同样，他也不认得什么是木麻黄，它的树干坚硬如铁；也分辨不出什么是木槿，土著用它的树皮制作衣服；更分辨不清什么是番木瓜树，什么是佛罗里达栀子花，这些他都懂吗？确实，四重奏乐队不需要仰仗教授那点儿半瓶醋的知识，也能欣赏马克萨斯群岛的植物群落，包括：壮硕的蕨类、多足蕨、盛开白色与红色花朵的中国蔷薇、各种禾本科植物、茄科植物，此外，还有烟草、盛开紫色总状花序的唇形科植物，年轻的努库-希瓦岛民用它们制作饰物；另外，还有高达十多英尺的蓖麻、龙血树、甘蔗、橘子树、柠檬树，这些都是新近移植来的品种，由于这里夏天温度适宜，在高山倾泻来的丰沛溪水浇灌下，它们在这里的土地上欣欣向荣。

然后，一天清晨，四重奏乐队行至塔伊村的后面，顺着一条溪流，攀登上山脉的顶峰，此时，在他们眼前，脚下呈现一座座山谷，包括塔伊山谷、太平山谷，以及哈帕山谷。艺术家们不禁发出赞叹欢呼！此时，倘若他们手中有乐器，一定毫不犹豫地演奏一曲经典作品，回报大自然赐予的精彩美景！确实，只有几对鸟儿听懂了他们的欢呼！然而，咕咕鸣叫的鸽子是如此美妙，它们展翅高飞，热情洋溢。还有那只身形小巧的金丝燕，煽动变幻莫测的翅膀，掠过天空；至于那只鹲鸟①，它才是努库-

---

① 鹲，也叫热带鸟。一类中大型海鸟，体羽大部白色，中央尾羽极长。生活在热带远洋上，主食鱼类。

希瓦岛峡谷最常见的东道主!

此外,这儿的密林深处,并没有令人担忧的有毒爬行动物,这里的蟒蛇,长度将近两英尺,与无毒游蛇一样,从不伤人,艺术家们对它尽可放心。至于那些长着蓝色尾巴,隐身在花朵中的石龙子①,同样人畜无害。

当地土著的人种十分优秀,具有明显的亚洲人种特征——这表明,他们的祖先与大洋洲其他原住民绝非同源。他们的身材中等,比例匀称,肌肉发达,胸部宽阔。他们的手脚纤细,脸型椭圆,前额高耸,黑色的眼睛,睫毛纤长,鹰钩鼻,牙齿整齐洁白,皮肤既不是红色,也不是黑色,而是阿拉伯人那样的茶褐色,容貌特征显得既活泼,又温柔。

文身习俗几乎已消失殆尽——他们的文身并非划破皮肤获得,而是通过针刺,让三叶油桐树的炭灰渗进皮肤。如今,文身已经被传教士提供的棉布衣服所取代。

"这儿的男人真漂亮,"伊弗内斯说道,"不过也许,不如当初身穿简陋草裙,披头散发,手中挥舞弓箭时那么好看!"

那一次,在总裁的陪同下,四重奏乐队前往"审计员海湾"游玩。西律斯·比克斯塔夫自愿陪同贵宾们前往这座海湾,因为,这座海湾里,坐落着好几个港口,犹如东方的瓦莱塔②,当然了,另一个瓦莱塔是英国人的属地,而努库-希瓦岛则将成

---

① 石龙子是大约1275种蜥蜴的统称,在东南亚及其附近岛屿上分布的种类最多。
② 瓦莱塔是马耳他首都,全国最大海港,也是欧亚非海运的交通枢纽。

为太平洋上的马耳他①。这里是哈帕部落的聚居地,位于峡谷中的一片沃土,一条喧嚣的瀑布流淌成一条小河,贯穿这片沃土。当年,美国人波特与当地土著的战争,主要就发生在这里。在游玩途中,伊弗内斯表达了关于土著人种的看法。

听了他的想法,总裁回答道:

"伊弗内斯先生,也许,您说得有道理。如果马克萨斯土著穿上色彩艳丽的缠腰裙,或者塔希提人特有的缠腰布,披上那种名叫'阿琥坂'的随风飘逸的披巾,或者名叫'蒂普塔'的墨西哥式披风,他们尤显光彩照人。可以肯定,现代服装根本不适合他们穿用!有什么法子?文明的结果,就是讲求礼仪!我们的传教士在教化土著的同时,也在鼓励他们穿着得体,抛弃原始服饰。"

"难道他们做得不对吗,总裁?"

"从讲求礼仪的角度说,他们做得对!从卫生保健的角度说,他们做得不对!自从努库-希瓦岛民的穿着合乎礼仪之后,他们,以及所有本地人,全都丧失了原始的活力,以及欢愉的本性。他们烦恼不已,身体状态每况愈下。过去,他们从来没有患过支气管炎、肺炎、肺结核……"

"自从他们不再赤身露体,反而染上了感冒……"潘希纳叫道。

"恰如阁下所言!这个种族日渐衰微,其中必有重要缘故。"

---

① 马耳他是位于地中海中心的岛国,有"地中海心脏"之称。19世纪沦为英国殖民地。

223

"如此，我敢断言，"殿下继续说道，"亚当和夏娃自从被赶出伊甸园，并且穿上裤子和裙子之后，他们才学会打喷嚏，——而我们，作为他们的不肖子孙，进一步退化，终于患上胸部炎症①！"

"总裁先生，"伊弗内斯问道，"我们感到，这座群岛的女人，似乎不如男人漂亮……"

"在其他群岛，情况同样如此，"西律斯·比克斯塔夫回答道，"只不过，你们在这里看到的，属于大洋洲人种里最典型的情况。说起来，对于所有近似野蛮状态的人种来说，这是共同的自然规律，难道不是吗？这种情况在动物界②同样存在，例如，我们看到的各种动物，雄性的外貌，无一例外，总是比雌性更漂亮。不是吗？"

"噢！"潘希纳叫道，"您真应该站到地球对跖点③的另一端去发表这些看法，在那边，我们美丽的巴黎女郎绝对不会赞同您！"

按照"塔布法则④"，在努库-希瓦岛的居民中，只存在两个阶层。这项法则的核心是弱肉强食，富人欺压穷人，进而保护强势群体的优先权和财富。

---

① 此处系当时的医学定义，泛指肺炎、气管炎等多种炎症。
② 动物界是生物的一界，该界成员包括一般能自由运动、以碳水化合物和蛋白质为食的所有生物。
③ 对跖点为地理学与几何学名词，即，从地球上的某一地点向地心出发，穿过地心后所抵达的另一端，就是该地点的对跖点。
④ 特指原始民族信奉的，宗教迷信方面的禁条，禁忌。

"塔布"规定的禁忌物品为白色，那些小人物无权触碰禁忌物品，不得进入圣地，也不准进入丧葬建筑物，以及酋长们的住宅。根据这项法则，形成了一个特权阶层，属于这个阶层的人，包括祭司、称作"杜阿斯"的巫师，或者称作"阿卡基斯"的部落首领。同时，也形成了一个不受禁忌保护的阶层，其中包括大多数妇女，以及最弱势的群体。他们不仅不能用手触碰"塔布"的禁忌物体，甚至，他们都不能看一眼这些物体。

西律斯·比克斯塔夫补充说道："在马克萨斯群岛，这项法则极为严格，在帕摩图群岛，以及社会群岛，情况如出一辙。先生们，听我一句忠告，千万不可触犯这项法则。"

"听见了吗？我亲爱的佐恩，"弗朗西斯科说道，"管好你的双手，管好你的双眼！"

大提琴手对这类事情从不感兴趣，他的反应仅仅是耸了耸肩膀。

9月5日，模范岛离开位于泰奥海伊湾的停泊地。向东望去，远远看到侯阿-霍纳岛（亦称卡胡加岛），它是此行途经的第一座群岛最东边的岛屿，此刻，只能遥望其绿色的高山。侯阿-霍纳岛是一座没有沙滩的岛屿，四周围着一圈陡峭的悬崖。不用说，模范岛陆续经过这些岛屿的时候，刻意放慢了航速，因为，这样一座庞然大物，如果全速行驶，必然激起巨大波浪，把岛屿旁边的小艇掀到岸上，或者淹没沿岸海滨。机器岛在距离乌阿普岛仅仅几链远的海面驶过，岛上玄武岩山峰笔挺林立，景色极为壮观。岛边有两座小海湾，其中一个名叫"领地湾"，另一个名叫"好客湾",听名字就知道,给它俩起名的教父是位法国人。确实,当年,马尔尚船长就是在这儿,升起了法兰西旗帜。

驶过那里之后,埃塞尔·西姆科指挥模范岛,穿过第二座群岛的数片海域,驶往希瓦瓦岛,按照西班牙语,这座岛屿也被称为"多米尼加岛"。它是一座火山岛,也是这座群岛面积最大的岛屿,周长达56英里。可以清晰看到它的悬崖峭壁,遍布黑黝黝的岩石,岛上山谷植被丰茂,众多瀑布奔流倾泻。

一座三海里宽的海峡把希瓦瓦岛与陶阿塔岛隔开。由于这里海面过于狭窄,模范岛无法通过,不得不从西侧绕过陶阿塔岛,那里,有一座海湾,名叫马德雷·德·迪奥斯海湾,——即库克船长曾经命名的"决议湾"——这里也是当年第一批欧洲海船抵达的地方。由于距离太近,希瓦瓦岛成为陶阿塔岛的竞争对手,其实,两边的距离如果拉远一点儿,对陶阿塔岛反而更有利。因为,如果远一点儿,两岛之间就难以发生战争,两边的部落也不会频繁接触,相互屠杀,至今仇怨未消。

西姆科准将把航向角调向东,对准莫坦岛,这是一座贫瘠、荒凉、无人居住的岛屿,随后,他指挥模范岛朝法图-希瓦岛的方向驶去,这座岛曾经被称为"库克岛"。说实话,这座岛屿不过就是一块巨大的岩石,周长不过三英里,犹如一块甜面包,吸引大群热带鸟儿在那里麇集繁殖!

9月9日下午,最后一座小岛逐渐从亿兆城居民的视线里消失。按照既定路线,模范岛把冲角对准西南方向,准备重返帕摩图群岛,并且从群岛的中间穿过。

天气一直很好，这儿的9月，相当于北半球的3月。

9月11日早晨，左舷港的小艇靠拢了众多浮标中的一座，浮标上的电缆连接着马德莱娜海湾。这条铜质电缆的端头，包裹了一层古塔胶①，用以确保其绝缘性。电缆的一端被连接到观象台的仪器上，模范岛与美国海岸的电信联系就此沟通。

关于那条遇难的马来亚双桅帆船的问题，模范岛向公司管理部门进行了咨询。关于把海难者搭载到斐济海域，以便更迅速、便捷地让他们回家的提议，公司是否会批准总裁的请求？

答复是积极的。模范岛甚至还获得批准，可以一直向西航行到新赫布里底群岛，以便让海难者从那儿离开，前提则是，亿兆城的名人们对此行无异议。

西律斯·比克斯塔夫把这项决定通知沙罗船长，后者请总裁向马德莱娜海湾的管理者们转达谢意。

---

① 古塔胶是一种天然橡胶，产自马来亚半岛、印度尼西亚等热带地区。

模范岛与美国海岸的电信联系就此沟通。

第十二章　帕摩图群岛三星期

事实上，四重奏乐队如果不对卡利斯图斯·蒙巴尔感恩戴德，那可真是忘恩负义。当初，正是这位总监想方设法，才把艺术家们弄上了模范岛，尽管使用的手段有点儿卑鄙。甭管什么手段，他毕竟把巴黎的艺术家们变成模范岛的贵客，让他们在亿兆城受到热情欢迎，殷切追捧，而且收获了丰厚报酬！塞巴斯蒂安·佐恩始终在赌气使性子，因为，一只浑身长满尖刺儿的刺猬①，永远也变不成身披绒毛的柔顺猫咪。不过，伊弗内斯、潘希纳，甚至弗拉斯科林都觉得，做梦也想不到，生活竟能如此惬意，毫无风险，轻松自如，遨游在太平洋的浩瀚海域！气候永远是那么宜人，由于不断变换海域，气温几乎恒定不变！而且，由于他们在对立的两个阵营之间不持立场，因此，在机器岛上，四重奏乐队成为音乐之神，备受荣宠，无论在坦克顿家，还是在左舷区其他显赫人家，抑或是在科弗利家，以及右舷区其他名流家里，他们都备受欢迎。艺术家们还成为总裁，以及

---

① 此处为双关语，法语"刺猬"一词，转义为"难以接近，脾气不好的人"。

市长副手们的座上宾；在观象台，成为西姆科准将及其军官们的常客；他们与斯图尔特上校及其部下相交甚欢；他们出席礼拜堂的庆典，也参与圣玛丽教堂的仪式，并且受到双方的热情接待；在工厂里，所有官员和雇员都对他们彬彬有礼。面对这一切，几位法国佬对自己当初跑遍合众国，浪费了那么多时光，不禁后悔莫及。现在的生活，令人羡慕不已，只有存心不良者才会视而不见。

"你们将会亲吻我的双手！"第一次会谈时，总监曾这样说过。

那么，如果说，当时他们没有这样做，而且始终不曾这样做过，那仅仅是因为，没有谁会亲吻一个男人的手。

有一天，阿萨纳塞·多雷姆斯，就是那位算得上三生有幸的人，对艺术家们说道：

"你们看，我在模范岛已经待了将近两年，真遗憾，我没能在这里待够60年，真希望60年之后，我还一直待在这里……"

潘希纳回答道："您期盼自己能活到一百岁，难道不怕活腻了吗？"

"哦！潘希纳先生，请相信，我一定能活到一百岁！您为什么觉得模范岛上的人会死呢？……"

"因为，哪儿的人都会死……"

"可是，这儿的人不会，先生，就好像在天堂里，永远活着！"

对此，还有什么好说？然而，时不时地，总会有些人，活得不够谨慎，即使有幸活在这座人工岛上，却仍然死去。于是，就由轮船把他们的遗体送往遥远的马德莱娜海湾墓地。显然，这是命中注定，在人世间，不可能存在绝对幸福。

不过，必须承认，在地平线上，总会出现几个小黑点儿，这些黑点儿逐渐扩大成为云团，云团里电闪雷鸣，在暴风雨降临之前的很长时间内，云团将送来阵阵狂风。坦克顿与科弗利之间的对立，令人深感遗憾，难免忧心忡忡，——这场对立日益尖锐，即将爆发。他们的支持者齐心协力，进退与共。这两个阵营会不会在某一天打起来？亿兆城是否将面临混乱、骚乱，甚至动乱？管理机构是否拥有铁腕能力？在机器岛上，西律斯·比克斯塔夫总裁是否拥有足够坚强的手段，能否在凯普莱特家族与蒙太古家族①之间，维持和平局面？……谁也说不准。在两个对手之间，什么情况都可能发生，在自尊心作祟的时候，谁也守不住底线。

然而，自从跨越赤道时的那一幕上演后，两位亿万富翁已经公然为敌，而且各自获得朋友们的坚定支持。两个区之间的所有关系都已断绝。人们相互躲避，拉开距离，倘若他们相遇，相互投送的目光是那么凶恶，做出的手势充满威胁意味！甚至有传言称，那位芝加哥的老牌商人，以及几位左舷区市民，即将创办一家贸易公司，并且已经向模范岛公司提出申请，打算

---

① 此处引用莎士比亚剧作《罗密欧与朱丽叶》的典故，意大利贵族凯普莱特女儿朱丽叶与蒙太古的儿子罗密欧诚挚相爱，但因两家世仇而受到阻挠。

创办一个巨大的工厂，进口10万头猪，在工厂里宰杀、腌制，然后销售到太平洋的各个群岛……

伴随这些传言，人们开始相信，坦克顿家族的府邸，以及科弗利家的府邸，已经成为两座火药库，只需一颗火星，就能引发爆炸，连同模范岛，同归于尽。然而，请别忘记，这儿可是一座人工岛屿，漂浮在海底万丈深渊之上。其实，所谓的爆炸，说到底不过是"精神爆炸"，如果可以这么形容的话。然而，这么一场爆炸，毫无疑问，其后果可能导致众多名流纷纷迁移离岛。倘若他们去意已决，模范岛的前途必将受到牵连，而且，很可能，连累到模范岛公司的财政状况！

上述这些，不过是对危险复杂局面的大致描述，还谈不上是一场实质性灾难。然而，谁知道，这样的灾难会不会降临？……

实际上，也许，模范岛当局与其操心担忧这场假想的危局，倒不如多关注一下遭遇海难之后，受到热心款待的沙罗船长，以及他那帮马来亚人！不仅因为他们编造的说辞十分可疑，而且还因为，他们寡言少语，躲躲闪闪，绝不与他人交往，享受着那座野蛮的新赫布里底群岛绝对找不到的安逸生活！难道因此，他们就应该被怀疑吗？这么说，也对，也不对。无论如何，警觉的旁观者发现，这些马来亚人不停地在模范岛上走动，没完没了地琢磨亿兆城，包括各条街道的走向，公共建筑和旅馆的位置，似乎正在绘制一张准确的地图。在公园和田野里，也能看到他们的身影。而且，他们频繁往访左舷港和右舷港，观察抵达和驶离的轮船。人们看见,这些马来亚人长时间地沿着海滨漫步,那里是海关关员昼夜站岗的地方。此外,他们还参观了岛前方和后方的两个炮台。总之,他们的行为貌似十分自然,不是吗?这帮马来亚人无所事事,除了到处游走,还能如何打发时间?从他们的行迹里,能发现可疑之处吗?

此时,西姆科准将驾驶模范岛,逐渐调整航向,缓慢地朝西南方驶去。自从伊弗内斯摇身一变,成为漂泊的岛民,他就迷恋上了这趟神奇的航行。对此,潘希纳和弗拉斯科林亦有同感。他们在娱乐场度过了多少美妙的时光,在期待半月一次的演奏会时,还要出席一系列晚会,那种竞相举办的晚会,人家可是花了大价钱!亿兆城报纸刊载的新闻大多来自电缆的及时通信,至于近日发生的其他趣闻,则由定期来往的轮船提供,每天清晨,通过阅读这些报纸,他们对两块大陆值得关注的事情无所不知,对社交、科学、艺术,乃至政治的各种观点看法,无所不晓。说到政治观点,必须承认,无论其政治倾向如何,所有英国媒体都对这座把太平洋当作巡回舞台,四处游荡的人工岛大加责难。然而,无论在模范岛,还是马德莱娜海湾,对于上述责难,人们无不嗤之以鼻。

请别忘记,必须指出,数个星期以来,塞巴斯蒂安·佐恩和同伴们在报纸的国外新闻栏目里,看到美国报纸连续报道了四重奏乐队失踪的消息。四重奏乐队曾经在合众国备受瞩目,凡是尚未有幸接待过他们的地方,无不翘首以盼。这么一支乐队失踪了,必然成为轰动一时的大事儿。在约定的日子里,圣

他们还参观了岛前方和后方的两个炮台。

迭戈没有看到他们，于是发出了警报。人们四处打听，调查显示，几位法国艺术家在下加利福尼亚海滨遭到绑架，此刻，他们正搭乘机器岛航行。无论如何，既然他们并未对此次绑架提起诉讼，在模范岛公司与联邦共和国之间，就不会发生外交纠纷。人们随时欢迎四重奏乐队，期待他们回心转意，重返曾经大获成功的舞台。

大家都知道，两把小提琴和一把中提琴，强迫大提琴保持缄默，大提琴也没打算在太平洋瑰宝与新大陆之间，挑起一场战争！

另一方面，自从被迫登岛以来，我们的器乐演奏家已经多次写信寄往法国。他们的家人都很放心，并且频繁回信，通过巴黎与纽约之间的邮政系统，他们定期互致信函。

这天早晨——9月17日——弗拉斯科林坐在娱乐场的图书馆里，理所当然，他想查询一下帕摩图群岛的地图，因为，机器岛正载着他奔向那里。就在他打开地图集，把目光投向太平洋的这片海域时，不禁自顾自地叫道：

"密密麻麻！如此混沌一片，埃塞尔·西姆科如何辨清航向？……这么一大堆小岛和岛屿，他能找得着通道吗？……足有几百座！……说真的，简直就像在水潭里，撒了一把小石子儿！……他的这台机器，一定会撞上、碰上这座海岬，或者搁浅在那儿。要不然，就会撞上另一座……这座群岛比我们布列塔尼的莫尔比昂①还要复杂，机器岛最终将被困在这儿。"

---

① 布列塔尼半岛位于法国西部，莫尔比昂省位于布列塔尼大区南部海滨，海岸曲折，地形复杂。

睿智的弗拉斯科林说得很对。莫尔比昂的岛屿总数为365——恰好等于一年的天数——可是，在这座帕摩图群岛，岛屿总数轻而易举就被翻了一番。确实，在群岛所处的海域，周围分布着一圈珊瑚礁，据伊利沙·雷克鲁斯[1]计算，这片海域的周长不会少于650里[2]。

然而，查看这座群岛的地图就能发现，一条轮船，甚至像模范岛这样的大型航海机器，完全可以穿越这座群岛，对此不必大惊小怪。这座群岛位于南纬17度至28度，以及西经134度至147度之间，由1000座岛屿和小岛组成——过去，曾经估计为700座——从马塔-希瓦岛，一直分布到皮特凯恩群岛[3]。

毫不奇怪，这座群岛曾经有过各种各样的绰号，诸如："危险群岛"，或者"恶劣海"；由于太平洋赋予其丰富的地质特征，因此，它又被称为"低矮群岛"，以及"土阿莫土群岛[4]"，这个名称的含义为"遥远的群岛"。其他绰号还有"南部群岛""夜晚群岛"，以及"神秘土地"。至于"帕摩图"，或者"帕牟图"这个名字，它的含义为"屈从群岛"。1850年，在塔希提岛的首府帕皮提，曾经有一次使团聚会，与会者抗议反对这个名称。此后，尽管法国政府于1852年尊重这次抗议，从众多名称中，挑选了

---

[1] 伊利沙·雷克鲁斯（1830—1905），法国地理学家。

[2] 此处为法国古里，1古里约合4千米，即，这片海域的周长约为2600千米。

[3] 皮特凯恩群岛位于太平洋中南部、波利尼西亚群岛东南部，是一个由4座岛屿组成的群岛。

[4] 土阿莫土群岛，亦称低群岛，是南太平洋法属波利尼西亚的东部岛群。在本书，以及凡尔纳的其他著作中，亦称作帕摩图群岛。

"土阿莫土"这个名字,但是,在本书故事中,我们宁愿使用那个更为人熟知的名称:帕摩图。

无论如何,尽管本次航行十分危险,西姆科准将却毫不犹豫。他对这片海域了如指掌,赢得大家的充分信任。他操纵这座机器岛,犹如驾驶一条小艇,能够让它原地旋转,简直可以说,就像摇橹驾驭小船。弗拉斯科林大可不必为模范岛担忧:帕摩图群岛的那些海岬,甚至擦不到机器岛钢铁身躯的边儿。

19日下午,瞭望塔上的船员报告,在前方十二海里地方,发现群岛第一批露出海面的地物。确实,这些岛屿的地势极为低矮。如果说,其中有些岛屿高于海面40来米,那么,另外74座岛屿的高度,只有半个托阿斯①,而且,如果不是这里的潮汐几乎没有变化,那么,每24小时,它们就可能被海水淹没两次。至于其他岛屿,不过是些珊瑚岛,四周环绕着岩礁,以及枯燥乏味的珊瑚礁盘。还有些地方,不过是普通的暗礁,依照群岛的地势,整齐地排列在那里。

模范岛从东边进入群岛,准备再次拜访阿纳环礁,1878年,曾经发生过一场可怕的飓风,部分地摧毁了阿纳环礁,当地居民大批丧生,飓风蹂躏的范围甚至波及考库拉环礁。从那以后,法卡拉瓦环礁②取代阿纳环礁,成为本地的行政中心。

在这些海域航行,必须加倍小心。由于海流汹涌,东部暗

---

① 托阿斯是法国旧长度单位,1托阿斯相当于1.949米。
② 法卡拉瓦环礁属于土阿莫土群岛的帕利瑟群岛,是法卡拉瓦行政区的中心。

礁密布，这里成为这座群岛最危险的海域。在距离这片海域还有3海里的地方，模范岛首先接近的是瓦希塔希环礁，这儿不过就是一座珊瑚的堆积礁，旁边伴有三座植被茂密的小岛，其中最北边的小岛上，坐落着这里最主要的村庄。

第二天，阿其提环礁遥遥在望，周围布满暗礁，上面覆盖着报春花属植物、毛茸茸的玻璃苣，以及蔓生草本植物马齿苋。这座岛屿的与众不同之处，在于它的内部没有形成礁湖①。如果说，从远处就能望见这座岛屿，那是因为，它位于海水平面以上的部分，高于群岛各岛屿的平均高度。

第三天，出现了另一座略显重要的岛屿，阿马努环礁②，这座环礁的礁湖有两条水道与外海相通，两条水道均位于环礁的西北侧。

去年，亿兆城居民拜访过这座群岛，因此，这一次他们只希望机器岛在这片海域慢慢溜达，如此一来，潘希纳、弗拉斯科林，以及伊弗内斯就只能沿途观赏群岛的美景，期盼利用仅有的几次停泊机会，有幸前往这些岛屿一探究竟。这些岛屿都是珊瑚用自己骨骼建造而成，换句话说，也算是非自然形成，……就像模范岛一样。

"只不过，"西姆科准将提醒道，"我们的岛屿具有移动能力……"

"它的移动能力太强了，"潘希纳反诘道，"甚至从来不肯停

---

① 礁湖又称环礁湖、珊瑚湖，是指环礁内的水域或堡礁与大陆间的水域。
② 阿马努环礁属于格洛斯特公爵群岛，该群岛是土阿莫土群岛的一个子群岛。

一停!"

"模范岛将会在豪环礁、阿纳环礁,以及法卡拉瓦环礁停泊,因此,先生们,你们将有幸跑遍那些地方。"

听到艺术家询问这些环礁是如何形成的,埃塞尔·西姆科表示,他赞同那个大家公认的理论,即在太平洋的这片海域,海床逐步降至水下30米米。在浸入水中的山峰顶部,植形动物类①、珊瑚虫②找到足够坚固的基石,开始制作自己的珊瑚建筑物,因为,这些纤毛虫在更深的海底无法生存。慢慢地,经过这些纤毛虫的辛勤劳作,珊瑚建筑层层叠叠,冒出了水面,于是,形成这片群岛,这些岛屿的形状分为栅栏型、屏障型、附属物型,或者,不如就称之为环礁,——这个称呼起源于印度,特指那些内部拥有礁湖的岛屿。然后,岛上被海浪堆积的碎屑,演变成了腐殖土。海风送来植物种子;在热带气候的孕育下,珊瑚环礁上出现植被,石灰岩的边缘覆盖上绿草,以及其他植物,进而形成灌木丛和树木。

"谁知道呢?"伊弗内斯情绪亢奋,热情地预言道,"也许,太平洋海水覆盖的那块大陆,在无数细小微生动物的建造努力下,终将在某一天露出水面,谁能想到? 到了那时候,今天帆船与轮船往返穿梭的海域,将会出现冒着蒸汽的火车,在新旧两个大陆之间全速奔驰⋯⋯"

---

① 植形动物是指外观上像植物的动物,例如海葵;早期的博物学家把它们统称为"植形动物"。现代生物学已不再使用此名词。凡尔纳在《海底两万里》中也使用过这个名词。
② 珊瑚虫是珊瑚纲中多类生物的统称,其外胚层细胞所分泌的石灰质物质形成珊瑚。

"高把位……高把位①,我的以赛亚②老兄!"一贯轻佻的潘希纳反诘道。

正如西姆科准将说过的,9月23日,模范岛停泊在了豪环礁的面前,由于此地海水极深,停泊地几乎毗邻豪环礁。模范岛的小艇穿过位于右侧的那条水道,把几位观光客送上环礁,水道旁茂密的椰子树遮天蔽日。上岸后步行5英里才能抵达环礁的主要村庄,村庄位于一座小山丘上面。村里居民很少,总共也就两三百位,多数村民靠捕捞珍珠贝为生,他们都是塔希提岛各公司的雇员。豪环礁生长着茂盛的露兜树和香桃木树,这些都是环礁上最早生长的树种,如今,岛上还生长着其他作物,包括甘蔗、菠萝、芋头、棕榈、烟草,特别是椰子树,在这座群岛上,椰子林分布广泛,椰子树的总数超过四万棵。

椰子树简直就是"天授神树",几乎无须种植就能枝繁叶茂。它的果实是本地土著的日常食物,其所含营养成分远远高于露兜树的果实。土著不仅用椰子喂养自己的狗和家禽,还用它喂猪,而且,猪的里脊肉和猪排味道极其鲜美。除此之外,椰子树的果实还能提供珍贵的油料,只要把果肉弄碎,捣成酱,在阳光下晒干,再用简陋机械把它压扁。椰肉干随后被装上海船,送往大陆,在那儿的工厂里进行更有效加工。

---

① 此处为双关语。小提琴的高把位和弦有益于丰富曲调,增强乐曲表现力。此处讽喻伊弗内斯"异想天开"。

② 以赛亚是《圣经·旧约》人物,生活在公元前8世纪,曾写作《以赛亚书》,以先知的身份侍奉耶和华。

水道旁茂密的椰子树遮天蔽日。

在豪环礁，无法真正了解帕摩图居民，因为，这儿的土著人数太少。不过，在阿纳环礁，四重奏乐队有机会深入了解本地土著。9月27日早晨，模范岛莅临阿纳环礁。

在很近的距离，阿纳环礁才展现出它那壮观的茂密丛林。作为这座群岛面积最大的岛屿之一，它的石珊瑚基座长18英里，宽9英里。

前面说过，1878年，一阵飓风横扫了这座岛屿，因此，群岛的首府不得不从这里迁往法卡拉瓦环礁。不难想象，尽管这里属于典型的热带气候，但是，恢复蹂躏造成的创伤仍然需要数年时间。事实上，阿纳环礁已经恢复了往昔的活力，如今，它的居民已经多达1500人。不过，与它的竞争对手法卡拉瓦环礁相比，阿纳环礁仍然略逊一筹，一个十分重要的原因是，这里的礁湖与外海之间，只有一条狭窄的水道相连，随着水位变化，从水道里侧到外侧，潜伏着诸多漩涡。然而在法卡拉瓦环礁，情况恰好相反，它的南北两侧各有一条宽阔的水道。尽管如此，虽然主要的椰油市场已经转移到法卡拉瓦环礁，但是，阿纳环礁绮丽秀美的景色，仍旧颇受观光客的青睐。

模范岛停泊的地点非常理想，刚一停稳，亿兆城的众多居民陆续被送上环礁。大提琴手屈尊同意上环礁去看看，于是，塞巴斯蒂安·佐恩和同伴们捷足先登，第一批上岸。

在研究过这座岛屿的成因之后，他们知道，这座岛屿的形状，与群岛的其他岛屿差不多，——艺术家们首先往访图阿霍拉村。这里位于珊瑚石的边缘，是礁环——姑且这么称呼——

最宽的地方，宽度有4至5米，临海的一侧，极为陡峭，临礁湖的一侧，坡度平缓。礁湖的周长大约有100英里，与雷罗阿环礁，或者法卡拉瓦环礁相仿。在礁环上，生长着数千棵椰子树，是这座环礁最主要的，或者差不多是唯一的财富，树荫下，坐落着土著们的茅屋。

一条沙子路穿过图阿霍拉村，白色的沙子明亮晃眼。自从阿纳环礁不再是群岛首府后，群岛的法国驻扎官就不住这里了。不过，驻扎官邸依然如故，四周一圈简陋的围墙。在营房里，驻扎了一支小部队，一位海军中士承担守卫职责，营地上空，飘扬着三色旗①。

图阿霍拉村的房屋相当不错。它们已经不再是茅屋，而是舒适宜居的棚屋，屋内家具足够多。多数棚屋直接建造在珊瑚石上，棚屋房顶覆盖着露兜树叶，这种珍贵树种的木材，则用于制作房屋的门窗。棚屋四周分布着一畦畦菜园，土著们在地里铺上腐殖土，菜园生机盎然，极富魅力。

如果说，与马克萨斯群岛的土著相比，这儿的土著肤色较黑，看上去不那么英俊，容貌比较呆板，性格也没那么可爱，但是，他们依然属于大洋洲赤道地区人种的优秀典型。不仅如此，他们善于动手，勤劳，聪明，也许，在太平洋土著人种面临的退化威胁面前，他们拥有更强的抵抗力。

根据弗拉斯科林的观察，这座岛屿的主要工业，就是椰子

---

① 法国国旗为红白蓝三色，亦称三色旗。

油的制作。它所依赖的，是这座群岛棕榈园里数量可观的椰子树。这种树的繁殖极为容易，活像环礁上繁殖生长的珊瑚虫。不过，这些椰子树也有天敌，来自巴黎的观光客曾经与它不期而遇。那天，他们躺在礁湖的沙滩上，绿色的湖水与附近蓝色的海水形成鲜明对照。

此时，草丛里传来爬行的声音，一开始，这声音吸引了他们的注意，随即，令他们毛骨悚然。

他们看到了什么？……一只异常巨大的甲壳动物。

他们的第一个动作，就是赶紧站起身，然后，紧紧盯着这只动物。

"这个畜生太难看了！"伊弗内斯惊叫道。

"是一只螃蟹！"弗拉斯科林回答道。

的确，是一只螃蟹——当地土著把这种螃蟹叫作"比尔戈"，在这一带岛屿上，其数量十分可观。它的两只前爪，犹如一对钳子，或者说，像两把大剪刀，用这两把钳子，它可以打开椰果，吃它最喜爱的果肉。这些比尔戈栖息在洞穴深处，洞穴在树根间深入地下。它们把椰果的纤维拖进洞里，铺垫自己的窝。尤其在夜间，它们到处寻找跌落在地的椰子，甚至，它们还会顺着树干和树枝，爬上椰子树，然后击落椰果。至于艺术家们看到的那只螃蟹，就像潘希纳所说，一定是饿极了，才会在正午时分，从阴暗的隐蔽所里爬出来。

螃蟹的行为极为奇特，吸引了四个人的目光。只见它盯准一颗落在荆棘丛里的大椰果；用两把钳子一点儿一点儿撕开纤

一只异常巨大的甲壳动物。

维；然后，当果核变得光秃秃，螃蟹开始攻击硬壳。它用力，反复击打同一个点。果核被打开一个口子，比尔戈开始用纤细的后腿钳子，把果核里面的精华掏出来。

"可以肯定，"伊弗内斯观察道，"大自然造就这只比尔戈，就是让它打开椰果……"

"那么，大自然造就椰果，就是为了喂饱比尔戈。"弗拉斯科林补充道。

"这么说来，如果我们违背大自然的本意，阻止这只螃蟹啃食这颗椰果，或者，不让这颗椰果被这只螃蟹吃掉？……"潘希纳建议道。

"我提议，不要去打搅它，"伊弗内斯说道，"不要把几个巴黎佬在旅途中想出来的坏主意，强加于人，即使它是一只比尔戈！"

大家一致赞同。至于那只螃蟹，无疑，它愤怒地盯了阁下一眼，然后，把感激的目光投向四重奏乐队第一小提琴手。

在阿纳环礁停泊60小时后，模范岛向北方驶去，在西姆科准将的平稳操作下，沿着既定航道，穿过密密麻麻的岛屿和小岛，深入这片海域。不言而喻，在如此环境里，亿兆城的居民纷纷离开城市，涌向机器岛的岸边，尤其是冲角炮台附近。视线所及，岛屿一座连着一座，或者，不如说，它们好像浮在水面的绿色环形花篮。人们似乎置身于荷兰的运河，两侧犹如花卉市场。众多独木舟在两侧港口附近游荡徘徊；不过，官员们得到严令，不得允许它们进入港口。当机器岛近距离驶过环礁的珊瑚石陡峭岸边时，很多土著女子泅水过来。她们之所以没有陪同男人一起乘坐小船，那是因为，在帕摩图，美丽女性乘船触犯禁忌，她们根本不能乘坐小船。

10月4日，模范岛在法卡拉瓦环礁前停了下来，此地是环礁南侧水道的出入口。在小艇载着观光客离开机器岛之前，法国驻扎官已经先期来到右舷港，总裁命令，把驻扎官迎往市政厅。

会晤的气氛极为友好。西律斯·比克斯塔夫仪容庄重——出席这类仪式，他历来如此。驻扎官是一位上了年纪的海军陆战队军官，身边并未陪伴随从。双方郑重其事，很难想象，还有比这更严肃、更庄重、更合乎礼仪，更"刻板"的仪式了。

接待仪式结束后，驻扎官得到允许，可以遍览亿兆城。卡利斯图斯·蒙巴尔有幸充任他的向导。作为法兰西同胞，几位巴黎佬，以及阿萨纳塞·多雷姆斯自愿与总监同行。能够与几位同胞相处，那位充任驻扎官的正直汉子异常高兴。

第二天，总裁前往法卡拉瓦环礁回访那位年老军官。于是，两个人又像昨天那样，郑重其事一番。四重奏乐队登上陆地，前往驻扎官府邸。这是一栋十分简陋的建筑物，驻守着12名退役水兵，府邸的旗杆上，飘扬着法兰西的旗帜。

尽管法卡拉瓦环礁已经成为这座群岛的首府，但是，据说，它依旧无法与自己的对手阿纳环礁相提并论。这里的主要村庄也坐落在绿树荫下，但远不如阿纳环礁的村庄景色秀美；另一方面，这里的居民也不如那边的居民安居乐业。法卡拉瓦环礁是椰油制造业的中心，除此之外，这里的居民还从事珍珠贝的捕捞。他们从珍珠贝里获取珍珠，还要从事珍珠贸易，为此，不得不经常前往毗邻的托奥环礁，那里有这个行业所需的专门设备。这儿的土著都是勇敢的潜水者，可以毫不犹豫地下潜到二十至三十米深的海底。他们已经习惯了这个深度的水压，屏住呼吸的时间长达1分多钟，而且不会因此感觉不适。

有几位捕捞者获得批准，可以向亿兆城的来宾们出售捕获品，包括螺钿，或者珍珠。确实，城里来的这些阔太太根本不缺首饰，但是，这些天然产品保持着原始状态，要想得到它们并不太容易，现在，机会来了，于是，捕捞者们的产品被抢购一空，而且价格不菲。当坦克顿夫人买到一颗价值连城的珍珠时，必须看到，科弗利夫人也紧随其后。幸好，这颗珍珠并非独一份，不需要为此哄抬价格，否则，真不知道其价格将被抬到多高。其他家庭纷纷仿效自己的朋友，于是，这一天，如果用渔民惯用的语言形容，法卡拉瓦人赶上了"一个好潮汐"。

十来天之后，10月13日，一大早，太平洋瑰宝起航。离开帕摩图群岛的首府之后，机器岛抵达了这座群岛的西部边缘海域。穿过魔幻般星罗棋布的岛屿、小岛、暗礁，以及环礁之后，西姆科准将放下心来，他终于摆脱了这片"恶劣海"，一路平安，毫发无损。在太平洋的这片广阔海域里，四周一望无垠，从帕摩图群岛到社会群岛,需要跨越四度①空间的海域。模范岛把冲角对准西南方,开动一千万匹马力的机器,直奔那座被布干维尔②称为充满诗意的岛屿,那座梦幻般的塔希提岛。

---

① 此处特指纬度距离,纬度一度大约等于111千米,四度约等于444千米。
② 路易－安托万·德·布干维尔(1729—1811),法国航海家,被誉为"法国环球航行第一人"。

第十三章　停泊在塔希提①

社会群岛，亦称塔希提群岛，位于南纬15度至17度，以及西经150度至156度（准确位置为：南纬15度52分至17度49分，以及西经150度8分至156度30分）。陆地面积为2200平方千米。

这座群岛包括两个岛群，第一个名叫向风岛群，包含塔希提岛，亦称塔希提－塔哈岛、塔帕马诺阿岛、埃米奥岛，亦称莫里亚岛、特蒂亚罗阿环礁，以及米特亚岛②，这些岛屿都属于法国保护地；第二个名叫背风岛群，包含图布艾岛、马努岛、胡阿希内岛、赖阿特阿－邵岛、波拉波拉岛、莫菲伊蒂岛、莫皮蒂岛、马佩蒂亚岛、别林斯豪森岛，以及锡利岛③，这些岛屿仍由土著酋长统治。英国人把这些岛屿叫作"乔治群岛"，尽管它们的发现者库克曾经将其命名为"社会群岛"，用以纪念伦敦皇家

---

① 塔希提岛，亦称大溪地，是南太平洋中部法属波利尼西亚社会群岛中向风群岛的最大岛屿。这里四季温暖如春、物产丰富，是著名旅游胜地。
② 上述岛屿名称，与现在通用名称不尽相同。
③ 上述岛屿名称，与现在通用名称不尽相同。

学会①。这座群岛距离马克萨斯群岛250古海里②,根据最近所做各种不同的统计结果,群岛的人口,包括本地土著和外来人员,总共不过4万居民。

如果从东北方进入向风岛群,出现在航海家视野里的第一座岛屿就是塔希提岛。瞭望船员老远发现报告的,也是这座岛屿,因为,岛上的那座名叫马亚奥,或者"王冠"的山峰,海拔高度达1239米。

在信风的吹拂下,模范岛平稳安全地穿越这片美丽的海域,海面上,太阳逐渐向南回归线倾斜移动。再过两个月零几天,这轮金乌就将运行至南回归线,然后,它又将向赤道线回归,在好几个星期的时间里,金乌都将悬挂在机器岛的天顶③,带来炎热的天气;之后,机器岛将保持既定距离,亦步亦趋跟着这轮金乌,犹如一条忠犬追随主人。

模范岛将在塔希提岛停泊,对于亿兆城的市民来说,这也是第一次。因为,去年航行开始得很晚,机器岛没有向西行驶得太远,离开帕摩图群岛后,随即掉头重返赤道。然而,这座社会群岛,恰恰是太平洋最美丽的地方。在这儿观光,我们的巴黎佬将有机会更好地欣赏绮丽风景,因为,他们乘坐的这架

---

① 法语"学会"与"社会"一词相同。前人译为"社会群岛",但是,准确的翻译应为"学会群岛"。今随通译。

② 海里是航空航海上度量距离的单位。各国标准略有差异。此处应指法国标准,即1海里等于1.85327千米。

③ 将观察点的铅垂线无限延伸后,向上于天球的交点称为天顶,即头顶正上方的天球点。

机器行动自如，可任意选择停泊地点，甚至选择气候。

"是的！……不过，我们将会看到，这趟愚蠢冒险最终如何收场！"顽固不化的塞巴斯蒂安·佐恩断言道。

"噢！我一心盼望的，却是这一切永远不要结束。"伊弗内斯高声叫道。

10月17日，天刚亮，塔希提岛已经展现在模范岛的视野之内。首先看到的是这座岛屿的北岸。头天夜里，模范岛已经测定了维纳斯海岬灯塔的位置。一天时间，足够让模范岛驶抵塔希提岛的首府帕皮提，这座城市坐落于岛屿的西北侧，就在那座海岬的后面。不过，在西律斯·比克斯塔夫总裁的主持下，模范岛名人委员会的三十名成员齐聚一堂，分为两个阵营，各执己见，势均力敌。一部分成员赞成杰姆·坦克顿的意见，要求模范岛向西绕行；另一部分成员赞同纳特·科弗利的看法，希望向东绕行。在两个阵营票数相等的情况下，西律斯·比克斯塔夫拥有裁决权，他决定，模范岛从南侧绕过塔希提岛，前往帕皮提市。这个决定令四重奏乐队十分满意，因为，这样一来，他们可以饱览这颗太平洋珍珠的秀美风光。布干维尔曾经把这座岛屿形容为"新西塞尔"。①

塔希提岛的面积为104215公顷——大约是巴黎面积的9倍。1875年时，它曾经拥有7600名土著居民，300名法国人，以及1100名外国人。但是如今，它只剩下7000名居民。根据实

---

① 西塞尔是希腊中东部阿卡提大区的一座城市，以风光秀美著称。

测平面图，这座岛屿的形状极像一只翻倒的葫芦，其中，主岛像葫芦的身躯，在细颈的位置，经由塔拉沃地峡，连接葫芦的上半截——塔塔拉普半岛。

发明这个形象比喻的是弗拉斯科林，他是在研读这座群岛的大比例地图时做出的这项发明。他的同伴们都觉得这个比喻极为准确，甚至据此给塔希提岛起了一个新名字：热带葫芦。

在行政区划方面，自1842年9月9日成为法国保护地以来，塔希提岛被划分为六个区，下辖21个县。人们难以忘记，在杜佩蒂－图阿尔斯海军准将与波马雷女王①，以及大英帝国之间发生的那些龃龉。上述争端皆起因于那个名叫"普里查德"，专门倒卖棉织品和圣经的奸商，阿尔方斯·卡尔②在其著作《黄蜂》中，曾对此人给予充满机智的讽刺描绘。

不过，这些都是陈年往事，在记录盎格鲁－撒克逊言行的陈年旧账里，犹如过眼烟云。

实际上，这只"热带葫芦"趴卧在珊瑚石的基座上，其边缘陡峭，笔直坠入太平洋的海底深渊。因此，模范岛可以沿着它蜿蜒曲折的轮廓，保持一海里的距离，有惊无险地行驶。不过，在如此抵近岛屿之前，亿兆城的市民有机会遥望其巍峨的山势。与桑威奇群岛相比，这里的群山得到大自然的更多青睐，

---

① 波马雷女王，即波马雷四世（1813—1877），是塔希提王国第四代国王。1843年，法国宣布塔希提为自己的保护地，遭到波马雷四世的拒绝，双方发生战争。战败后，女王逃亡，并曾求助于英国。

② 阿尔方斯·卡尔（1808—1890），法国记者，作家。

峻岭苍翠欲滴，峡谷林木茂密，高耸的山巅犹如教堂的巨型尖塔，山下环绕着椰树林，海浪拍打陡峭的岩礁，激起雪白的浪花，飞溅到椰子树上。

这一天，机器岛沿着岛屿西岸行驶，好奇的人群站在右舷港附近，眼前端着小双筒望远镜——四位法国佬也人手一只——饶有兴致地观赏岛上风光的细微之处：在帕佩努县，人们望见一条河流从山脚下奔涌而出，穿越广阔的山谷，然后注入大海。在河流入海的地方，方圆数海里范围内，看不到一处暗礁；希蒂亚，这是一座天然良港，从这里，数不清的柑橘被运往旧金山；马哈埃纳，在那里，经过一场攻打土著的惨烈战斗，这座岛屿终于在1845年被征服。

下午，机器岛终于来到塔拉沃地峡附近。绕过半岛之后，西姆科准将让机器岛尽量靠近，以便让大家观赏陶蒂拉县的肥沃田野，这里是整个群岛河流最密集的地方，众多河流奔涌，景色十分壮观，令人赏心悦目；在珊瑚礁盘粗糙陡峭的斜坡之上，庄重的死火山塔塔拉普拔地而起。

此后，夕阳坠向海平线，给群峰抹上最后一层紫红色，四周渐趋寂静，色彩融入炽热、透明的薄雾中。很快，逐渐模糊，朦胧一片。柑橘树与椰子树的阵阵清香，伴随和煦晚风，飘散弥漫。黄昏转瞬即逝，夜色逐渐浓重。

随后，模范岛绕过半岛的东南端，然后，第二天，在地峡西岸前方转向，此时，天色开始放亮。

塔拉沃县农田众多，人口密集，漂亮的道路穿行在柑橘林中，一直延伸到帕皮亚里县。山巅之上，矗立着一座要塞，俯瞰着地峡两侧。要塞里安置了几门大炮，炮筒伸出射孔外，犹如青铜铸就的排水管。地峡海湾深处，坐落着法厄同港①。

"这座地峡里的港口，为什么要用那个自以为是，驾驶太阳车的车夫名字命名？"伊弗内斯自忖道。

这一天，机器岛刻意顺着蜿蜒曲折的海岸，低速航行，尤其紧贴遍布塔希提岛西岸的珊瑚基岩。新的县份陆续展现不同风光——帕佩里县，不时出现低洼的平原；马塔伊亚县，那里有一座良港，名叫帕佩里里，还有一座宽阔的山谷，瓦伊希里亚河在谷中蜿蜒穿行，山谷深处，耸立着一座高约500米的山峰，山脚宛如洗手盆，支撑着一个周长达半千米的盆地。无疑，这是一座死火山，盆里盛满清水，看上去，与汪洋大海毫无牵连，遗世独立。

阿豪罗诺县拥有大块梯形田野，广袤的棉花地一望无垠；再过去，是帕帕拉县，这里主要从事农业种植。驶过玛拉海岬后，模范岛沿着巨大的帕鲁维亚山谷行驶，这座山谷位于王冠山的下方，得到普纳林河的滋润浇灌。经过塔普纳县继续行驶，前面就是塔陶海岬，以及法阿河的入海口。西姆科准将把航线略微调向东北方，灵巧地绕过莫图乌塔小岛，随后，傍晚六点钟，

---

① 法厄同是希腊神话中赫利厄斯（即太阳神阿波罗）的儿子。年轻的法厄同恳求父亲让他驾驶一次太阳车，但他不擅驾驭，导致太阳车撞向大地。法语转义为"自命不凡的人"。

这座山谷位于王冠山的下方。

模范岛停泊在一处海岸断口前,这里是通往帕皮提海湾的水道。

从入口处望去,这条水道穿过珊瑚暗礁,蜿蜒曲折,变幻莫测,一直延伸到法伦特海角,水道两侧排列着废弃的大炮,作为航行标志。理所当然,埃塞尔·西姆科凭借手中的地图,根本无须求助那些驾着两头尖尖的捕鲸小艇,在水道入口逡巡徘徊的领航员。不过,水道内却驶出了一条小船,船尾悬挂黄色旗帜。这是一条"健康检疫船",只见它直接驶入右舷港。在检疫方面,塔希提岛极为严格。在右舷港官员的陪同下,检疫医生没有发出相应指令前,任何人不得离开模范岛。

小船进入右舷港后,这位医生立即与行政部门取得联系,在这方面,只需履行一个简单手续。在亿兆城,包括城市周边地区,历来鲜有病人,无论如何,在这儿,各种流行病,包括霍乱、流行性感冒、黄热病,从来闻所未闻。于是,按照规矩,随即签发了检疫证书。然而此刻,黄昏已至,夜幕很快降临,登岸的时间被推迟到第二天。模范岛旋即进入梦乡,等待第二天日出。

清晨,炮声轰鸣。这是冲角炮台大炮发出的二十一响,对背风群岛,以及这片法国保护地首府所在地的塔希提岛表达敬意。与此同时,在瞭望塔上,金太阳红旗连续升降三次。

随后,位于塔希提岛大航道顶端的伏兵炮台,也一炮接着一炮地打了一个同样的齐射。

一大早,右舷港拥挤不堪。有轨电车送来大批观光客,众人纷纷要去参观这座群岛的首府。毫无疑问,塞巴斯蒂安·佐

257

恩和朋友们也迫不及待。由于右舷港距离帕皮提港口还有六链之遥，港口的小艇来不及运送这么多好奇的观光客，于是，本地土著急忙赶来提供服务。

无论如何，还是应该让总裁首先登岸。因为，他要去与塔希提岛的军政要人举行礼节性会晤。还要正式拜访女王①。

于是，将近9点钟，西律斯·比克斯塔夫，以及他的两位副手：巴泰勒米·鲁格，还有哈布利·哈考特，三人仪容庄重地乘坐礼仪专用护卫艇，前往帕皮提港，随船同往的还有亿兆城两个区的主要名流，包括纳特·科弗利和杰姆·坦克顿，以及西姆科准将及其手下军官，他们全都身着耀眼的军礼服。最后，还有斯图尔特上校，及其率领的卫队。

塞巴斯蒂安·佐恩、弗拉斯科林、伊弗内斯、潘希纳，以及阿萨纳塞·多雷姆斯和卡利斯图斯·蒙巴尔一起，乘坐了另一条小艇，同行的还有一些官员。

众多小艇，以及土著的独木舟，伴随着亿兆城的正式代表团。率领代表团的是仪表庄重的总裁，以及他手下的官员、各位名人，还有那两位阔绰得能把塔希提岛，甚至整个社会群岛，包括其王室，统统都买下来的大人物。

这座帕皮提港真是一座天然良港，港湾内水很深，即使吨位很大的船只，也能进港停泊。有三条水道可通达港湾：北侧是

---

① 女王，即波马雷四世。1843年，爆发法国与塔希提的战争。1848年，波马雷女王战败被俘，法国迫于她在当地的威望，恢复其王位，但塔希提仍沦为法国的保护地。此处的女王，系波马雷四世的后裔。

大水道，宽度达70米，长度为80米，狭窄处有一座沙滩，沙滩上设置了信标。位于东西两侧的分别是塔诺阿水道，以及塔普纳水道。

电动小艇庄严地沿着海滩行驶，海滩旁遍布别墅和娱乐场所，各个码头拥挤摆放着各式船只。登岸地点紧靠一处优雅的喷泉，这里也是淡水补充点，临近山上流淌下来的多条河流，滋润着这里的泉水，其中一座山峰上矗立着信号塔。

西律斯·比克斯塔夫及其随从来到欢迎的大批人群中间，他们中既有法国人，也有土著和外国人，他们无比赞赏这座太平洋瑰宝，把它视为人类聪明才智的神奇创作结晶。

隆重热闹的登岸场面结束后，一行人前往塔希提专员府邸。

卡利斯图斯·蒙巴尔身着出席重大仪式才穿的豪华礼服，邀请四重奏乐队紧随其后，四位艺术家遵从总监的邀请，亦步亦趋。

法兰西的保护权不仅涉及塔希提岛和茉莉雅岛①，而且包括周围临近群岛。最高长官为"军政专员"，麾下有一名审核官，负责领导各个服务部门，包括：军队、海事、殖民地和本地财政，以及执法部门。专员的秘书长负责管理地方民政。各个岛屿都派遣了驻扎官，包括茉莉雅岛、帕摩图群岛的法卡拉瓦环礁、努库－希瓦岛的泰奥海伊镇，以及一位受马克萨斯群岛管辖的治安法官。自1861年以来，这里设置了一个农业及商业咨询委员

---

① 茉莉雅岛又名莫雷阿岛，面积约132平方千米，是塔希提岛的姐妹岛，亦属于社会群岛。

登岸地点紧靠一处优雅的喷泉。

会，该委员会每年在帕皮提聚会一次。同样在帕皮提，还设置了一个炮兵及工程兵的指挥机构。至于卫戍部队，它包括殖民地宪兵分遣队、炮兵部队，以及海军陆战队。还有一位本堂神父，以及一位副本堂神父①，他们都享受政府发放的薪水。另有9位传教士，分别派驻各个群岛，其职责是传播天主教信仰。的确，几位巴黎佬可以把这里当成法兰西，相信自己正置身于一座法国港口，并且为此颇感惬意。

说到各个岛屿的村庄，它们均由土著组成的类似市政委员会的机构负责管理。委员会由一位"塔瓦纳"主持，一位法官担任助理，另设一位"米都安"担任村长，另外还有两名委员，由村民选举产生。

在美丽树林的阴影下，模范岛总裁一行前往专员府邸。到处可见高大挺拔的椰子树，生长粉红色叶片的锈色核果杉②、石栗③、茂密的柑橘林、番石榴树，以及橡胶树，等等。府邸坐落在这片绿树丛中，高大屋顶刚好掩映在树荫下，屋顶阁楼敞开着灵巧的天窗。府邸包括底层和二层楼房，从正面看去，外观庄重典雅。当地的法国主要官员都已聚齐，殖民地宪兵队向来宾敬礼。

"军政专员"接待了西律斯·比克斯塔夫，态度极为热情真

---

① 本堂神父与副本堂神父均为天主教教职名称。天主教教职依次为：主教、助理主教、辅理主教、司铎（即本堂神父）、执事、修女。
② 锈色核果杉是新西兰的一种高大成材针叶树，结红色大果实。
③ 石栗，亦称烛果树，常绿高大乔木，原产于马来西亚及夏威夷群岛。

诚，在这些海域里的各个英属群岛，总裁从未受到过如此热情接待。专员感谢总裁率领模范岛莅临这座群岛水域，他还希望，今后每年都能迎接模范岛的来访。同时，对于塔希提岛无法前往美国回访，深表遗憾。这次会晤持续了半个小时，双方一致同意，第二天，西律斯·比克斯塔夫将在模范岛市政厅迎接法方官员。

"您预计将在帕皮提停泊多长时间呢？"军政专员问道。

"十五天左右。"总裁回答道。

"如此一来，您将有幸看到一支法国舰队，他们将于本周末抵达。"

"专员先生，模范岛若能略尽地主之谊，我们将倍感荣幸。"

西律斯·比克斯塔夫介绍了随行人员，包括他的副手、埃塞尔·西姆科准将、卫队指挥官、各位官员、艺术总监，以及四重奏乐队的艺术家。艺术家们受到自己这位同胞合乎情理的欢迎。

随后，在介绍亿兆城各区的代表时，出现了一点儿小尴尬：如何顾全杰姆·坦克顿，以及纳特·科弗利的自尊，这两位先生极为敏感，谁该拥有优先权……

"两位并肩齐步走。"潘希纳提醒道，他在滑稽地模仿斯克利布①的著名台词。

军政专员亲自解决了这个难题。对于两位大名鼎鼎的亿万

---

① 奥古斯丁·恩格内·斯克利布（1791—1861），法国剧作家。法兰西学院院士。

"军政专员"接待了西律斯·比克斯塔夫。

富翁之间的敌对状况，他已知晓，而且，这位专员的举止恰到好处，言辞极为得体，善于运用外交手腕。他解决难题，犹如运用穑月法令①般严谨。无疑，假如是英国的一位保护地官员，遇到这种机会，一定会火上浇油，以便乘机推行大英帝国的国策。然而，在军政专员的府邸里，绝不会出现同样情形。此后，西律斯·比克斯塔夫对自己受到的欢迎表示感谢，旋即率领随从人员退出。

此时，阿萨纳塞·多雷姆斯已经筋疲力尽。不用说，塞巴斯蒂安·佐恩、伊弗内斯、潘希纳，以及弗拉斯科林都希望他早点儿返回在第二十五大道的寓所。事实上，他们几个人还想在帕皮提多逗留一阵子，以便参观周边地区，再去几个主要的县份远足一趟，甚至还想去塔塔拉普半岛的各个地区溜达一圈。总之，他们想跑遍这只太平洋葫芦的犄角旮旯。

他们把这个设想告诉卡利斯图斯·蒙巴尔，得到了总监的极力赞同，于是，计划就此得到确认。

"不过，"总监说道，"你们还需等待48个小时，然后方可出门旅行。"

"为什么不能今天就走呢？……"伊弗内斯问道，他已经急不可耐地想要抄起旅行拐杖。

"因为，模范岛当局想要向女王表达敬意，最合适的方式，

---

① 穑月法令，全称为穑月七日档案法令，是法国大革命时期颁布的基本档案法。该法以严谨著称。

就是把你们介绍给陛下,以及她的宫廷。"

"那么,是明天吗?……"弗拉斯科林说道。

"明天,这座群岛的军政专员将要对模范岛当局进行回访,如此,比较适合……"

"比较适合我们在场,"潘希纳回答道,"那好吧,我们按时出席,总监先生,我们一定按时出席。"

离开专员府邸之后,西律斯·比克斯塔夫及其随行前往陛下的宫殿。途中,他们在树林里徜徉漫步,走了大约一刻钟。

王宫位于绿色丛林里,环境优雅舒适。这是一栋三层的四方形建筑,屋顶颇似山间木屋的形状,向外伸出上下两层游廊。窗户很多,从屋内可以饱览窗外绿色植被,植被一直延伸到城市,在城市的另一侧,广阔的大海一望无垠。总而言之,这是一栋可爱的建筑,并不豪华,但相当舒适。

虽然处于法国的保护下,但是,女王的威望不减当年。如果说,系泊在帕皮提港口、停泊在锚地的船只桅杆上,以及城市的民用和军用建筑物上都飘扬着法兰西国旗,那么至少,在女王的宫殿上方,依然飘扬着君王的旗帜,映出这座群岛的昔日风光 —— 红白相间的条带横贯旗帜,旗帜的一角,画着一艘三色帆船。

早在1706年,奎洛斯[①]就发现了塔希提岛,并将其命名

[①] 佩德罗·费尔南德斯·德·奎洛斯,葡萄牙籍西班牙探险家,他航海的时代为17世纪初叶,与此处记载有出入。

为"萨吉塔里阿"。继他之后，瓦利斯①于1767年，布干维尔于1768年，先后补充了对该群岛的认识。塔希提岛被发现时，岛上的统治者是奥贝雷亚女王，只是在这位女王去世之后，著名的波马雷王朝②才登上大洋洲的历史舞台。

在建立其统治的初期，波马雷一世（1762—1780）原名为"奥图"，意为"黑鹭"，后来更名为"波马雷"。

他的儿子是波马雷二世（1780—1819），曾经于1797年热情接待了第一批英国传教士，并在十年后皈依了基督教。那是一个纷乱冲突，手执武器冲杀的年代，群岛的人口逐渐从十万减少到一万六千。

波马雷三世是上一代国王的儿子，于1819年至1827年在位。他有个名气很大的妹妹，名叫艾玛塔，受到那位品行恶劣的普里查德的庇护。艾玛塔生于1812年，后来成为塔希提岛，以及临近诸岛的女王。她的第一任丈夫名叫塔波阿，不过，女王并未怀上他的孩子。于是，女王把他休掉，再嫁给阿里法埃特，他是这座群岛最漂亮的男人。这次联姻有了结果，1840年，一位名叫阿里昂的推定继承人出生。不过，他在35岁时去世。从长子出生后的第二年起，女王又陆续给自己的丈夫生了四个孩子，包括一个女孩儿，名叫泰里迈瓦鲁瓦鲁瓦纳，她于1860年

---

① 塞缪尔·瓦利斯（约1728—1795），英国海军上尉，被认为是发现塔希提岛的第一位欧洲人。

② 波马雷王朝由波马雷一世于1791年前后创立，先后统一塔希提周边诸岛。该王朝历经五世国王，于1880年被并入法国。

成为波拉波拉岛公主；一位王子，名叫塔马托阿，他生于1842年，后来成为赖阿特阿岛国王，不过，此人性格粗鲁，并因此被造反的臣民推翻；还有一位王子，名叫泰瑞塔普努伊，他生于1846年，是个跛子，样貌丑陋，形象因此受损；最后一位是图阿维拉王子，他生于1848年，被送往法国接受教育。

波马雷女王的统治绝非一帆风顺。1835年，在天主教传教士与新教传教士之间，爆发了一场冲突。最初，传教士被驱赶出境，随后，于1838年，又被一支法国远征舰队送了回来。4年之后，塔希提岛的五位头领接受了法国的保护，但波马雷表示反对，同样，英国人也表示反对。1843年，海军准将杜佩蒂-图阿尔斯宣布废黜女王，并且驱逐了普里查德。这一事件引发了马哈埃纳与拉佩帕地区的拼死抗争。不过后来，据说，杜佩蒂-图阿尔斯海军准将几乎被撤职，普里查德获得两万五千法郎的赔偿，另外任命海军准将布律阿①妥善处理此事。

1846年，塔希提终于屈服。1847年6月19日，波马雷王朝接受了法国保护协定，同时，保留了对赖阿特阿岛、胡阿希内岛，以及波拉波拉岛的统治权。然而，骚乱仍然时有发生。1852年，一场动乱推翻了女王，甚至，宣布了建立共和国。最终，还是法国政府帮忙恢复了君权统治，条件则是，女王放弃三顶王冠，即她的长子拥有的对于赖阿特阿岛和塔哈岛的统治权；次子对于胡阿希内岛的统治权；以及女儿对波拉波拉岛的统

---

① 布律阿（1796—1855），法国海军准将。

治权。

如今,坐在群岛王位上的,是波马雷王朝的一位女性后裔,即波马雷六世①。

潘希纳给性格温柔的弗拉斯科林起了一个绰号:"太平洋拉鲁斯",他对此当之无愧。上述历史和人物传记的细节,都由他讲述给同伴们,他同时声称,既然要去人家的家里,还要与人家交谈,那就应该事先对人家有所了解。对此,伊弗内斯和潘希纳回答说:在了解波马雷家谱方面,他俩受益匪浅。塞巴斯蒂安·佐恩则反诘说,他对此"不感兴趣"。

说到善于动情的伊弗内斯,他已经被塔希提充满诗情画意的自然风光所倾倒。在他的脑海里,不断涌现出布干维尔,以及杜蒙·德厄维尔②撰写的游记,及其充满魅力的描述。想到自己将要亲眼看见这个"新西塞尔"王国,见识一位真正的波马雷女王,伊弗内斯不禁心潮澎湃,听听,单是这个名字……

"这名字的含义是'咳嗽的夜晚'。"弗拉斯科林对他回答道。

"太妙了!"潘希纳叫道,"原来是位鼻炎女皇,感冒女神!伊弗内斯,注意传染,可别忘记带上你的手绢!③"

对于这个恶劣的玩笑,以及不合时宜的奇思妙想,伊弗内斯十分恼火;不过,看到伙伴们笑得如此开心,第一小提琴手终于忍俊不禁。

---

① 波马雷王朝于1880年被并入法国,其末代国王为波马雷五世(1839—1891)。
② 杜蒙·德厄维尔(1790—1842),法国航海家。
③ 以上为双关语,以及戏谑的文字游戏。

接待模范岛总裁、官员,以及名流代表的仪式极为豪华壮观,被称为"米都安"的宪兵队长,率领麾下土著副手,向客人们敬礼致意。

波马雷六世女王大约四十来岁,与环绕身边的家庭成员一样,她穿着淡粉色的礼服,这是塔希提人普遍喜爱的颜色。女王表情和蔼,仪态端庄,对于西律斯·比克斯塔夫的致辞,她欣然接受。我们如此描述,应该不会亵渎了欧洲的女王陛下。女王的答词优雅得体,一口法语极为纯正,因为,在社会群岛,法语是通用语言。此外,女王还表示,在整个太平洋,人们到处都在谈论模范岛,因此,自己很希望见识它。女王还表示,希望这次停泊不会是最后一次。至于杰姆·坦克顿,他受到了特别的欢迎——同时并未伤害到纳特·科弗利的自尊心。因为,这种欢迎合乎情理,毕竟,王室成员也信奉新教,而杰姆·坦克顿恰恰是亿兆城新教街区最尊贵的人物。

介绍来宾的时候,四重奏乐队并未被遗忘。王后向乐队成员们俯允,她将很高兴倾听表演,并鼓掌喝彩。艺术家们尊敬地鞠躬施礼,表示将遵从陛下旨意,总监将尽力满足陛下的愿望。

陛见持续了半个小时,仪式结束后,贵宾们在皇宫入口处鱼贯而出,并再次接受致敬。

大家反身向帕皮提走去,在军队俱乐部出席宴请。军官们盛情款待总裁,以及亿兆城的贵宾们。香槟酒觥筹交错,祝酒词连篇累牍,一直折腾到六点钟,各条小艇陆续驶离帕皮提,返回右舷港。

晚上,巴黎艺术家们终于回到娱乐场的大厅里。

"我们得准备一场音乐会,"弗拉斯科林说道,"在这位陛下面前,我们打算演奏点儿什么?……她听得懂莫扎特,或者贝多芬吗?……"

"我们给她演奏奥芬巴赫①、瓦尔内伊②、勒科克③,或者奥德朗④的作品!"塞巴斯蒂安·佐恩回答道。

"千万别!……表演黑人手鼓,肯定最合适!"潘希纳反驳道。他边说边扭腰摆臀,模仿黑人的典型舞姿。

---

① 雅克·奥芬巴赫(1819—1880),德籍法国作曲家。
② 路易斯·瓦尔内伊(1844—1908),法国作曲家。
③ 查尔斯·勒科克(1832—1918),法国作曲家。
④ 埃德蒙·奥德朗(1842—1901),法国作曲家。

第十四章　盛宴连席

　　模范岛决定,把塔希提岛作为停泊地点。今后每年,在继续踏上返往南回归线的旅途之前,她的居民都有机会在帕皮提的海滩上徜徉。在这里,他们受到法国当局,以及本地土著的热情接待。为了表示感谢,模范岛敞开大门,或者不如说敞开自己的港口。于是,帕皮提的军民人等蜂拥而至,跑遍了模范岛的田野、公园,以及各条街道。虽然没有发生任何可能影响双方良好关系的意外事故,但确实,在一开始,总裁麾下的警察部门仍需加强防范,确保避免少数塔希提人未经允许,溜上机器岛安家落户,导致常住人口的非正常增加。

　　礼尚往来,作为回报,当西姆科准将驾驶模范岛前往这座群岛的其他岛屿时,亿兆城的市民也被允许随意参观。

　　既然模范岛要来这里停泊,一些富裕家庭提前想到,应该在帕皮提附近租栋别墅,并且在抵达之前,预先打电报把住处定下来。这些家庭如此设想,就好像巴黎人在巴黎周边租房子安居一样,而且还要包括居所的用人,以及出行的车辆。这样,他们就能以主人的身份,堂而皇之地享受生活,可以四处观光、远足,甚至,如果有这方面的爱好,还能去狩猎。总而言之,他们要在这儿度假,而且,这儿的空气清新,有益健康,从四月到十二月,气温在14摄氏度到30摄氏度之间,至于每年的其他月份,这里则是南半球的冬季。

于是,不少名流纷纷离开自己的府邸,移居到塔希提乡下的舒适住宅,这些人当中,也包括坦克顿一家,以及科弗利一家。第二天,坦克顿夫妇携带自己的儿女,搬进了位于塔陶海岬山坡上的木屋别墅,那里风景如画。科弗利夫妇带着狄安娜小姐,以及她的妹妹们,离开位于第十五大道的府邸,住进位于维纳斯海岬密林中的一栋雅致别墅。这两栋住所彼此相距好几英里,也许,沃尔特·坦克顿觉得这段距离过于遥远。不过,要想把塔希提海滨这两座海岬之间的距离缩短,他也无能为力。另一方面,两栋别墅都有直通帕皮提的道路,路况良好,行车方便。

弗拉斯科林提醒卡利斯图斯·蒙巴尔,既然这两家人都走了,他们也就无法出席军政专员回访总裁的仪式。

"哎!啥事儿都得尽力而为!"总监回答道,眼中流露出外交官才有的微妙神情。"这样,可以避免爆发自尊心之争。如果法兰西的代表首先拜访科弗利府邸,坦克顿一家该怎么想?反之,如果他先拜访坦克顿府邸,科弗利一家又该作何想法?如今,两家人都走了,西律斯·比克斯塔夫高兴还来不及呢。"

"难道,这两家人之间的对立,就没有化解的可能吗?……"弗拉斯科林问道。

"谁知道呢?"卡利斯图斯·蒙巴尔回答道,"恐怕,这得指望讨人喜欢的沃尔特,以及可爱的狄安娜……"

"然而,截至目前,还看不出来这两位男女继承者之间……"伊弗内斯提醒道。

"好吧!……好吧!……"总监反诘道,"不就是需要一个机会嘛,这样,如果碰不上偶然的机会,我们可以代替偶然,去创造一个机会……反正也是为了我们可爱的岛屿着想!"

言毕,卡利斯图斯·蒙巴尔脚跟旋转,身体转了一圈,这动作,就连阿萨纳塞·多雷姆斯看见都会鼓掌喝彩,即使"伟大时代"的爵爷[1]也会颔首称赞。

10月20日下午,军政专员、审计官、秘书长,以及保护地主要官员在右舷港登岛。他们得到总裁的欢迎与敬意。冲角炮台和岛艉炮台礼炮轰鸣。迎宾车悬挂法国三色旗,以及亿兆城的旗帜,载着来宾一行前往亿兆城。沿途,模范岛居民夹道欢迎。会晤在市政府迎宾大厅举行,在市政府台阶前,双方简短致辞。

随后,来宾参观礼拜堂和教堂、观象台、两座电力生产工厂、两座港口、花园,最后,宾主乘坐有轨电车,沿岛岸漫游。返回之后,一行人在娱乐场大厅出席午宴。下午六点钟,在模范岛的礼炮声中,军政专员及其一行登船返回帕皮提。欢迎仪式给来宾留下良好印象。

第二天,10月21日,一大早,四重奏乐队离岛前往帕皮提。

---

[1] 此处借用法国作家伏尔泰(1694—1778)的用语,他曾称路易十四时代为"伟大时代"。

他们没有邀请任何人陪同,甚至也没邀请礼仪教授,因为,此行旅途遥远,教授的双腿恐怕撑不住。艺术家们自由自在——犹如进入假期的中学生,双脚走在真正的绿草地和岩石上,内心倍感欣慰。

首先,他们要去参观帕皮提。这座群岛的首府是一座美丽的城市,这点毋庸置疑。四重奏乐队发自内心地快乐,悠闲游荡。海滩旁的房子坐落在树荫下,艺术家们在美丽的树荫里漫步,海产品货场与商店鳞次栉比,港口深处,坐落着主要贸易商行。在一条从港口延伸出的街道上,铺设了美式观光小铁路,四个人沿着街道前往市区一探究竟。

城里的街道都很宽敞,与亿兆城的街道一样,整齐划一,街心花园植物茂盛,青翠欲滴。虽然现在是大清早,街上的欧洲人和土著们来来往往,络绎不绝,——而且,晚上八点钟以后,人群仍将川流不息,而且通宵达旦。众所周知,热带地区的夜晚,尤其是塔希提的夜晚,那是不应当在床上度过,尽管塔希提的床是用椰子纤维制作的绳索编织,用香蕉树叶铺就,再铺上木棉制作的床垫,还要挂上蚊帐,帮助梦中人抵御蚊虫的恶意袭扰。

说到城里的房屋,欧洲人的房屋与塔希提人的房屋截然不同。欧洲人的房屋,几乎全用木材构建,坐落在砌筑几英尺高的基座上,舒适无比,美轮美奂。至于塔希提人的房屋,城里比较少见,它们大多分散坐落在树荫下,主要用竹子拼接而成,地面铺着席子,外观别致,看上去通风良好,舒适宜人。

那么，本地土著呢？……

"土著吗？……"弗拉斯科林对同伴们说道，"与桑威奇群岛的情形相仿，我们已经看不到这些勇猛的野人了。在这里被征服之前，他们很喜欢把人肉当作晚餐，其君主喜欢收藏被战胜的武士的眼睛，至于那位武士，则按照塔希提的烹饪方式，被烤得精熟！"

"啊哟！如此说来，在大洋洲已经没有食人生番了！"潘希纳叫道，"可惜，我们万里迢迢跑来，居然连一个食人生番都碰不到！"

"耐心一点儿！"第一大提琴手回答道，边说边挥舞右手，活像《巴黎的秘密》里的罗丹①，"耐心一点儿！也许，我们能遇上足够多的食人生番，保证满足你的愚蠢好奇心！"

他说这话，就不怕一语成谶！

很有可能，塔希提人的祖先是马来亚人，以及他们称之为"毛利②"的人种。赖阿特阿岛③的原意是"神圣岛"，很有可能是塔希提国王的诞生地——犹如一座可爱的摇篮，位于背风群岛，浸润在太平洋清澈的海水中。

在传教士来以前，塔希提人的社会分为三个等级：王子等级，

---

① 罗丹是小说《巴黎的秘密》中人物，该小说是法国文学家欧仁·苏（1804—1857）的代表作。
② 毛利人是新西兰的原住民和少数民族，其语言、文化及传统建筑与台湾阿美族相似。
③ 赖阿特阿岛是社会群岛的第二大岛，也是背风群岛的最大岛，陆地面积238.3平方千米。

这些人享有特权，人们相信他们拥有特异功能；酋长，或者地主，这些人的地位较低，受王子们的驱使；普通百姓，这些人一无所有，或者，即使拥有点儿什么，最多也就是他那块土地的用益权①。

塔希提群岛被征服后，上述一切都改变了。甚至还在征服之前，在英国国教②，以及天主教传教士们的影响下，这种改变就已发生。不过，有一点从未改变，那就是土著们的聪明才智：他们的语言依然存在，精神仍旧快乐，尚武习俗久经考验，美丽容貌依然故我。无论在城市，还是在乡村，几位巴黎佬对此深有体会，赞叹不已。

"真该死，这儿的小伙儿好俊俏！"他们当中的一位说道。

"看呀，那些姑娘可真漂亮！"另一位说道。

确实！这里的男人身材偏高，肤色赤褐，容貌柔美，血气方刚，体型健美，宛若古典雕塑家的作品，令人赏心悦目。这些毛利人确实极为优秀，大大的眼睛目光灵动，嘴唇略显厚重，但轮廓精致。如今，他们身上的武士刺青渐趋消失，一起消失的，还有表现刺青曾经必不可少的机会③。

不用说，塔希提岛有钱人的穿着与欧洲人并无二致，他们的衬衫领口很低，西服上装的布料呈淡粉色，长裤下垂直到高帮皮鞋，看上去怡然自得。不过，他们如此穿着，可吸引不了

---

① 用益权是对他人所有之物享有的使用和收益的权利。
② 英国国教是英国在宗教改革中建立的民族教会，亦称英格兰圣公会。
③ 毛利人的刺青，即文身，与战争息息相关。此处意指战争的消失。

四重奏乐队的目光。恰巧相反！虽然自己穿着剪裁时髦的长裤，但是，我们这几位观光客却更欣赏塔希提岛民身上的缠腰布，这种缠腰布用棉布制成，五颜六色，绚丽斑斓，缠在腰间，垂至脚踝；另外，他们不戴高顶帽，甚至不戴巴拿马草帽，而是无论男女，每人头戴树枝与花卉编织的草帽。

至于当地女子，她们依然像布干维尔笔下描绘的那样，充满诗意，仪态万方，只见她们头戴类似栀子花的白色花瓣编织的发饰，黑色长发披肩，或者，她们头戴椰子树花蕾表皮编织的轻便草帽，这种草帽名叫"雷瓦列娃"，按照伊弗内斯的说法，这名字，"真就像来自梦幻般的美妙温柔[1]"。此外，这些女子的衣着也很雅致，随着她们身躯的轻微摆动，服装颜色如万花筒般变幻莫测，她们步履婀娜，仪态慵懒，面露微笑，目送秋波，说笑声和谐悦耳。目睹这一切，不难理解，每当有人惊呼："真该死，这儿的小伙儿好俊俏！"马上就会有人发自内心地赞叹："那些姑娘可真漂亮！"

既然造物主塑造了如此优秀的族群，怎能不给他们配上相应的环境？由此不难想象，塔希提的风景该有多么优美，这里夜间露水丰沛，到处溪水潺潺，如此环境中，植被怎能不浓密茂盛？

几位巴黎佬远足穿越岛屿，以及帕皮提周边的几个县份，一路欣赏优美青翠的风光。他们离开海滨，更喜欢奔赴田野，

---

[1] 此处为双关语。法语"雷瓦列娃"的发音，与"梦幻"一词的发音相谐。

在那儿，森林已经被柠檬树林，以及柑橘林取而代之，除此之外，还有竹芋、甘蔗、咖啡树、棉花田，以及薯蓣田、木薯田、靛蓝植物、高粱和烟草。他们冒险穿越内陆的浓密植被，抵达山脉的脚下，透过树丛的穹顶，望见山巅直刺天空。到处都能看到茁壮生长、优雅美观的椰子树林，以及锈色核果杉（亦称香木）、木麻黄（亦称硬木树）、石栗（亦称"提亚里"），除此之外，还有当地人称"普劳斯""他玛纳斯""阿侬斯"（也叫檀香）的植物，另外，还有番石榴树、杧果树、箭根薯（这种植物的根茎可供食用），以及硕大的芋头、珍贵的面包树，这种树的白色树干光滑挺拔，墨绿色的树叶异常宽阔，绿叶间生长着一簇簇硕大的果实，果皮好似被雕琢过，白色的果肉是土著居民的主要食物。

塔希提岛上最常见的树木，除了椰子树，就是番石榴树了，塔希提语称其为"图阿瓦"，这种树差不多能分布到山顶，麇集成茂密的番石榴树林。与此同时，黄瑾①集合成簇簇密集的矮树丛，如果不小心走进去，要想钻出来可不容易。

另外，这儿没有任何危险动物。本地唯一的野生四足动物，就是一种猪，个头介于家猪与野猪之间。至于马和牛，它们都是外来物种，同样繁衍生息的，还有绵羊与山羊。因此，这里的动物种类远远少于植物种类，就连鸟儿也不算多。与桑威奇群岛相仿，这里只有鸽子和金丝燕。除了蜈蚣和蝎子，岛上没有其他爬行动物。至于昆虫，无非就是胡蜂与蚊子。

---

① 黄瑾为常绿小乔木，分布于南亚热带常绿阔叶林区、热带季雨林及雨林区。

塔希提的种植业，主要为棉花与甘蔗，其种植面积扩展迅速，并相应排挤了烟草与咖啡种植，除此之外，岛上还有椰子油、竹芋、柑橘，以及珍珠和螺钿产业。

不过，以上产业足以支撑塔希提岛的商业贸易，包括与美洲、澳洲、新西兰、亚洲的中国，以及欧洲的法国与英国的贸易。其进口总额为320万法郎，出口额达450万法郎，足以平衡进口。

四重奏乐队的远足之旅，一直延伸到塔巴拉图半岛。他们参观了法厄同要塞，拜访了驻扎在那里的一小队海军陆战队士兵，士兵们很高兴接待自己的同胞。

在港口一家由移殖民经营的旅馆里，弗拉斯科林干了一件十分得体的事情：好客的旅馆老板同意低价脱手一批法国葡萄酒，艺术家们请居住在附近的当地土著，以及本县的"米都安"开怀畅饮。与此同时，本地人向来宾们奉献了当地土特产，那是产自某种芭蕉树的成串颜色金黄的果实，当地人称"费依"，以及烹饪味道鲜美的薯蓣，还有一种名叫"马伊奥尔"的东西，它是面包树的果实，放进一个洞里，用滚烫的碎石子把洞填满，把果实焖熟。最后，还有一种用椰果擦丝制成的酸果酱，果酱贮存在竹筒里，当地称之为"泰耶罗"。

这顿午餐气氛极为愉快。宾客们吸食了好几百支香烟，香烟是用烤烟叶卷制，外面还包了一层露兜树叶。不同之处在于，当地塔希提男女宾客每人吸食几口卷烟，然后，就把卷烟传给旁人吸食，几位法国人没敢照样模仿，只是按照自己的习惯抽烟。当"米都安"把抽过的香烟递给潘希纳时,他敬谢不敏,说了一句"米阿麦泰",翻译过来就是"太棒了"!他的滑稽语调,逗得在场宾客哄堂大笑。

不用说,在旅途中,观光客们不可能每晚赶回模范岛,或者帕皮提过夜,然而,无论在村里,还是分散的民居,也无论是在移殖民家里,还是土著人家,他们都受到热情款待,而且休息得十分惬意。

他们计划利用11月7日这一天,动身前往维纳斯海岬一游。一位真正的游客是不会错过这趟远足的。

天蒙蒙亮,他们就出发了,一路步履轻快。他们走过一座桥,跨越美丽的芬塔华河,然后,沿着山谷攀爬,一直抵达喧嚣的瀑布,这座瀑布的高度,抵得上两个尼亚加拉瀑布,当然,其宽度却要小得多。瀑布从75米高的地方倾泻而下,喧嚣奔腾,蔚为壮观。随后,他们沿着塔哈拉希丘陵一侧蜿蜒的小路,顺着海滨,抵达一座小山,这儿就是库克船长曾经命名的"孤树海角"——因为,这座海角上曾经矗立着一棵孤零零的大树,如今,年代久远,老树早已寿终正寝。这里有一条两侧林木茂密的大路,从塔哈拉希村直抵耸立在岛屿海岬尽头的灯塔。

科弗利一家就居住在这座植被茂密的山岗半腰。沃尔特·坦克顿居住的别墅位于帕皮提的另一侧,离这儿挺远,甚至可以说非常远。因此,他要想散步走到维纳斯海岬这边来,实在缺乏足够的理由。然而,几位巴黎佬却远远望见了他。这位年轻人骑着一匹骏马,在科弗利家那栋别墅附近徘徊。看到几位法

潘希纳敬谢不敏。

国观光客，他打了一个招呼，询问他们是否打算当晚返回帕皮提。

"不，坦克顿先生，"弗拉斯科林回答道，"我们接到科弗利夫人的邀请，很可能，得在这儿的别墅里过夜。"

"这样，先生们，那就请允许我告辞了。"沃尔特·坦克顿回答道。

似乎，这位年轻人的神情笼罩了一层阴影，尽管此刻，并无一丝云彩遮蔽阳光。

紧接着，他双腿夹紧，驱赶坐骑小跑离去，临行前，最后瞥了一眼树林里的那栋白色别墅。真是的，究竟什么缘故，让金融巨头坦克顿总想重操旧业，甚至不惜在模范岛引起纷争，要知道，建造这座机器岛的初衷，可不是为了在上面做买卖！

"哎！"潘希纳说道，"这位可爱的骑士，也许他想与我们做伴？……"

"是的，"弗拉斯科林补充道，"显然，我们的朋友蒙巴尔说得很对！由于未能见到蒂·科弗利小姐，这位骑士离开时，颇为沮丧。"

"这是否证明，单靠亿万财富无法获得幸福？……"哲学大师伊弗内斯反诘道。

整个下午，以及晚上，在木屋别墅里，艺术家们与科弗利一家幸福地和谐相处。在这栋别墅里，四重奏乐队受到的款待，与在第十五大道府邸受到的款待毫无二致。大家热情相聚，聚会充满极为惬意的艺术氛围。艺术家使用钢琴，演奏了悦耳的

那就请允许我告辞了。

音乐。科弗利夫人表演了几首新的乐曲。蒂小姐高歌一曲，宛如一位真正的艺术家，与此同时，天生一副漂亮歌喉的伊弗内斯，把自己的男高音，与年轻姑娘的女高音融为一体。

不知为何——也许就是存心——在交谈中，潘希纳顺带提到，他和同伴们看见沃尔特·坦克顿在别墅附近徘徊。尽管他说的方式极为巧妙，然而，他是否应该别提这件事？……不，如果总监也在这儿，他一定会赞成殿下的用意。蒂小姐的嘴角，露出一丝几乎难以觉察的微笑，同时，她美丽的明眸闪现灵动的目光，随后，当她再次一展歌喉的时候，那歌声似乎更加具有穿透性。

此时，科弗利先生皱紧了眉头，科弗利夫人看了蒂小姐一眼，不置可否地说道：

"我的孩子，你不觉得累吗？……"

"不累，我的母亲。"

"那么，您呢，伊弗内斯先生？……"

"我一点儿都不累，夫人。我在降临人世之前，应该曾经是天堂里小教堂合唱团的歌童！"

晚上聚会结束，此时，已时近午夜，科弗利先生表示，是时候去休息一会儿。四重奏乐队很高兴出席了这场简单而友好的招待会，第二天，他们踏上去往帕皮提的归途。

在塔希提岛停泊的时间还剩一个星期，按照预先规划的线路，模范岛即将起航朝西南方驶去。无疑，在这个星期里，四位游客的观光旅行即将完满结束，不过，谁也没有想到，在此期间，11月11日，又发生了一件幸运的意外事件。

这天早晨，位于帕皮提市后面山岗上的信号台报告，发现法国太平洋舰队的一支分舰队即将抵达。

上午11点钟，一艘一级巡洋舰"巴黎号"，以及两艘二级巡洋舰，还有一艘舰队通报艇停泊在锚地。按照惯例，经过一番相互致意，一位海军准将从悬挂指挥旗的巴黎号下来，率领麾下军官登岸。

模范岛的冲角炮台和岛艉炮台礼炮轰鸣，与塔希提岛炮台的礼炮鸣放响成一片，随后，海军准将与社会群岛的军政专员紧锣密鼓地相互拜访。

对于这支分舰队来说，能够来到塔希提停泊，无论他们的军官，还是水手们，都倍感荣幸，因为模范岛恰好在这里驻留。于是，模范岛再次举行接待与宴请。太平洋瑰宝向法国水手们敞开门户，对方则迫不及待地前来欣赏猎奇。在48个小时内，身穿法国海军制服的水兵，与身着便服的亿兆城市民摩肩接踵。

西律斯·比克斯塔夫和总监分别在观象台，以及娱乐场及其所属场所欢迎来宾。

在接待活动期间，头脑灵活的卡利斯图斯·蒙巴尔冒出了一个想法，这是一个奇思妙想，如果实现，定能让人终生难忘。他把这个想法告诉总裁，在征得名人委员会的同意后，总裁接受了这个想法。

是的！模范岛决定在11月15日举行大型庆典。这场活动包括：举行一次盛大晚宴，以及在市政府的厅堂里举办一场舞会。

届时，度假的亿兆城富豪们均已返回，因为，两天之后，模范岛就将起航离去。

这场狂欢活动将被奉献给波马雷六世女王、塔希提的欧洲人，或者本地土著，以及法国的分舰队。

卡利斯图斯·蒙巴尔负责组织这场庆典，大家对他的热心态度，以及想象力充满期待。四重奏乐队也接受了他的指派，这场活动最吸引人的节目单里，音乐会必须占有一席之地。

至于受邀来宾，则由总裁亲自负责安排。

首先，西律斯·比克斯塔夫必须亲自前往邀请波马雷女王，以及宫廷里的各位王子、公主，请他们莅临出席。女王俯允接受了邀请。同样，军政专员和法国高级官员，以及海军准级及其麾下军官，也都对盛情邀请深表赞赏与感谢。

总计发出了一千份请柬。理所当然，这一千位来宾不能都坐在市政府的餐桌旁。不是！那里的餐桌只能坐下百十来位宾客，包括：王室成员、舰队军官、保护地官员；还有模范岛的高级官员、名人委员会成员，以及高级神职人员。不过，在公园里，也将举办宴请，以及游艺活动和燃放焰火——并因此取悦平民百姓。

无须提醒，马勒卡利亚国王与王后肯定不会被遗漏。不过，陛下伉俪历来不喜欢豪华场面，宁愿隐居在位于第三十二大道的简朴住宅了。他们谢绝了总裁的邀请，对无法出席活动表示遗憾。

"可怜的陛下夫妇。"伊弗内斯说道。

盛大节日终于来临,模范岛到处飘扬法国和塔希提岛的旗帜,包括亿兆城的彩旗。

在王室成员的陪同下,波马雷女王盛装莅临右舷港,受到冲角与岛艉两座炮台的礼炮欢迎。作为回礼,帕皮提岛和分舰队的大炮齐声轰鸣。

将近晚上六点钟,在公园里漫步之后,众人一行来到金碧辉煌的市政厅。

这栋建筑的楼梯被装饰得美轮美奂,每个台阶的装饰耗资都不少于上万法郎,足可与纽约的范德比尔特府邸①相媲美!在富丽堂皇的宴会大厅里,宾客们在桌旁落座,盛宴令人终生难忘。

总裁亲自安排的座席次序完美无瑕。两个敌对街区的上流家庭对此无可挑剔,毫无怨言。每个人都对自己的位置感到荣幸——包括蒂·科弗利小姐,坐在她对面的恰好是沃尔特·坦克顿。对于两位年轻男女来说,这个位置恰到好处,如果再靠近点儿,恐怕过犹不及。

无须赘言,四位法国艺术家同样十分满意。他们的席位被安排在贵宾桌,此举再次证明,他们的才华与人品,得到高度赞赏与厚爱。

说到这份让人印象深刻的菜单,那可是总监亲自研究、策划、制定的杰作。这份菜单足以表明,即使在烹饪领域,与古

---

① 科尼利厄斯·范德比尔特(1794—1877),美国轮船和铁路巨头。

老的欧洲相比，亿兆城也毫不逊色。

菜单由卡利斯图斯·蒙巴尔亲自监制，烫金字体，印制在精制犊皮纸上，美轮美奂：

奥尔良式浓汤

伯爵夫人奶油

奶油蛋黄调味汁浇大菱鲆

那不勒斯式牛里脊

维也纳式禽肉肠

特雷维兹肥鹅肝肉酱

冰糕

法式吐司烤鹌鹑

普罗旺斯沙拉

英国式小豌豆

冰激凌、什锦水果、鲜水果

各式糕点

松鸡配帕尔马干酪

葡萄酒：

伊奎姆酒窖、马尔戈葡萄酒

香贝坦红葡萄酒、香槟酒

各式开胃酒

无论在英国女王的餐桌，还是在俄罗斯沙皇、德国皇帝，或者法兰西共和国总统的餐桌上，正式菜单从未出现过如此丰盛的菜肴，即使新旧两个大陆最顶级的厨师长全都赶来，还有谁能做得比这还好？

9点钟，来宾们步入娱乐场大厅出席音乐会。曲目包含四首精心挑选的乐曲——只有四首，数量不多：

A大调，第五号弦乐四重奏，作品第18号，贝多芬；

D小调，第二号弦乐四重奏，作品第10号，莫扎特；

D大调，第二号弦乐四重奏，作品第64号（第二部分），海顿

降E调，第十二号弦乐四重奏，翁斯洛；

这场音乐会让来自巴黎的演奏家们再次大获成功，让他们对于自己有机会登上模范岛而倍感荣幸——尽管倔强的大提琴手依旧坚持己见！

与此同时，那些欧洲人和外国人在公园里参与各类游艺活动。草地上，举行乡间舞会，在手风琴伴奏的乐曲声中，人们尽情舞蹈。要知道，在社会群岛的本地人群里，手风琴是最流行的乐器。然而，法国水兵们也很喜欢这种气动乐器，于是，当"巴黎号"，以及分舰队其他军舰的休假水兵大批抵达后，管弦乐队尽情演奏，与此同时，手风琴声如痴如醉。乐曲声中，夹杂着歌声，大洋洲居民最喜欢的呼喊声，与水手们的船歌响成一片。

另外，塔希提岛的土著们，无论男女，都很喜欢，而且擅长载歌载舞。这天晚上，他们反复多次跳起"雷帕伊帕"舞，这种舞蹈可以被视为本地的民族舞蹈，舞蹈的节奏紧紧伴随鼓声。

随后，在市政府提供的各种清凉饮料的激励下，全体舞蹈者，无论种族，包括土著和外国人，尽情欢歌畅舞。

与此同时，在阿萨纳塞·多雷姆斯的指挥下，在市政府的大厅里，另一场更为精致的舞会也在举行，出席的家庭均来自上流社会。亿兆城和塔希提的女士们身着盛装，争奇斗艳。不用说，作为巴黎时装大师们的常客，亿兆城的女士们轻而易举就让塔希提的女士们黯然失色，即使殖民地最优雅的欧洲女士也一败涂地。在亿兆城女士们的头上、肩上，以及胸前，钻石的光芒四射。只有在她们彼此之间，争奇斗艳才显得有点儿意思。不过，尽管科弗利夫人和坦克顿夫人的服饰令人眼花缭乱，但是，在这两位面前，谁敢贸然评判？至于西律斯·比克斯塔夫，他正在焦虑不安地在模范岛两大阵营之间寻求平衡，这个时候，肯定一言不发。

在礼节性的瓜德利尔舞[①]环节，上场的舞伴有塔希提女王和她神态庄严的丈夫、西律斯·比克斯塔夫与科弗利夫人、海军准级与坦克顿夫人、西姆科准将与女王的首席礼官女士。与此同时，其他的四对舞伴的组成，则根据双方的爱好与兴趣，混合编组。所有舞伴的表现均极为精彩。不过，塞巴斯蒂安·佐恩却躲在一边，那神态，即使说不上抗拒，至少也是轻蔑。犹如著名油画《堕落》[②]里的那两位相互埋怨的罗马人。然而，伊

[①] 瓜德利尔舞，亦称四对舞或四对方舞，是一种欧洲宫廷舞，盛行于19世纪。
[②] 《堕落》是法国学院派画家库图尔（1815—1879）的油画作品，该画现收藏于巴黎奥赛博物馆。

弗内斯、潘希纳，还有弗拉斯科林却与最漂亮的塔希提女士们，以及模范岛最美丽的姑娘们携手共舞，跳了华尔兹①，再跳波尔卡②，然后又跳玛祖卡③。如果说这晚之后，民政部门的雇员将因此增加若干工作量——那是因为，舞会不知促成了多少姻缘，谁知道呢？

另外，一个偶然的机会，让沃尔特·坦克顿与科弗利小姐成为四对舞的舞伴，所有人是否因此大吃一惊？这个偶然的机会，是不是具有精明外交头脑的总监，运用了高明手段而促成？甭管怎么说，这件事成为当天的头等大事，如果，它标志着两大强势家庭和解的第一步，也许，将产生重大后果。

在大草坪上，施放了焰火，随后，公园和市政厅里的舞会重新开始，通宵达旦。

这是一次令人难忘的庆典，关于它的美好记忆，将在模范岛长久流传，直至将来——希望如此。

第三天，模范岛结束停泊，一大早，西姆科准将下达了起航的命令。如同欢迎机器岛抵达一样，各处礼炮轰鸣，向机器岛道别。与此同时，模范岛的大炮也一声接着一声，向塔希提和分舰队回答致敬。

模范岛的航向为西北方，以便遥望浏览这座群岛的其他岛屿，首先是背风群岛，然后是向风群岛。

---

① 华尔兹又称圆舞曲，是生命力非常强的自娱舞形式。
② 波尔卡是一种捷克民间舞蹈，节奏活泼跳跃。
③ 玛祖卡原为波兰的民间舞蹈，其形式现仍保留在许多芭蕾舞舞剧中。

与模范岛最美丽的姑娘们携手共舞。

模范岛顺着茉莉雅岛风景如画、蜿蜒曲折的海岸行驶,岛上山峰林立,主峰位于岛中央,山尖直刺青天;赖阿特阿岛,也就是那座"神圣岛",它曾经是抚育土著国王的摇篮;波拉波拉岛,一座上千米的高峰俯瞰这座岛屿;然后是一系列小岛,包括:莫图伊蒂、马佩塔、图布艾,以及马努岛,这些小岛呈环形分布,犹如塔希提伸入这些海域的链条。

11月19日,夕阳即将没入海平线之际,塔希提群岛最后一簇山巅的身影消失了。

此刻,模范岛的航向对准西南方——通过电报传送,这个航向被标识在娱乐场橱窗里展示的地图上。

此刻,沙罗船长双眼射出阴暗的火光,露出凶残的神情,正在用一只充满威胁的手,给自己的马来亚同伴指点前往西方新赫布里底群岛的航路,那儿距离此地还有1200里[①]。任谁看到这一幕,定然触目惊心。

---

① 此处为法国古里,1古里约合4千米,1200里,约合4800千米。

下 部

第一章 在库克群岛

自从离开马德莱娜海湾，六个月以来，模范岛在太平洋上遨游，从一个群岛驶往另一座群岛。在这趟出色的航行中，迄今没有发生过任何事故。在一年当中的这个时间段里，热带地区的海域风平浪静。在南北两个回归线之间，信风一如既往地吹拂海面。另一方面，有时候，也有狂风大作，或者暴风雨来临的时刻，机器岛的身躯极为坚固，它承载的亿兆城，以及两座港口、公园和田野，面对狂风暴雨毫发无损，纹丝不动。狂风吹过，暴雨停歇，太平洋瑰宝依然漂浮在海面，安然无恙。

在这样的环境里，如果还有什么值得担忧，那就是生活过于单调，平淡无奇。不过对此，我们的几位巴黎佬早已安之若素。在一望无垠的荒凉大洋上，一座座绿洲接踵而至——诸如已经拜访过的一系列群岛，包括桑威奇群岛、马克萨斯群岛、帕摩图群岛、社会群岛；也包括模范岛掉头北上之前，即将拜访的群岛，诸如库克群岛①、萨摩亚群岛②、汤加

---

① 库克群岛位于南太平洋法属波利尼西亚与斐济之间，由15个岛屿组成，首都是阿瓦鲁阿。
② 萨摩亚群岛位于中太平洋南部，距新西兰东北约2600千米，共有大小岛屿12个，总面积3144平方千米。

群岛①、斐济群岛②、新赫布里底群岛，也许还有其他群岛。这些停泊地各不相同，提供了许多探访猎奇的机会，尤其在了解土著人种方面，让人充满期盼，兴趣盎然。

对于四重奏乐队来说，即使闲暇无聊，又有啥可抱怨的？难道他们敢说自己与世隔绝了吗？连接两个大陆的邮政系统不是一直在正常运行？不仅运送石油的轮船几乎定期给模范岛送货，以满足发电工厂的需求，而且，每隔不到半个月，总会有轮船驶抵右舷港，或者左舷港，卸下各式各样的货物，包括各种新闻，以及传闻，满足亿兆城市民们的娱乐需求。

无须赘言，支付给艺术家们的薪酬总能准时兑现，充分证明模范岛公司的财源滚滚，永不枯竭。成千上万美元落入他们的口袋，他们如果善于存钱，定将发财致富，并且在合同到期之后，变得极为富有。演奏家们从未获得这般大丰收，回想起在美利坚合众国的巡演经历，他们不禁对当初"相对微薄的收入"颇感遗憾。

"你看，"某一天，弗拉斯科林对大提琴手说道，"你对自己关于模范岛的不利预言感到后悔吗？"

"不后悔。"塞巴斯蒂安·佐恩回答道。

"可是，"潘希纳补充道，"这趟旅行结束后，我们的口袋将撑得鼓鼓囊囊！"

---

① 汤加群岛位于太平洋西南部，由170多个大小岛屿组成，陆地面积747平方千米。
② 斐济群岛位于南太平洋，由332个岛屿组成，多为珊瑚礁环绕的火山岛。

"有了一个鼓鼓囊囊的钱袋还不够,还得有把握把钱袋扛走才算数!"

"那么,你觉得没有把握吗?"

"没有。"

对此,还有啥好说的?其实,对这个钱袋,实在没有什么好担心。因为每个季度的薪酬都以汇票的形式寄往美国,进入了纽约银行的指定账户。因此,最好的应对方式,就是把这位冥顽不化的家伙晾到一边,任其满腹狐疑,自怨自艾。

事实上,前途从未显得如此光明。看起来,两个街区的对抗正在进入缓和期。西律斯·比克斯塔夫和他的副手们应该为此额手相庆。自从那晚"在市政厅舞会上发生那件大事儿"之后,总监忙得不亦乐乎。是的!沃尔特·坦克顿与蒂·科弗利小姐一起跳过舞!是否可以由此断言,这两个家庭的关系有所缓和?有一点确切无疑,那就是,杰姆·坦克顿和他的朋友们不再谈论如何把模范岛变成一座工业和贸易岛。最后,在上流社会,对于舞会上的那个意外事故,人们议论纷纷。一些目光敏锐的人意识到,两家的亲近,也许不仅仅是亲近,而且可能变成两家的结合,从而让这场涉及公私恩怨的冲突彻底终结。

如果,上述预言能够实现,这对儿天造地设的年轻男女,可望有情人终成眷属,对此,我们应该抱有足够的信心。

毫无疑问,面对可爱的蒂·科弗利小姐,沃尔特·坦克顿不可能无动于衷,倾慕之心早在一年前就萌生了。由于形势所迫,他没有向任何人透露过自己的感情秘密。蒂小姐猜出了个中奥秘，心领神会，并且被对方的审慎态度所打动。甚至也许，她的内心比谁都更清楚，那么，这颗心准备对沃尔特的心思投桃报李吗？……然而，她并未流露一丝一毫。在自尊心的驱使下，以及面对两家分道扬镳的局面，她不得不有所保留。

然而，通过观察就能发现，尽管在第十五大道府邸，或者在第十九大道府邸，不时发生争吵议论，但是，沃尔特和蒂小姐从来不会参与。每当执拗的杰姆·坦克顿大发脾气，猛烈抨击科弗利那帮人的时候，他的儿子总会垂下头，一言不发，默默走开。同样，每当纳特·科弗利针对坦克顿那帮人大发雷霆的时候，他的女儿也会双目低垂，美丽的脸颊变得苍白，然后，徒劳无功地试图转变话题。对此，杰姆·坦克顿与纳特·科弗利同样，全然没有察觉，做父亲的共同天性，让他们对子女视而不见。但是——至少，卡利斯图斯·蒙巴尔确信——科弗利夫人和坦克顿夫人还不至于如此眼瞎。做母亲的不可能对此视若无睹。对自己孩子的情感世界，她们始终胆战心惊，因为，她们知道，这件事儿无药可医。事实上，两位母亲心里十分清楚，两个对手相互厌恶，为了争夺优先权，他俩的自尊心不停受到伤害，在这样的形势面前，根本不可能和解，更不可能结成亲家……然而，沃尔特与蒂小姐倾心相爱……他俩的母亲心知肚明，却不敢捅破这层窗户纸……

已经不止一次了，小伙子被劝告，让他挑选、迎娶一位左舷街区的姑娘。左舷街区也不乏可爱的姑娘，而且家教良好，经济状况与他几乎不相上下，其家里人也很愿意结这门亲事。

沃尔特的父亲对此的态度十分明确，母亲也同样，不过态度不那么积极。沃尔特借口自己不想结婚，始终予以拒绝。不过，曾经在芝加哥做过生意的父亲根本不听儿子这一套。如果一个人背负着亿兆身家，他就不应该是个单身汉。如果他儿子在模范岛上找不到可心的姑娘——当然是在他的那个圈子里——那好吧！那就让他出门旅行，让他跑遍美洲，或者欧洲！……凭着他的姓氏，他的财富，更别说他的俊俏人品，得有多少姑娘等着让他挑选，——即使他想娶一位拥有皇室，或者王室血统的公主，也不在话下！……杰姆·坦克顿就是这么说的。可是，每次，做父亲的把儿子逼到墙角，催他去国外找个媳妇时，沃尔特总是拒绝翻过这堵墙。于是，有一次，沃尔特的母亲对他说道：

"我亲爱的孩子，在这儿，是不是有你看上的姑娘？……"

"我的母亲，是的！"他回答道。

然后，坦克顿夫人并未追问这个姑娘姓甚名谁，沃尔特也就没有直言相告。

在科弗利家里，情况几乎相同，这位新奥尔良的前任银行家希望女儿出嫁，毫无疑问，他想从经常来府邸做客的优秀年轻人当中挑选乘龙快婿。如果他们当中没有女儿心仪的对象，那好吧，父母亲可以陪她去国外……他们可以遍游法国、意大利、英国……蒂小姐则回应称，她不想离开亿兆城……她更喜欢待在模范岛……她别无所求，就希望留在这里……对于女儿的回答，科弗利先生没弄清楚个中缘由，并未因此感到不安。

另一方面，与坦克顿夫人询问沃尔特的方式不同，科弗利夫人没有直截了当提出同样问题，这也在情理之中，而且，可以猜想，蒂小姐也不敢如沃尔特那般坦率回答——即使是面对自己的母亲。

以上就是这件事情的现状。自从这俩年轻人确认了对方的真实情感，虽然他们相互眉目传情，但却从未交谈过一句话。小伙子和姑娘也会相遇，但都是在正式场合，在西律斯·比克斯塔夫举行的招待会上，以及亿兆城的名流们为了维持自己的社会地位，不得不出席的各种仪式上，他俩才有机会碰面。而且，在这种场合，沃尔特·坦克顿与蒂·科弗利小姐都要极度谨慎，因为此时，稍有疏忽，就可能导致令人不快的后果……

在总裁举办的那场舞会上，发生了令人难以相信的事故，由此产生的后果，实在难以评估——对于这桩事故，善于夸张的人认为，那就是一桩丑闻，而且，第二天必然传遍全城。至于事故产生的原因，却是再简单不过。当时，总监邀请蒂小姐跳舞……然而，在四对舞开始的时候，他却不在那个位置上——哦，这个狡猾的蒙巴尔！……于是，沃尔特·坦克顿出现在了那里，与此同时，年轻姑娘也接受了对方作为自己的舞伴……

这件事在亿兆城的社交界引起极大反响，各方对此做了各式各样的解读，有些解读模棱两可，有些解读主观武断。坦克顿先生不得不询问自己的儿子，科弗利先生同样就此询问了自己的女儿。然而，蒂小姐做出了何种解释？……沃尔特又是如何作答？……科弗利夫人与坦克顿夫人是否介入了此事，她们介入的结果又如何？……对此，即使卡利斯图斯·蒙巴尔拥有极其敏锐的嗅觉，以及精致入微的外交才华，却也毫不知情。为此，当弗拉斯科林就此向他提出咨询时，作为回答，总监也只能眨了眨右眼——这个回答等于没有答复，因为他确实一无所知。有意思的是，自从那个令人难忘的日子之后，每当沃尔特在散步时遇见科弗利夫人和蒂小姐，总会毕恭毕敬地弯腰致意，与此同时，年轻姑娘和她的母亲也报以还礼。

如果相信总监的话，这迹象表明事情大有进展，"此乃跨向未来的重大一步"！

11月25日上午，发生了一起海上事件，不过，这件事与机器岛上两个重要家庭的现状并无任何关系。

当天破晓时分，观象台的瞭望船员报告，发现好几条远洋轮船，正在朝西南方向航行。这些轮船呈纵队行驶，相互之间保持一定距离。看上去，它们应该是太平洋舰队的一支分舰队。

西姆科准将通过电报告知总裁，总裁命令，模范岛与这些军舰相互致意。

弗拉斯科林、伊弗内斯和潘希纳一同登上观象台的瞭望塔，欣赏这次国际性礼节交往过程。

他们把望远镜对准了那支舰队，一共四艘战舰，距离模范岛五至六海里。它们的桅杆上没有悬挂任何旗帜，因此，无法辨别这支舰队的国籍。

沃尔特总会毕恭毕敬地弯腰致意。

"没有任何标识显示其属于哪国海军吗？"弗拉斯科林向一位军官询问道。

"没有，"军官回答道，"不过，根据外观，我宁愿相信这些军舰属于英国。此外，在目前这些海域，除了英国、法国，或者美国舰队，很少碰到其他国家的舰队。甭管它们是谁，当对方接近到一两海里范围时，我们都将辨认清楚。"

这些战舰以极慢的速度逐渐靠近，如果它们不改变航线，就将在数链的距离内经过模范岛。

一些好奇者拥向冲角炮台，兴致盎然地观看这些航行的军舰。

一个小时之后，这些军舰已经距离不到两海里，它们都是老式巡洋舰，配置了三根桅杆，与压缩了军用桅杆的现代军舰相比，这些老军舰显得高大威武。它们粗壮的烟囱吐出螺旋状浓烟，在西风的驱赶下，烟雾一直飘向海平线的尽头。

当这些军舰抵近到一海里半的距离时，军官已经可以确认，它们隶属于英国西太平洋舰队，在这片海域，大英帝国拥有若干群岛，或者拥有对它们的保护权，诸如：汤加群岛、萨摩亚群岛，以及库克群岛。

军官已经准备升起模范岛的旗帜，就是那面绣着金色太阳的薄绸旗帜，让它在风中飘扬。大家等待对方舰队的旗舰表达敬意。

十来分钟过去了。

"如果对方是英国人，"弗拉斯科林提醒道，"他们才不着急

军官已经准备升起模范岛的旗帜。

表达敬意!"

"有什么办法?"潘希纳回答道,"一般来说,约翰牛的礼帽都是用螺丝固定在脑袋上,要想把螺丝旋松,那得需要相当长时间。"

那位军官耸了耸肩膀。

"这些的确是英国人,"他说道,"我了解他们,他们不会致意的。"

确实,在领头的军舰后桅杆上,始终不曾升起任何旗帜。舰队驶过去了,对机器岛视若无睹,仿佛它根本就不存在。其实,在英国人看来,这个机器岛凭什么在此地现身?它有什么权利在太平洋的这片海域横行?而且,英国人历来反对建造这个庞大的机器,这个玩意在这片海域游荡,增加了船只碰撞的机会,阻断了正常的航线,既然如此,英国人凭啥要用正眼瞧它?……

这支舰队逐渐远去,就像一位缺乏教养的先生,在摄政街①,或者海滨大街的人行道上,拒绝与熟人打招呼。与此同时,模范岛的旗帜也始终躺在旗杆脚下。

在模范岛的城市和港口,对于英国人的傲慢行为,人们无不议论纷纷,斥责这个背信弃义的阿尔比恩②,并且想当然地把它视为当代的迦太基③。人们很快决定,如有必要,从此,对任

---

① 摄政街位于英国首都伦敦西区,是著名商业街,也是伦敦城市文化的象征。
② 阿尔比恩是古希腊神话人物,海神波塞冬之子,在大不列颠岛上建立自己的统治,被视为英国的始祖,也是英国的代名词。
③ 迦太基帝国是腓尼基人于公元前8世纪在北非建立的城市国家,曾称霸西地中海,后被罗马共和国灭亡。

307

何英国的致意,均不予答复,——尽管这个假设纯属多此一举。

"与我们的舰队抵达塔希提的情形相比,简直是天壤之别。"伊弗内斯大声叫道。

"那是因为,"弗拉斯科林反诘道,"法国人来自礼仪之邦……"

"此话言之有理!①"殿下补充道,边说边用优雅的手势打着节拍。

11月29日上午,瞭望船员已经辨认出库克群岛第一批露出海平线的山峰,它们位于南纬20度与西经160度的交会点。这座群岛曾经被称为"曼贾群岛"和"哈威群岛",后来又被称为"库克群岛",因为库克船长曾于1770年登上该群岛,其下属岛屿包括:曼贾岛、拉罗汤加岛、瓦蒂姆岛、米蒂奥岛、赫维岛、帕墨斯顿岛、哈格迈斯特岛,等等。这里的居民已经从原来的2万人,减少到12000人。居民多为毛利人后裔,即波利尼西亚马来人,在欧洲传教士的影响下,居民已经改信基督教。这里的岛民极力维护自己的独立,对外来入侵者一贯给予强烈抵抗。在英属澳大利亚政府的治下,本地居民日益感受保护势力的影响——谁都知道保护意味着什么——尽管如此,他们仍然视自己为这座群岛的主人。

模范岛接近这座群岛的第一个岛屿,名叫曼贾岛,它是这座群岛最重要,也是人口最多的岛屿——实际上,也是这座群

---

① 原著里的这句话为意大利语。

岛的首府。按照航线规划，模范岛将在这里停泊15天。

潘希纳一直希望寻找真正的野人——就像《鲁滨孙漂流记》①里描述的野人，为此，他曾经遍访马克萨斯群岛、社会群岛，以及努库-希瓦岛，但始终徒劳无功。在库克群岛上，他是否能如愿以偿？这位巴黎佬的好奇心能否得到满足？他能否见到货真价实的食人生番，并且亲身体验一番？……

"我的佐恩老兄，"这天，他对自己的同伴说道，"如果连这儿都找不到吃人肉的家伙，那就无论在哪儿都找不到了！"

"我能够回答你的就是：此事儿与我何干？"这位四重奏乐队最难伺候的主儿反诘道，"不过，我还是要问你一句：为什么……哪儿都找不到了？"

"因为，这座岛屿名叫'曼贾②'，所以，这里居住的一定都是食人生番。"

于是，由于自己那讨厌的戏谑恶习，潘希纳差点儿挨了佐恩打来的一拳。

不过，甭管曼贾岛究竟有没有食人生番，殿下都不大可能与其产生交集。

事实上，当模范岛航行到距离曼贾岛仅剩1海里时，从岛屿港口驶出一条独木舟，来到右舷港的跟前。乘船前来的是个英国神父，一位普通的新教牧师，此人负责对群岛实施令人生

---

① 《鲁滨孙漂流记》是英国作家丹尼尔·笛福创作的一部小说，讲述主人公鲁滨孙出海遇难，漂流到无人小岛，并坚持在岛上生活的故事。

② 法语"曼贾"一词的发音，与"吃"一词谐音。

乘船前来的是个英国神父。

厌的暴政，其权力甚至超过当地酋长。在这座周长30英里的岛屿上，生活着4000名居民，岛屿土地得到精心耕种，大量栽培芋头、竹芋、以及薯蓣，其中，最好的土地归这位受人尊敬的牧师所有，同时，奥乔拉市最好的住所也是他的。奥乔拉是这座岛屿的首府，它位于一座山岗脚下，山岗上生长着面包果树、椰子树、杧果树、波罗蜜树，以及胡椒树，除此之外，还有一座花园，里面盛开着茶花、栀子花，以及牡丹花。这位牧师的势力很大，手下有一帮"米都安"，这些土著警察足有一个小队，在他们面前，曼贾岛的酋长们也毕恭毕敬。这些警察禁止岛民攀爬树木，禁止他们在星期天和节日期间打猎、钓鱼，甚至禁止在晚上9点钟以后出门散步，同时还规定，岛民购买消费物品，必须按照强制税率规定的价格。如果违反以上禁忌，一律课征皮阿斯特①现金罚款，——一个皮阿斯特约合5法郎，显然，罚款大多进入了那位一丝不苟的牧师的腰包。

　　这位牧师身材矮小，体态肥胖，他登上右舷港码头，港口官员迎上去，彼此相互致意。

　　"以曼贾岛国王及王后的名义，"英国人说道，"我谨向模范岛的总裁阁下转达国王陛下伉俪的致意。"

　　"我被授权接受上述致意，并向您表示感谢，牧师先生，"港口官员回答道，"我们的总裁期待亲自前往表达他的敬意……"

　　"阁下将受到欢迎。"牧师说道，他的神色奸诈，真切地流

---

① 皮阿斯特是货币名称，货币形式为银币。

311

露出狡猾与贪婪的本性。

紧接着,他又虚情假意地说道:

"我猜,模范岛的卫生检疫状况不会有什么问题吧?……"

"当然,没有任何问题。"

"不过,还是有可能出现几桩流行病例,譬如流行性感冒、斑疹伤寒,或者轻微的梅毒……"

"就连鼻炎都没有,牧师先生。请您给我们签发无疫证书,然后,一旦模范岛进入停泊位置,我们与曼贾岛之间就可以开展正常往来……"

"问题在于……"牧师回答道,"我还是有点儿犹豫不决,如果出现病症……"

"我再重复一遍,这里没有丝毫病症迹象。"

"这样说来,模范岛的居民很希望下岛登岸……"

"是的……就像最近他们在东边的那几座群岛一样。"

"很好……很好……"这个矮胖男人回答道,"您放心,他们肯定将受到热情接待,只要证实没有任何流行病……"

"一点儿都没有,我已经对您说过了。"

"如果这样,那就让他们下岛登岸吧……成群结队……本岛居民将给予他们最热情的欢迎,因为,曼贾人向来十分好客……只不过……"

"只不过?……"

"陛下伉俪已经接受酋长委员会的建议,决定在曼贾岛,以及群岛的其他岛屿,对外国人征收入境税……"

"征税？……"

"是的……两个皮阿斯特……您瞧，这点儿钱不算什么，……任何人登岛，都需缴纳两个皮阿斯特。"

显然，牧师就是这项建议的炮制者，至于国王、王后，还有酋长委员会，他们全都乐得接受这项建议，因为，税收中的很大一部分将会缴纳给陛下。由于在太平洋东部的各个群岛中，还从来没遇见过此类税收，港口官员不禁大感惊讶。

"当真吗？……"他问道。

"十分当真，"牧师断言道，"如果收不到这两个皮阿斯特，我们将无法允许任何人登岸。"

"很好！"港口官员回答道。

他再次向陛下表达敬意，然后走进电话室，向准将报告了上述建议。

埃塞尔·西姆科随即与总裁进行沟通。既然曼贾岛当局提出的要求明显是在无理取闹，机器岛是否还有必要在曼贾岛前停泊？

很快，答复就到了。经过与自己的副手们商议，西律斯·比克斯塔夫拒绝缴纳这项欺负人的苛捐杂税。为了不让贪婪的牧师因这项建议而获利，模范岛将不在曼贾岛，也不在这座群岛的其他任何岛屿前停泊，亿兆城的富翁们将动身前往临近海域，去拜访不那么贪婪，相对宽容的土著。

于是，机械师们接到命令，给那几百万匹蒸汽驱赶的马匹松开缰绳，这样一来，假如岛上真有食人生番，潘希纳也就错过了与可敬的食人土著握手言欢的乐趣。不过，他大可不必为此苦恼！在库克群岛，早已没有了人类彼此相食的习俗——也许，多少有点儿令人遗憾！

模范岛穿过大股海流，按照既定航线，驶向北方，那里有呈链状分布，彼此相邻的四座岛屿。海面出现许多独木舟，有些独木舟做工精细，还配备了帆缆索具；还有些独木舟很简陋，就是用树干挖空而成。不过，这些独木舟上载着勇敢的渔夫，在这片海域里，他们冒险追逐那些数量众多的鲸鱼。

这些岛屿植被茂密，土壤肥沃，大家都知道，英国把这些岛屿置于自己的保护下，就是等着有朝一日，把它们纳入自己在太平洋的所属领地。眺望曼贾岛，只见岛屿岸边岩石堆积，周围一圈珊瑚环礁，岛上房屋的外墙涂了一层珊瑚石提炼的生石灰，雪白的颜色令人眼花缭乱。山岗丘陵起伏，铺满墨绿色的热带植被，海拔高度最多不超过200米。

第二天，西姆科准将看到耸立的山峰，茂密的树林一直生长到山巅，他辨认出，那就是拉罗汤加岛①。在岛屿中央，耸立着一座高达1500米的火山，山上树木茂密，高大的老树拱卫着山巅。在大片丛林中，一座拥有哥特式②窗户的白色建筑物突兀显现。这是一座新教礼拜堂，周围是大片茂密的枫树林，一直蔓延到海滨。这里的树木高大，枝丫挺拔，树干扭曲盘延，它

---

① 拉罗汤加岛是库克群岛面积最大的岛屿，也是人口最多的岛屿，为一座椭圆形火山岛。
② 哥特式建筑是欧洲一种兴盛于中世纪中末期的建筑风格，其建筑特色包括尖形拱门、肋状拱顶与飞拱。

们的枝杈歪歪斜斜、扭曲变形，树皮凹凸不平，好像生长在诺曼底地区①的老龄苹果树，或者普罗旺斯地区②的苍老油橄榄树。

拉罗汤加岛商业贸易全部集中掌握在"德国大洋洲公司"手里，岛上那位负责引导拉罗汤加岛民灵魂的牧师与这家德国公司利益均沾。也许，这位令人尊敬的牧师与他那位曼贾岛的同行不一样，并未实施这项针对外国人的税负？也许，亿兆城市民可以不必掏腰包就能登岸，前去向两位女王表达敬意？这两位女王，一位住在阿罗格纳尼村，另一位住在阿瓦鲁阿村，她俩正为争夺王位闹得不可开交。不过，西律斯·比克斯塔夫认为，这座岛屿并不适宜登陆，他的意见得到了名人委员会的赞同，因为，这些名流已经习惯了被人奉为上宾，享受国王巡游般的待遇。总之，对于遭受愚蠢的英国教徒统治的本地土著来说，这次白白错过了机会，因为，模范岛名流们的腰包里有的是金钱，根本不在乎几枚皮阿斯特。

这一天的黄昏时分，从模范岛望去，只能看到矗立的火山山巅，好像海平线上的一幅剪影。

成千上万只海鸟犹如不速之客从天而降，在模范岛上空飞来飞去；然而，随着夜幕降临，它们纷纷张开翅膀，飞落到海浪不停拍击的小岛上，这些小岛屿分散在这座群岛的北边。

---

① 诺曼底地区位于法国西部，北滨英吉利海峡。
② 普罗旺斯地区位于法国东南部，毗邻地中海，和意大利接壤。

此时，在总裁的主持下，一场会议正在举行，会议主题是修改航行路线。模范岛正在穿越英国势力占压倒优势的海域，沿着南纬20度线，继续向西航行。这条航线是预先确定的，也是驶向汤加群岛和斐济群岛的必经之路。然而，在库克群岛发生的一切，实在太令人扫兴。因此，如果改道驶往新喀里多尼亚群岛①，以及洛亚蒂群岛②，在这些法兰西领地，太平洋瑰宝将会受到法国人的礼貌接待，这样是否可行呢？另一方面，在12月的冬至日③之后，模范岛就将义无反顾地掉头驶往赤道地区。不过，这条航线将会远离新赫布里底群岛，按照原定方案，本应在那里把双桅小帆船的遇难船员，以及他们的船长送回家。

在审议新航线的过程中，那些马来亚人显得极度不安，这点完全可以理解，毕竟，如果改变航线的建议得到采纳，他们回家的路程将变得更为艰难。沙罗船长毫不掩饰自己的沮丧心情，甚至可以说是愤怒。如果有人听见他对自己那帮人说的话，肯定要对他恼怒的缘由产生怀疑。

"你们都看见了吧，"沙罗船长不断反复说道，"他们想要把我们扔在洛亚蒂……或者扔在新喀里多尼亚！……然而，我们

---

① 新喀里多尼亚群岛位于南太平洋，由新喀里多尼亚岛和洛亚蒂群岛组成，是法国的海外属地。
② 洛亚蒂群岛亦译罗亚尔特群岛，位于西南太平洋新喀里多尼亚东部，由乌韦阿、利富、马雷岛和附近小岛组成。陆地面积1970平方千米。
③ 冬至日是太阳直射点北返的转折点，这天过后，太阳直射点开始从南回归线向北移动。

的朋友却在埃罗芒阿岛①等着我们。……白瞎了我们在新赫布里底的精心设计！……难道，这票大财要从我们手边溜走？……"

这些马来亚人真够幸运——模范岛却很不走运——改变航线的建议没被采纳。亿兆城的名流们很不喜欢自己的习惯被人改变。按照马德莱娜海湾出发时确定的方案，此行一切照旧。只不过，原定在库克群岛停泊15天时间，会议决定改为驶往萨摩亚群岛，为此，模范岛将朝西北方向行驶，并在此之后抵达汤加群岛。

那帮马来亚人获悉这个决定后，难以掩饰自己的满意心情……

无论如何，既然名人委员会决定不放弃原定路线，仍旧把他们送回新赫布里底，难道他们不该为此欣喜若狂吗？太应该了。

---

① 埃罗芒阿岛位于瓦努阿图群岛的南部，是瓦努阿图群岛的第四大岛屿，面积约892平方千米。

第二章　拜访一座又一座岛屿

如果说，自从右舷区与左舷区的关系有所缓和，模范岛的海平线终于变得晴朗；如果说，对立情绪的改善得益于沃尔特·坦克顿与蒂·科弗利小姐彼此相爱的感情；最后，如果说，总裁与总监终于可以相信，模范岛的未来不会因内部分裂而遭受池鱼之殃；那么，太平洋瑰宝面临的生存威胁并未因此减小，它将很难逃脱一场酝酿已久的灾难。随着机器岛逐渐向西航行，它正在接近那片即将给它带来灭顶之灾的海域，而这场罪恶阴谋的始作俑者，不是别人，正是沙罗船长。

事实上，这帮马来亚人当初来到桑威奇群岛并非偶然。那条双桅小帆船停泊在火奴鲁鲁，就是为了等候模范岛大驾光临，因为，那个时候正是机器岛每年来访的季节。在模范岛驶离的时候，双桅小帆船紧随其后，在不会引起怀疑的距离内航行追踪，制造船难事故，让船员和船长被搭救登上模范岛，并因此被接纳成为岛上的乘客，再后来，借口求人家送自己回家，引导机器岛驶往新赫布里底，以上就是沙罗船长的如意算盘。

我们已经知道，这个计划的第一部分如何得以实施。双桅小帆船遭遇的碰撞事故纯属瞎编，在抵近赤道的那会儿，根本没有轮船碰撞到这条帆船。那条双桅小帆船是被马来亚人自己凿沉的，而且，他们凿船的时候，设法让帆船依旧漂浮在海面，随时可以沉没，然后发出求救的炮声，一直等到救援汽艇赶来，待全体船员被搭救之后，随即让帆船沉没。如此一来，碰撞事故就不会引起怀疑，因为，一条刚刚沉没的帆船的水手们，沦落成为遇难人员，没人会对此产生怀疑，而且，被救的遇难者必然会被施救者收留。

说实话，也许，总裁并不乐意收留他们？也许，相关规则不允许收留外人，并且允许他们在模范岛逗留？也许，模范岛当局会做出决定，让他们在最近的群岛下船登岸？……这些全都需要凭运气，而且，沙罗船长也试了试自己的运气。结果，根据模范岛公司的积极回答，模范岛当局做出决定，允许帆船的海难者们留下来，并且同意把他们送回新赫布里底。

于是，事情继续发展。已经四个月了，沙罗船长与他那十名马来亚人生活在机器岛上，自由自在。他们跑遍了整个机器岛，探究了它的所有秘密，没有忽略任何细节。事情正在按照他们的意愿发展。有那么一阵儿，他们十分担心名人委员会改变航行路线，他们担心极了——甚至让人不禁心中生疑！十分幸运，航行路线未做任何修改，计划照旧实施。只需再等三个月，模范岛就将抵达新赫布里底群岛海域，而且，就在那里，将要发生一场史上空前的灾难，一次无与伦比的海难事故。

对于航海家们来说，新赫布里底群岛是个充满危险的地方，不仅因为那里暗礁遍布，海流汹涌，还因为那里的部分居民天性凶残。自从奎洛斯[①]于1706年发现这座群岛之后，布干维尔于1768年，库克船长于1773年，先后来这里进行勘测。这里曾经发生过极其凶残的屠戮，恶名昭著。塞巴斯蒂安·佐恩一向担心模范岛的海洋之旅不得善终，也许，他的担心不无道理。卡纳克人、巴布亚人[②]、马来亚人，他们在这里与澳大利亚的黑人杂居，一贯背信弃义、胆怯残忍、对任何文明一律排斥抵触。这座群岛的几座岛屿已经成为海盗的真正巢穴，那里的居民完全以海上劫掠为生。

沙罗船长的祖籍是马来亚人，本人既是一名海盗，也是一名捕鲸者、制鞋匠人，还是个黑奴贩子。曾经有一位海船医生到过新赫布里底群岛，据他观察，沙罗船长参与的海盗团伙在这片海域横行霸道。此人果敢刚毅，胆大妄为，习惯奔波于各个充满凶险的群岛，对自己从事的行当经验丰富，不止一次指挥过血腥的出征。他心狠手辣，在西太平洋的这一带海域，沙罗算得上臭名昭著。

然而，就在几个月前，沙罗船长和自己那帮同伙，与埃罗芒阿岛的居民合谋，准备干一票大案，这个埃罗芒阿岛是新赫布里底群岛的一座岛屿，那里的居民心狠手辣，血债累累。至于这票大案，如果干成了，足以让他们到自己喜欢的任何地方，

[①] 资料显示，奎洛斯发现新赫布里底群岛的时间为1606年。请参阅本书上部第十三章相关注释。

[②] 巴布亚人是太平洋西部新几内亚岛及其附近岛屿上的土著民族。

过上体面的生活。他们久闻机器岛的大名,从去年开始,这座人工岛就在两个回归线之间往返。他们听说,那里有一座富裕的亿兆城,里面的财富数不胜数。然而,这座机器岛从来不曾冒险向西航行很远,既然如此,那就需要设法,把它吸引到这座野蛮的埃罗芒阿岛来。在这里,一切准备就绪,定要彻底摧毁这座模范岛。

另一方面,尽管得到临近岛屿土著们的帮助,这些新赫布里底岛民的人数仍然不足,因为必须考虑到,模范岛上居民人数众多,更何况它还拥有自卫能力。因此,根本休想从海面攻入模范岛,它可不是一艘普通商船,无法利用独木舟队发起接舷袭击。幸亏模范岛发扬人道主义精神,使得马来亚人有机可乘,而且丝毫不曾引起怀疑,模范岛终于将要驶抵埃罗芒阿岛海域……停泊在距离岛屿数链之遥的海面……数千名土著将要发起偷袭……他们将要把模范岛撞到岩石上……让它在岩石上粉身碎骨……然后实施抢劫与屠戮……事实上,这个恐怖的阴谋很有可能取得成功。模范岛好心款待了沙罗船长及其同伙,作为代价,亿兆城市民正面临一场灭顶之灾。

12月9日,西姆科准将驾驶模范岛抵达171度经线与15度纬线的交会点。在这条经线与175度经线之间,坐落着萨摩亚群岛。1768年,布干维尔曾经到访此地,此后,拉佩鲁兹[①]和爱德

[①] 让-弗朗索瓦·德·加拉普·拉佩鲁兹(1741—1788),拉佩鲁兹伯爵是法国著名航海探险家,也是法国太平洋探险队指挥官,在南太平洋的一次航海旅程中神秘失踪。

华兹先后于1787年和1791年来过这里。

首先出现于西北方向的是玫瑰岛——这是一座无人居住的小岛，根本不值得前往光顾。

两天之后，马努阿岛①出现在视野中，两座小岛屿拱卫在它的两侧，分别是奥洛塞加岛和奥富岛。马努阿岛上矗立着一座山峰，海拔高度为760米。尽管这座岛上有将近2000名居民，但是，它并不是这座群岛最值得关注的岛屿，因此，总裁并未下令在这里停泊。今后的15天时间，最好是在图图伊拉岛②、乌波卢岛③，以及萨瓦伊岛④度过，它们都是这座群岛最美丽的岛屿，而这座群岛本身的景色就高居诸群岛之冠。至于马努阿岛，它在航海史上颇有名气，实际上，就是在这座岛屿的马奥马海滨，库克船长的许多同伴丧失了生命，事情发生在那儿的一座海湾深处，这座海湾也以"屠杀湾"的名字而闻名于世。

马努阿岛与图图伊拉岛相邻，彼此相隔仅20来里⑤。12月14日至15日的夜间，模范岛接近了图图伊拉岛。这天晚上，四重奏乐队在冲角炮台附近散步，居然"嗅"到了这座岛屿，尽管距离它还有好几海里之遥。因为，空气中弥漫着极为芬芳的香气。

---

① 马努阿岛是萨摩亚东部的岛群。由塔乌、奥洛塞加和奥富等岛屿组成。陆地面积约60平方千米。
② 图图伊拉岛是东萨摩亚群岛的主岛，陆地面积137平方千米，其首府帕果帕果在岛屿南岸。
③ 乌波卢岛是萨摩亚两主岛之一，面积1125平方千米，首府阿皮亚位于该岛北部。
④ 萨瓦伊岛是萨摩亚最西端和最大的岛屿，面积1707平方千米。
⑤ 此处为法国古里，1古里约合4千米，20来里即80来千米。

"这不是一座岛屿，"潘希纳高叫道，"它简直就是一家披威商店①……是一座鲁宾工厂②……更是一座时髦的香料商店……"

"如果殿下您不反对，"伊弗内斯提醒道，"我更希望您把它比作一只香炉……"

"就算它是个香炉吧！"潘希纳回答道，并不想让同伴那充满诗意的遐思受到打击。

而且事实上，可以感受到，一股醉人的芬芳在海风的吹拂下，从波澜不惊的海上扑面而来。萨摩亚群岛的卡纳克人把这种沁人心脾的香精称为"穆苏伊"。

太阳升起的时候，模范岛在距离图图伊拉岛北岸6链远的海面上，沿着海岸航行。这里简直就像一座碧绿的花篮，或者，不如说更像是森林构成的层峦叠嶂。漫无边际，一直延伸到最远处的山巅，其中，最高的山峰超过1700米。几座小岛屿率先迎来机器岛，其中一座名叫阿努岛。数百条漂亮的独木舟拥来，上面坐着半裸的土著，个个体魄健壮。他们舞动着手中的木桨，用四分之二拍的节奏唱着萨摩亚民歌，争先恐后为机器岛护航。毫不夸张地说，那些船体狭长的小艇上面，每条都有五六十个桨手，他们动作整齐划一，完全能够驾船往来于远洋大海。我们这几位巴黎佬终于明白，为什么第一批到访此地的欧洲人，

---

① LT披威是一家法国传统香水工坊，创于1774年，被认为是法国第一家香水制造商。
② 鲁宾是法国18世纪最著名的香水制造家，"鲁宾"香水曾是法国王室御用香水，并广受欧洲皇室青睐。

把这些岛屿称作"航海者群岛"①。实际上,这个地方真正的地理学名称是"哈摩亚",或者更习惯的称呼是"萨摩亚"。

从西北向东南,如链条般依次排列着萨瓦伊岛、乌波卢岛,以及图图伊拉岛,在东南方,分布着奥洛萨加岛、奥富岛,以及马努阿岛。以上就是这座火山形成的群岛的主要岛屿。群岛的陆地总面积为2800平方千米,居民总数为35600人。也就是说,根据第一次人口统计的数据,这里的居民数量已经减少了一半。

必须知道,这些岛屿中的任何一座,其所具备的气候条件都可与模范岛的气候条件相媲美。这里的气温维持在26度至34度之间。7月和8月是这里最寒冷的月份,而最炎热的季节是在2月。譬如,从12月至4月,萨摩亚人要经受充沛雨水的沐浴,也就是在这个季节,狂风暴雨莅临这座群岛,而且极为频繁,酿成灾难。

至于这座群岛的贸易,一开始掌握在英国人手里,后来受到美国人的掌控,再后来又落入德国人手中。它的进口额可以达到180万法郎,出口额则为90万法郎。贸易涉及一些农产品,例如棉花,其产量连年递增;此外还有干椰肉,也就是晒干了的椰子果肉。

另外,说到这里的居民,他们起源于马来亚-波利尼西亚

---

① 法国航海家布干维尔于1768年抵达萨摩亚群岛,看到土著擅长制作独木舟,并在海上灵巧航行,赞叹不已,遂称此地为"萨摩亚群岛",意思是航海者群岛,这个名字一直被沿用至今。

人种，此外还有大约300来名白人，以及数千名来自美拉尼西亚诸岛屿①的劳工。自1830年以来，传教士们让萨摩亚人皈依了基督教，不过，他们依然保留了旧信仰的某些宗教习俗。在德国和英国的影响下，大部分本地土著成为新教教徒，不过，也有数千土著加入了天主教徒的行列，而且，主母会②修士们还在继续努力增加天主教徒的数量，以抵消盎格鲁-撒克逊人发展新教徒的热忱。

模范岛停泊在图图伊拉岛的南侧，正对着帕果帕果湾③锚地的出口。这儿是这个岛屿的真正良港，岛屿的首府名叫利昂，位于岛屿的中部。这一次，在西律斯·比克斯塔夫总裁与萨摩亚当局之间，没有发生任何不快。模范岛获得了自由上岸的许可。萨摩亚群岛的君主并不住在图图伊拉岛，而是驻跸在乌波卢岛，英国、美国和德国的驻扎官也都住在那座岛屿上。因此，正式的欢迎仪式就不再举行了。模范岛向一定数量的萨摩亚人颁发许可，允许他们参观亿兆城，以及城市的"周边地区"。至于亿兆城的市民，他们也一定会受到群岛居民的友好款待。

港口位于海湾深处，可以有效抵御大洋吹来的海风，同时，船舶进出海湾极为便利，就连军舰也时常来此停泊。

这一天，在第一批登岸的观光客中，我们理所当然地看到

---

① 美拉尼西亚群岛位于西南太平洋，美拉尼西亚人的体型稍矮，肤色黝黑，头发卷曲。
② 主母会亦称大名主母会，是天主教的一支，16世纪首创于巴黎，宗旨是教育贫穷女童，重视对青年妇女的教育和信仰培育。
③ 帕果帕果湾位于图图伊拉岛的南岸中部，是天然良港，也是美属萨摩亚首府所在地。

了塞巴斯蒂安·佐恩,以及他的三位同伴。陪同他们的还有总监,他想与艺术家们同行。与往常一样,卡利斯图斯·蒙巴尔依旧那么友善,情绪饱满。他听说有三四位名流组织了一次出游,准备携家眷乘坐新西兰种马匹牵引的车辆,前往利昂。而且,由于科弗利一家,以及坦克顿一家都要参加这次出游,也许,沃尔特与蒂小姐可能找到某种亲近的机会,对此,总监乐见其成。

在与四重奏乐队一起散步的时候,他谈起了这件大事,依着自己的秉性,禁不住兴奋莫名,激动不已。

"我的朋友们,"他反复说道,"我们正在目睹一场喜歌剧①……只需一个幸福的情节,剧情就将迎来大结局……譬如,一匹马受惊狂奔……一辆车倾覆翻倒……"

"或者,遭遇强盗袭击!……"伊弗内斯说道。

"全体游客惨遭屠杀!……"潘希纳补充道。

"而且,这一切即将发生!……"大提琴手用阴森森的嗓音低声号叫道,就好像在第四根琴弦②上拉出凄凉的哀乐。

"不,我的朋友们,不!"卡利斯图斯·蒙巴尔叫道,"别让情节发展到屠杀!……到不了这个份儿上!……只需一次令人可以容忍的事故,让沃尔特·坦克顿有机会搭救蒂·科弗利小姐的性命,这就足够了……"

---

① 喜歌剧是欧洲各国出现的轻松风格的新型歌剧,多表现日常生活场景,又分为法国喜歌剧、意大利喜歌剧、英国民谣剧,以及德国歌唱剧。

② 大提琴有四根琴弦,第四根是C弦,其声音低沉响亮。

"那样的话，还需要伴上一小段布瓦尔迪厄①，或者奥贝尔②的乐曲！"潘希纳边说，边用一只虚握的手掌，做出操纵管风琴③琴柄的动作。

"这样说，蒙巴尔先生，"弗拉斯科林回答道，"您一直都相信这桩婚事可以实现？……"

"岂止是相信，我亲爱的弗拉斯科林，我对这桩婚事朝思暮想！……为此，我心绪不宁！（这话听上去不太靠谱）……甚至为此日渐消瘦……（这话更是查无实证）。倘若这桩婚事告吹，我一定会伤心欲绝……"

"这桩婚事肯定能成，总监先生，"伊弗奈斯用预言家的口吻反诘道，"因为，上帝也不希望看到阁下您为此而香消玉殒……"

"上帝必将于心不忍！"卡利斯图斯·蒙巴尔回答道。

于是，他们一起走进一间土著人经营的小酒馆，在那里，他们喝了几杯椰果汁，品尝了美味可口的香蕉，然后共同举杯预祝新婚夫妇身体健康。

我们的巴黎佬们可算开眼了，在帕果帕果城里的街道上，以及围绕港口的树林里，到处都是萨摩亚的老百姓。这儿男人的身材中等偏上，黄褐色的皮肤，头颅浑圆、胸肌发达，四肢

---

① 弗朗索瓦-阿德里安·布瓦尔迪厄（1775—1834），法国作曲家，一生共写有四十多部歌剧，以喜歌剧最为出色。
② 雅克·奥贝尔（1689—1753）法国作曲家，作品包括歌剧、芭蕾舞，以及器乐。
③ 管风琴是气鸣式键盘乐器，能演奏丰富的和声，被誉为"乐器之王"。常作为宗教婚礼仪式的伴奏乐器。

共同举杯预祝新婚夫妇身体健康。

结实而有力，容貌温柔而开朗。也许，他们的手臂和胸膛上的刺青有点儿太多了，甚至，就连穿着树叶，或者野草编织的裙子下露出的大腿上，也布满了刺青。至于他们的头发，可以说是黑色的，有些是直发，有些则略显卷曲，视土著个人爱好不同而定。不过，人人头上都涂着一层白石灰，看上去好像披着一头假发。

"路易十五时代的野人！"潘希纳惊叹道，"只要给他们穿上衣服，带上佩剑，再套上马裤和长筒袜，穿上红色鞋跟的皮鞋，戴上插羽毛的帽子，挂上一个鼻烟盒，完全可以扮演凡尔赛宫的侍从贵族①。"

至于萨摩亚的女性，无论妇女还是年轻姑娘，全都和男人一样，身着原生态的服饰，她们的手和胸部都纹饰着刺青，头上戴着栀子花编织的花环，脖上挂着红色木芙蓉穿制的项链。欧洲人关于"航海者"的首次描述，充满了赞叹溢美之词，萨摩亚女人对此当之无愧——至少在她们年轻的时候。她们举止内敛，神态拘谨，甚至有点儿矫揉造作，她们容貌妩媚，面露微笑，用温柔悦耳的语声说道："卡洛法"，意思就是"您好"，令四重奏乐队情不自禁，神魂颠倒。

我们这几位游客很想做一次远足，或者不如说是做一次朝拜，于是，第二天，他们出发了，这趟旅行将让他们有机会从

---

① 侍从贵族是波旁王朝的宫廷侍从，在大仲马的《三剑客》里，对此有详细描述。彼时，宫中盛行戴假发。

岛屿的一侧海滨，一直穿越到另一侧海滨。一辆本地马车载着他们奔向弗朗萨海湾的对岸，这座海湾的名字勾起了艺术家们对法兰西的怀念之情①。在那里，矗立着一座白珊瑚构筑的纪念碑，纪念碑落成于1884年，碑体上镶嵌着一块铜牌，铜牌上镌刻着令人难忘的名字：朗格尔舰长、博物学家拉玛农，以及九位水手的名字——他们都是拉佩鲁兹的同伴——1787年12月11日，全体在此地遇害。

塞巴斯蒂安·佐恩与同伴们取道岛屿内陆返回帕果帕果。一路上，他们看到了壮观的茂密森林、交错纠缠生长的蔓生植物、椰子树林、野生香蕉树林，以及各类本地树种，都是制作高级细木器的上等原料！在田野里，伸展着大片芋头田、甘蔗田、咖啡种植园、棉花田，以及桂皮树种植园。到处生长着柑橘树、番石榴树、杧果树、鳄梨树，以及攀爬植物、兰科植物，还有乔木状的蕨类植物。由于此地雨量充沛，气候温暖，所以土壤肥沃，植物群落种类极其丰富。说到萨摩亚的动物种类，只有几种鸟儿，几种与人无害的爬行动物，至于本地的哺乳动物，只有一种小老鼠，算是啮齿动物类的唯一代表。

4天之后，12月18日，模范岛离开图图伊拉岛，可惜，总监殷切盼望的"巧遇事故"并未发生。不过，显而易见，两个敌对家庭之间的关系日趋缓和。

乌波卢岛距离图图伊拉岛不过区区12里②。第二天清晨，西

---

① 此处为双关语。法语"弗朗萨"一词与"法兰西"一词为同一词根。
② 此处为法国古里，1古里约合4千米，12里约合48千米。

姆科准将驾驶模范岛,保持四分之一海里的距离,依次驶过三座小岛:努图阿岛、萨姆苏岛,以及萨拉富塔岛,它们犹如三座游离的城堡,拱卫着乌波卢岛。西姆科准将极为灵巧地驾驭机器岛,下午时分,机器岛刚好停泊在阿皮亚[①]对面的海上。

乌波卢岛是这座群岛最重要的岛屿,居民多达16000人。德国、美国,以及英国的驻扎官都在这里驻跸,形成一个类似委员会的机构,以保护他们各自的国家利益。至于这座群岛的君主,他居住在位于阿皮亚海角东端的马里努王宫,"统治"着这座群岛。

乌波卢岛的景色与图图伊拉岛相仿;峰峦叠嶂,"天职峰"的山巅俯瞰全岛,山脉绵延伸展,犹如这座岛屿的"脊梁"。这儿的山峰都是熄灭的死火山,如今,覆盖着茂密的森林,遮天蔽日,直达昔日火山口。在这些山峰的脚下,伸展着平原和田野,一直连接到冲积带形成的海滨,在那里,热带植物繁密茂盛,物种丰富,奇特别致。

第二天,西律斯·比克斯塔夫总裁,以及陪同他的两名副手,还有几位模范岛名流乘船在阿皮亚港上岸。此行目的是拜访德国、英国和美利坚合众国的驻扎官,他们合伙组成类似市政府的机构,该机构掌握着这座群岛的行政管理大权。

当西律斯·比克斯塔夫一行前往驻扎官们的驻地时,与他们同船上岸的塞巴斯蒂安·佐恩、弗拉斯科林、伊弗内斯,以及

[①] 阿皮亚位于乌波卢岛北岸中部,是西萨摩亚首都和主要的港口城市。

潘希纳四人高高兴兴地前往观光市容。

首先,他们颇为震惊地看到,欧洲人的住房与卡纳克人的陈旧茅屋形成鲜明对照,商人们在欧洲人的房屋里开设零售商店,土著则固执地坚守自己的茅屋。这些茅屋极为舒适,适宜居住,总之,十分可爱。它们大多坐落在阿皮亚河两岸,屋顶低矮,优雅的棕榈树如遮阳伞般庇护着它们。

港口十分热闹,这里是整个群岛最繁忙的地方,"汉堡贸易公司"在这里拥有一支小船队,主要忙于萨摩亚与周围岛屿的海上贸易。

不过,如果说,英国、美国和德国的三国联盟在这座群岛拥有优越的影响力,那么,法国的影响力主要体现为天主教的传教士,他们声誉良好,忠诚献身,待人热情,在萨摩亚老百姓当中享有盛誉。四重奏乐队远远看到天职峰下有一座很小的教堂,其风格与新教礼拜堂的清教徒般朴实无华迥然不同,在小教堂的另一侧山坡上,矗立着一所学校,校园上方飘扬着一面三色旗①,看到这一幕,我们几位艺术家不禁心情舒畅,甚至感触良多。

他们朝学校方向走去,几分钟之后,在一所法国机构里,受到热情接待。对于来访的"法拉尼斯",——这是萨摩亚人对外国人的称呼——几位主母会修士报以同胞友情。这里,驻扎着三位神父,承担传教使命。在萨瓦伊岛,还有另外两位神父,

---

① 即法国国旗。

此外，在其他各个岛屿，还驻扎着一定数量的修道士①。

与修道院的院长交谈，实在令人兴趣盎然，更何况还是一位高龄长者，他在萨摩亚已经居住了很多年！对方也很高兴接待几位同胞，——更何况，——还是祖国的艺术家！众人边聊边品尝清凉解渴的饮料，这饮料是用修道院的秘方调制。

"那么，首先，"长者说道，"我的孩子们，不要以为我们这座群岛的各个岛屿尚未开化。在我们这里，你们找不到吃人肉的土著……"

"迄今为止，我们还没有遇到过食人生番。"弗拉斯科林强调道……

"为此，我们深感遗憾！"潘希纳补充道。

"怎么……你们为此感到遗憾？……"

"请原谅，我的神父，这是一个好奇的巴黎人的心声！他就喜欢探索地方特色！"

"噢！"塞巴斯蒂安·佐恩长叹一声道，"我们这位同伴一心想要见识食人生番。我们的旅行尚未结束，也许，我们有幸能遇见他们，而且数量超出你们的想象……"

"这是可能的，"修道院院长回答道，"在靠近西边群岛的地方，航海者们如果冒险前往新赫布里底群岛，或者所罗门群岛②，都必须极其小心谨慎。不过，塔希提群岛、马克萨斯群岛，

---

① 修道士，亦称修士，是天主教男修会中除神父以外的成员。
② 所罗门群岛位于太平洋西南部，由瓜达尔卡纳尔岛、新乔治亚岛、马莱塔岛、舒瓦瑟尔岛、圣伊萨贝尔岛、圣克里斯托瓦尔岛、圣克鲁斯群岛和周围许多小岛组成。

与修道院的院长交谈，实在令人兴趣盎然。

以及社会群岛,它们都与萨摩亚群岛一样,文明已经取得了很大进步。我很清楚,拉佩鲁兹的同伴们惨遭屠杀,这件事让萨摩亚人背负了天性残忍的恶名,甚至被诅咒为吃人肉的生番。然而,从那时以来,在基督教信仰的感化下,这里已经发生了极大变化!现在的本地土著已经文明开化,他们接受了一个欧洲式的政府,还有欧洲式的两院议会,而且不断进行变革……"

"按照欧洲模式?……"伊弗内斯疑问道。

"正如您所说,我亲爱的孩子,萨摩亚人也免不了发生政治冲突!"

"我们在模范岛上就听说了,"潘希纳回答道,"因为,我的神父,无人不知,这是一座众神庇佑的岛屿。我们本来以为,在这里能看到两个帝王家族之间的王朝战争……"

"事实上,我的朋友们,这里曾经发生过一场争斗,争斗的双方,一边是图普阿国王,他是这座群岛旧王族的后裔,也是我们尽量施加影响予以支持的一方;另一边是马利埃托阿国王,此人的背后是英国人和德国人。这是一场血流成河的争斗,特别是发生于1887年12月的那场大战。这些国王先后登基,又被废黜,最后,在三个强大势力的支持下,马利埃托阿宣布登基,而且,这件事完全符合柏林宫廷①的意愿……柏林!"

年迈的传教士嘴里吐出这两个字时,禁不住浑身抽搐了一下。

---

① 此处特指德意志帝国,又称德意志第二帝国(1871—1918)。

335

"你们看,"他说道,"迄今为止,德国人的影响力在萨摩亚占压倒优势。十分之九的可耕地都落到德国人的手中。在阿皮亚周边,在苏鲁法塔,他们从政府手中获得土地特许权,那个地方特别重要,位于港口附近,能够为德国战舰提供给养。快速射击的武器也是德国人弄来的……不过,所有这一切,也许终有结束的一天……"

"以有利于法国的方式结束?……"弗拉斯科林问道。

"不……获利的将是英国!"

"噢!"伊弗内斯叹道,"不是英国人,就是德国人……"

"不,我亲爱的孩子,"修道院长回答道,"必须看到,这当中有一个显著的区别……"

"那么,是马利埃托阿国王吗?……"伊弗内斯回答道。

"好吧,假如马利埃托阿国王再次被推翻,你们知道,觊觎王位,而且最有可能取而代之的人是谁吗?……是个英国人,他可是这座群岛最引人注目的人物之一,一个普通的小说家……"

"一位小说家?……"

"是的……罗伯特·路易斯·史蒂文森①,《金银岛》,以及《新天方夜谭》的作者。"

"看看,文学真能造就人才!"伊弗内斯高声叫道。

---

① 罗伯特·路易斯·史蒂文森(1850—1894),英国小说家,他于1890年在乌波卢岛购买土地定居,并于4年后于此地猝死。

"对于我们法国的小说家们，这可是学习的好榜样！"潘希纳反诘道，"嗯！左拉①如果成为萨摩亚的国王，那就是左拉一世……并且得到英国政府的承认，坐在图普阿和马利埃托阿坐过的王位上，而且，他的王朝继承了土著王朝的大统！……简直如梦如幻！"

修道院长又介绍了萨摩亚人的很多风俗细节，然后，他们结束了交谈。院长最后补充说道，尽管岛上居民多数皈依了新教的卫斯理宗②，但是似乎，天主教的影响也在日益扩大。布道教堂作为弥撒场所，已经显得太小了。学校也将于最近扩建。为此，他颇感欣慰。院长的客人们同样为此欢欣鼓舞。

模范岛在乌波卢岛前整整停泊了三天。

作为对法国艺术家莅临的回访，传教士们也登上了模范岛。大家陪同他们走访了亿兆城，这里的一切令他们赞叹不已。在娱乐场的大厅里，四重奏乐队为修道院长，以及他的同僚们演奏了固定曲目中的几个小段，这是理所当然，不是吗？神父感动得当场落泪，这位善良的老人十分喜爱古典音乐，然而，令人遗憾的是，即使在乌波卢岛的狂欢节期间，他也从来没有机会欣赏到古典音乐。

在启程离开之前，塞巴斯蒂安·佐恩、弗拉斯科林、潘希纳，以及伊弗内斯前去辞别主母会的传教士们，这一次，陪同

---

① 埃米尔·左拉（1840—1902），法国批判现实主义作家。
② 卫斯理宗是遵奉英国18世纪神学家约翰·卫斯理宗教思想的教会团体统称。基督教新教七大宗派之一。

他们前往的是仪态万方，端庄谦和的礼仪教授。双方相互道别的场面令人动容，——他们彼此相识不过数天，却从此再无相见之日。老人拥抱了他们，为他们祝福，艺术家们转身离开，心潮汹涌澎湃。

第二天，12月23日，天蒙蒙亮，西姆科准将操纵模范岛起航，在大队独木舟的簇拥下，机器岛驶向相邻的萨瓦伊岛。

萨瓦伊岛与乌波卢岛之间，仅仅隔着一道七八里①宽的海峡。不过，由于阿皮亚港位于岛屿的北岸，因此，模范岛必须顺着岛岸航行整整一天，才能抵达那道海峡。

根据总裁预定的路线，模范岛没打算环绕萨瓦伊岛航行，而是在它与乌波卢岛之间转变航向，掉头驶向西南方，前往汤加群岛。这样一来，模范岛就必须保持极慢的速度，因为它不想在夜间穿越这条水道，特别是因为，海峡两侧各有一座小岛，一个是阿波利尼亚岛，另一座是马诺诺岛。

第二天，天亮以后，在西姆科准将的指挥下，模范岛在两座小岛之间穿行，一边是阿波利尼亚岛，岛上只有250名居民，另一边是马诺诺岛，居民上千。这里的本地人素负盛名，被认为是萨摩亚群岛最勇敢，也是最善良的土著。

在这里，萨瓦伊岛美丽壮观的景色一览无遗。这儿的冬季，飓风、龙卷风，以及旋风肆虐，掀起滔天巨浪冲击岛屿，然而，萨瓦伊岛在花岗岩悬崖的拱卫下，岿然不动。岛上森林茂密，

---

① 此处为法国古里，1古里约合4千米，"七八里"，约合30来千米。

一座1200米高的死火山俯瞰全岛，星星点点的村落坐落在巨大棕榈树的华盖下，嘈杂喧闹的瀑布奔流而下，海边散布着深邃的岩洞，在海浪的冲击下，发出巨大回响。

据当地传说，这座岛屿是孕育波利尼西亚人的唯一摇篮，岛上11000名居民的血统最为纯正。这座岛屿曾被称为"萨瓦伊基"，即闻名遐迩的毛利人诸神居住的"伊甸园①"。

模范岛缓慢地驶离萨瓦伊岛，12月24日夜间，这座岛屿山峰的最后身影消失得无影无踪。

---

① 伊甸园是圣经中描绘的乐园，后世用以比喻幸福美好的生活环境。

第三章　御前音乐会

　　自12月21日以来，太阳依照天体视运动①的规律，在南回归线停住脚步，然后，再次开始向北方行进，把这片海域留给了气候恶劣的冬季，同时，给北半球送去夏天。

　　现在，模范岛刚好位于这个热带地区的南纬10度线左右，如果继续向南，驶往汤加－塔布诸岛②，就将抵达原定航线的纬度最南端，随后，机器岛将掉头踏上北返之路，并因此始终处于最适宜的气候环境中。的确，当太阳燃烧到它的天顶③时，机器岛无法逃脱一个异常炎热的时间段；不过，炎热的气候将得到海风的缓解，并且，随着机器岛逐渐远离散发热量的那个星球，气温亦将逐步回落。

　　在萨摩亚群岛与汤加－塔布群岛的主要岛屿之间，大约相

---

① 天体视运动是反映天体真运动的一种表面现象。例如，天体的周日运动，其实是地球绕轴自转的一种表面现象。而太阳每年巡天一周，则是地球绕太阳公转的表面现象。
② 汤加－塔布岛位于汤加群岛的最南端，是一个海拔仅10米的珊瑚岛，也是汤加最大的岛屿。此处作者用汤加－塔布代指汤加群岛。
③ 天顶，即头顶正上方的天球点。将观察点的铅垂线无限延伸后，向上于天球的交点称为天顶。

差8个纬度,也就是说,距离大约900千米。模范岛无须加快航速。在这片风景如画的洋面上,它大可闲庭信步,就像这里宁静的大气层,虽然偶尔也会遭到难得一见的暴雨袭扰,但雷雨转瞬即逝。对于模范岛来说,只需在一月上旬抵达汤加-塔布即可,在那里停留一个星期,随后起航驶往斐济群岛。从那里再出发,模范岛就将北上驶往新赫布里底群岛,在那里让马来亚船员们离开;然后,模范岛的冲角将对准东北方,驶向马德莱娜海湾,至此,它的第二次巡航功德圆满。

亿兆城的生活仍在继续,气氛平静如常。就像欧洲,或者美国的大城市一样平稳运行,——通过运货轮船,或者电报电缆,与新大陆的通信从未间断,按照习惯,各家相互走动,两大敌对街区的缓和气氛有增无减,大家仍旧散步、玩耍,四重奏乐队的音乐会永远受到爱好者们的追捧。

圣诞节到了,无论对于新教教徒,还是天主教教徒来说,耶诞节①都是一个重要节日,在礼拜堂和圣玛丽教堂,以及各处公共建筑、旅馆,乃至商业街区的商店里,到处举行盛大华丽的庆典。隆重的庆典让模范岛沉浸在节日的氛围中,从圣诞节那天开始,延续一周时间,直至1月1日才结束。

在此期间,模范岛的报纸,包括《右舷记事报》,以及《新先驱报》,纷纷给自己的读者献上关于岛内,以及岛外的最新报

---

① 耶诞节即圣诞节,亦称"基督弥撒",是基督教历法的一个传统节日,也是基督徒庆祝耶稣基督诞生的日子。

道。其中，有一条新闻，被这两家报纸同时刊载，引得大家议论纷纷。

事实上，在12月26日的那期报纸上，读者看到一则消息：马勒卡利亚国王拜访了市政府，并且得到总裁的接见。陛下的这次拜访出于何种目的？……何种动机？……各种流言蜚语传遍了全城，而且充满了荒诞无稽的猜想。不过，第二天，两家报纸都刊登了有关此事的正面报道。

马勒卡利亚国王申请在观象台得到一个职位，而最高行政当局立刻就接受了他的申请。

"当然啰，"潘希纳大声说道，"也只有住在亿兆城，才可能看见这种事情！……一位君王，盯着眼前的望远镜，窥伺地平线上的星星！……"

"这是一颗落到地面的星星，正在问候悬挂在天穹上的诸位兄弟！……"伊弗内斯回答道。

这则消息千真万确。那么，究竟什么缘故，让这位陛下非要获得这个职位呢？

这是一位好国王，是马勒卡利亚的君主，他的妻子是一位好王后，也是一位好妻子。在欧洲的一个中等国家，他们曾经尽心尽力，恪尽职守。他们知识渊博，宽容开放。尽管他们的王朝属于古老大陆历史最悠久的王朝之一，但他们从不认为君权神授。国王拥有丰富的科学知识，喜欢欣赏艺术作品，尤其喜爱音乐。他不仅学富五车，而且贤明旷达，对欧洲君主制的未来洞若观火。因此，一旦他的子民觉得不再需要他时，国王

一位君王，盯着眼前的望远镜。

随时准备离开自己的王国。他没有王位的直接继承人，因此，对自己的家族并无愧疚之意。当他觉得是时候离开自己的王位时，就会摘下自己的王冠。

三年前，这个时刻来临了。不过，在马勒卡利亚王国并未发生革命，或者至少，没有发生流血革命。通过一项公议，国王陛下与臣民之间解除了隶属关系。国王变成了庶民，而他的臣民则成为公民。国王轻车简从，以普通旅行者的身份，购买了火车票，留下自己的国家，任其改朝换代。

国王此时年届六十，年富力强，身体颇为强健——甚至比他原来的那个王国费尽心机想要维持的状态还要好。不过，他的王后身体却很虚弱，迫切需要寻找一个地方，让她免遭恶劣气候的袭扰。然而，要想找到一处气候稳定不变的地方，除了模范岛，很难找到第二处。因为，如果在不同纬度地区寻找最好的气候条件，那就需要疲于奔命。看起来，模范岛公司的这架海上机器能够满足一系列优越条件，因为，美国的顶尖富豪都把这里作为自己栖身的城市。

这就是为什么，机器岛刚刚建造好，马勒卡利亚国王和王后就决定在亿兆城定居。模范岛当局同意了他们的申请，条件则是，他们只能以普通公民的身份入住，不得自恃身份高贵，也不能享有任何特权。可以肯定的是，陛下伉俪压根儿就没想过特殊生活。他们在右舷区的第39大道租了一栋小府邸，府邸周围是一座对公众开放的花园。在那里，君王伉俪过着离群索居的生活，对两个敌对街区之间的明争暗斗，一概不闻不问，对自己的简朴生活心满意足。国王潜心研究天文学，对此，他一直抱有极大兴趣。王后是一位虔诚的天主教徒，过着类似修道士的生活，甚至都没有机会投身慈善事业，因为，在这座太平洋瑰宝上，根本就没有贫穷与苦难。

以上就是马勒卡利亚王国两位旧主的故事——这个故事是由总监讲给艺术家们的，他还补充说，这位国王和王后是他平生遇到的最好的人，尽管他们拥有的财富，相对来说十分有限。

这对被废黜的君王伉俪如此豁达坚忍，四重奏乐队不禁为之感慨万分，肃然起敬。法兰西历来是流亡君主的避难地，这位君王陛下并未选择流亡法国，而是选择了模范岛，就好像许多富人，同样出于健康原因，选择居住到尼斯①，或者科孚岛②。毫无疑问，他们并非流亡者，根本没有被驱离自己的王国，他们本可以在那里继续生活，甚至，还能重新回到那里，虽然仅仅是以公民的身份回归。然而，他们并未这么做，而是满足于遵照机器岛的法律与法规，过着现在的平静生活。

马勒卡利亚的国王与王后并不富裕，确实如此，不过那是与亿兆城的多数市民相比，而且还要考虑到亿兆城的生活成本。如果您只有20万法郎的年金收入，您能怎么办，要知道，一栋简朴府邸的年租金，就高达5万法郎。而且，与欧洲的那些国王和皇帝相比，这对前君王伉俪的财富已经算少的了——即使那

---

① 尼斯位于法国东南部地中海沿岸，终年温暖，是法国的度假胜地。
② 科孚岛位于希腊西部伊奥尼亚海，希腊语称克基拉岛，气候宜人，景色优美，是著名旅游胜地。

些国王和皇帝，也无法与顶级富豪比肩，诸如：古尔德家族、范德比尔特家族、罗斯柴尔德家族、阿斯特家族①、马凯家族，以及其他金融界的富豪大佬。因此，尽管马勒卡利亚国王的家庭开支毫不奢华——仅涉及最起码的生活必需品——但仍捉襟见肘。十分幸运的是，王后的身体非常适应这里的生活环境，因此，国王舍不得离开此地。如此一来，他就想着，"通过自己的劳动，增加收入"。恰好观象台有一个空缺位置——而且这个位置的薪酬相当可观——于是，国王去找总裁提出申请。西律斯·比克斯塔夫给马德莱娜海湾的上级管理部门打电报，就此事提出咨询后，同意将这个职位给予国王。于是，两家报纸同时刊登了这则消息，宣布马勒卡利亚国王刚刚被任命为模范岛的天文学家。

如果在别的任何一个国家，这可是个热门话题！然而，在模范岛，人们仅仅议论了两天，就把这事儿抛之脑后了。一位国王，找到一份工作，以便能够继续平静地在亿兆城生活下去，这事儿看起来顺理成章。他是一位学者：要发挥利用他的科学素养。这是一件多么体面的事儿呀，仅此而已。如果他发现了一颗新星、一颗新行星、一颗新彗星，或者一颗新恒星，人家就会用他的名字给新星命名，那样，他的名字将荣幸地与古希腊罗马神话里的人物共存，还会刊登在官方年鉴。

---

① 阿斯特家族是美国房地产家族，其代表人物是阿斯特四世（1864—1912），被认为是当时世界首富之一。

在公园里闲逛的时候，塞巴斯蒂安·佐恩、潘希纳、伊弗内斯，以及弗拉斯科林亲眼看见了这件事情。那天早晨，他们看见国王前往自己的办公室，由于几位艺术家尚未彻底美国化，因此，面对眼前这一幕，至少是不寻常的一幕，他们都有些适应不了。于是，围绕此事，四重奏乐队展开了一场对话，弗拉斯科林首先发言道：

"看起来，倘若这位陛下无法胜任天文学家的工作，他还可能改行去担任音乐教师。"

"一位靠授课谋生的国王！"潘希纳不禁叫道。

"毫无疑问，那些富裕的学生一定付得起高价，他的音乐课定能获益不菲……"

"说实话，据说他是一位相当不错的音乐家。"伊弗内斯提醒道。

"他极为热爱音乐，对此我并不感到意外，"塞巴斯蒂安·佐恩补充道，"因为，我们都曾看到，在我们举行演奏会的时候，他就站在娱乐场的门口，因为，他没钱给自己和王后购买座席票！……"

"哎！诸位乡巴佬提琴手，我有一个主意！"潘希纳说道。

"殿下想出来的主意，"大提琴手反诘道，"一定是个馊主意！"

"是馊主意，或者不是，我的塞巴斯蒂安老兄，"潘希纳回答道，"我敢确信，你一定会赞同。"

"让我们听一听潘希纳的主意。"弗拉斯科林说道。

"我的想法是，去给陛下伉俪表演一场音乐——只给他们夫妇——就在他家的客厅里，而且是我们曲目中最优美的乐章。"

"哎！"塞巴斯蒂安·佐恩说道，"知道吗，你的这个主意还真不错！"

"那是！这类的主意，我的脑袋里有的是，只要晃一晃脑袋……"

"它就会像铃铛那样叮咚作响①！"伊弗内斯回答道。

"心地善良的潘希纳，"弗拉斯科林说道，"今天，我们就可以确定你的建议。我相信，这位好国王和好王后一定会非常高兴。"

"明天，我们就写信，请求觐见。"塞巴斯蒂安·佐恩说道。

"还有更好的办法！"潘希纳回答道，"就在今天晚上，我们带上乐器，去他们家登门造访，就好像一伙音乐家，登门献上一支晨曲……"

"你想说的应该是小夜曲，"伊弗内斯反诘道，"别忘了，这可是在深更半夜……"

"就这么着吧，第一小提琴手很慎重，但也很正确！我们就别咬文嚼字了！……这事儿决定了吗？……"

"定了！"

他们真是想到了一个好主意。毫无疑问，对于法国艺术家的这个奇思妙想，作为音乐爱好者的国王一定非常感慨，并且很愿意欣赏聆听。

----

① 此处为戏谑语，这里的"铃铛"是指马脖子上悬挂的铃铛。

于是，夜幕降临的时候，四重奏乐队携带着三只提琴盒子，以及一只大提琴箱子，离开了娱乐场，一直朝第三十九大道走去，那条大道位于右舷区的边缘。

这是一栋极为简朴的府邸，屋前有一个小院，铺着碧绿的草坪。小院的一侧是附属建筑，另一侧是空着的马厩。府邸只有两层，底层前有台阶，二层有一个夹层窗户，屋顶下还有一个阁楼。在左右两侧，各生长着一棵朴树，遮蔽着一条两人宽的小径，小径通往外面的花园。那座铺着草皮的花园方圆不足200米。千万别拿这栋寒舍与科弗利家和坦克顿家，甚至其他亿兆城名流的府邸相比。这里是一位智者的隐居宅第，他学识渊博，睿智旷达，离群索居。当初，阿卜杜罗尼莫不愿登上赛达国王的宝座，一定是因为对这样的寒舍情有独钟[①]。

马勒卡利亚国王的全部仆从，只有一位贴身男仆，至于王后的全部宫廷女官，也只有一位贴身女仆。如果再加上那位美国厨娘，他们就是这对退位君王伉俪的全部侍从，要知道，过去，他们与古老大陆的君王们可是平起平坐，称兄道弟。

弗拉斯科林嵌动了一个电钮，贴身男仆打开栅栏门。

弗拉斯科林告诉对方，自己和同伴们都是法国艺术家，希望向国王陛下表达敬意，请求允准觐见。

仆人请他们进来，然后，他们在台阶前停住了脚步。

[①] 此处引用莫扎特歌剧作品《牧羊人国王》的典故：亚历山大大帝将赛达国王赶下王位，让牧羊人阿卜杜罗尼莫作为王位继承人，但他高贵地予以拒绝。

这是一栋极为简朴的府邸。

几乎转眼之间，贴身男仆就出来回话说，国王很愿意接见他们。他们被邀请进前厅，把随身乐器放在那里，然后进入客厅，与此同时，陛下伉俪也走进了客厅。

这次觐见的全部仪式不过如此。

艺术家们鞠躬致敬，对国王和王后充满敬意。王后身着深色的简朴服装，浓密秀发略做修饰，几缕灰色鬈发让她略显苍白的脸庞更为秀丽，目光也更为含蓄。她走去坐在窗边的一张沙发椅上，窗户开着，朝向花园。越过花园，可以遥望公园内树影婆娑。

国王站着，对来访者的致意给予回礼，并请对方告知，他们来访这栋位于亿兆城街区边缘宅第的动机。

看着眼前这位浑身散发无上尊严的君王，四位演奏家个个心情激动。在黑色浓眉下，君王的目光炯炯——那是智者的深邃目光。他的白色须髯柔软丝滑，飘然于胸前。他的容貌伟岸，神态严肃，但是一丝微笑略显温柔之意，让接近他的人无不感到和蔼可亲。

弗拉斯科林开始说话，不过，声音难免有些颤抖：

"我们感谢陛下，"他说道，"感谢您接见几位艺术家，我们来就是想表达崇高的敬意。"

"王后和我，"国王回答道，"我们非常感谢，先生们，你们的来访令我们深受感动。我们希望在这座岛上居住，度过纷乱不定的人生。我们感到，你们似乎给这座岛屿带来了法兰西的美好风气！先生们，我是一个潜心研究科学，同时又热爱音乐

351

国王站着,对来访者的致意给予回礼。

的人，我了解你们，在这门艺术领域，你们声名卓著。对于你们在欧洲，以及美国赢得的声誉，我们早有耳闻。四重奏乐队在模范岛赢得的掌声，也有我们的参与——只不过我们站得稍微远了一点儿，确实如此。为此，我们深感遗憾，因为我们很想认真倾听你们的演奏，但迄今为止尚未如愿以偿。"

国王请来宾落座；然后，他走到壁炉前，大理石壁炉上方，摆放着一尊漂亮的王后半身雕像，那是年轻的王后，雕像出自雕塑家弗朗奎迪之手。

为了让谈话转入正题，弗拉斯科林只需顺着国王的最后一句话说下去。

"陛下说得太对了，"他说道，"陛下所表达的遗憾，恰恰证明，我们演奏的音乐并不适宜那样的环境。所谓室内乐，也就是那些古典音乐大师们创作的四重奏，并不适合在大庭广众面前演奏，这种音乐更适于私密的环境，在殿堂深处凝神欣赏……"

"是的，先生们，"王后说道，"倾听这种音乐，就应该像欣赏天籁之音，需要在至圣所①那样的地方聆听……"

于是，伊弗内斯说道："恳请国王与王后允准，让我们用一个小时的时间，把这座客厅作为至圣所，为陛下伉俪单独表演……"

伊弗内斯尚未说完，君王伉俪已然容颜大变，神情激动。

---

① 至圣所被认为是耶和华的住所，是帐幕最里面的一层，亦指教堂的正祭台间。

"先生们,"国王回答道,"你们愿意……你们竟然想到……"

"这也是我们此行来访的目的。"

"噢!"国王向他们伸出手,说道,"这件事儿,让我重新认识了法兰西音乐家,他们不仅才华横溢,而且心胸坦荡!……我以王后,以及我本人的名义,向你们表示感谢,先生们!……没有任何事情……是的!没有任何事情能让我们如此高兴!"

于是,贴身男仆领命把乐器搬进来,并且把客厅布置成即兴音乐会的会场。与此同时,国王与王后邀请来宾走到花园里。在那里,宾主交谈甚欢,大家讨论音乐,犹如艺术家之间在倾心交流。

国王深爱这门艺术,理解它的美妙之处,为它的魅力所折服。他表示,自己对那些音乐大师非常熟悉,甚至曾经聆听过他们的演奏,听到这里,四位艺术家颇为震惊……国王非常欣赏海顿,认为他的才华体现在朴素与灵巧相结合。国王还提到,有一位评论家曾经说过,作为作曲家,门德尔松在室内乐的创作成就最为突出,善于运用贝多芬的音乐语言表达自己的情感……至于韦伯[1],他的作品极为精致敏感,充满骑士气概,堪称特立独行的一代大师!……说到贝多芬,那是器乐演奏的天之骄子……他的交响乐触及人的灵魂……他的天才杰作博

---

[1] 卡尔·马利亚·冯·韦伯(1786—1826),德国作曲家、钢琴演奏家、指挥家和音乐评论家。

大精深，其艺术水准堪与所有艺术领域的杰作比肩，包括诗歌、绘画、雕塑，以及建筑领域——他是一颗巨星，这颗巨星在熄灭前，也就是贝多芬在临终前，创作了带合唱曲的交响乐①，其中，乐器的声音与人类的声音融为一体，多么和谐！

"只可惜，他从来不会跟着节拍跳舞②！"

一猜便知，这句不合时宜的评语，一定来自那位不知趣的潘希纳先生。

"是的，"国王微笑着回答道，"这恰恰说明，先生们，对于一位音乐家来说，耳朵并非必不可少的器官。我刚才提到的那支交响乐，就是贝多芬耳聋，听不到任何声音之后才创作的，难道贝多芬不是在用这支无与伦比的交响乐证明，他是在用心，用自己的内心在倾听吗？"

谈过海顿、韦伯、门德尔松，以及贝多芬之后，陛下又用令人信服的语气，谈起了莫扎特。

"啊！先生们，"国王说道，"请允许我欣喜若狂，溢于言表！我的心情压抑，得不到释放已经很长时间了！自从来到模范岛之后，你们是第一批对我表示理解的艺术家，不是吗？莫扎特！……莫扎特！……在你们的作曲家当中，有一位极富戏剧色彩的人物，在我看来，他是十九世纪末期最伟大的作曲家。这个人曾经用浓墨重彩描写过莫扎特！我阅读过这些文章，而

---

① 此处特指贝多芬的d小调第九交响曲，它是贝多芬创作的一部大型四乐章交响曲，亦称"合唱交响曲"，被公认为贝多芬在交响乐领域的最高成就。

② 此处为戏谑的恶作剧，特指贝多芬青年时代开始失聪的经历。

且刻骨铭心，难以忘怀！他认为，莫扎特善于字斟句酌地，以特有的方式，精准表达抑扬顿挫的音调，同时，绝不扰乱音乐段落的特色与速度……莫扎特曾经说过，要给真正悲怆的音乐，融入精致绝伦的柔美音色……莫扎特是唯一领悟，而且以彻底完整、坚持不懈的音乐形式，表达所有情感，表现不同激情与性格的音乐家，换句话说，他的音乐表现了所有人间戏剧，难道不是吗？……莫扎特，他不是一位国王——然而现在，一位国王又算得了什么？"陛下摇了摇头，补充道，"要我说，莫扎特就是一位神，既然人们还相信神灵的存在！……那么，莫扎特就是一位音乐之神！"

　　陛下表现出来的赞赏热情，简直难以言表，令人无法形容。随即，王后与他走进客厅，艺术家们紧随其后，国王从桌上拿起一本小册子，他曾经反复阅读过这本小书，书名是《莫扎特的唐·璜》①。于是，他翻开书，朗读了以下几段话，这是一位大师用羽毛笔写下的话，这位大师最懂莫扎特，也最热爱莫扎特，他就是声名显赫的古诺②，他的原话如下："噢，莫扎特！神一般的莫扎特！只要略微了解你，就一定会热爱你！你是永恒的真理！你是完善的真美！你的热情无穷无尽！你是那么深邃而清澈！你有完整的人性，孩童般的纯真！你用音乐语言感受的一切，表达的一切，任何人都无法企及，永远无法超越！"

---

① 莫扎特一生创作了20余部歌剧，其中一部是《唐·璜》。
② 查理·弗朗索瓦·古诺（1818—1893）。法国作曲家，其代表作是歌剧《浮士德》《罗密欧与朱丽叶》，以及《圣母颂》。

柔和的电灯光笼罩着客厅，灯光下，塞巴斯蒂安·佐恩和他的同伴们随即拿起各自的乐器，开始演奏他们为这场音乐会准备的第一首曲子：A小调，第二号弦乐四重奏，作品第13，门德尔松。王室听众倾心欣赏，欢喜异常。

随后是第二首：C大调，第三号弦乐四重奏，作品第75号，海顿。也就是那首"奥地利国歌①"，他们的演奏技巧娴熟，无与伦比。几位艺术家的演奏从未达到过如此完美的程度，与此同时，在这座至圣所的深处，他们只有两位听众，一对退位的君王伉俪！

演奏完这首被天才作曲家尽力渲染的国歌之后，艺术家们又演奏了降B调，第六号弦乐四重奏，作品第18号，贝多芬。这是一首忧郁的曲子，风格极为悲凉，具有极其强烈的感染力，陛下伉俪的眼中不禁饱含泪水。

随即，音乐风格大变，令人为之一振：莫扎特的C小调乐曲，如此完美，彻底摆脱了形式的拘泥，曲调极为自然，犹如清澈的潺潺流水，或者，宛若一阵清风掠过轻柔的树梢。最后，演奏这位天才作曲家最受欢迎的一首弦乐四重奏：D大调，第十号弦乐四重奏，作品第35号，以它作为这个令人难忘晚会的结束曲。亿兆城的富豪们可从来不曾享受过这样的晚会。

并非几位法国佬不愿继续演奏杰作，而是国王与王后要求不再继续。

---

① 海顿晚年用朴素的民歌手法谱写的《上帝保佑弗兰茨皇帝》被推选为奥地利国歌。

柔和的电灯光笼罩着客厅，灯光下……开始演奏。

已经深夜11点钟，国王陛下对他们说道：

"我们感谢你们，先生们，这感谢由衷地发自我们内心！多亏了你们的完美演奏，我们刚刚享受到了艺术的魅力，对此，我们终生难忘！这场音乐会让我们获益匪浅……"

"倘若国王愿意，"伊弗内斯说道，"我们还可以继续……"

"谢谢，先生们，最后再说一遍，非常感谢！我们不愿滥用你们的好意！天色已晚，而且……今天夜里……我还要去值班……"

从国王嘴里说出的这句话，让几位艺术家回到了现实的情感当中。一位君王，在他们面前如此表白，令他们几乎手足无措……禁不住垂下眼帘……

"哦，是的！先生们，"国王用愉快的语气接着说道，"我是模范岛观象台的天文学家……"他略显动容地补充说道，"是星辰观测员……专门观察流星……难道不是吗？"

第四章　英国人的最后通牒

在这一年的最后一个星期里，四处洋溢着圣诞节的欢乐，无数张请柬被送来送去，大家相互邀请吃晚饭，出席晚会，或者正式的招待会。总裁举行了一次宴会，被邀请的都是亿兆城的大人物，左舷区和右舷区的名流也接受了邀请，坦克顿一家和科弗利一家坐在同一张桌旁，表明本城的两个街区已经趋向某种程度的融合。新年的第一天，位于第十九大道的府邸与位于第十五大道的府邸，双方还要相互交换贺年卡，沃尔特·坦克顿甚至还接到邀请，准备出席科弗利夫人举行的一场音乐会。府邸的女主人将要热情接待他，这无疑是个好兆头。不过，要想让双方建立更密切的关系，还有很长的路要走，尽管卡利斯图斯·蒙巴尔信心十足，兴奋异常，遇到愿意听他唠叨的人，便要重复说道：

"这事儿成了，我的朋友们，这事儿成了！"

与此同时，机器岛朝着汤加-塔布群岛，继续安静地航行。看上去，一切正常。然而，就在12月30日至31日的夜间，发生了一件气象方面的意外情况。

凌晨两点至三点钟的时候，远方传来轰鸣声。瞭望船员按照常规处理，并未给予特别关注。据猜想，那阵轰鸣可能涉及一场海战，或者是南美洲那些共和国的战舰之间发生冲突，这种事情以前时有发生。甭管怎样，对于模范岛来说，这事儿没啥可担心的，作为一座独立的岛屿，它与两个大陆的各个强国相安无事，难道不是吗？

另一方面，这些轰鸣声来自太平洋西部海域，一直持续到天亮。可以确信，这声音不像是远方大炮发出的响声，因为炮战的隆隆声应该更有规律。

西姆科准将接到手下一位军官的报告，于是登上瞭望塔的平台，眺望远方的海平线。宽阔的海平线呈弧形展现在眼前，那里看不到任何炮火的闪光，但是，天空的样子显得不同寻常。火焰般的霞光一直铺展到天顶，大气层似乎被浓雾笼罩，然而，天气又很晴朗，气压计也并未突然下降，这表明，天空中并不存在紊乱气流。

拂晓时分，亿兆城习惯早起的人们无不感到奇怪，颇为震惊。不仅轰鸣声持续不断，而且空气中弥漫着红黑色的迷雾，好似极细微的灰尘，如细雨般降落下来，犹如煤烟色的粉尘形成的降雨。片刻之间，城市里的街道上，以及屋顶上，全都覆盖了一层东西，那东西好像胭脂红的染料，或者茜草染料①，又像肉色染料，或者大红颜料，夹杂着黑黝黝的岩渣。

---

① 茜草是一种植物染料，在古代是主要的红色染料。

361

全体居民都跑到屋外——除了舞蹈教授阿萨纳塞·多雷姆斯，他在头天晚上8点钟上床之后，从来不在第二天上午11点钟之前起床。不用说，四重奏乐队也从床上蹦了起来，并且赶往观象台，那里，准将、军官们，还有天文学家们，包括那位新晋的皇家职员，大家都在忙碌，想要弄明白究竟发生了什么事儿。

"真遗憾，"潘希纳感慨道，"这红色的东西不是液体，而且即使是液体，也不是玻玛①，或者拉菲酒庄②降下的甘霖！"

"酒鬼！"塞巴斯蒂安·佐恩回答道。

说真的，发生这种现象究竟是什么原因？ 大家可以列举出很多这类红色粉尘形成的"降雨"先例，这些粉尘的成分包含二氧化硅、蛋白质、脱铬氧化物，以及铁氧化物。在本世纪初③，卡拉布里亚④，以及阿布鲁佐⑤都曾经历过这类"降雨"，当时，迷信的当地居民都以为是天降"血雨"，其实，那不过就是氯化钴，与1819年在布兰肯贝赫⑥曾经发生的现象如出一辙。由火灾引起的煤烟灰或者煤炭粉尘，也曾经被风吹送到很远的地方。1820年，在费尔南布哥发生过烟炱⑦降雨；1829年，在奥尔良⑧

---

① 玻玛是位于法国勃艮第的著名葡萄酒庄，玻玛葡萄酒创始于1726年，是最著名的勃艮第葡萄酒品牌。
② 拉菲酒庄位于法国波尔多大区，创始于1354年，是世界最著名的葡萄酒品牌。
③ 此处指19世纪初。
④ 卡拉布里亚是意大利南部的一个大区，是地中海文明最古老的发源地之一。
⑤ 阿布鲁佐位于意大利中部，是意大利的心脏地区，素有"欧洲绿化带"的美誉。
⑥ 布兰肯贝赫是比利时的一座滨海小城市。
⑦ 烟炱是指从烟囱壁分离下来的或被烟道气冲刷出来而后落到烟囱周围地区的煤烟团。
⑧ 奥尔良是法国中部城市，是中央大区的首府和卢瓦雷省的省会。

发生过黄色降雨；1836年，在南比利牛斯地区①，发生过冷杉花粉形成的降雨，以上这些，大家都还记得吗？

那么，这次的粉尘来自何方？粉尘中还夹杂着岩渣，而且涉及的空间如此广大，不仅在模范岛，在周边的海面上都降下浓厚的浅红色粉尘，它们究竟是从哪里来的？

马勒卡利亚国王说了自己的看法，他认为这些东西应该来自位于西边岛屿的某座火山，观象台的同事们也都赞成他的看法。他们收集了好几把这种粉尘，发现它们的温度高于周围的空气，这表明，即使在大气输送的过程中，它们也没有完全冷却。只有大规模的火山喷发才能解释那一阵阵不规律的轰鸣声，而且，那声音仍在不断传来。要知道，这片海域到处分布着火山口，有些是活跃的火山，有些是已经熄灭的火山，但由于地下运动，它们可能再次喷发，更何况，还有一些火山，在地质运动的作用下，被从海洋深处推了出来，这类火山一旦喷发，威力极其巨大。

另外，凑巧的是，就在模范岛逐渐靠拢的汤加群岛，若干年前，在图富阿山巅，不就有上百平方千米的地方，覆盖着这类火山喷发岩吗？难道，过去漫长的若干小时里，火山的爆炸可以影响200千米以外的地方？

然而，就在1883年的8月，喀拉喀托火山②爆发，蹂躏了

---

① 南比利牛斯位于法国西南部，是法国面积最为辽阔的地区，毗邻西班牙。
② 喀拉喀托火山位于印度尼西亚巽他海峡中，1883年的大爆发释放出21立方千米的火山灰，是人类历史上最大的火山喷发之一。

一部分临近巽他海峡的爪哇岛和苏门答腊岛①，许多村庄被夷为平地，造成大量人员伤亡，火山引发了地震，密实的岩浆玷污了地面，让海水产生巨大的漩涡，充满硫化物的蒸气污染了大气，让众多船只历险遇难，这些不都曾经发生过吗？……

确实，必须考虑到，机器岛是否也面临同样的危险……

既然航行可能面临威胁，变得极为困难，西姆科准将不能让大家过分担忧。于是，他发出了降低航速的命令，模范岛仅以极其缓慢的速度移动。

某种恐惧情绪在亿兆城的市民当中蔓延。塞巴斯蒂安·佐恩一向不看好本次航行的结局，难道，他发出的讨厌预言真的要实现？……

临近正午，天色变得更加昏暗。居民们走出各自的住所，倘若普鲁托②发威，掀翻机器岛的钢铁外壳，居民们的住房根本无法抵御。更让居民们恐惧的是，假如海水漫过钢铁堤岸，滔天巨浪就将席卷田野！

西律斯·比克斯塔夫总裁和西姆科准将一起来到冲角炮台，他俩身后，跟着一部分市民。已经向两个港口派遣了一批军官，

---

① 巽他海峡是印度尼西亚苏门答腊岛和爪哇岛之间的狭窄水道，沟通太平洋的爪哇海与印度洋。爪哇岛是印度尼西亚的第五大岛，苏门答腊岛是世界第六大岛，印度尼西亚第二大岛屿。

② 普鲁托是古希腊神话中哈得斯的别名，哈得斯是统治冥界的冥帝。希腊神话的死亡观认为，冥界是所有死者唯一的去处。

并且要求他们时刻值守。机械师们也做好了启动机器的准备，一旦有必要，立刻驱动机器岛朝相反的方向逃跑。不幸的是，随着天色逐渐黑暗，航行也变得越来越困难。

将近下午3点钟的时候，就连十步以外都看不见了。由于浓厚的尘埃遮挡了全部的阳光，四周见不到一点儿光亮。尤其令人担心的是，模范岛的表面落下了太多的岩渣，负荷大增，恐怕很难让吃水线维持在海面以上。

模范岛不是一艘轮船，不可能把货物扔进海里，也不可能通过抛摔压舱物，从而减轻负荷！……除了信赖这架机器的坚固程度，除了等待，没有别的办法。

黄昏来临，或者不如说夜晚降临，人们只能通过查看钟表，才能掌握时间。四周漆黑一片，伸手不见五指。由于尘埃弥漫，电器月亮已经无法悬挂在空中，只好把它们降低到地面。不用说，已经维持了一整天的室内照明，以及街道的路灯，只能继续点亮，一直到这种现象结束。

夜深了，情况仍然没有改善。不过，听上去似乎轰鸣的声音逐渐稀疏，而且没有那么强烈了。人们对火山爆发的恐惧逐渐消退，一阵强劲的南风吹来，尘埃降落的程度开始缓和。

亿兆城的市民们略显安心，决定各自返回家中，心中指望着，明天，模范岛的一切能够恢复正常。此后，只需多花点儿时间，把机器岛彻底清扫一遍。

甭管怎样！太平洋瑰宝度过了凄凉的新年第一天，只差一点点，亿兆城就要沦为又一个庞贝城①，或者赫库兰尼姆古城②！尽管模范岛并非坐落于维苏威火山③脚下，但是，它在航行途中，需要面对众多同样凶险的火山，它们就耸立在太平洋的海底，难道不是吗？

  尽管如此，总裁和他的副手们，以及名人委员会的成员们依旧守候在市政厅。瞭望塔上的瞭望船员密切监视着海平线，观察天顶的任何变化。为了维持奔往西南方的既定航向，机器岛并未停止航行，只不过，它把航速仅仅维持在每小时两海里，或者三海里。等到天亮以后——或者至少，等到黑暗的尘埃被驱散之后，——模范岛将把冲角对准汤加群岛。毫无疑问，在那里，大家终将弄清楚，在太平洋的这片海域，究竟是哪座岛屿成了这次火山喷发的舞台。

  无论怎样，很显然，随着夜色的浓重，尘埃现象渐趋减弱。

  凌晨3点钟的时候，又发生了一次事故，让亿兆城的居民们再次胆战心惊。

  模范岛刚刚经历了一次碰撞，撞击力通过外壳的那些钢铁格箱蔓延开来。确实，撞击产生的震动不算大，丝毫未曾撼动居民住宅，没有给机器造成损害，螺旋桨也没有停止推动机器

---

① 庞贝城位于意大利亚平宁半岛西南角，维苏威火山脚下，公元79年毁于维苏威火山大爆发。
② 赫库兰尼姆古城也是一座意大利南部城市，也是被维苏威火山爆发所摧毁的古城。
③ 维苏威火山是一座活火山，位于意大利南部那不勒斯湾东海岸，是世界最著名的火山之一。

岛前进。然而，毫无疑问，机器岛的前部撞到了什么东西。

究竟发生了什么？……模范岛是不是撞上了一处浅滩？……不是，因为它还在继续向前移动……那么，它是不是撞上了一座暗礁？……它会不会碰到了一艘路过的轮船，因为四周漆黑一片，这条船没有看到模范岛的灯光？……如果是碰撞到一条船，就会发生严重的海损，即使不会影响模范岛的安全，但至少，在下次停泊的时候，是否需要进行大修？……

西律斯·比克斯塔夫和西姆科准将一起，脚踩厚厚一层尘埃与岩渣，费力地向冲角炮台走去。

在那里，海关关员们告诉他俩，这次撞击确实是一次船舶碰撞。对方是一条吨位很大的轮船，当时正从西向东航行，被模范岛的冲角撞到。虽然这次撞击对于机器岛来说并不严重，但是，那条轮船的情况是否也不严重呢？……大家只是在发生碰撞的一瞬间看到了那条船的身影……还听到了喊叫的声音，但是，喊叫声转瞬即逝……值班官员率领部下跑到冲角炮台的最前端，结果什么也没看见，什么也没听见……那条船是否原地沉没了？……很不幸，这个假设极可能成立。

至于模范岛，人们发现，这次碰撞并未给它造成任何严重损伤。模范岛的体量过于巨大，即使慢速行驶，它也足以撞开一条轮船，甭管这条船的个头有多大，哪怕对方是一艘一级巡洋舰，也足可让其面临灭顶之灾。无疑，这次碰撞的后果就是如此。

说到对方船舶的国籍，值班官员表示，他觉得似乎听到一

367

在那里，海关关员们告诉他俩……

个刺耳的声音发出命令——那个怒吼的声音,很像英国海军指挥官特有的风格。不过,值班官员对此无法确认。

情况很严重,而且,其造成的后果可能更严重。大英帝国将如何看待这件事儿?……一艘英国战舰,那就相当于一块英国的领土。谁都知道,大英帝国绝不会任人肆意切割它的领土……模范岛将面临怎样的追责,以及索赔要求?……

新的一年就这样开始了。这一天,直至上午10点钟,西姆科准将根本没办法在海面上进行搜索。空气中依然充满浑浊气体,尽管海风有所增强,并开始驱散如同降雨般的尘埃。终于,阳光穿透了海平线上的雾霾。

亿兆城简直面目全非,包括公园、田野、工厂,以及港口!这得费多大力气清洗!甭管怎样,这些活计都归路政部门负责。无非就是花点儿时间和金钱,好在,这两样东西,模范岛都不缺。

大家赶紧行动起来。首先,工程师们来到冲角炮台,走到发生碰撞的那侧岸边。受损的程度不值一提。钢铁外壳仅仅有一个角落受到损伤——在碰撞过程中,这里深深嵌入了对方的木头船体。

海面上,既看不到碎屑,也找不到残骸。尽管从碰撞发生到现在,模范岛仅仅移动了两海里,但是,站在瞭望塔的平台上,即便使用最大的望远镜搜索,依然一无所获。

从人道主义出发,最好继续搜索一番。

总裁与西姆科准将商量了一会儿,机械师们随即接到命令,停止机器运转,同时,两个港口的电动小艇也接到了出海命令。

搜索活动扩大到半径五至六海里的范围，然而，毫无结果。这一切表明，对方船只肯定是被撞断船体，当即沉没，没有留下任何踪迹。

于是，西姆科准将命令恢复正常航行速度。正午时分，观象台报告，模范岛位于萨摩亚群岛的西南方，双方相距150海里。

在此期间，瞭望船员奉命全神贯注监视海面。

大约下午5点钟的时候，有报告称，有浓重的烟雾向东南方滚动。这些是不是那座火山喷发出的最后一股烟雾？正是这次火山爆发，把这片海域搅得天昏地暗。这个推测有点不大靠谱，因为，从地图上看，附近既没有岛屿，也不存在小岛。难道是从大洋深处冒出来一座新的火山？……

不对，很明显，这股烟雾正在逐渐逼近模范岛。

一个小时之后，出现了三艘船只，它们列队行驶，正在全力加速。

又过了半个小时，已经可以看清，这是几艘战舰。从那之后，又过了一个小时，已经可以清楚地辨认出它们的国籍。这是英国舰队的一支分舰队，五个星期前，就是它们与模范岛擦肩而过，但拒绝升旗致意。

夜幕降临时，这几艘军舰距离冲角炮台仅有4海里了。它们会撇开模范岛，继续往前赶路吗？这一点并不确定。它们已经升起标识灯，可以看得出来，三艘战舰已经停止前进。

"毫无疑问，这几条船打算和我们沟通一番。"西姆科准将对总裁说道。

"等着瞧吧。"西律斯·比克斯塔夫反诘道。

但是,倘若这支分舰队此来,就是为之前发生的碰撞事故讨个说法,总裁将如何面对这支舰队的指挥官呢?事实上,很可能,对方就是抱着这个目的。也许,那条遭碰撞船只的船员已经被救起,难道他们当时还来得及跳上救生艇吗?走着瞧吧,只要弄明白了对方的意图,还来得及采取应对措施。

第二天,一大早,一切都将真相大白。

日出时分,在领头的那艘巡洋舰的后桅杆上,升起了海军准将的旗帜。此时,它正低速行驶在距离左舷港两海里远的海面上。随后,那艘军舰放下一只小艇,小艇朝左舷港驶来。

一刻钟之后,西姆科准将收到了一封信件:

"先驱号巡洋舰的图尔内上尉,爱德华·柯林森海军准将麾下的参谋长,要求立即前往会见模范岛总裁。"

西律斯·比克斯塔夫获悉此信,命令港口官员允许对方登岛,并回答对方称,他在市政厅等候图尔内上尉。

十分钟后,一辆车子载着参谋长,在一位海军中尉的陪同下,停在了市政府门前,两个人走下车。

总裁随即在自己办公室的候见厅接见了他们。

双方互致礼节性问候——两边的态度都很僵硬。

随后,图尔内上尉庄重地,一字一句地,仿佛照本宣科地说了一句话,仅仅就这一句话,而且是冗长的一句话:

"此刻,位于格林威治东经177度13分,以及南纬16度54

分，我荣幸地告知模范岛总裁阁下，隶属于格拉斯哥港①的幽谷号轮船，其测定吨位为3500吨，满载小麦、靛青、稻米、葡萄酒等价值不菲的货物，尽管该轮船悬挂了符合规定的灯火，包括前桅杆的白色灯，右舷的绿色标识灯，以及左舷的红色标识灯，但仍于12月31日至1月1日的夜间，遭到位于美利坚合众国的下加利福尼亚的马德莱娜海湾的模范岛有限公司属下的模范岛的碰撞，碰撞发生后，该轮船脱离现场，并于第二天，在距离海难发生地35海里的地方被发现，彼时，该船左舷船体漏水，濒临沉没，在该船船长、高级船员，以及全体船员幸运地转移到先驱号巡洋舰上之后，该船实际已经沉没，上述一级巡洋舰属于英国皇家海军，隶属于爱德华·柯林森海军准将麾下，该海军准将特告知西律斯·比克斯塔夫总裁阁下此事，要求模范岛有限公司承担相应责任，并要求上述之模范岛的居民保证，向前述之幽谷号轮船的海难者们做出赔偿，包括轮船船体、机器，以及货物，赔偿金额总计120万英镑②，即600万美元，上述金额应交付给前述之爱德华·柯林森准将阁下，否则，准将阁下将针对模范岛诉诸武力。"

就是这么一句话，包含307个单词，全部使用逗号，没有一个句号！然而，这句话包含了所有内容，而且，不容半分回旋余地！同意，或者不同意，总裁只能做出决断，同意爱德华·柯

---

① 格拉斯哥位于中苏格兰西部的克莱德河口，是苏格兰第一大城市，曾经是苏格兰对美洲贸易的重要中心。

② 合3000万法郎。——原注

林森阁下的要求，就意味着接受两个条件：第一，由公司承担责任；第二，向格拉斯哥港的幽谷号轮船做出赔偿，其估值为120万英镑。这两点内容，总裁能接受吗？

西律斯·比克斯塔夫按照碰撞事故的处置常理，做出如下回答：

在西部海域，当时应该发生了火山喷发，导致天气极为黑暗；如果说幽谷号悬挂了标识灯，那么，模范岛也悬挂了自己的灯。彼时，双方都不可能看到对方。因此，双方都面对着不可抗拒力①。根据海事法规，双方应该各自承担相应损失，所以，此事不应该追究责任，也无所谓赔偿要求。

以下是图尔内上尉的答复：

总裁阁下所说本来应该有道理，但前提是，两条轮船应该在正常条件下行驶。如果说，幽谷号满足了所有正常条件，但显然，模范岛并未满足这些条件。因为，模范岛不同于轮船，它的身躯极为庞大，在海上行驶，对航线构成了常态化威胁，它相当于一座岛屿，一座小岛，或者一座暗礁，而且四处移动，航向角永不固定，在海图上无法标识其位置。对于这座水文地理学无法测定方位的障碍物，英国历来予以反对，因此，模范岛对于所有涉及它特性的事故，永远都应承担责任，等等，等等。

显然，图尔内上尉的论据并非毫无道理。实际上，西律

---

① 不可抗拒力，亦称不可抗力，是指不能预见、不能避免并不能克服的客观情况，不是自身主观的因素。

斯·比克斯塔夫也认为他说得不错。不过，他本人无法对此做出决断。此事的诉讼只能交给主管部门去处理，他也只能把爱德华·柯林森海军准将阁下提出的赔偿要求记录在案。万幸的是，此事没有造成人员死亡……

"真是万幸，"图尔内上尉回答道，"但是，有一条船遭遇了灭顶之灾，而且，由于模范岛的过失，价值数百万的财富沉沦海底。总裁是否已经同意向爱德华·柯林森海军准将阁下交付与幽谷号及其所载货物价值相当的款项？"

总裁如何能够同意支付这笔款项？……无论如何，模范岛已经支付了足够多的保险金……在对事故发生的缘由，以及损害程度进行评估鉴定之后，如果法庭裁定模范岛负有责任，保险公司将承担相应的损失。

"这是阁下的最终答复吗？"图尔内上尉问道。

"是我的最终答复，"西律斯·比克斯塔夫回答道，"因为我没有资格承担公司的责任。"

在总裁与英国上尉之间，双方以更加生硬的姿态相互致意。上尉随即乘车前往左舷港，然后换乘小汽艇，径直返回先驱号巡洋舰。

当名人委员会获知西律斯·比克斯塔夫的答复后，全体表示完全赞同。而且，不仅委员会，就连模范岛的全体居民也一致同意。面对英王陛下的代表蛮横无理、强人所难的逼债行为，模范岛不会屈服。

办完此事，西姆科准将发出命令，机器岛继续全速赶路。

不过，如果柯林森海军准将的舰队固执己见，机器岛可以摆脱它的纠缠吗？那些战舰的航速不会比机器岛快很多吗？如果对方为了坚持索赔要求，向机器岛发射填满麦宁炸药①的炮弹，机器岛有可能进行抵抗吗？英国舰队的巡洋舰装备的都是阿姆斯特朗火炮②，毫无疑问，模范岛的炮台有能力回击它们的攻击。然而，面对英国的炮击，模范岛的目标过于庞大……妇女和儿童都不可能找到藏身之处，他们该怎么办？由于对方目标个头较小，而且不断移动，真要打起来，估计冲角炮台和岛舯炮台发出的炮弹，至少有一半无法击中对方！……

看来，只能等待爱德华·柯林森海军准将做出的决定了。

等待的时间并不长。

9点45分，英国国旗升至桅杆顶端，与此同时，先驱号的中央回旋炮塔打出了第一发空包弹。

在总裁及其副手们的主持下，名人委员会在市政府会议厅商量对策。这一次，杰姆·坦克顿与纳特·科弗利的意见完全一致。这些美国人历来讲究务实，根本不想尝试进行抵抗，因为这将导致模范岛的人员伤亡，以及财产损失。

紧接着，传来第二声炮响，这一次，一发炮弹呼啸掠过，溅落到距离模范岛半链的海面上，猛烈爆炸，激起大片水花。

---

① 麦宁炸药是由苦味酸和硝化棉混合而成的炸药，作为海军炮弹的弹头填充火药，于1887年由法国首创。

② 阿姆斯特朗火炮，泛指19世纪英国阿姆斯特朗公司生产的一系列大中口径火炮，第二次鸦片战争时，英军攻陷大沽炮台，使用的就是阿姆斯特朗火炮。

先驱号的中央回旋炮塔打出了第一发空包弹。

根据总裁的命令，西姆科准将派人把先前回应先驱号而升起的旗帜降下来①。图尔内上尉重新返回左舷港，在那里，他收到了西律斯·比克斯塔夫签署的票据，上面有模范岛主要名流的背书②，票据的金额为120万英镑。

三个小时后，英国舰队的最后一缕黑烟消失在东方，模范岛继续航行，前往汤加群岛。

---

① 此处为双关语，法语"降旗"与"投降"为同一个词组。
② 背书是商业行为，支票由转让人在支票背后签名，称为背书。背书人对这张支票负有类似担保的偿还责任。

图尔内上尉重新返回左舷港。

第五章　汤加－塔布的"塔布"

"那么，看来，"伊弗内斯说道，"我们将要在汤加－塔布群岛的主要岛屿停泊啦？"

"是的，我善良的好心人儿，"卡利斯图斯·蒙巴尔回答道，"您将有充裕的时间认识这座群岛，您可以称呼它为'哈派群岛[①]'，甚至还可以称呼它为'朋友群岛'，这个名字可是库克船长赐予的，因为他要感谢当年在这里受到的热情款待。"

"这么说，我们在这里受到的款待，将要比在库克群岛的遭遇好很多？……"潘希纳问道。

"完全可能。"

"我们是否可以拜访这座群岛的所有岛屿？……"弗拉斯科林询问谙。

"肯定不能，因为，这座群岛的岛屿数目不会少于150座……"

[①] 汤加群岛包括汤加塔布岛，以及哈派群岛。其中，汤加塔布岛是汤加群岛最大的岛屿；哈派群岛由36个岛屿组成。作者在这里经常用汤加－塔布岛，或哈派群岛代指整个汤加群岛。

"那么，然后呢？……"伊弗内斯询问道。

"然后，我们要去斐济，然后再去新赫布里底，再然后，一旦把这些马来亚人送回家，我们就将返回马德莱娜海湾，到了那儿，我们这趟旅行就算结束了。"

"模范岛将要在汤加群岛的好多个地点停泊吗？……"弗拉斯科林接着问道。

"只在瓦沃岛和汤加塔布岛停泊，"总监回答道，"在这些地方，我亲爱的潘希纳，仍然找不到您梦寐以求的真正野人！"

"显然，真正的野人已经没了，即使在整个西太平洋都找不到！"殿下反诘道。

"对不起……在新赫布里底，以及所罗门群岛那边，还存在着相当数量的真正野人。不过，在汤加，国王乔治一世[①]的子民差不多都已经开化了，另外补充一句，那里的女性子民极其可爱。不过，我绝不建议你们迎娶这些动人的汤加女子。"

"为什么呢？"

"因为，外国人与土著之间通婚，绝对不可能获得幸福。一般来说，他们各自的秉性很难彼此相容！"

"太好了！"潘希纳高叫道，"佐恩这位乡村老提琴手正打算在汤加－塔布完婚呢！"

"我！"大提琴手耸了耸肩膀，反驳道，"你这个喜欢恶作剧

[①] 公元1845年，乔治·图普一世统一汤加，建立陶法阿豪王朝。现任国王图普六世是这个王朝的第六任君主。

380

的坏小子！给我听清楚了，无论在汤加-塔布，还是在任何地方，我都不会结婚。"

"显然，我们这位乐队指挥十分明智，"潘希纳回答道，"瞧见没有，我亲爱的卡利斯图斯——甚至，请允许我称呼您'尤卡利斯图斯'①，因为您总能让我心生好感……"

"潘希纳，我允许您如此称呼本人！"

"那好吧，我亲爱的尤卡利斯图斯，如果一个人，在整整四十年的时间里，从来不曾拨错过大提琴的琴弦，却始终做不到豁达明理，那么，根据哲学理论②，要想在婚后保持幸福，唯一的办法就是永远不要结婚。"

1月6日上午，海平线上出现了瓦沃岛凸起的身影，它属于汤加群岛北部最重要的岛群。由于是火山形成的岛屿，这个岛群与另外两个岛群：哈派和汤加-塔布很不相同。这三个岛群全部位于南纬17度线和22度线，以及西经176度线与178度线之间——面积广达2500平方千米，在这片海域内，分布着150座岛屿，居民总数达六万之多。

1643年，塔斯曼③的船队曾经在这片海域游荡，然后是库克船长，他曾经在第二次太平洋探险的过程中，于1773年率领

---

① 此处为文字游戏，在希腊语中，"尤"的意思是"好"，在卡利斯图斯的名字前面，加前缀"尤"，意即"好卡利斯图斯"。
② 此处为文字游戏。法语单词"豁达"，与"哲学"为同一词根。此处讽刺佐恩易怒的性格。
③ 阿贝尔·塔斯曼（1603—1659），荷兰探险家，在远航探险中发现了新西兰、塔斯马尼亚岛、汤加和斐济。

船队到达这里。自从菲纳雷－菲纳雷王朝被推翻以后，1779年，这里成立过一个联邦国家，内战让这座群岛的居民经历了一次大屠杀①。此后，卫理公会的传教士来到这座群岛，在那段时期，野心勃勃的英国国教大获全胜。如今，国王乔治一世已经无可争议地成为这个王国的君主，得到英国的保护，并且早晚……这个省略号表明，该王国的前途未卜，因为，英国的保护，往往意味着，它最终将沦为英国的海外保护地。

这片海域到处分布着长满椰林的小岛和岛屿，如同迷宫一般，模范岛艰难地行驶着，它必须沿着这条航道行驶，才能抵达瓦沃岛群的首府诺法。

瓦沃是一座火山岛，因此，也是地震频发的岛屿。这里的居民盖房子，必须优先考虑地震的影响，所以，当地的建筑结构极为简陋。椰子树的木板条，加上灯芯草编织的篱笆，用支柱，或者干脆就是树干支撑起椭圆形屋顶。整栋房屋显得凉爽宜人，极其洁净，让我们这几位艺术家看得兴趣盎然，此刻，他们正伫立在冲角炮台，随着模范岛缓缓驶过两侧分布着卡纳克人村庄的航道。不时，还会出现几栋欧洲式的房屋，屋顶飘扬着德国国旗，或者英国国旗。

不过，如果说，这座群岛的这片地方属于火山岛，那么，这里的火山最近并未大规模爆发，也没有喷吐出岩渣，更没有

---

① 1799年至1852年，汤加的三个家族为争夺王位爆发内战，最后，陶法阿豪家族在卫理公会教徒的拥戴下，夺得王位，建立汤加第四个王朝——陶法阿豪王朝。

向附近海域飘洒火山灰。在过去的48小时内，汤加居民也未曾被黑暗笼罩过，因为，火山喷发的烟雾，全都被海上吹来的西风驱赶到了另一侧的天边去了。显然，那座喷云吐雾的火山应该位于东方，而且是一座孤立的火山，或者是一座新近形成的火山，大致位于萨摩亚群岛与汤加群岛之间。

模范岛在瓦沃岛仅仅停泊了8天。这是一个旅行观光的好去处，尽管，几年以前，这里曾经遭受过一场飓风的蹂躏，飓风掀翻了法国主母会的小教堂，摧毁了大量土著民居。不过，这里的田野依旧景色迷人，村落众多，村庄周围分布着柑橘园。这里的平原依旧土壤肥沃，到处分布着甘蔗田和薯蓣田，还有茂密的香蕉林、桑树林，面包果树林，以及檀香树林。说到这里的家畜，只有猪，还有家禽；说到鸟类，有成群的鸽子，还有五彩缤纷，喧闹不止的鹦鹉。至于爬行动物，这里有少量与人无害的蛇类，以及漂亮的绿色蜥蜴，很容易被人看作落到地面的树叶。

说到这里的土著女性，总监对她们的描述毫不夸张——总体来看，她们与太平洋中部诸群岛上居住的马来人种相比，并无二致。说到这里的男人，样貌伟岸，身材高挑，也许略显肥胖，但体形极为匀称，神态庄重，目光高傲，肤色各异，从橄榄色到深古铜色，应有尽有。这里的女人优雅妩媚，身材凹凸有致，手脚的曲线极其精致，纤细小巧，她们让这块欧洲殖民地上的德国人和英国人怦然心动，春心难耐。这里的土著女性与塔希提的女性相仿，她们主要从事编织席子、篮筐，以及制作纺织品。从事这类手工业，不会让她们的手指变形。总而言之，能够"亲眼看见①"，欣赏汤加女性的绰约风姿，实在让人心旷神怡。她们既不穿丑陋的裤子，也不穿滑稽的拖地长裙，这些东西还没有在本地流行起来。她们身上只有一条缠腰布，或者，对于男人来说，则是一条腰带，女性穿一件贴身背心，一条短裙；作为装饰物，女性佩戴的是纤细的干树皮，既含蓄又妖艳。无论男女，他们的头饰都很精致，女性卖弄风情地把头发盘在前额，用椰子树的细纤维编织成网，用来代替梳子，固定发饰。

面对此情此景，不可理喻的塞巴斯蒂安·佐恩依然牢骚满腹，固执己见。他绝不会在瓦沃岛娶媳妇儿，也不会在汤加塔布岛成亲，无论在这尘世的任何地方，他都要守身如玉。

不过，假如有机会上岸，到这座群岛游览观光，他和同伴们仍然会满心高兴。诚然，他们喜欢模范岛，然而，如果能够上岸，脚踏实地，他们同样欢天喜地。货真价实的山岭，真正的田野，以及真实的河流，这些都让模范岛的人工河流，或者人造海滨相形见绌。也只有卡利斯图斯·蒙巴尔那样的人，才会认为太平洋瑰宝比大自然的杰作还要高明。

尽管瓦沃岛不是乔治国王的常驻地，但是，他在诺法依然保有一座宫殿，那是一栋美丽的小别墅，国王经常来此下榻。不过，国王的皇宫坐落在汤加塔布岛，英国驻扎官的府邸也在那座岛屿。

---

① 此处为拉丁语，用以强调"亲眼看见"。

汤加塔布岛差不多紧靠南回归线,是模范岛穿越南半球之旅的最远地点,模范岛将在那里停泊,也是在这座群岛的最后一次停泊。

离开瓦沃岛之后,在两天的时间里,亿兆城的市民享受了一趟内容丰富多彩的航程。眼前,一座岛屿还没有消失,另一座岛屿又出现在视野中。所有这些岛屿,全都具备火山岛的特征,是普鲁托①用蛮力一手造就。在这方面,它们与北边的岛群,以及中部的哈派岛群如出一辙。依据水文地理学绘制的这片海域图,对这里的标识极为精确,根据这些海图,西姆科准将可以驾驶机器岛,沿着航道,有惊无险地在这座迷宫里穿行,从哈派岛直抵汤加塔布岛②。此外,如果需要帮忙,这儿的领航员也很好找。在众多岛屿的沿岸,有许多小艇来回梭巡;——其中,大部分是双桅纵帆小舟,它们悬挂德国旗帜,从事岛屿沿岸贸易,让经营出口贸易的海船,满载这座群岛的主要产品,包括:棉花、干椰肉、咖啡、玉米。如果埃塞尔·西姆科准将认为需要,不仅那些领航员很乐意赶来帮忙,就连那些两侧安装了平衡器的独木舟,也愿意赶来提供服务,这些独木舟,汇集组成一个巨大的平台,足可乘坐两百人。是的!只需一声召唤,数百名土著就会应声而至。如果按照海船的吨位计算领航服务的报酬,那得是多大一笔意外横财!足有25900万吨!不过,

---

① 普鲁托是古罗马神话里的冥王,阴间主宰,地府之王。对应希腊神话中的冥王哈得斯。
② 汤加塔布岛位于汤加最南端,也是汤加最大的岛屿,约占全国土地的三分之一。

西姆科准将对这片海域了如指掌,实在不需要他们的好心帮忙。他对自己有足够信心,而且相信手下军官们的能力,他们在执行命令时,一丝不苟,精准无误。

1月9日上午,汤加塔布岛已经在望,此时,模范岛与它的距离仅剩三至四海里。这座岛屿并非地质运动形成,因此,地势极为低矮。这座群岛的其他岛屿,大多是从海底呼啸而出,岿然屹立于海面之上,但是,汤加塔布岛却并非来自海底。它是由无数珊瑚虫一点儿一点儿修筑,由一层又一层的石珊瑚堆积形成的。

多么宏伟的工程! 这座岛屿的圆周足有上百千米,面积足有七八百平方千米,岛上生活着两万居民!

西姆科准将把模范岛停泊在莫富加港口对面的海上。这两座岛屿,一座是固定岛屿,另一座是浮动岛屿,固定岛屿犹如希腊神话中的拉托娜①,浮动岛屿犹如她的姐妹! 两座岛屿之间,随即开始联系沟通。与马克萨斯群岛、帕摩图群岛,以及社会群岛相比,这座群岛多么与众不同! 在这里,英国的影响占压倒优势,在英国的影响下,面对来自美国的亿兆城市民,国王乔治一世并不急于表示热情欢迎。

不过,在莫富加,四重奏乐队找到了一个小小的法国中心。在这里,居住着大洋洲主教②,他恰好正在各个群岛之间进行教

---

① 拉托娜是古希腊神话人物,与宙斯相爱,生下阿波罗和戴安娜,后遭农夫欺辱,于是,宙斯将农夫变成青蛙和蜥蜴。此处暗指英国势力对该岛的影响。

② 主教是天主教会的高级神职人员,通常是一个地区教会的首领,负责相关教区的教务。

务巡视。在这个中心里,还驻扎着天主教使团,有一个修女之家,以及一所学校,学生既有男孩儿,也有女孩子。不用说,几位巴黎佬受到同胞们的友好款待。使团的修道会会长给他们提供了住处,这样,他们就不必跑去"外国人之家"投宿了。至于旅游观光,他们最多只能前往两处主要景点,一个是努库阿洛法,那里是国王乔治统治的这个国家的首都;另一个是穆阿村,那里的400名居民全都信仰天主教。

当年塔斯曼发现汤加塔布岛的时候,曾经把这座岛屿命名为"阿姆斯特丹[①]"——这个名字有点儿名不副实,因为这里只有用露兜树叶和椰子树纤维遮盖的茅屋。不过,那些欧洲式的住宅却是美轮美奂。尽管如此,还是土著名字更适合这座岛屿。

莫富加港位于汤加塔布岛的北侧海滨,如果模范岛把停泊地向西挪动几海里,就能把努库阿洛法城,以及王宫的花园和皇宫一览无余。如果相反,西姆科准将驾驶模范岛向东移动少许,就能看到一座深深嵌入海岸的海湾,海湾最里面,坐落着穆阿村。西姆科准将并没有移动机器岛,因为,周围分布着上百座小岛,小岛之间的航道,只能允许小吨位的船只通过,对于机器岛来说,随时都有搁浅的危险。因此,在整个停泊期间,机器岛只能待在莫富加港的对面海上。

如果说,有不少亿兆城市民下岛登岸,前往这座港口,那么,很少有人愿意去岛屿内陆旅游观光。尽管这座岛屿风景秀美,

[①] 阿姆斯特丹是荷兰最大城市,塔斯曼是荷兰人,以此纪念故国。

完全配得上埃利塞·何克律①给予它的溢美之词。但是无疑，这里的气候十分炎热，而且雨量充沛，有时候，倾盆大雨足以浇灭观光客的旅游热情，只有那些疯狂热爱旅行的游客，才愿意踏遍整座岛屿。然而，弗拉斯科林、潘希纳，以及伊弗内斯恰恰就有这份儿狂热，不过现在，根本无法让大提琴手下决心离开娱乐场的那间舒适住房，只能等到日落时分，当海风让莫富加的海滨沙滩变得凉爽之后，才有可能。就连总监也连声道歉，表示无法陪伴三位狂热的旅行家。

"我在半路就会被晒化了！"总监对他们说道。

"那样，我们可以把您装进瓶子带回来！"殿下回答道。

面对如此承诺，卡利斯图斯·蒙巴尔依然坚辞不去，他宁愿让自己保持固体状态。

亿兆城的市民非常幸运，三个星期以来，太阳一直在向北半球移动，模范岛还能与这个炽热的火炉拉开一点儿距离，让岛上的气温维持在正常范围之内。

于是，第二天，晨曦初现，三位朋友离开莫富加港，向这座岛屿的首都走去。确实，天气十分炎热，不过，在椰子树，以及高耸挺拔的莱基莱基树、图依图依树的阴影下，气温还能让人忍受。到处生长着古柯树②，树上挂着红色和黑色的浆果，犹如一簇簇令人眼花缭乱的宝石。

---

① 埃利塞·何克律（1830—1905），法国无政府主义地理学家。
② 古柯是灌木或小灌木，叶子可以提取古柯碱，用于局部麻醉。

将近正午时分，如鲜花般绚丽绽放的首都呈现在眼前——在每年的这个季节，用这样的词汇形容这座城市，实在颇为贴切。皇宫好似坐落在一只硕大无朋的绿色花篮里。土著的茅屋周围繁花似锦，新教传教士的住宅则尽显英格兰建筑风格，两者之间形成鲜明对照。此外，这些卫斯理宗牧师的影响力无处不在，汤加居民在屠杀了部分传教士之后，最终还是皈依了牧师们的信仰。不过，看得出来，汤加人并未完全放弃卡纳克人的神学习俗。对于他们来说，大祭司的地位仍然高于国王。根据他们古怪的神学观念，无论善良的精灵，还是邪恶的精灵，它们全都扮演非常重要的角色，基督教无法轻易根除"塔布"①，它始终受人敬仰，如果谁想毁灭"塔布"，那就必须举行赎罪仪式，在这样的仪式中，有时候，会牺牲人的生命，将其作为祭品……

根据探险家们的记述，必须特别提一下艾利·马林先生在1882年所做的那次旅行——那个时候，努库阿洛法还仅仅是一个半开化的聚居点。

按照约定俗成的规矩，弗拉斯科林、潘希纳和伊弗内斯应该前往觐见乔治国王，匍匐在他脚下，亲吻他的双脚，向他表达敬意。但是，他们三人丝毫不想这么做。不过，几位巴黎佬十分荣幸，在努库阿洛法的一个广场上，他们远远望见了"杜依"——这是当地人对国王陛下的称呼——只见杜依上身穿一

---

① "塔布"特指原始民族宗教迷信方面的禁条，或者禁忌。

在努库阿洛法的一个广场上,他们远远望见了"杜依"。

件类似白衬衣的外套，腰间缠着一条土布短裙。在几位艺术家的旅途中，这种亲吻双脚的礼节给他们留下了最恶劣的记忆。

"看见了吗，"潘希纳观察道，"这个国度的河流水量不大！"

实际上，无论在汤加塔布岛，或者瓦沃岛，以及这座群岛的其他岛屿，从水文地理学角度考察，这里既没有小河流，也没有有潟湖。大自然赏赐给本地土著的，只有储存在蓄水池里的雨水。在这方面，乔治一世与他的臣民一样，都必须厉行节约。

这一天，三位游客都很疲倦，他们返回莫富加港，心满意足地回到娱乐场的住所。尽管塞巴斯蒂安·佐恩不大相信，但是，三人信誓旦旦地表示，此次旅行十分有趣，无与伦比。然而，尽管伊弗内斯说得天花乱坠，仍然没能说服大提琴手第二天一同前往穆阿村。

穆阿村之旅不仅路途相当遥远，而且十分累人。本来，西律斯·比克斯塔夫大发善心，答应给几位观光客提供一条电动小艇，让他们节省力气，轻松前往。但是，如果能深入这座奇特岛屿一探究竟，一定会不虚此行，因此，几位旅行家还是决定顺着珊瑚石堆积的海岸，经过沿岸接连不断，椰子树林遮天蔽日的小岛，徒步前往穆阿村所在的海湾。

直到当天下午，他们才抵达穆阿村。这样以来，只好在当地投宿过夜。有一个地方可以接待几位法国人，那里是天主教传教士们的驻地。修道会会长接待了他们，态度诚恳热情，令人感动——这让他们回想起在萨摩亚群岛，主母会会友曾经给予他们的热情款待。他们度过了一个美妙的夜晚，大家聊天交谈，趣味盎然。谈论的话题涉及汤加殖民地的不多，大家更关心法兰西！修道士们想起遥远的家乡故土，难免思绪万千！说实话，他们的思乡之情，是否因为在这些岛屿所做的一切而得到了回报？当他们看到，自己在这个小小的天地，得到土著的尊重，让这里摆脱了英国国教牧师们的影响，皈依信仰天主教，看到这一切，他们是否感到欣慰？看到他们取得的成就，卫理公会的教徒们甚至在穆阿村旁边设置了附属建筑，设法鼓励当地土著改宗①，皈依卫斯理宗。

修道会会长不无自豪地带领来宾参观使团机构。这里有一栋房屋，是穆阿村土著义务修建的，它是一座由汤加建筑师设计的教堂，非常美丽，即使让他们的法国同行看到，也无可挑剔。

晚上，大家在村庄附近散步，一直走到古老的"汤加-杜依"的坟墓，这是一座由板岩和珊瑚混合搭建的坟墓，富有原始艺术的魅力。他们甚至还观赏了一座"梅桉树"种植园，这是一种榕树，或者叫无花果树，树身硕大无朋，树根如同蛇一般缠绕，相互交错，延伸的范围，有时甚至超过60米。弗拉斯科林坚持要亲自测量一番，然后把测量数据记录在自己的小本子里，再请修道会会长对记录的准确性予以确认。瞧瞧吧，测量数据足以证明这个植物界的奇观，无可置疑！

用过丰盛的晚餐，艺术家们在使团驻地最好的房间里过夜。

---

① 改宗，即改变宗教信仰，主要指基督教信徒改变宗派，例如从天主教改宗新教，或者相反，又或者从新教、天主教改宗东正教，甚至从圣公会改宗到长老会，等等。

一宿过后，吃了丰盛的早餐，然后依依惜别驻扎在穆阿村的传教士，返回模范岛，此时，市政厅的钟楼刚好敲响下午五点钟。这一次，无须任何夸张的描述，三个人向塞巴斯蒂安·佐恩坦言，这趟旅行令人终生难忘。

第二天，西律斯·比克斯塔夫接待了来访的沙罗船长，以下是这次会晤涉及的主要内容：

沙罗船长刚刚提出了一个请求：有一批马来亚人——大约一百来个——因为汤加人天生懒惰，做一天和尚撞一天钟，不喜欢干活儿，因此，他们被从新赫布里底招募，来汤加塔布开垦土地。不过，不久前，这项工程已经结束了，这些马来亚人正等待机会，以便返回自己的群岛。总裁可否允许模范岛搭载他们一程？五个，或者六个星期之后，模范岛将抵达埃罗芒阿岛，运送这批土著不会给市政府的财政造成很大负担。模范岛做这件事儿轻而易举，相信总裁不会把这些老实人拒之岛外。如果总裁批准这个请求——不仅沙罗船长万分感激，而且，汤加塔布岛的主母会修士也将感激不尽，因为，那些马来亚人都是这些修士招募来的。

谁能想到，沙罗船长这是在招募同伙，关键时刻，他希望得到这些新赫布里底人的帮助。沙罗船长在汤加塔布岛遇到这些人，并且帮助他们登上模范岛，他是不是应该感到庆幸？……

这是亿兆城市民前往群岛观光的最后一天，第二天，模范岛就将离开此地。

下午，观光客们有机会参观一次节日庆典，这是当地一个半民俗,半宗教的节日,土著居民都将参与活动,而且热情极为高涨。与萨摩亚群岛,或者马克萨斯群岛的土著相比,汤加土著同样喜欢在节日里载歌载舞。由于这样的活动特别吸引我们几位巴黎佬,因此,下午三点钟,他们动身离岛登岸。

陪伴他们的是总监先生,这一回,舞蹈教授阿萨纳塞·多雷姆斯一起同行。一位礼仪教授出席这样的庆典活动,难道不是理所当然的吗? 塞巴斯蒂安·佐恩决定随同伴们走一趟,无疑,与参加当地居民乱蹦乱跳的编舞相比,他更希望倾听的,是汤加的音乐。

当他们来到广场时,节日气氛已经进入高潮。从胡椒树的干树根里提炼出的卡瓦酒①被倒进椰壳,来回传递,倾入上百名舞者的喉咙,其中既有男人,也有女人,既有年轻小伙,也有妙龄姑娘,姑娘们卖弄风情地修饰自己的飘逸长发,这样的长发将一直保留到她们新婚的那天。

乐队的组成十分简单。有一种乐器,当地人称"方胡-方胡",其实就是鼻笛②;还有十来只"纳法斯",这是一种鼓,演奏者需反复击打——潘希纳提醒大家,这种击打极富节奏感。

毫无疑问,法国舞蹈学校教授的都是华尔兹、玛祖卡、波尔卡,以及四对舞,对于其他不入流的舞蹈,"极其讲究礼仪"的阿萨纳塞·多雷姆斯一律嗤之以鼻。因此,他对着伊弗内斯不

---

① 卡瓦酒是斐济、萨摩亚、汤加、瓦努阿图等地特产,饮用卡瓦酒是迎接贵宾、重大庆典、欢庆节日、婚礼等重大场合的重要礼节。
② 鼻笛又称"鼻哨笛"或"鼻箫",用竹管制成,用鼻腔吹奏,在我国台湾流行于高山族。

节日气氛已经进入高潮。

屑地耸了耸肩膀,而后者却认为,这儿的舞蹈独树一帜,别具一格。

一开始,土著们坐着跳舞,这种舞蹈只需摆出姿势,舞动手臂,晃动身躯,节奏缓慢,表现出怪异的悲哀气氛。

随着身躯的晃动,舞者站了起来,此时,在场的汤加男女全体进入狂热状态,一会儿跳起优雅的舞姿,一会儿在舞姿中反复表现激烈的战斗姿态,似乎正在战场上狂奔。

四重奏乐队以艺术家的眼光审视着面前的场景,不禁自忖,如果这些土著听到巴黎舞会的激越音乐,一定极度亢奋,激动不已,还不知将要狂舞到何种程度。

于是,潘希纳突发奇想,向同伴们提出了一个建议:派人返回娱乐场,取来他们的乐器,给这些男女舞者送上一段狂热的八分之六拍舞曲①,再送上勒科克、奥德朗,以及奥芬巴赫曲目中几支四分之二拍舞曲。

提议获得认可,卡利斯图斯·蒙巴尔甚至认为,这个主意定能取得不可思议的效果。

半个小时之后,乐器被送来了,舞会很快重新开始。

土著们惊诧不已,听到一支大提琴和三支提琴通力合作,一齐奏出典型的法国曲调②时,他们不禁欣喜若狂。

请相信,听到这般音响效果,土著们不可能无动于衷。事

---

① 古典曲目中常见到八分之几的拍号,比如6/8,表示该乐曲是以八分音符作为一拍,每一小节共6拍。
② 勒科克、奥德朗和奥芬巴赫三人均为19世纪法国作曲家,作品均为法兰西音乐风格。

实证明，这种大众舞厅所特有的舞蹈①是发自本能的舞蹈，跳这种舞蹈可以无师自通，——尽管阿萨纳塞·多雷姆斯对此并不认同。在场的汤加男女一字排开，扭臀摆腰，无拘无束，各显神通。与此同时，塞巴斯蒂安·佐恩、伊弗内斯、弗拉斯科林，还有潘希纳，以狂热的节奏拉起舞曲《俄耳甫斯在冥界》②。就连总监也情不自禁，忘情地独自一人，蓬头乱发跳起了四对舞。与此同时，面对眼前的可怕场景，礼仪教授只能掩面，不忍直视。嘈杂的喧嚣达到巅峰，鼻笛和手鼓声震耳欲聋，舞者们的狂热也发挥到了极致，谁也不知道这一切何时才能结束，就在此时，发生了一个意外，让这场癫狂的舞会戛然而止。

一位汤加男子——个头高大，身强力壮的小伙子——被大提琴家手中乐器发出的声音所迷惑，快步跑到大提琴手身边，一把夺过大提琴，带着它，溜之大吉，嘴里不停叫道：

"塔布……塔布！……"

这把大提琴变成了禁忌品！谁也不能再碰它，否则就是亵渎！如果有人胆敢冒犯这个神圣的俗规，无论大祭司们、乔治国王，还是王宫显贵，乃至于这座岛屿的全体百姓，都将群起而攻之……

塞巴斯蒂安·佐恩可不吃这一套。这件根特和伯纳德尔的

---

① 大众舞厅的舞蹈，特指由手风琴伴奏，或者旧时乡村由风笛伴奏的民间舞会。
② 俄耳甫斯是希腊神话人物，极具音乐天赋。为救赎亡妻，舍身进入冥界，恳请冥王放还妻子，最后功亏一篑。德籍法国作曲家奥芬巴赫根据这个神话，创作轻歌剧《俄耳甫斯在冥界》。

绝世杰作是他的命根儿。因此，只见他跳起来，紧随那个小偷追了下去。顷刻之间，他的同伴们也尾随而去。土著们跟在后面，于是，现场一片混乱。

不过，那个汤加小伙子跑得飞快，几分钟的时间，他就跑远了……远远跑开！大家不得不放弃追赶。

塞巴斯蒂安·佐恩，还有其他人白跑一趟，没办法，只好找到卡利斯图斯·蒙巴尔，只见他待在原地，筋疲力尽。不难想象，大提琴手暴跳如雷，难以言状。这还不够，只见他口吐白沫，呼吸困难！甭管什么"塔布"不"塔布"，必须把他的乐器还回来！哪怕让模范岛向汤加-塔布宣战——多少战争的起因比这件事还要微不足道，谁不知道？——大提琴必须物归原主。

非常幸运，汤加-塔布岛当局介入了此事。一个小时以后，那个汤加男子被抓住了，并且被迫送回了乐器。物品的归还并非一帆风顺，因为涉及"塔布"问题，西律斯·比克斯塔夫总裁差一点儿就要向对方送出最后通牒，然而，如果这样，可能会引发整座群岛的宗教狂热。

无论如何，还得遵照当地处理此类情况的习俗，举行祭祀仪式，才能解除禁忌。于是，遵照习俗，宰杀了一大群猪，放进一个洞穴，再放进红薯和芋头，以及马科雷树的果实，填满滚烫的石头，把猪肉焖熟，让汤加人心满意足地饱餐了一顿。

至于那把大提琴，经过一番抢夺，琴弦有点儿松动，塞巴斯蒂安·佐恩不得不重新调音，幸好，尽管土著对它施加了咒语，但是经过检查发现，它的音质并未受到影响。

那个汤加小伙子跑得飞快。

第六章　猛兽麇集

离开汤加-塔布,模范岛把冲角对准西北方向,直奔斐济群岛而去。太阳正在向北方,朝着赤道线移动,机器岛追随太阳,逐渐远离南回归线。它不必着急赶路,这里距离斐济群岛只有200里①,在西姆科准将的掌控下,机器岛犹如闲庭信步。

海风变幻无常,不过没关系,对于这架巨型航海机器来说,海风算得了什么?如果说,在这个临近南纬23度线的海面上,有时会出现暴风雨,那么,太平洋瑰宝甚至根本不予理睬。空气中虽然充满电能,但是,机器岛的建筑和居民住宅安装了许多避雷针,雷电全部都被转移过滤掉。至于降雨,即使浓云密布,大雨倾盆,机器岛也只是欣然笑纳。在雨水的浇灌下,公园和田野一片绿油油。不过,这样的大雨并不常见。模范岛上庆典不断、音乐会照常举行,招待会应接不暇,时间平稳流逝,岁月静好。现在,两个街区的交往日趋频繁,看起来,模范岛前途似锦,从此高枕无忧。

---

① 此处为法国古里,1古里约合4千米,此时,机器岛距离斐济群岛大约800千米。

在沙罗船长的请求下，西律斯·比克斯塔夫答应让那拨新赫布里底人登岛搭船，为此，他并不后悔。这些土著尽力而为，不让自己白吃饭。他们承揽了田野里的活计，因为，在汤加群岛，他们一向从事农活。沙罗和他那些马来亚人整天与这些土著形影不离，到了晚上，他们纷纷返回两个港口，那里是市政府分配给他们的驻地。模范岛居民对他们毫无怨言。迄今为止，这些新赫布里底土著都还没有皈依天主教，尽管英国国教和天主教的传教士们费了九牛二虎之力，新赫布里底的大多数居民仍然对基督教无动于衷，不感兴趣。也许，现在恰恰是帮助这些老实人改宗的好时机。为此，模范岛的神职人员想方设法，然而，对此，总裁并不赞同。

这批新赫布里底人的年龄，从20岁至40岁不等，普遍中等身材，皮肤比马来亚人的肤色更深，如果说，与汤加土著，或者萨摩亚土著相比，他们的容貌不那么漂亮，然而，他们却有着天生极富耐力的身体。他们在汤加-塔布的主母会修士那里挣的钱很少，所以，十分珍惜，从来不肯浪费一分钱购买酒精饮料，更何况，模范岛严格限制向他们出售酒精饮料。不仅如此，由于在模范岛上的生活费用全免，因此，他们体会到了在自己那个野蛮群岛从未有过的幸福感。

然而，在沙罗船长的怂恿下，这些土著已经与新赫布里底的同胞串通一气，一旦时机成熟，他们将成为这帮人的同谋。到那时，他们天生的残忍性格将暴露无遗。在太平洋这片海域的居民当中，他们的祖先素来享有令人生畏的声誉，而他们，不正是那些屠夫的后裔吗？

　　与此同时，亿兆城的居民平安度日，生活安排得井井有条，合情合理。根本想不到灾难有可能降临。四重奏乐队始终大获成功，大家不知疲倦地倾听他们的演奏，坚持不懈地报以热烈掌声。无论是莫扎特的作品，还是贝多芬、海顿，以及门德尔松的作品，无不备受欢迎。除了定期在娱乐场举行的音乐会，科弗利夫人还举行一系列音乐晚会，而且很受追捧。马勒卡利亚国王和王后曾经不止一次莅临出席。如果说，坦克顿一家尚未前往拜访位于第十五大道的府邸，那么至少，沃尔特对这些音乐晚会趋之若鹜，逢场必到。早晚有一天，他与蒂小姐一定会喜结连理，这事儿板上钉钉……无论在左舷区，还是右舷区的沙龙里，人们公开谈论这桩婚事……甚至开始设想未来订婚仪式证婚人的人选……现在，唯一缺少的就是两位家长的许诺……是否还需要等待一个时机，以便让杰姆·坦克顿和纳特·科弗利顺理成章地宣布此事？……

　　这个大家焦急等待的时机，很快就出现了。不过，它的出现，是以极大的危险作为代价，而且，给模范岛的安全造成了极大的威胁！

　　1月16日下午，在从汤加群岛驶往斐济群岛的途中，差不多就在距离两者中间的海域里，一条轮船出现在模范岛的东南方向。看上去，对方似乎正朝右舷港驶来。这应该是一条七八百吨的汽船，它的桅杆上没有悬挂任何旗帜，甚至，当它驶到距离模范岛仅有1海里时，依然没有升起旗帜。

这条汽船属于那个国家？瞭望塔上的瞭望船员无法根据轮船外形做出判断。由于对方充满敌意，存心不向模范岛致意，因此，这条汽船只可能是一艘英国船。

　　此外，这条汽船根本没打算驶入模范岛的港口，似乎只想从海面上擦肩而过，显然，再过一会儿，它就将销声匿迹。

　　夜幕降临，天上没有月亮，四周黑黢黢。天空布满高高的云层，宛若笼罩着一幅天鹅绒幕布，似乎把所有光线吸收净尽，使夜色变得更加晦暗。海面沉寂，微风不起，波澜不惊。浓重的夜色中，四周一片静悄悄。

　　将近11点钟，变天了。暴风骤然来临，闪电划破夜空，直到午夜过后，雷声依然阵阵轰鸣，但始终未曾落下一滴雨水。

　　也许，这阵轰鸣来自远方某处的暴风雨，而且妨碍了海关关员视察岛艉炮台，他们没有听见传来的异常呼啸声，以及古怪的号叫声，这声音搅乱了那段岛岸的宁静，它既不是闪电的呼啸，也不是炸雷的轰鸣。甭管出于何种缘故，凌晨两三点钟时，这种现象倏然而至。

　　第二天，一则令人担忧的消息在偏离市中心的街区传开，负责在田野巡视，看守放牧畜群的人员，突然陷入恐慌，四散奔逃，一部分人逃往港口，另一部分人逃进亿兆城的栅栏。

　　发生了一件严重的事情，昨天夜里，有五十来头绵羊被啃食得七零八落，它们血淋淋的尸体躺在岛艉炮台附近。另外，在牧场，以及公园篱笆墙里的十来头奶牛，牝鹿，以及黄鹿，还有二十来匹骏马，也都遭遇了同样的命运……

403

毫无疑问，这些动物全都遭到了猛兽的攻击……何种猛兽？……是狮子、老虎、豹子，还是鬣狗？……这些东西难道是豢养的吗？……难道，在模范岛上曾经出现过，哪怕一只这种有害食肉动物吗？……难道这些动物有可能是从海上过来的吗？……最后，难道太平洋瑰宝处于印度、非洲，或者马来亚附近？因为，只有那种地方的猛兽才会衍生出如此花样繁多的凶残畜生。

不！模范岛既不在亚马孙河①的入海口附近，也不在尼罗河②的入海口，然而，大约早晨7点钟，两位女士来到市政厅前的小公园，她俩曾经被一只巨大的钝吻鳄追赶，这家伙爬到蛇形河岸边，然后潜入水里不见了。与此同时，沿着河边的草丛窸窣抖动，这表明，此刻，还有其他蜥蜴类动物在那里活动。

这些消息令人难以置信，其产生的效果可想而知！一个小时之后，瞭望船员发现，在田野里，蹦跳乱窜着好多对老虎、狮子，以及非洲豹。很多逃到冲角炮台的绵羊被两只体形硕大的老虎咬死。家畜们被猛兽的号叫吓坏了，纷纷向四面八方逃窜。还有一些人，因为工作需要，一大早动身赶往田野。第一辆驶往左舷港的有轨电车遭到三只狮子的追赶，它们只差一百来步就要追上时，电车勉强来得及躲进车库。

毋庸置疑，昨天夜里，模范岛遭到了一群凶残动物的入侵。

---

① 亚马孙河又译"亚马逊河"，位于南美洲北部，是世界上流量、流域最大、支流最多的河流。

② 尼罗河流经非洲东部与北部，自南向北注入地中海，是世界最长的河流。

……遭到三只狮子的追赶。

而且，如果没有立即采取措施，亿兆城也将遭到入侵。

从阿萨纳塞·多雷姆斯那里，几位艺术家获悉了面临的处境。这天，礼仪教授比平时早点儿出门，但没敢返回住所，逃进了娱乐场，而且，任何人，甭管使多大劲儿，也休想把他从那里弄走。

"好呀，得了吧！……您所谓的狮子、老虎，不过是一群鸭子①，"潘希纳叫道，"至于您所谓的钝吻鳄，不过是愚人节②的把戏！"

但是，面对无可否认的事实，他不得不低头认输。因为，市政府已经发出命令，在这场起因不明的入侵，以及其导致的威胁被消除前，关闭城市的栅栏门，同时，封闭两座港口的入口，以及沿岸的各个海关关口。与此同时，有轨电车暂停运营，禁止冒险前往公园，或者田野。

然而，就在工作人员关闭第一大道尽头，位于观象台小公园一侧的入口时，距离小公园仅仅50步之遥的地方，跳出来一对老虎，目露凶光，张着血盆大口，如果再迟几秒钟，这些猛兽就要钻过栅栏，跃入城市。

在第一大道市政府所处的另一端，人们采取了同样的措施，亿兆城终于逃脱了被入侵的厄运。

《右舷记事报》《新先驱报》，以及模范岛的其他报纸，纷纷

---

① 此处为双关语，法语"鸭子"一词的转义是报纸捏造的新闻，假消息，谣言。
② 愚人节起源于16世纪的法国，在每年4月1日这天，人们相互愚弄，成为流行风俗。

报道了这些事件，一时间，传言四起，新闻不断，专栏文章满天飞！

顷刻之间，恐怖气氛弥漫全城，公馆和住宅纷纷紧闭门窗，商业街区的店铺停止营业。全城再无一扇敞开的房门。楼上高处的窗户里，惊慌失措的人们探出头。街上只有民兵部队，遵照斯图尔特上校的命令，分成班组，还有军官率领的警察队伍，分成小队，来回巡逻。

西律斯·比克斯塔夫，以及他的两位副手：巴泰勒米·鲁格和哈布利·哈考特在第一时间就赶到市政府行政大厅，并且再未离开。通过电话，市政府从两个港口、两座炮台，以及沿岸各岗位了解到最新情况，这些情况令人忧心忡忡。这些猛兽差不多分布到了各个角落……根据电报所述，至少有上百只，这个数字也许有些夸张……但有一点十分肯定，那就是，确有一定数量的狮子、老虎、非洲豹，以及凯门鳄[①]跑到了田野里。

那么，到底发生了什么事儿？……会不会是某个动物园的牢笼被冲破，导致动物们逃窜上了模范岛？……但是，这个动物园又是来自何方？……又是哪条船负责运输？……会不会是昨天遇到的那条汽船？……如果是，那么，这条汽船怎么样了？……它是否在昨日夜间已经靠岸？……这些畜生泅水逃生，攀爬到机器岛岸边，又从岛岸的低洼处进入岛内，而那处低洼恰巧就是蛇形河的排水口，是不是这样？……最后，在动

---

① 凯门鳄是短吻鳄科凯门鳄属动物的统称，属于中小型鳄鱼，主要分布在中、南美洲。

物逃跑后,那条船随后是否已经沉没?……不过,虽然瞭望船员尽力向远方搜寻,即使西姆科准将借助望远镜,却无法在海面上发现任何漂浮的残骸。特别是,自昨天以来,模范岛几乎完全没有移动过!……另一方面,假设这条船沉没了,为何那些食肉动物都能逃上模范岛,而船上的水手却未曾尝试逃上来呢?……

就这些问题,市政厅通过电话询问了各处岗位,而各处的回答则是:既未发生过船舶碰撞,也不曾有船只沉没。尽管昨晚夜色浓重,但他们一直在留神观察,不会弄错。显然,在所有各种假设当中,沉船的假设最不靠谱。

"神秘……太神秘了!……"伊弗内斯嘴里反复念叨着。

他和同伴们聚集在娱乐场,在这儿,阿萨纳塞·多雷姆斯分享了他们的早餐,而且如果有必要,他还将继续分享音乐家们的午餐,以及六点钟的晚餐。

"毫无疑问,"潘希纳一边把巧克力报纸浸泡在冒着热气的碗里,一点儿一点儿啃着,一边回答道,"毫无疑问,我把狗和猛兽全部吃光①,……多雷姆斯先生,甭管发生了啥事儿,与其等着被猛兽吃掉,不如先填饱自己……"

"谁知道呢?……"塞巴斯蒂安·佐恩反诘道,"也许,最终吃掉我们的是狮子,或者老虎,抑或是食人生番……"

---

① 此处为戏谑的双关语。法语"报纸杂讯栏目",直译为"死狗栏目",此处意为"把刊登猛兽消息的杂讯栏目吃进肚子"。

"我更希望被食人生番吃掉！"殿下回答道，"各人爱好不同，不是吗？"

说完，这个不知疲倦，爱开玩笑的家伙笑了起来，然而，礼仪教授却笑不出来，与此同时，陷入一片恐慌的亿兆城同样高兴不起来。

从早晨八点钟开始，名人委员会成员应招前往市政厅，大家毫不犹豫地聚拢到总裁身边。此刻，大街小巷空无一人，只能看到民兵巡逻队，以及奔赴各自岗位的工作人员。

在西律斯·比克斯塔夫总裁的主持下，委员会立即开始磋商。

"先生们，"总裁说道，"你们都知道，模范岛居民陷入恐慌当中，而且，你们也知道其中缘由。昨天夜里，我们岛屿遭到一群食肉动物和大鳄的入侵。当务之急，就是消灭这帮家伙，而且，毋庸置疑，我们定能获得成功。但是，我们的百姓必须遵守已经颁布的措施。如果说，亿兆城的城门已经关闭，并不禁止人们在城里走动，那么，我们严禁前往公园和田野。因此，在新的命令颁布之前，在本城与两个港口之间，以及与冲角炮台和岛艉炮台之间，禁止通行。"

这些措施得到会议的批准。随后，委员会开始讨论其他措施，设法消灭这些入侵模范岛的有害动物。

"我们的民兵，以及我们的水手，"总裁接着说道，"他们将在全岛各处展开围猎。至于我们当中，如果有人当过猎手，我们请求你们加入围猎的行列，负责指挥他们行动，尽量预防发生任何悲剧性意外……"

"以前,"杰姆·坦克顿说道,"我曾经在印度和美洲打过猎,对我来说,狩猎不算啥稀罕事儿。我已做好准备,而且,我的长子将陪我一起……"

"尊敬的杰姆·坦克顿先生,我们对您表示感谢,"西律斯·比克斯塔夫回答道,"至于我本人,我将与您一样。除了斯图尔特上校指挥的民兵队伍,还要组织一队水兵,由西姆科准将负责指挥,先生们,欢迎你们参加这支队伍!"

纳特·科弗利的提议与杰姆·坦克顿相同,最终,所有名人委员会的成员,只要年龄允许,全体竞相报名加入。亿兆城从来不缺射程足够远的快枪。依靠每个人的勇敢与献身精神,毫无疑问,模范岛很快就能把这些可怕的畜类消灭干净。不过,正如西律斯·比克斯塔夫反复强调的,重要的问题是不能死人,以免造成遗憾。

"至于这些猛兽,我们还无法确定它们的数量,"总裁补充道,"我们必须在最短时间里消灭它们,这点很重要。如果让它们适应了这里的环境,甚至繁衍起来,必将威胁本岛的安全。"

"很可能,"一位名流提醒道,"这帮家伙的数量不算多……"

"事实上,这些家伙只可能来自一条运输动物的轮船,"总裁回答道,"这条船可能来自印度、菲律宾,或者巽他群岛①,可能

---

① 巽他群岛位于太平洋与印度洋之间,是马来群岛的组成部分。由大巽他群岛、小巽他群岛组成。主要岛屿包括苏门答腊岛、爪哇岛,等等。

是为汉堡①的某家公司送货,因为,那里一向专门从事此类动物贸易。"

汉堡是最主要的野兽交易市场,在那里,动物的现货价格达到每头大象12000法郎、长颈鹿27000法郎、河马25000法郎、狮子5000法郎、老虎4000法郎、美洲豹2000法郎——可见,其价格相当可观,而且还在不断上涨,不过,蛇类的价格有所回落。

谈到这里,委员会的一位成员指出,这批动物里面,很可能包含了若干种蛇类,对此,总裁回复说,迄今为止,尚未发现任何爬行动物。尽管如此,既然狮子、老虎、钝吻鳄都能游水,通过蛇形河的排水口进入岛内,那么,也有可能出现蛇类。

西律斯·比克斯塔夫提请大家关注此事。

"因此,我认为,"他说道,"虽然我们并不惧怕出现蟒蛇、环纹赤蛇、响尾蛇、眼镜蛇、蝰蛇,以及其他品种的蛇类。但是,在这个问题上,必须采取一切必要措施,确保居民的安全。不过,先生们,还是抓紧时间吧,在弄清楚这次猛兽入侵的原因之前,让我们首先尽力消灭它们。既然它们已经来了,那就不能放过它们。"

这话说得合情合理,再恰当不过,大家一致同意。名人委员会的成员将分头行动,在模范岛最有经验的猎手帮助下,参与围猎,恰在此时,总裁副手哈布利·哈考特要求发言,希望

---

① 汉堡位于德国易北河岸,是德国最重要的海港和最大的外贸中心。

提出一个看法。

他的要求得到满足,以下,就是这位可敬的总裁副手向委员会提出的看法:

"各位委员先生们,我并非想要推迟已经决定要采取的行动。目前最迫切的,就是开始围猎。然而,我想到一个问题,请允许我向你们阐明。也许,这个想法能够非常合理地解释,为什么模范岛上会出现这么多猛兽?"

哈布利·哈考特出身于安的列斯群岛①一个历史悠久的法国后裔家庭,生活在路易斯安那州,并被彻底美国化。他在亿兆城享有很高威望。此人思维缜密,谨言慎行,从不轻举妄动,虽然很少发表言论,但是,他的意见很受重视。因此,总裁请他谈一谈,于是,他用逻辑严谨的几句话,表达了自己的看法。

"各位名流先生们,昨天下午,我们在岛上望见了一条船。这条船根本不想暴露其国籍。无疑,就是不想让人知道。然而,毋庸置疑,在我看来,就是它运载了这一船食肉动物……"

"这一点再明显不过。"纳特·科弗利回答道。

"那么,诸位名流先生们,如果你们当中有人认为,这次对于模范岛的入侵纯属意外发生的海难……那么,我……我却不这么认为!"

"可是,按照您的意思,"杰姆·坦克顿从哈布利·哈考特的

---

① 安的列斯群岛位于加勒比海,在南美、北美两大陆之间,由大安的列斯群岛和小安的列斯群岛组成。

话语中，似乎醒悟到了什么，不禁惊叫道，"这是故意为之……有计划……有预谋的？……"

"哦！"全体委员惊诧道。

"对此，我坚信不疑，"总裁副手以确切的语气断言道，"而且，这个阴谋只能出自我们的死敌之手，就是那个约翰牛，它在与模范岛作对时，一向不择手段……"

"噢！"全体委员再次惊诧道。

"由于约翰牛无权摧毁我们的岛屿，因此，它就想让模范岛变得无法居住。基于这个想法，它收集了这些狮子、美洲豹、老虎、非洲豹，以及钝吻鳄，利用那条汽船，借着夜色，让它们侵入我们的领地。"

"喔！"全体委员第三次发出惊呼。

如果说，第一声惊呼颇有怀疑的意思，这最后一声惊呼，则是表达确信不疑。是的！这一定是那些不服气的英国人采取的报复手法，为了捍卫自己的海洋霸主地位，他们从不退让一步！是的！那条汽船就是专为实现这项罪恶阴谋而来；并且，一旦阴谋得逞，立刻溜之大吉！是的！只要能让模范岛的居民无法安居，为了实现这个目的，大英帝国政府毫不吝惜那数千英镑！

随后，哈布利·哈考特接着补充道：

"如果说，我最终形成了这个想法，或者，我最初仅仅是怀疑，但最后终于确信无疑，那是因为，先生们，我回想起了另一个相同的事件，一个邪恶的阴谋，其发生的背景几乎与我的遭遇相同，而且，英国人迄今无法洗净嫌疑……"

"并非因为他们缺乏洗净嫌疑所需的清水。"一位名流提醒道。

"那是因为，咸水无法用来清洗①！"另一位名流回答道。

"就好像大海洗不净麦克白夫人②手上沾染的血迹！"第三位名流高声说道。

必须指出，在这些高贵的委员如此厉声斥责时，哈布利·哈考特还没来得及说出那个阴谋事件，下面，他进一步阐述道：

"各位委员先生们，"他接着说道，"当英国人不得不把法属安的列斯诸岛让给法国时③，他们还想在那里保留自己的印记，那么，是何种印记！在那时之前，无论在瓜德罗普岛④，还是在马提尼克岛⑤，从来不曾有过一条蛇。然而，在盎格鲁－撒克逊殖民者离开后，马提尼克岛却遭到蛇类入侵。这是约翰牛做出的报复！他们在逃跑之前，在自己被迫让出的地盘，抛撒了上

---

① 此为双关语，暗喻英国人的海上霸权，因为海水是咸的。
② 麦克白夫人是莎士比亚悲剧《麦克白》中的人物，是一个残忍、恶毒的女人。此处暗喻大英帝国。
③ 自15世纪以后，安的列斯群岛成为欧洲人的殖民地。先后有西班牙、英国、荷兰及法国的殖民者到来争夺殖民地，其中，最终属于法国的岛屿包括圣马丁岛（部分）、圣巴托洛缪岛、瓜德罗普岛，以及马提尼克岛。
④ 瓜德罗普岛位于加勒比海小安的列斯群岛中部。1635年法国殖民者占领该岛。后几度被英国夺得。最终于1815年重归法国统治。现为法国海外省。
⑤ 马提尼克岛位于安的列斯群岛的向风群岛最北部，1674年，法国宣布该岛为法国领地。现为法国海外大区。

百条爬虫类动物。自那时以来，这些有毒的爬虫毫无节制地大量繁殖，给法国的移殖民造成极大麻烦！"

的确，这项针对英国人的指责，此前从未被人披露过，现在，它让哈布利·哈考特关于当前事件的解释更为真实可信。然而，仅凭这一点，就能让人相信，约翰牛真的想让机器岛变得无法居住，或者，它真的曾经对法属安的列斯的一座岛屿做过那样的事儿吗？无论前者，还是后者，这两件事都永远无法予以证实。不过，对于模范岛来说，不妨让亿兆城的市民对此信以为真。

"好吧！"杰姆·坦克顿叫道，"如果说，对于英国人留在马提尼克岛上的爬虫，法国人至今没能清除干净，那么……"

对于杰姆·坦克顿满怀激情的比喻，喧嚣鼓噪声轰然响起：

"……我们亿兆城的市民，一定能把英国佬放逐到模范岛上的猛兽消灭干净！"

响起一阵雷鸣般的掌声，随后，再次响起更热烈的掌声，作为对杰姆·坦克顿下面这席话的回应：

"准备行动吧，先生们，请记住，我们狩猎这些狮子、美洲豹、老虎，还有这些凯门鳄，就好像是在驱逐英国佬！"

于是，名人委员们分头行动。

一个小时以后，当地主要报纸刊登了本次会议的快讯报道，于是，大家都知道，究竟是哪个敌人的黑手，打开了这座漂浮动物园的笼子，究竟谁是这次猛兽军团入侵的幕后主使，于是，所有人从心底爆发出愤怒的吼声，英国将世世代代遭人诅咒，这个令人憎恶的名字将永世遭人唾弃！

准备行动吧，先生们。

第七章 围 猎

必须把入侵模范岛的野兽彻底消灭干净。即使只有一对可怕的畜生逃脱，无论是蜥蜴类，还是其他肉食动物，都可能对模范岛的未来安全造成威胁。因为，这对畜生就好像生活在印度，或者非洲的森林里，它们将繁衍生息。模范岛公司用钢板制作了一座人造岛屿，把它放到太平洋广阔的海域里，让它永不靠岸，或者，远离环境恶劣的群岛，并且采取所有措施，避免感染疾病，免受外界侵扰。然而，突然，某天夜晚……事实上，模范岛公司应该毫不犹豫地向国际法庭起诉英国，还要索取巨额赔偿！面对当前处境，难道岛上居民的权利没有惨遭伤害吗？是的，受到了伤害，但是，倘若拿不出证据……

于是，名人委员会做出决定，必须尽快采取行动。

首先，不能允许模范岛居民躲避到两座港口的轮船上，并且准备逃离模范岛。有一些居民家庭，出于恐惧心理，提出了这样的要求，对此，必须拒绝，更何况，也没有那么多轮船。

是的！必须把这些英国人弄来的野兽斩尽杀绝，必须开始围猎，太平洋瑰宝很快就将恢复往日的安宁。

亿兆城的居民抓紧时间，行动起来。个别人毫不犹豫地提出建议，要求采取极端手段——例如，把海水引进机器岛，在公园的丛林里，在平原和田野上，放一把火，把这些害人虫统统淹死，或者烧死。不过，对于两栖类动物，无论哪种方法，效果都不理想，最好的办法，还是严密组织，安排一次围猎。

于是，说干就干。

在这里，需要提及一个人，就是沙罗船长，以及那帮马来亚人，还有新赫布里底土著，他们也想出力，而且，总裁对他们的努力报以殷切期待。这些勇敢的汉子在模范岛受到款待，他们希望以此表达感激之情。实际上，沙罗船长更担心的，却是这场变故打乱他的方案，担心亿兆城的居民携家带口，一心想要逃离模范岛，担心这些居民强迫市政府驾驶机器岛直接返回马德莱娜海湾，如此以来，他的计划就成了泡影。

面对当前处境，四重奏乐队坦然处之，展现了法国人的气概。不过，并不需要他们身先士卒，毕竟，围猎还是有一定风险。于是，他们投身卡利斯图斯·蒙巴尔麾下，接受他的指挥。这位总监吹嘘说，比这更糟糕的事情，他都经历过，说着，轻蔑地耸了耸肩膀，对于这些狮子、老虎、豹子，以及其他没啥了不起的动物，总监根本没放在眼里！作为巴纳姆①的侄孙，也许，他当过驯兽师，或至少，率领过一支到处流浪的马戏团？……

---

① 巴纳姆（1810—1891），作为美国著名演艺经纪人，巴纳姆曾经营过不止一个马戏团，其中包括号称世界最大马戏团的"玲玲马戏团"。

当天上午，围猎开始了，而且，进行得十分顺利。

在围猎的第一天，两条粗心大意的鳄鱼冒险爬到了蛇形河岸上，大家都知道，蜥蜴类动物在水里十分凶猛，但是，一旦爬上岸，行动就变得极为笨拙，其危害性就小多了。沙罗船长率领马来亚人，勇敢地向两条鳄鱼发起攻击，其中一个马来亚人受了伤，不过，两条鳄鱼最终被从公园内清除掉。

与此同时，人们还发现了十来条鳄鱼——无疑，它们属于同一个团伙。这些动物的个头硕大，身长足有四至五米，因此，十分危险。由于它们全都溜到河里，躲入水下，水手们打算投掷几枚爆炸弹，那玩意能够撕开任何坚韧的铠甲。

另一边，狩猎小组在田野里分散开来。杰姆·坦克顿杀死了其中一只狮子，正如他曾经自夸的，杰姆·坦克顿确实是位打猎的老手，而且沉着冷静，如同西部猎人一般身手敏捷。这只畜生个头儿硕大——属于那种价值五六千法郎的类型。正当它跃身而起，扑向四重奏乐队所属的那个小队时，一粒钢弹射穿了它的心脏。当时，潘希纳断言，他"甚至感觉到狮子尾巴扫过来的一阵风"！

下午，在一次围猎行动中，一头漂亮的母狮子一口咬住一位民兵的肩膀，总裁开枪把它打倒在地。这些动物个个身强体壮，假如约翰牛真打算让它们在模范岛扎根，繁衍子孙，那么，这个幻想已经破灭。

第一天的围猎，以一对老虎在西姆科准将的枪口下毙命而告结束。这位准将率领着手下一队水手，其中一位水手被抓成

沙罗船长率领马来亚人,勇敢地向两条鳄鱼发起攻击。

重伤，立即被送往右舷港。综合搜集上来的消息，在登上机器岛的猛兽中，这种狡黠的猫科动物占了很大比例。

夜幕降临时，遭到坚决追击的猛兽们退却了，钻进冲角炮台一侧的丛林里，人们提议，第二天一大早，再把它们驱逐出来。

整整一夜，可怕的号叫持续不断，亿兆城的妇女和儿童们惊恐万分。恐怖气氛并未减弱，甚至伴随号叫声，恐惧情绪有增无减。实际上，面对这支英国军队的先遣部队，模范岛如何才能战而胜之？于是，在亿兆城各个阶层的市民当中，针对背信弃义的阿尔比恩的责难咒骂声此起彼伏，持续不断。

天刚放亮，与昨天一样，围猎再次开始。按照西姆科准将的建议，在总裁的指挥下，斯图尔特上校准备动用炮兵部队，瞄准猛兽最密集的地方，设法把它们从巢穴里扫荡出来。从右舷港拖出来两门大炮，这种炮的射击原理类似哈奇开斯机枪[①]，能够发射成捆霰弹，两门炮被安置在冲角炮台上面。

在那个位置，有轨电车的铁轨穿过一片朴树丛，这条有轨电车线路直抵观象台。就在这片树丛里，隐蔽着一群猛兽，在那里过夜。其中，有几头狮子，还有老虎。透过低矮的树丛枝叶，可以看见它们闪亮的眼睛。在杰姆和沃尔特·坦克顿父子、纳特·科弗利，以及哈布利·哈考特的指挥下，水手、民兵，以及猎手们守候在丛林的左侧，等候那些没有被霰弹击毙，逃窜

---

① 哈奇开斯机枪是根据美国人哈奇开斯于19世纪下半叶发明的原理而设计的系列机枪，以可靠性高而享誉世界。

421

出来的猛兽。

随着西姆科准将的一个手势，两门大炮同时开火。伴随炮声的，是一阵猛兽的剧烈号叫。毫无疑问，炮弹打中了多只猛兽。其余的猛兽——足有二十来只——冲出树丛，与此同时，从四重奏乐队身边，扫过去一排齐射，当即打死两只。就在此时，一头硕大的老虎冲进队伍当中，弗拉斯科林遭到沉重撞击，就地滚出十步之遥。

同伴们跑过去相救，把他扶起来，而他已经几乎昏厥。不过，很快，弗拉斯科林就清醒过来，仅仅是受到惊吓……噢！这一惊非同小可！

与此同时，还有一拨人试图在蛇形河的水里围猎凯门鳄。大家都不知道，如何才能彻底清除这些贪婪的畜生。幸亏，总裁副手哈布利·哈考特想出了一个办法，打开河流的闸门把水放掉，这一招让攻击蜥蜴类动物的行动立竿见影，卓有成效。

很遗憾，一条杰出的猎狗不幸遇难，它的主人是纳特·科弗利。这条可怜的狗儿被一只钝吻鳄捉住，一口咬成两截。不过，足有十二条鳄鱼死在了民兵们的枪下。很可能，模范岛已经彻底摆脱了这种两栖动物的威胁。

总体来看，这一天的收获颇丰。在被击毙的动物中，包括6只狮子、8只老虎、5只美洲豹、9只非洲豹，其中既有公兽，也有母兽。

夜幕降临后，四重奏乐队，包括已经从惊吓中清醒过来的弗拉斯科林，来到游乐场餐厅，围坐在餐桌旁。

"我愿意相信，我们的苦难已经熬到头儿了。"伊弗内斯说道。

"但愿这条汽船，别弄得像第二条诺亚方舟，"潘希纳回答道，"把造物主创造的动物全都带来……"

这是不可能的，于是，阿萨纳塞·多雷姆斯终于放心，动身返回了自己位于第二十五大道的住所。在那儿，在那所门户紧闭的住宅里，他见到了自己的老女仆，女仆已近乎绝望，寻思着自己这位老东家早已命丧黄泉，而且尸骨不全！

这天夜里相当宁静。从左舷港方向，遥远地，勉强传来几声号叫。可以相信，第二天，只要在田野里组织一次彻底围猎，这群猛兽即将全军覆没。

天蒙蒙亮，一支支猎人队伍就组成了，不用说，在过去24小时内，模范岛始终停留在原地，机器工厂的全体人员都投入到全岛的统一行动中。

每支巡逻队包含20来名成员，人人都配备了快枪，得到的命令是搜索全岛。斯图尔特上校认为，眼下，这些猛兽已经被打散，不需要继续使用大炮对付它们。在岛艉炮台周围，有13只猛兽遭到追捕，全部饮弹毙命。不过，在炮台附近的海关关口，有两位海关关员被一只老虎和一只非洲豹扑倒，并且严重受伤，好不容易才把他俩救了下来。

从昨天打到第一只猛兽算起，这次围猎总共击毙53只野兽。

下午4点钟，西律斯·比克斯塔夫与西姆科准将并肩，朝市政厅走去，跟他俩走在一起的，还有杰姆·坦克顿和他的儿子、纳特·科弗利和两位总裁副手，以及几位名人委员会的成员，

423

护送一行人的是一队民兵。在市政厅里,委员会正在等待来自两座港口,以及冲角炮台和岛艋炮台的报告。

当他们接近市政厅,距离这栋公共建筑物百步之遥的时候,突然传来一阵喊叫声。只见许多人,包括妇女和儿童,惊恐万分,沿着第一大道仓皇奔逃。

立刻,总裁、西姆科准将,以及陪同人员,朝着广场中心的小公园跑去,那里有一座栅栏门,应该是关闭的……然而,不知什么原因,出于疏忽,这道栅栏门竟然是敞开的,毫无疑问,有一只猛兽,——也许是最后一只,——钻进了栅栏。

纳特·科弗利,以及沃尔特·坦克顿跑在最前面,他俩冲进小公园。

突然,就在距离纳特·科弗利三步远的地方,沃尔特被一只硕大无朋的老虎扑倒了。

纳特·科弗利来不及往枪里塞子弹,从腰里抽出一把猎刀,扑上去搭救沃尔特,此刻,猛兽的两只爪子已经按住了年轻人的肩膀。

沃尔特得救了,但是,老虎转过身来,扑向了纳特·科弗利……

后者把刀刺向老虎,但是没能击中它的心脏,旋即,他仰面向后倒去。

老虎向后退了一下,咆哮着,张开大口,伸出血红的舌头……

第一声枪响了……

是杰姆·坦克顿，他刚刚开了这一枪。

紧接着响起第二声……

这是他刚刚射出的那颗子弹，在老虎的身体里爆炸开来。

大家扶起沃尔特，他的肩膀被撕开一个大口子。

至于纳特·科弗利，虽然他并未受伤，但是，却从来未曾距离死神如此接近。

他站起身，走向杰姆·坦克顿，以庄重的语气说道：

"您救了我……谢谢！"

"您救了我的儿子……谢谢！"杰姆·坦克顿回答道。

然后，两个人相互伸出手，互相表示感谢，最终，谢意转化为诚挚的友谊……

很快，沃尔特被送往位于第十九大道的坦克顿一家的栖身之所，与此同时，纳特·科弗利在西律斯·比克斯塔夫的搀扶下，返回自己的府邸。

至于那只老虎，总监答应充分利用它那身漂亮的皮毛。这只壮观的动物将被制成精美绝伦的标本，陈列在亿兆城的自然历史博物馆，陈列说明的文字如下：

由大不列颠及北爱尔兰联合王国捐赠，模范岛对此感激不尽。

假设，这场阴谋真的是由英国策划，模范岛实在想不出比这更好的方式给予报复。至少，殿下就是这么考虑的，若论玩弄一语双关的把戏，他可是一把好手。

理所当然，第二天，坦克顿夫人前往拜访了科弗利夫人，

大家扶起沃尔特。

对他们家惠及沃尔特的行为表示感谢；然后，科弗利夫人前往回访了坦克顿夫人，对他们家惠及她丈夫的行为表示感谢。我们还需特别提及，蒂小姐心甘情愿地陪伴母亲一同前往，而且，母女两人都询问了那位亲爱人儿的伤情，这一切全都顺理成章，难道不是吗？

最终，结局非常完美，模范岛摆脱了那些可怕的不速之客，可以重新上路，安然无恙地继续驶向斐济群岛。

第八章　斐济群岛和斐济人

"你说有多少？……"潘希纳问道。

"255座，我的朋友们，"弗拉斯科林回答道，"是的……斐济群岛一共拥有255座岛屿和小岛。"

"这与我们有何相干，"潘希纳回答道，"反正太平洋瑰宝也不可能在那里停泊255次，对吗？"

"你永远弄不懂什么是地理学！"弗拉斯科林嗔怪道。

"你呢……你就是懂得太多了！"殿下反诘道。

每次，当第二小提琴手试图教导自己顽劣不堪的同伴时，总会落得尴尬难堪。

不过，塞巴斯蒂安·佐恩倒是挺愿意听一听他的见解，他跟随弗拉斯科林走到游乐场的那张地图前，地图上，模范岛的位置每天被标识得一清二楚。自从模范岛离开马德莱娜海湾以来，追踪它的航迹，可以十分清晰地看出，这条航迹画了一个巨大的S形，其中，位于下方的那道拐弯，一直延伸到斐济群岛。

于是，弗拉斯科林给大提琴手指出地图上那一堆岛屿的位置，1643年，塔斯曼首次发现这座群岛——它位于南纬16度至20度线，以及西经174度至东经179度线之间。

"这么说来，我们将要随着这架笨重的机器，穿越这条布满成百块石头子儿的航路？"塞巴斯蒂安·佐恩观察道。

"是的，我的琴弦老伙计，"弗拉斯科林回答道，"而且，假如你更仔细地看一下……"

"而且，你还得把嘴巴闭紧……"潘希纳补充道。

"为什么？……"

"因为，正如俗语所说：嘴巴闭得紧，苍蝇飞不进①！"

"你说的是什么苍蝇？……"

"就是那只，每当你痛骂模范岛时，总要蜇你的苍蝇②！"

塞巴斯蒂安·佐恩轻蔑地耸了耸肩膀，转身重新面对弗拉斯科林说道：

"刚才你说什么来着？……"

"我是说，如果想要抵达那两座大岛屿，即维提岛③和瓦努阿岛④，有三条航道可供选择，这三条航道都要穿过东部岛群，即纳努库航道、拉肯巴航道，以及奥尼亚塔航道……"

"这里任何一条航道，都能让海船粉身碎骨！"塞巴斯蒂安·佐恩惊叫道，"我们难免落得同样下场！……谁能允许一整

---

① 这句法国谚语的意思是"谨言慎行"，少惹麻烦，少弄是非。
② 此处为双关语。法语单词"蜇"，转义为激发怒气，或者好奇心。此处讽刺佐恩一向痛恨模范岛，却对斐济群岛产生好奇心。
③ 维提岛是斐济群岛最大及最重要岛屿，面积10429平方千米。
④ 瓦努阿岛是斐济群岛的第二大岛，位于维提岛东北30千米处，面积556平方千米。

座城市，携带着它的全体市民，竟然航行在这片海域？……不！这根本不符合自然规律！"

"苍蝇！……"潘希纳反诘道，"在那儿，属于佐恩的苍蝇……就在那儿！"

确实，这位顽固不化的大提琴手，总要说些令人沮丧的晦气话！

说实话，在太平洋的这个海域，对所有从东边驶来的海船而言，斐济群岛的第一个岛群构成了一道屏障。不过，大可放心，那里的航道足够宽阔，可以让西姆科准将驾驭他那架漂浮的机器，有惊无险地航行，至于弗拉斯科林所说的那几条航道，更是不在话下。在斐济群岛的诸岛屿中，除了上述位于群岛西部的两个大岛，比较重要的岛屿还包括：欧诺岛、恩加洛阿岛，以及坎达布岛，等等。

从太平洋的海底，耸立起一群山峰，群峰之间，包围封闭着一片海域，它就是科罗海①。如果说，库克船长曾经远眺过这座群岛，布莱②、威尔逊先后于1789年和1792年到访过这里，那么，斐济群岛之所以被世人了解得那么透彻，主要得益于一系列航海家的努力，包括杜蒙·德厄维尔于1828年和1833年先后做出的两次杰出航行，美国人威尔克斯于1839年的航行，以及英国人厄斯金于1853年的航行。再往后，就是英国海军上尉达

---

① 科罗海是南太平洋的岛间海，位于斐济群岛中部，深度超过2930米。北部和西部为浅海大陆架，上有斐济群岛两个最大岛维提岛和瓦努阿岛。
② 威廉·布莱(1754—1817)，英国海军将领。因"慷慨号"哗变而在世界海航史上闻名。

勒姆率领"先驱号"所做的远征。在以上所有这些航行的基础上，水文地理学工程师们绘制了相当精确的斐济群岛海图，他们的成就惠及后人。

因此，西姆科准将没有丝毫犹豫，驾驶着机器岛，从东南方向过来，驶入沃兰加航道，让一座与航道同名的岛屿从左舷滑过——这座岛屿的形状活像一块切下来的糕点，摆放在珊瑚礁盘上。第二天，模范岛进入内海，内海周围的海面下，延伸着坚实的水下山脉，保护内海免受大洋巨浪的冲击。

毋庸置疑，猛兽事件给亿兆城营造的恐怖气氛尚未完全消失，英国旗帜的阴影依然存在。亿兆城市民仍时刻保持警惕。岛上组织了多次围猎，反复扫荡各处树丛、田野，以及水域。再也没有发现猛兽的任何踪迹。无论白天还是夜里，再也听不到野兽的咆哮。最初几天，一些胆小的市民拒绝出城，不敢冒险前往公园和田野。人们甚至担忧，那条汽船是否曾把一批蛇类扔上模范岛——就像当初在马提尼克岛那样！——那些矮树丛是否会成为爬虫们的栖息地？因此，有人悬赏，无论是谁，只要抓住一条爬虫，即可获奖。赏金为蛇身同等重量的黄金，或者，根据蛇身的长度，给予相应奖赏。假如发现的是一条蟒蛇，那可值一大笔钱呢！最后，由于四处搜寻皆不可得，大家总算松了口气。模范岛终于重获安宁。这场阴谋的策划者，甭管他是谁，最终竹篮打水，徒劳无功。

这一事件带来的最为积极的后果，就是这座城市的两个街区终于实现彻底和解。自从科弗利解救沃尔特，以及坦克顿解救科弗利事件发生后，左舷街区和右舷街区的居民开始相互走动，彼此邀请，互相款待。招待会一场连着一场，节日庆典一个接着一个。每天晚上，重要名流们的家里——尤其是位于第十九大道和位于第十五大道的两座府邸里——轮番举办舞会和音乐会。四重奏乐队忙得不可开交。顺便说一下，听众对他们的追捧热度始终如一，有增无减。

终于，一天早晨，一条重大消息不胫而走，彼时，模范岛强大的螺旋桨正在搅动科罗海平静的水面。杰姆·坦克顿先生正式前往纳特·科弗利先生的府邸，请求科弗利先生把他的女儿——蒂·科弗利小姐嫁给自己的儿子沃尔特·坦克顿。于是，纳特·科弗利先生答应这一请求，同意把自己的女儿——蒂·科弗利小姐嫁给杰姆·坦克顿先生的儿子沃尔特·坦克顿。至于嫁妆问题，没有任何分歧。两位新人，每人将获得2个亿。

"他们的生活从此有了保障，……即使远赴欧洲！"潘希纳恰如其分地予以点评道。

两个家庭收到来自四面八方的祝贺。西律斯·比克斯塔夫总裁毫不掩饰自己的满意心情。多亏了这桩婚事，两家的敌对情绪烟消云散，对模范岛前途的威胁从此不复存在。马勒卡利亚国王和王后最先向新婚夫妇送去祝贺与祝福。铝制名片印着金色文字，如雪片般送入两个府邸的信箱。报纸的专栏连篇累牍，纷纷报道筹划中的盛大婚礼——这般盛况，不仅在亿兆城前所未见，即使在全世界，也绝无仅有。定制花篮的电报被发往法国。时尚品商店、大牌女帽制造商、名牌商品作坊、珠宝首饰和艺术品店铺，纷纷收到订单，数量令人难以置信。从马赛即将驶出一艘轮船，经过苏伊士运河，越过印度洋，专程送来精美绝伦的法国工业杰作。婚礼日子定在五个星期后，即2月27日。另外，必须指出，通过这场婚事，亿兆城的商人们也将分得一杯羹，而且获利颇丰，单是模范岛富豪们为此挥霍的开销，就能让他们赚得盆满钵满。

一个人被指定筹划庆典，他就是卡利斯图斯·蒙巴尔总监。在正式宣布沃尔特·坦克顿与蒂·科弗利小姐婚事的那一刻，他的心情难以言表。大家都知道，总监殷切期盼此事，甚至极力推动怂恿！他的梦想终于实现了，而且，既然市政府同意让他全权办理，相信总监一定尽心尽力，组织一场精彩绝伦的狂欢盛典。

西姆科准将向各家报纸递送了一份通知：在确定举行婚礼的那一天，机器岛将位于斐济群岛与新赫布里底群岛之间的海域。在此之前，机器岛将首先抵达维提岛，在那里停泊十来天——这将是机器岛在这座广阔群岛唯一的一次停泊。

这是一次奇妙的航行。海面上，无数的鲸鱼在嬉戏玩耍，成百上千支喷水柱此起彼伏，犹如一座海神尼普顿[①]的巨大水池，与它相比，在伊弗内斯看来，凡尔赛宫里的水池[②]，不过是

[①] 尼普顿是古罗马神话中的海神，相当于希腊神话中的波塞冬，是朱庇特的哥哥，掌管海洋的主神。

[②] 凡尔赛宫及其园林中轴线上，有两座著名的水池：拉多娜池和阿波罗池，池中有雕塑群像，均以古希腊神话故事为设计主题。

433

孩子的玩具。不过，这个巨大池子里还有上百条鲨鱼，它们游弋在模范岛周围，就像在行驶的海船后面紧追不舍。

　　这片海域位于波利尼西亚的边缘①，毗邻美拉尼西亚岛群②，新赫布里底群岛就坐落在那里③。美拉尼西亚岛群被180度经线一分为二，——这条经线就是那条约定俗成的子午线，它把这片广袤无垠的大洋分成两个区域。每当海船自东向西跨过这条子午线，船上的水手就要把日历上的日期抹去一天。相反，如果海船自西向东行驶，水手就需要把日历上的日期增加一天。如果疏忽这个环节，日期就会乱了套。去年，模范岛没有做过日期调整，因为，它在向西航行时，并未跨过这条子午线。但是，这一次，它必须遵守这个规矩，而且，既然它是自东向西行驶，那么，1月22日这一天，就要调整为1月23日④。

　　在斐济群岛拥有的255座岛屿中，只有大约百十来座岛屿有人居住。居民总数不超过128000人——与多达21000平方千米的总面积相比，这里的人口密度较低。

　　那些小岛，不过是一些破碎的珊瑚礁，或者海底山峰露出

---

① 广义的波利尼西亚包括太平洋的多座群岛，包括夏威夷、图瓦卢、汤加、社会、土布艾、土阿莫土、马克萨斯，等等。斐济群岛也被列入波利尼西亚范畴。
② 美拉尼西亚岛群是太平洋三大岛群之一，位于西南太平洋，"美拉尼西亚"之名源自希腊语，意为"黑人群岛"。
③ 此处位置坐标的依据均为法国制作的海图，其零度子午线经过巴黎——那个时代，这条零度子午线被广泛采用。——原注
④ 1884年国际经度会议规定了一条国际日期变更线，即位于太平洋中的180°经线上，作为地球上"今天"和"昨天"的分界线，又叫"人为日界线"。

水面的山尖，边缘被珊瑚包围着，其周长从未超过150千米。至于那些有人居住的岛屿，说实话，从地缘政治的角度看，它们属于澳大拉西亚①的一个分支，自1874年以来，就隶属于英王陛下——这意味着，英国早已把它纳入殖民帝国的版图。如果说，斐济人最终决定接受英国的保护，那是因为，1859年，他们遭遇了汤加人入侵的威胁，当时，英国人通过闻名遐迩的普里查德进行干预，阻止了这次入侵，而这位普里查德，就是塔希提岛的那个奸商普里查德②。现在，这座群岛被划分为十七个县，全由当地土著担任副主管，并进行治理。这些副主管多少都与这座群岛的末代国王卡考鲍③，及其王室家族有着千丝万缕的关系。

"这就是英国体制导致的结果，"西姆科准将正在与弗拉斯科林就这个问题进行探讨，他问道，"也许，斐济也将重蹈塔斯马尼亚岛的覆辙④，我无法想象！不过，有一点十分肯定，即本地土著正在逐渐消失。作为殖民地，这座群岛并未走向繁荣，它的居民也并未繁衍增加，有一点可以证明，那就是，这座群岛的女性人数少于男性。"

① 澳大拉西亚是一个地区概念，包括澳大利亚、新西兰和邻近的太平洋岛屿。从地缘政治学角度看，这个概念更多涉及澳大利亚和新西兰。
② 请参阅本书上部第十三章的相关内容。
③ 斐济王国存在于1871年至1874年，其末代国王是瑟鲁·埃潘尼萨·卡考鲍，1874年，卡考鲍将斐济王国转让给英国，斐济从此成为英国殖民地。
④ 塔斯马尼亚岛位于澳大利亚的南面，是澳大利亚最小的州，也是澳大利亚唯一的岛州，该岛于1802年并入英国，1876年，岛上最后一名土著死亡，该岛土著种族被灭绝。

"事实上,它意味着,一个种族即将灭绝。"弗拉斯科林回答道,"而且,在欧洲,也有几个国家面临女性少于男性的危险。"

"此外,在这里,"准将接着说道,"土著不过是名副其实的奴隶,与毗邻岛屿的那些本地土著并无二致,他们被招募来开垦土地,其中很多人因疾病而成批死亡。1875年,仅仅一次天花传染,就病死了三万人。然而,正如您即将亲眼所见,这座斐济群岛实在是个好地方!如果说,在岛屿内陆,气温相对较高,那么至少,在滨海地区,气候比较凉爽,盛产水果和蔬菜,林木茂盛,到处生长着椰子树、香蕉树,等等,还有俯拾即是的薯蓣、芋头①,还有营养丰富的棕榈树根茎,以及用它制作的西米②……"

"西米!"弗拉斯科林不禁叫道,"它让我想起瑞士鲁滨孙③!"

"说到猪,还有鸡,"西姆科准将继续说道,"自从这些动物被输入到斐济,就以惊人的速度生息繁衍。有了它们,满足生活需求也变得容易起来。不幸的是,这里的土著天性懒散,喜欢无所事事,尽管他们聪明伶俐,性格风趣诙谐……"

---

① 这种作物是太平洋地区土著最常食用的食物。——原注
② 西米是由棕榈树类的树干、树身(茎)加工制成的可食用淀粉质食品,主要产于马来群岛一带。
③ 《瑞士鲁滨孙漂流记》是一部享誉西方的冒险小说,原著为瑞士人维斯撰写,内容情节与笛福撰写的《鲁滨孙漂流记》类似。凡尔纳在另一部小说《第二祖国》中,撰写了《瑞士鲁滨孙漂流记》的续集。

"既然他们挺聪明……"弗拉斯科林说道。

"聪明的孩子命不长!"西姆科准将回答道。

毕竟,所有这些当地土著,无论是波利尼西亚人、马来亚人,或者是别的土著,难道他们从小都很聪明①?

模范岛继续驶向维提岛,途中经过一座又一座岛屿,诸如:瓦努阿-瓦图岛、莫阿拉岛,以及恩刚岛,不过都未稍作停留。

从四面八方驶来许多小船队,绕着机器岛兜圈子,这都是一些独木舟,上面交错绑着竹子制成的平衡器,用来保持独木舟的平衡,上面还能摆放货物。独木舟来回梭巡,姿态优雅,但却从不尝试驶入右舷港,或者左舷港。很可能是因为斐济人的名声太恶劣,港口工作人员不允许他们靠近。自从1835年,欧洲传教士们来到莱库姆巴以后,确实,当地土著普遍皈依了基督教。不过大多信奉的是新教卫斯理宗,其中也混杂着数千名天主教徒。但是,由于他们曾经极度沉迷啃食人肉,因此也许,他们至今尚未完全舍弃对人肉的嗜好。不仅如此,如果论及宗教事务,土著人的神祇是嗜血的。在土著部落里,仁慈被视为软弱,甚至被视为罪恶。把敌人吃掉,那是对敌人的尊重。如果一个人遭到鄙视,他就只会被烤熟,但没人会吃他。在宴会上,儿童的肉被当作最主要的菜肴。就在不很遥远的过去,卡考鲍国王也喜欢坐在树荫下,树上垂下的每一根树枝,都悬挂着专供王室享用的人体四肢。有的时候,甚至整个部落——例如位

---

① 此处为戏谑双关语,暗指当地土著人均寿命较短。

437

这都是一些独木舟，上面交错绑着竹子制成的平衡器。

于维提岛上,紧挨着纳莫西的努洛卡斯部落 —— 其成员就被全部吃掉,只有几位妇女逃生,其中一位一直活到1880年。

潘希纳一直希望在太平洋诸群岛找到具有地方特色的遗存,显然,如果他在斐济的某一座岛屿上,仍然找不到食人生番的后裔,而且他们依然保留祖先遗留下来的古老习俗,那么,殿下恐怕真要彻底绝望了。

斐济群岛的西部岛群包括两座大岛屿,即维提岛和瓦努阿岛,此外,还有两座中等大小的岛屿:坎达武岛和塔维乌尼岛。在它们的西北方向,耸立着瓦萨瓦岛群,以及通往隆德岛的航道,穿过这条航道,西姆科准将就能驾驶机器岛驶出斐济群岛,前往新赫布里底。

1月25日下午,维提岛的高大身影出现在海平线上,这座岛屿山峦耸峙,是斐济群岛最壮观的岛屿,比科西嘉岛①还要大上三分之一 —— 面积达10645平方千米。

维提岛群峰的海拔高度为1200米至1500米不等。它们都是死火山,或者至少是沉睡的火山,一般说,它们倘若醒来,一定会满腹牢骚,令人不快。

瓦努阿岛位于维提岛的北方,彼此相距不远,两岛之间有一道暗礁构成水下屏障,在地球形成的初期,这道屏障大约曾经露出过海面,但现在,模范岛可以放心大胆,毫无危险地从上面驶过。此外,在维提岛的北侧,海水的深度在400至500米

---

① 法国的科西嘉岛是地中海第四大岛。位于法国大陆东南,面积8681平方千米。

之间，而在岛屿南侧，海水的深度却达到500至2000米。

过去，这座群岛的首府是位于奥瓦劳岛上的莱武卡城，那座岛屿位于维提岛的东边。英国公司在那里设立的银行，其数量甚至超过位于维提岛的现任首府苏瓦①。不过，苏瓦城的港口更便于航运，而且，这座城市坐落在维提岛的东南角，夹在两座沙洲之间，涌起的海浪拍打着那一带海滨。至于那些与斐济有业务关系的远洋航船，大多把斐济群岛的一座港口作为它们的船籍港②，这座港口坐落在坎达瓦岛南部恩加劳海湾深处，这里的海岸位置距离新西兰最近，同时，与澳大利亚，以及法属新喀里多尼亚群岛③，以及洛亚蒂群岛④相距都不远。

模范岛停泊在苏瓦港的入口处。当天，相关手续履行完毕，模范岛的岛民获准自由上岸。亿兆城市民上岸参观，不仅可以惠及当地土著，也能让移殖民获益，因此，他们应该受到欢迎，不过，这种欢迎更多涉及利益诉求，而非出于好感。此外，请别忘了，斐济隶属于大英帝国，而且，"外交办公室"⑤与"模范

---

① 苏瓦位于维提岛的东南沿海，濒临苏瓦湾，是一座港口城市，也是斐济的首都和最大城市。
② 船籍港也称"船舶登记港"，是船舶所有人办理船舶所有权登记的港口。船籍港对船舶及船员的安全监督管理负有责任和义务。
③ 新喀里多尼亚群岛位于南太平洋的南回归线附近，主要由新喀里多尼亚岛和洛亚蒂群岛组成，是法国的海外属地之一。
④ 洛亚蒂群岛亦译罗亚尔特群岛，位于西南太平洋，是新喀里多尼亚的东部岛群，陆地面积1970平方千米。
⑤ 外交办公室是英国外交和联邦事务部的简称，该部是负责推广英国海外利益的政府部门。

岛公司"之间的关系十分紧张，对于模范岛的特立独行，英国人始终心怀嫉恨。

第二天，1月26日一大早，模范岛上想要做买卖的商人开始上岸。至于那些旅游观光客，包括我们几位巴黎佬，也不甘落后。潘希纳和伊弗内斯总喜欢拿弗拉斯科林开玩笑——作为西姆科准将的好学生——弗拉斯科林掌握的知识被殿下取笑为"民族—风俗—地理学"，尽管如此，他俩却从这些知识中获益匪浅。对于同伴们就维提岛居民状况提出的询问，包括当地习俗、日常生活，等等，第二小提琴手总是有问必答，诲人不倦。每当此时，塞巴斯蒂安·佐恩也能不耻下问。譬如，当潘希纳获悉，就在不久前，这片海域还是食人生番活动的主要舞台，不禁叹息道：

"是呀……可惜我们来得太迟了，现在，我们只能看到，那些被开化了的斐济人变得羸弱不堪，已经沦落到啃食烩鸡块，或者圣默努尔德地区①风味烤猪脚的境地！"

"食人生番！"弗拉斯科林对他叫道，"你只需设身处地，把自己想象成摆在卡考鲍国王的餐桌上……"

"哎！哎！潘希纳身上的排骨肉，就着波尔多葡萄酒……"

"好丁吧，"塞巴斯蒂安·佐恩不耐烦道，"这些无聊的讥讽，简直就是浪费时间……"

---

① 圣默努尔德是位于法国东北部香槟-阿登大区马恩省的一个市镇，其美食颇富地方特色。

"我们原地踏步,毫无进展!"潘希纳叫道,"你一向喜欢这么说话,是不是,我的大提琴旋律作曲家老兄?那好吧,向前,开步走!"

苏瓦城坐落在一座小海湾的右侧,在一座绿草茵茵的山岗坡面上,散布着居民住宅。港口内有一排码头,用于系泊航船,街道两侧的人行道全都铺着木板,沙滩也与我们常见的大型海滨浴场相仿。房屋为木质,结构轻巧凉爽,大多为平房,偶尔,但是很少,也能见到二层楼房。在城市周围,分布着土著窝棚,窝棚上高耸着牛角搭建的山墙,山墙上装饰着贝壳。窝棚的棚顶非常坚固,足可抵御每年冬季5月至10月间降临的倾盆大雨。据弗拉斯科林描述,事实上,就在1871年的3月,在位于维提岛东部的姆布亚,曾经下过一场特大暴雨,根据严格的统计记录,当天的降水量多达38厘米。

与斐济群岛的其他岛屿境况类似,维提岛的不同海滨地区的气候,以及植被往往迥然不同。在面朝东南信风的海滨地区,气候湿润,壮观的茂密森林覆盖大地。而在岛屿另一侧的海滨地区,却伸展着大片热带草原,适宜发展农业。尽管如此,仍然可以看到,有些品种的树木开始凋零——其中就包括檀香树,几乎已经彻底灭绝,遭遇同样命运的还有达库阿树,这是一种斐济特有的松树。

然而,在散步的时候,四重奏乐队观察到,这座岛屿的植物群落属于热带植物,生机盎然。到处分布着椰子树林和棕榈树林,树干上爬满寄生的兰科植物。此外,还有茂密的木麻黄碱树、露兜树、金合欢属植物、枝状蕨类植物，等等。在沼泽地区，遍布红树林，其蛇状树根裸露在地表。不过，尽管这里的气候特别适合棉花和茶叶的生长，但是它们的产量却不尽如人意。实际上，与这座群岛的大部分土地相同，维提岛的土壤属于暗黄色的黏土质，全由火山灰形成，经过腐化，变成肥沃的土壤。

至于这里的动物，它与太平洋各处海域相似，品种并不丰富：大约有四十来种，包括鸟类，例如鹦鹉和金丝雀，以及蝙蝠、数量众多的老鼠、无毒的爬行动物——本地土著特别喜欢吃它们，以及不能食用的蜥蜴，还有那些彼此相食，令人厌恶的蟑螂。不过，这里并没有猛兽的踪迹——针对这个现象，潘希纳又说起了俏皮话：

"我们的西律斯·比克斯塔夫总裁真应该留下几对狮子、老虎、非洲豹，以及鳄鱼，再把这些肉食动物放生到斐济群岛……这么做，不过是物归原主，因为它们本来就属于英国。"

说到斐济的本地土著，波利尼西亚人和美拉尼西亚人[①]在这里混居杂处，尽管他们不如萨摩亚群岛，或者马克萨斯群岛的土著英俊，但仍相当漂亮。这儿男人的皮肤为古铜色，甚至近乎黑色，一头羊毛般的卷发，其中许多人混血特征明显，个头高大，身体强健。他们的衣着相当原始，多数人仅有一条缠腰

[①] 美拉尼西亚人是居住在太平洋西南部美拉尼西亚群岛的民族集团，包括所罗门人、瓦努阿图人、新喀里多尼亚人、斐济人以及巴布亚新几内亚的美拉尼西亚人，属澳大利亚人种美拉尼西亚类型，皮肤黝黑，头发卷曲，阔脸宽鼻，颌部突出，使用多种语言。

在沼泽地区，遍布红树林。

布，或者一条披肩，均为本地土布织物。当地人管这种织物叫"马西"，提炼自一种桑树，这种桑树还能用来制作纸张。"马西"初步制成时，完全是白颜色；不过，斐济人知道如何染色，让它们变得五彩缤纷。在整个太平洋东部的各个群岛，这种织物供不应求。除此之外，还需补充一句，斐济男人并不介意在适当场合，穿用欧洲人的旧衣裳，这些旧货都是从英国人或德国人开设的旧货铺里淘来的。斐济人缩头缩脑地套着不合体的裤子，披着过时的外套，甚至穿着一件黑衣服，而这件衣服经过无数次倒手，最终落在了维提岛某位本地土著的肩膀上，看到这样的情景，一位巴黎佬难免觉得十分搞笑。

"这些服装，简直可以成为一部小说的素材！……"伊弗内斯观察道。

"这部小说最终可能沦为一件外套①！"潘希纳回答道。

至于斐济的女人，她们身穿马西制作的裙子，以及贴身背心，在不同程度上显得合体端庄，与卫斯理宗喋喋不休的说教格格不入②。她们喜欢打扮，洋溢着青春的诱惑力，有些斐济女人甚至算得上漂亮。不过，她们有一个恶劣的习俗——斐济男人也有这个恶俗——在黑头发上涂抹石灰，好像戴了一顶钙质帽子，戴这顶帽子的目的，竟然是逃避太阳的灼晒！

---

① 此处为双关语，法语单词"外套"的词组"捡起外套"，转义为"失败"。此处意即：一部无法获得成功的小说。

② 作为新教的重要教派，卫斯理宗主张认真研读圣经，严格宗教生活，遵循道德规范。此处暗喻斐济土著虽然皈依新教卫斯理宗，但行为并不符合教义。

另外，斐济女人还抽烟，烟瘾堪与其兄弟，或者丈夫媲美。这种本地烟草有一股干草烧焦的味道，她们嘴里叼着烟卷，否则，就把烟卷插在耳朵上，那个耳朵插烟卷的位置，就是欧洲女人普遍用来悬挂钻石耳坠，或者珍珠耳坠的位置。

总体来说，斐济女人的地位与奴隶相差无几，需要负担最为繁重的家务劳动，她们一生辛劳，伺候好逸恶劳的丈夫，到头来，还会遭遇家暴，短寿夭亡。

我们的几位观光客花了三天时间，在苏瓦城周围转悠，其间，他们尝试了多次，试图参观土著居住的茅屋。然而每次，他们都被逼退了出来，——并非由于主人待客无礼，而是由于窝棚内散发的糟糕气味。在达玛纳橡胶树脂燃烧照明的灯光下，小小的窝棚里拥挤着猪、禽、狗、猫，再加上本地土著个个身上涂抹着椰油，这一切混合散发出令人作呕的气息。不行！那窝棚实在令人无法忍受。不仅如此，即使你在斐济人家里坐下了，为了遵守习俗礼仪，你还得把嘴唇浸润在盛满卡瓦酒的碗里，那可是最著名的斐济甜烧酒，你是喝还是不喝呢？卡瓦酒提炼自胡椒树的干树根，其味道辛辣，尽管这种酒在欧洲宫廷里上不得台面，但是，在这里却自有一套待客之道。而这种待客之道是不是让人无法容忍？土著并不把胡椒研碎，而是放到嘴里嚼碎，用牙齿把胡椒碾成粉末，然后把粉末吐到一碗水里，端给你，极为固执地奉劝，让你根本无法拒绝，不得不一饮而尽。然后，你还得表示感谢，嘴里念叨着"呃，玛那，恩蒂纳"，这是一句斐济群岛的流行语，含义就是

"阿门①"。

另外，请不要忘记土著窝棚里密密麻麻的蟑螂，啃噬摧毁窝棚的白蚁，以及蚊子——亿万只蚊子——麇集成密密匝匝的一团，无数团蚊子在窝棚的墙上、地上，以及土著的衣服上飞舞徘徊。

看着眼前密密麻麻，异常壮观的昆虫群落，难怪殿下要用英国小丑惯用的英国式怪腔怪调惊呼道：

"米乌斯蒂克！……米乌斯蒂克②！"

最终，无论殿下本人，还是他的同伴们，谁也没敢鼓足勇气钻进斐济土著的棚屋。于是，这位头领承认，他们的人种学研究并不圆满，甚至，就连可敬的学者弗拉斯科林也退却了——在他的旅行回忆中，留下终生遗憾。

---

① 阿门是希伯来语，意即"诚心所愿"，是基督教祈祷的结束语。
② 此处是法文单词"蚊子"，使用英国腔调的滑稽发音。

第九章　差点儿宣战

斐济群岛一向把外来人称作"帕帕兰吉斯"——这些"帕帕兰吉斯"并不担心自己可能受到冷遇，模范岛上的几位名流仍在努力与群岛的土著当局建立关系。与此同时，我们的几位艺术家却在纵情山水，旅游观光，研究这座群岛的风俗习惯。

说到群岛的欧洲人当局，它的全权代表是一位总督，同时担任英国派驻斐济群岛西部岛群的总领事，对于这些岛群，联合王国在一定程度上拥有实际保护权。西律斯·比克斯塔夫认为，根本无须对英国总督做一次正式拜访。两只彩陶狗不时怒目相视①，但是，它们彼此的关系，也仅限于相互干瞪眼。

至于那位德国领事，他同时也是当地的一位重要批发商，模范岛与他的关系，仅限于互相交换名片。

机器岛停泊期间，坦克顿一家与科弗利一家组织了几次出游，在苏瓦城周边，以及周围分布到群峰山巅的茂密森林里踏

---

① 此处为俗语和双关语。法语俗语"怒目相视"，直译为"两只对视的彩陶狗"。此处为戏谑语，比喻模范岛与英国的关系。

访观光。

总监提醒四重奏乐队的朋友们,上述观光活动证明了一件值得特别关注的问题。

"如果说,我们的亿万富翁们特别喜欢前往高海拔地区观光,"他说道,"那是因为,我们的模范岛地势缺少起伏变化……它过于平坦,景色过于单调……不过,我很希望,有朝一日,人们能在模范岛上修建一座山峰,让它能与太平洋上最高的山峰相媲美。在此之前,我们的市民只能抓紧机会,赶往距离地面数百英尺的山巅,呼吸高处清爽纯净的空气……这种需求符合人的天性。"

"好极了,"潘希纳说道,"不过,我亲爱的尤卡利斯图斯,给您提个建议!一旦您开始用钢板,或者铝板修建这座山峰,千万不要忘记在山峰内部修建一座漂亮的火山……安装一只可以爆炸,并且喷发礼花的盒子……"

"这位爱开玩笑的先生,那就安装一个吧?"卡利斯图斯·蒙巴尔回答道。

"我也琢磨着:为什么不呢?……"殿下反诘道。

毋庸置疑,沃尔特·坦克顿与蒂·利弗利小姐两人参加了上述出游活动,而且,彼此挽着手臂。

在维提岛,大家并未放过在首都参观猎奇的机会,譬如那些"姆布雷-卡洛",就是作为精神殿堂的神庙,那里也是举行公众集会的场所。这些建筑物都矗立在石块堆砌的台基之上,用交错的竹子支撑,房梁上覆盖着植物编织的装饰物,辅以巧

维提岛作为精神殿堂的神庙。

妙安装的板条，上面覆盖茅草屋顶。观光客们甚至还参观了一所卫生条件良好的医院，以及位于城市后面，坐落在环形山坡上的植物园。观光散步经常拖延到夜幕降临，待到返回时，手里拿着灯笼，好像返回到远古时代。在斐济的各个岛屿，市政建设尚未开始使用煤气，既没有瓦斯路灯①，也没有弧光灯，更没有乙炔汽灯。不过，卡利斯图斯·蒙巴尔嘲讽地表示，"在大英帝国光芒的保护下"，这些早晚都会有的。

那么，停泊期间，沙罗船长和他那些马来亚人，以及从萨摩亚群岛登上模范岛的那群新赫布里底人，他们在干什么？他们像往常一样生活，没有任何异动。这些人熟悉维提岛，以及邻近岛屿，其中一些人从事沿海贸易航行时，经常到访这里，还有一些人来这里为种植园主打过工。所以，他们根本没打算登岸，宁愿待在模范岛上，一刻不停地四处查看，不厌其烦地踏勘城市、港口、公园、田野，以及冲角炮台和岛艉炮台。多亏了模范岛公司的殷勤善意，在西律斯·比克斯塔夫总裁的关照下，这些汉子在机器岛上盘桓了5个月，再过几个星期，他们就要下岛返回自己的家乡……

有几次，我们的艺术家与那位沙罗交谈。这个人很聪明，说一口流利的英语。沙罗用热情的口吻向他们介绍新赫布里底群岛，介绍这座群岛的土著居民，谈到土著们的饮食方式，以及他们的烹饪——让殿下听得眉飞色舞。潘希纳有一个秘而不

---

① 瓦斯灯发明于1792年的英国，以煤炭瓦斯为燃料，多用于公共设施照明。

宣的野心，就是在那里发现一种全新的菜肴，然后，把它的烹饪技法传授给古老欧洲的美食协会。

1月30日，塞巴斯蒂安·佐恩和同伴们乘坐总裁提供的一条电动小船，离开右舷港，准备沿着雷瓦河溯流而上，这是维提岛的一条主要河流。驾驭小船的是一位机械师，还有两位水手，同时登上小船的还有一位斐济向导。艺术家们曾经邀请阿萨纳塞·多雷姆斯一同去观光旅行，但是遭到婉拒。这位礼仪教授心中的好奇心已经荡然无存……而且，另一方面，当他不在时，也可能有某位学生上门求教，因此，他宁愿守候在娱乐场的舞蹈大厅里。

清晨6点钟，装备妥当，全体人员乘坐小船驶出了苏瓦海湾，沿着海滨航行，直奔雷瓦海湾。因为预计晚上才能回到右舷港，所以他们携带了一些食品。

在这片海域，不仅暗礁密布，而且鲨鱼众多，必须保持警惕，既要防备前者，更要防范后者。

"噢噗！"潘希纳注意到，"您的这些鲨鱼，甚至都算不上海中的食肉动物了！……那些英国传教士已经让这些鲨鱼皈依了基督教，就像他们说服皈依了斐济土著！……我敢打赌，这些畜生已经不再渴望啃噬人肉……"

"您可千万别轻信它们，"向导回答道，"同样，您也别轻信那些岛屿内陆的斐济土著。"

潘希纳不以为然地耸了耸肩膀。关于所谓的"食人肉者"，他听到的谎言已经太多了，这些食人生番，即使在节日庆典上，也不再有兴趣"啃噬人肉"。

至于那位向导,他对雷瓦海湾,以及雷瓦河了如指掌。这条重要的河流也被称为"瓦伊河",远在上游45千米处,还能感受到海潮水流的涌动,乘坐小船,可以沿河逆流上溯80千米。

雷瓦河入海口的宽度超过100托阿斯①,河流两岸多为砂质,左岸低平,右岸陡峭。两岸生长着香蕉林和椰子树林,一簇簇生机盎然,突兀在绿色茂密的大片植被当中。这片广袤的绿地被称作"雷瓦－雷瓦",相当于雷瓦河名称的重复叠加,在太平洋的土著部落中,这种命名方式极为常见。另外,正如伊弗内斯注意到的,这种命名方式类似儿童语言,诸如常见的:爸爸、妈妈、嘟嘟②、嗒嗒③、蹦蹦④,等等。事实上,这些土著的确刚刚走出儿童时期!

真正的雷瓦河,是由瓦伊莱沃河(主河)与瓦伊马努河汇合后形成的河流,而雷瓦河的主要入海口,当地人称之为"瓦伊尼基"。

电动小船绕过三角洲,从鲜花掩映的坎巴村前驶过。为了利用涨潮的水流,小船既没有在坎巴村,也没有在之后的奈塔西里村停留。另一方面,还因为,当时,这个村了刚刚被封为"塔布",包括这个村子的房屋、树木,以及居民,一直到邻近雷瓦

---

① 托阿斯是法国旧长度单位,1托阿斯相当于1.949米。
② 法语的儿童语言,对狗的称呼,类似汉语的"狗狗"。
③ 法语的儿童语言,对马的称呼。
④ 法语的儿童语言,对糖果的称呼。

河水的沙滩，都成了"禁忌"。当地土著禁止任何人踏足那个地方。如果说，这个习俗令人不快，但是，对于"塔布"却必须敬而远之，——对此，塞巴斯蒂安·佐恩深有体会，——于是，大家望而却步。

当旅游观光客们经过奈塔西里村时，向导请大家看一棵高大的树木，这是一棵塔瓦拉树，矗立在河岸的一角。

"那么，这棵树有什么特殊之处吗？……"弗拉斯科林问道。

"没有，"向导回答道，"只不过，这棵树的树身，从树根直到树干分杈的地方，树皮上刻画了许多刀口，而这些划开的刀口，代表了相应的人体数目，这些人的身体在此地被弄熟，然后被吃掉……"

"就像人们常说的，面包店的师傅在木棍上做的刻痕！"潘希纳不禁说道，边说边耸了耸肩膀，表示怀疑。

然而，他错了。斐济的各个岛屿曾经盛行啃噬人肉，而且，必须强调，这一习俗尚未完全消失。在岛屿内陆的部族当中，对于人肉美食的爱好还将长期保留。是的！人肉美食。因为，在斐济人看来，没有任何食物比得上人肉的香甜与美妙，与牛肉相比，人肉要好吃得多。据向导说，曾经有一位部族首领，名叫拉-温德雷努杜，他曾经令人在自己的领地竖立一块又一块石头，到这位酋长死去时，总共竖立了822块石头。

"你们知道这些石块意味着什么吗？……"

"我们猜不出来，"伊弗内斯说道，"即使动用器乐演奏家的全部智慧，也猜不出来！"

"这些石块代表了，这位酋长曾经吃掉的人体数目！"

"他一个人吃掉的？……"

"他一个人吃掉的！"

"这家伙的胃口可真大！"潘希纳不以为然地回答道，在他看来，这套说辞不过是同类话题的"斐济式吹牛皮"。

将近11点钟，河岸右侧响起钟声。奈利里村出现在树丛中，这座村庄分为几片，坐落在椰子树林，以及香蕉林的树荫下。村庄里，有一个天主教的传教团。游客们只能在此地停留一个小时，这点儿时间仅够他们拜访传教士，也许是一位法国同胞？向导认为拜访一下没什么不方便，于是，小船停靠在一个树墩旁。

塞巴斯蒂安·佐恩和同伴们下船上岸，仅仅走了两分钟，就遇见传教团修道院的院长。

这个男人五十岁左右，和蔼可亲，精力充沛，非常高兴有机会向几位法国人表达问候。随后，他把客人请进自己的茅屋，这座茅屋位于村子的中央，村里居住着百十来位斐济人。他坚持给客人们奉上本地出产的清凉饮料，并且请他们放心，这绝不是令人厌恶的卡瓦酒，而是味道不错的饮料，或者说是一种汤料，是用一种名叫西雷阿的贝壳类动物煮出来的汤，雷瓦河边盛产这种蛤蜊。

这位传教士全身心地致力于传播天主教，尽管遇到一些困难，因为他不得不与一位卫斯理宗牧师做斗争，那位牧师在附近地区展开竞争，构成严重威胁。总体来看，修道院长对自己取得的成就十分满意，同时，他也承认，还需做出极大努力，才能让他的信徒们摆脱对"布卡洛"的迷恋，而所谓"布卡洛"，就是人肉。

"我亲爱的客人，既然你们还要向上游内陆进发，"他补充说道，"那么，请小心谨慎，保持警惕。"

"你听见了吗，潘希纳？"塞巴斯蒂安·佐恩说道。

在小教堂钟楼敲响正午《三钟经》①之前不久，游客们再次出发了。启程后，电动小船与几条带平衡器的独木舟交错驶过，独木舟平衡器的平台上装载着香蕉。这是收税官刚刚从属下纳税人那里收来的，在这里，香蕉相当于流通货币。河道两岸到处生长着月桂树、金合欢属植物、柠檬树，以及绽开血红色花朵的仙人掌。高处，矗立着一簇簇的香蕉树，以及椰子树，树上果实累累，青翠的植被一直延伸向远方，与远处苍翠的山影融为一体，群山之上，耸立着姆布格峰的山巅②。

在这片群山里，坐落着一间，或者两间欧洲式的工厂，显得与周围原始景色格格不入。这是一些制糖工厂，安装了全套现代化机械设备，据一位名叫维申努尔先生的旅行家说，这些工厂的产品"堪与安的列斯群岛，或者其他殖民地的糖厂相媲美"。

---

① 《三钟经》是天使之意，天主教规定，每天三次诵念《三钟经》，分别是早晨六点钟，正午，以及下午六点钟。届时，教堂鸣钟三次。

② 斐济的维提岛共有29座高度超过1000米的山峰，其中，托马尼维峰海拔1424米，为斐济最高峰。

将近下午1点钟，小船抵达了此次雷瓦河之旅的终点，再过两个小时，就能感到退潮的水流涌动，到那时，就可以乘着退潮河水，顺流而下。在潮水的涌动下，返程航行的速度将会很快。旅游观光客们可望在晚上10点钟之前返抵右舷港。

这样一来，大家在此地能够逗留一段时间，充分利用这个机会，前去参观一座名叫坦普的村庄，它距离此地大约半英里，依稀可以望见村边几栋茅屋的身影。最好让机械师和两位水手留下来看守小船，与此同时，在向导的"引导"下，几位乘客前往村庄，那里还完整地保留着原汁原味的斐济古老习俗。在这座岛屿的这块地方，传教士们花费了大量心血，为了传教而费尽口舌。但那里，至今仍由巫师把持着一切，巫术盛行，尤其是那种名称极为烦冗的巫术"瓦卡－恩德兰－尼－坎－塔卡"，意思就是"通过树叶实施的咒语"。这里的人们信奉"卡托阿尤"，这是一种无生无死，永远存在的神祇，它喜欢享用特殊的祭祀品，对此，即使殖民地总督也无法阻止，更无力惩戒。

也许，应该更为谨慎，根本不要冒险深入那些可疑的部族群落。然而，我们的几位艺术家，跟所有巴黎佬一样充满好奇心，他们坚持要进去，向导只好同意陪同前往，同时叮嘱他们，彼此靠近，千万不可分开。

首先，他们来到坦普村的入口，这里分布着上百座茅屋，出现了真正原生状态的土著女人，她们腰裹打结腰布，看见外来人，毫不吃惊，神态自若，这些外来人则盯着观察女人劳作。自从群岛被置于英国保护之下，对于外来参观者，她们已经习以为常。

这些女人正忙着炮制一种姜黄属植物，这是一种植物根茎，保存在土坑里，土坑底下预先铺垫了野草和香蕉树叶；女人们把根茎从土坑里掏出来，烘烤，刮擦弄碎，塞进双耳大筐，筐里塞满蕨类植物，压紧，挤压出的汁液被装进竹筒里。竹筒里的汁液即可充当食物，亦可充当药物，由于它兼具食药功能，因此被广泛应用。

这一小拨人走进村庄。土著们没有任何迎接的举动，对来访者即没有问候，也没有好客之意。不过，茅屋的外观并无特殊动人之处。由于茅屋内臭气熏天，弥漫着椰子油的味道，四重奏乐队不禁对这里不太热情的待客习俗颇感庆幸。

然而，当他们一行来到酋长住宅门前时，这位酋长——一位身材高大的斐济人，外貌凶猛，神态粗野——在一群土著的簇拥下，向几位外人走了过来。他的头发短而卷曲，脑袋上涂满了白石灰，身穿充满仪式感的服装，上身一件条纹衬衣，腰间缠一条腰带，左脚穿一只老式绒绣拖鞋，然后——怎么，潘希纳还没有大声爆笑吗？——外穿一件蓝色缀金色纽扣，缝补多次的古董外套，后背拖着两条长短不一的燕尾，轮番拍打着小腿肚子。

不过，就在他们走向一小群"帕帕兰吉斯"时，这位酋长一脚绊在树根上，打个趔趄，躺倒在地。

立刻，簇拥的随从们也故意踉跄，纷纷恭敬地躺倒，这是遵照相关礼仪，"以便分享这次略显滑稽的跌跤"。

对上述举止，向导给予如是解释。对此，潘希纳表示理解，因为在欧洲宫廷也存在类似习惯，而且同样滑稽——至少，潘希纳是这么认为。

此时，大家已经从地上爬了起来，酋长与向导用斐济语言交谈了几句，四重奏乐队一个字也没听懂。随后，向导解释说，这几句交谈不过是询问几位外国人来坦普村的目的，向导已经告诉对方，几位外国人来此仅为参观村落，并且在周边游览。向导说，经过上述一番问答，几位游客已经获准参观。

另一方面，对于几位游客到访坦普村，酋长既没有表现出欣喜，也没有表现出厌恶，他做了一个手势，土著们随即返回各自的茅屋。

"无论如何，看上去，他们并不坏！"潘希纳观察道。

"尽管如此，仍然不可掉以轻心！"弗拉斯科林回答道。

几位艺术家在村子里转悠了一个小时，村里的土著并未让他们心惊胆战。身穿蓝色外套的酋长已经返回自己的茅屋，显然，土著们对他们的来访无动于衷。

坦普村的街道游览完毕，并无一间茅屋敞开邀请他们入内，塞巴斯蒂安·佐恩、伊弗内斯、潘希纳、弗拉斯科林，以及向导一同动身前往寺庙废墟，那里是一座废弃的破屋子，距离本地一位巫师的住处不远。

这位巫师倚在自家门旁，瞥了他们一眼，眼神充满不屑，他的动作似乎表明，他正在把不幸的命运送给来宾。

弗拉斯科林试图通过向导，与巫师交谈一番，巫师却露出

巫师倚在自家门旁。

神秘而令人厌恶的表情，那神态极具威胁意味，让人不禁退避三舍，打消与这头斐济豪猪①交谈的念头。

就在此时，尽管向导曾经反复叮嘱，潘希纳还是远离大伙儿，独自翻过山坡侧面，钻进一片茂密的香蕉林。

当塞巴斯蒂安·佐恩、伊弗内斯、弗拉斯科林遭遇坏脾气巫师的白眼，垂头丧气，准备离开坦普村的时候，他们才发现自己的同伴不见了。

然而，时间到了，必须赶回小船那里。潮水很快就要退去，如果耽误，等待下一次退潮，顺流驶出雷瓦河，需要若干小时以后。

弗拉斯科林看不见潘希纳，焦急万分，把手围成喇叭形，高声喊叫起来。

他的呼唤并未得到回应。

"可是，他跑哪儿去了？……"塞巴斯蒂安·佐恩问道。

"我不知道……"伊弗内斯回答道。

"你们当中，有谁看见你们的朋友走远了？……"向导询问道。

谁也没看见过他！

"也许，他已经顺着村里的小路，回到小船那里了……"弗拉斯科林说道。

"他可不该这么做，"向导回答道，"不过，我们需要抓紧时

---

① 此处为双关语，法语单词"豪猪"的转意为俗语"易怒的人"，难以接近。

间,赶快追上他。"

他们动身了,心中依旧惶恐不安。这个潘希纳,从来不想认真对待残忍成性的土著,这种残忍是如此野蛮、固执,为此,他可能陷入名副其实的险境。

他们穿过坦普村,向导不无惊惧地发现,村里的斐济人消失得无影无踪,所有茅屋的大门全部关死。酋长住所外聚集的人群已经不见,刚才还在炮制姜黄属植物根茎的土著女人没了踪迹。看上去,在一个小时的时间里,这座村庄似乎被抛弃了。

于是,这一小拨人加快了脚步。他们不断呼唤那位失踪者,但是,始终没有回应。他是不是已经回到河边,找到了停泊在那里的小船?……或者说,尽管有一位机械师,两位水手看管,小船已经不在原来的地方了?……

还剩一百来步就要跑到了,大家急急忙忙走出树林的边缘,远远望见那条小船,以及守候在自己岗位上的三个人。

"我们的同伴呢?……"弗拉斯科林叫道。

"他没有跟你们在一起吗?……"机械师回答道。

"没有……已经半个小时了……"

"你们一直未曾见过他?……"伊弗内斯问道。

"没有。"

"这个人太大意,不知现在怎样了?"向导毫不掩饰他的担忧。

"必须赶回村里,"塞巴斯蒂安·佐恩说道,"我们不能抛弃潘希纳……"

他们不断呼唤那位失踪者，但是，始终没有回应。

他们让一位水手看管小船，尽管这么安排，也许有点儿冒险。但是，这次重返坦普村，必须有足够的力量，而且需要武装起来。哪怕搜遍每一座茅屋，只要没找到潘希纳，他们就不离开坦普村，也不会返回模范岛。

他们踏上返回坦普村的道路，村里，以及村庄周围跟刚才一样寂静。这些村民都跑哪儿去了？街道上没有一丝动静，茅屋里空无一人。

万分不幸，可以确信……潘希纳冒险走入了香蕉林……他被人抓住了……被带走了……去了哪里？……潘希纳历来喜欢拿食人生番打趣，如今，食人生番将要拿他怎么样，想一想简直令人不寒而栗！……即使把坦普村周围全搜遍，也不会有任何结果……这里森林茂密，如何能从密林中找到那条穿越丛林荆棘，只有土著才认得的小路？……另一方面，那条小船仅留一位水手看管，是否应该防范土著跑去夺船？……如果不幸真的发生，想要拯救潘希纳的所有希望都将破灭，同伴们的努力也将付诸东流……

弗拉斯科林、伊弗内斯，以及塞巴斯蒂安·佐恩的绝望心情简直难以言表。怎么办？……向导和机械师都不知如何是好。

弗拉斯科林还能保持镇静，于是，他说道：

"我们返回模范岛……"

"撇下我们的同伴？……"伊弗内斯惊叫道。

"你真这么想？……"塞巴斯蒂安·佐恩追问道。

"我想不出别的办法，"弗拉斯科林回答道，"这事儿必须报告模范岛总裁……并且向维提岛当局报警,让他们准备采取行动……"

"对……我们走吧,"向导建议道,"要想利用退潮的河水,我们必须抓紧每一分钟!"

"这是拯救潘希纳的唯一办法,"弗拉斯科林叫道,"乘现在还不算太晚!"

确实,这是唯一办法。

他们离开坦普村,心中担忧是否还能在原地找到那条小船。一路上,所有人高声呼唤潘希纳的名字,可惜徒劳无功!然而,倘若他们不是那么心慌意乱,本来是可以望见,在荆棘丛后面,藏着几个凶残的斐济人,正在窥伺他们的离开。

万幸,小船平安无事。那位水手没有看到任何人在雷瓦河两岸梭巡。

塞巴斯蒂安·佐恩、弗拉斯科林,以及伊弗内斯的心情无比沉重,他们下决心登上小船……但还在犹豫不决……仍在不停呼唤……但是,必须动身了,弗拉斯科林说得有理,大家无言以对。

机械师发动直流发电机,小船乘着退潮河水,沿着雷瓦河,飞速顺流而下。

6点钟,小船已经绕过沙洲的西端,半个小时后,小船靠上右舷港码头。

弗拉斯科林与两位同伴乘坐有轨电车,仅用一刻钟,已经抵达亿兆城。他们即刻前往市政府。

西律斯·比克斯塔夫获悉此事，立即让人把他送往苏瓦城，在那儿，他求见群岛总督，并即刻获准。

当这位英国女王的代表获悉坦普村事件的经过，毫不掩饰地表示，此事非常严重……这位法国人落到了岛屿内陆部族的手里，而这些部族从来不接受任何约束……

"非常不幸，在明天之前，我们无计可施，"他补充说道，"沿雷瓦河逆流而上，我们的小船到不了坦普村。另外，此行必须多派人手，最可靠的办法是从荆棘丛生的陆路走过去……"

"行啊，"西律斯·比克斯塔夫回答道，"但不是明天，而是今天，此刻，必须出发……"

"我手边并无足够的人员可供调遣。"总督回答道。

"我们有，先生，"西律斯·比克斯塔夫反诘道，"请您采取措施，让您的民兵队伍与我的人会合，再派遣一位熟悉本地情况的军官，由他负责指挥……"

"请原谅，先生，"总督阁下用干巴巴的语气说道，"我没有这样的习惯……"

"也请您原谅我，"西律斯·比克斯塔夫回答道，"不过，我警告您，如果您没有即刻采取行动，如果我们的朋友，我们的客人无法回到我们身边，您将为此承担全部责任，到那时……"

"到那时？……"总督用高傲的语气问道。

"模范岛的大炮将把苏瓦城彻底摧毁，摧毁您的首都，包括所有外国人的财产，无论是英国人，还是德国人的财产！"

这是一份正式的最后通牒，对方只能俯首就范。维提岛上的那几门大炮,根本无法与模范岛的炮台抗衡。于是,总督服软,他的祈降被接受,其实他早就应该这么做,即使出于人道主义。

半个小时之后,在西姆科准将的指挥下,模范岛的百十来位水手和民兵上岸,抵达苏瓦城,准将本人希望亲自指挥这次行动。总监、塞巴斯蒂安·佐恩、伊弗内斯,以及弗拉斯科林,他们全都一起前往。维提岛派遣了一队宪兵提供协助。

队伍一出发,就钻进了荆棘丛林,在向导的带领下,队伍绕过雷瓦海湾,幸亏这位向导熟悉这个地形复杂的内陆地区,队伍选择捷径,加快脚步,争取在最短的时间内赶到坦普村……

并不需要一直走到那座村庄。将近半夜1点钟,队伍接到命令,停止前进。在一片几乎无法通过的浓密矮树丛里,人们发现一处火光。毋庸置疑,那里就是坦普村土著居民聚集的地方,因为,再向东走半个小时,就能抵达那座村庄了。

西姆科准将、向导、卡利斯图斯·蒙巴尔,以及三位巴黎佬向前走去……

他们走了还不到一百步,就站住了,而且一动不动……

他们看到一堆熊熊燃烧的篝火,火堆旁,围着喧嚣的人群,有男人,也有女人,潘希纳半身赤裸,被捆在一棵树干上……斐济酋长向他跑去,举起了斧头……

"冲啊……冲啊!"西姆科准将向自己的水手,以及民兵们喊道。

遭到突袭,斐济人惊恐万分,来袭队伍的枪林弹雨,以及枪托扑面而来,毫不留情。眨眼之间,场地一片空旷,那帮斐

467

潘希纳半身赤裸,被捆在一棵树干上。

济人四散逃跑，消失在树林里……

潘希纳被从树干上解开，扑倒在他的朋友弗拉斯科林的怀抱里。

他的兄弟们，几位艺术家的快乐心情难以形容——快乐中，夹杂着几滴眼泪，以及理所当然的抱怨指责。

"真是，你这个倒霉蛋，"大提琴手说道，"你究竟为什么要走远呢？……"

"确实倒霉，只要你愿意，就这么叫吧，我的老塞巴斯蒂安，"潘希纳回答道，"不过，请别过分挤压我这把中提琴，因为此刻，我几乎浑身赤裸……请把衣服递给我，好让我在当局面前，显得更体面一点儿！"

人们在一棵树下，找到了潘希纳的衣服，他以超群绝伦的冷静态度，把衣服重新穿好，然后，以"体面的姿态"，走过去握住了西姆科准将，还有总监的手。

"瞧瞧，"卡利斯图斯·蒙巴尔对他说道，"现在，您总该相信了吧？……那些斐济人当真是食人生番……"

"还不算过分贪婪，这帮狗崽子，"殿下回答道，"因为，我仍旧全须全尾！"

"这家伙本性难移，简直是异想天开的撒旦①！"弗拉斯科林叫道。

---

① 撒旦是基督教义中魔鬼的名字。基督教认为，魔鬼终将于世界末日审判中被投入火湖受永罚。

469

"你们知道吗,当我作为人形猎物,即将被插上铁钎送去烧烤时,最让我感到不舒服的是什么吗?……"

"我要能猜得出来,那才真是活见鬼!"伊弗内斯反诘道。

"好吧,并不是因为我即将被斐济人一口一口吃掉!……不是!最让我不爽的是,我居然要被一个穿着衣服的野人吃掉……而且他穿的还是一件缀着金色纽扣的蓝色礼服……腋下还夹着一把雨伞……而且是一把令人厌恶的英国雨伞!"

第十章　模范岛易主

模范岛的启程日期定在2月2日。启程前，各位观光客纷纷结束旅行，返回亿兆城。潘希纳事件轰动一时。殿下遭遇的前因后果传遍了整个太平洋瑰宝，四重奏乐队赢得广泛同情。对于西律斯·比克斯塔夫总裁的英明决断，名人委员会给予高度赞赏。各家报纸也对总裁表示祝贺。于是，潘希纳成了当红大明星。看看吧，一位中提琴手是如何在斐济人的胃里结束自己的艺术家生涯！……不得不承认，维提岛的土著绝对没有放弃啃噬人肉的爱好。总而言之，按照报纸的评论，人肉的味道，竟然如此香甜，这个魔鬼潘希纳，原来这般诱人食欲！

晨曦微露，模范岛已经起航，航向对准新赫布里底群岛。它将因此向西绕行十来个经度，也就是200里①。既然要把沙罗船长和他的同伴们送回新赫布里底，那就不可避免地需要兜这个圈子。另外，大可不必为此遗憾，大家都愿意给这些勇敢的

---

① 此处为法国古里，1里约合4千米，即向西绕行800千米。

人提供帮助——在与野兽战斗的时候，他们曾经表现得异常勇猛。而且，能以如此方式返回久违的故乡，他们感到十分满足。除此之外，亿兆城市民对新赫布里底群岛还很陌生，这趟旅行为他们提供了一个机会。

经过计算，机器岛航行的速度并不快。实际上，那条从法国马赛驶来，专程为坦克顿家和科弗利家运送货物的轮船，应该在斐济群岛与新赫布里底群岛之间的海域与模范岛会合，具体地点为东经170度35分与南纬19度13分的交会处。

不用说，沃尔特与蒂小姐的婚事成为令人瞩目的头等大事。还能有别的事儿比这更重要吗？卡利斯图斯·蒙巴尔忙得不可开交，他张罗准备，安排布置这桩庆典的各项事宜，这件事将被载入机器岛的千年史册。倘若他因过分忙碌而憔悴消瘦，没人为此感到意外。

模范岛的平均航速，每24个小时仅为20至25千米。它向前航行，维提岛始终保持在视线范围内，壮观的海岸线生长着茂密的森林，暗绿色的植被蔓延伸展。机器岛从瓦纳拉岛行驶至隆德岛，在这片宁静的海域，缓慢移动了3天。在相关海图上，这条航道与隆德岛同名，太平洋瑰宝轻柔地驶入这条宽阔的航道。众多鲸鱼受到惊吓，惊慌失措，脑袋撞上模范岛的钢铁外壳，受到撞击的外壳微微颤动。大家尽管放心，制作钢箱的钢板异常坚固，在撞击下毫发无损。

最终，2月6日下午，斐济群岛最后一群山峰的身影隐没在海平线下。至此，西姆科准将终于把波利尼西亚海域抛到身后，开始进入太平洋的美拉尼西亚海域①。

在随后的三天时间里，模范岛在抵达南纬19度线之后，继续向西漂游。2月10日，模范岛抵达了预定海域，等待那条来自欧洲的轮船与自己会合。在亿兆城的告示牌上，标出了模范岛的位置，所有居民一目了然。瞭望塔上的瞭望船员聚精会神，上百架望远镜搜索着海平线，等待轮船被发现的那一刻……全岛居民都在期盼……这情形活像一出戏剧的序幕，观众正等待观赏，而这出戏剧的大结局，将是沃尔特·坦克顿与蒂·科弗利小姐的喜结连理，难道不是吗？……

于是，模范岛保持原地不动，在这片群岛环绕的海域，抵御着涌动的海流。西姆科准将不时根据海况发出指令，军官们严格遵照执行。

按照老习惯，每天午饭后，伊弗内斯和同伴们总要悠闲晃荡两个小时，这一天闲逛时，他随口说道：

"眼下的局面确实非常有趣！"

"是的，"弗拉斯科林回答道，"对于乘坐模范岛的这趟旅程，我们无怨无悔……不知我们的朋友佐恩是否感同身受……"

"他永远只会拉锯条……而且只拉大音程不加升降记号，

---

① 美拉尼西亚海域位于180°经线以西，赤道和南回归线之间的西南太平洋，西北—东南延伸4500多千米，包括巴布亚新几内亚、瓦努阿图（即书中的新赫布里底）等多座群岛。

连续5次升高半音的B调①！"潘希纳补充说道。

"是的……特别是，当这段旅程结束时，"大提琴手反诘道，"当我们拿到第四季度应得的那份薪水时……"

"哎！"伊弗内斯说道，"自从我们启程以来，模范岛公司已经向我们支付了三个季度的薪水，而且，我非常赞同弗拉斯科林的做法，这位敬业会计已经把上述巨款汇往纽约银行！"

事实上，作为一位尽职尽责的会计，弗拉斯科林认为最明智的做法，就是请亿兆城的银行家帮忙，把这笔钱存入合众国的一家信誉最好的机构。这么做，倒不是因为不信任模范岛银行，仅仅是因为，太平洋的水深通常超过五六千米，与一家在深邃海洋上漂泊不定的金融机构相比，一家固定地点的金融机构似乎更安全。

在香烟与烟斗冒出的缭绕烟雾里，几位艺术家正在聊天，伊弗内斯介绍了他观察到的如下情况：

"我的朋友们，这将是一场富丽堂皇的婚礼，为此，我们的总监不遗余力，倾尽所能。这一点毫无疑问。这次婚礼将挥金如土，就连亿兆城的喷泉都将慷慨地喷出葡萄酒。对此，我毫不怀疑。然而，这场庆典还缺少一样东西，你们知道吗？……"

"一座钻石堆砌，奔流着液体黄金的瀑布！"潘希纳叫道。

"不，"伊弗内斯回答道，"是一个大合唱……"

---

① 此处为戏谑双关语：法语单词"锯子"的转义为"陈词滥调"，并且与"B调"为同音；大音程是指两音间的高度距离。升降记号是五线谱中表示升降音级的符号。升高半音是把原来乐曲的音高升半个音阶。此句意思：佐恩不停反复抱怨，而且音调杂乱，无缘无故。

474

"一个大合唱？……"弗拉斯科林反诘道。

"毋庸置疑，"伊弗内斯说道，"婚礼上肯定需要音乐，我们也要献上最为流行，情景交融的曲目……但是，倘若没有合唱，就没有婚礼赞歌，没有献给新人的助婚诗……"

"伊弗内斯，怎么会没有？"弗拉斯科林说道，"如果你愿意写出十二行长短句的诗词，让'灵魂'与'火焰'押韵，'爱情'与'日子'押韵，塞巴斯蒂安·佐恩就有本事谱曲，让你的诗变成配乐诗歌，简直太妙了……"

"这主意太棒了！"潘希纳不禁大叫道，"你觉得怎么样，爱发牢骚的老牢骚鬼？……找到与婚姻相关的曲调，断续跳跃，活泼快板，激情万丈，再来一个疯狂的结尾……一个音符可以标价5美元……"

"不……这一次……不要钱……"弗拉斯科林回答道，"这将是四重奏乐队奉献给模范岛亿万富豪们的一枚奥波尔①。"

就这么决定了，大提琴手声称，倘若诗歌之神把灵感赐予伊弗内斯，那么，他也将祈求音乐之神赐予自己灵感。

于是，在如此高尚的合作基础上，即将诞生一首康塔塔②式的合唱曲，一首模仿《雅歌》③的赞美歌；这首歌曲将献给即将

---

① 奥波尔是法国古代钱币名称，转义为"一个铜板"，此处意为"小礼物"。
② 康塔塔指多乐章的大型声乐套曲，起源于意大利，后演变成包括独唱、重唱及合唱的声乐作品。
③ 雅歌是《圣经》旧约的一卷书，书中记载了良人与书拉密女的爱情。转义为宗教用语"感恩歌"。

联姻的坦克顿与科弗利家族。

2月10日下午,一条大轮船从东北方驶来,出现在视野,消息马上传开。这条船的国籍尚无法辨认,因为它还处于10海里开外,此时,暮色已经笼罩海面。

这条轮船似乎正在全速疾驶,可以肯定,它正朝模范岛驶来。很可能,这条船希望于第二天的日出时分靠拢模范岛。

这个消息产生的影响简直难以描述。女士们情绪亢奋,想象着这条轮船送来琳琅满目的珠宝首饰、各式服装、各种装饰,以及艺术品,它简直就像一个巨大的婚礼花篮……而且是被五六百匹马力驱动的花篮!

人们没有弄错,这条轮船确实驶向模范岛。于是,一大早,这条轮船靠拢右舷港的防波堤,并且在自己的桅杆上,升起了模范岛公司的旗帜。

突然,通过电话,另外一个消息传到亿兆城:这条轮船升起的是半旗。

发生了什么事儿?……一件不幸的事情……轮船上有人去世了?……对于一桩婚事来说,这可不是一个好兆头,更何况,这桩婚事影响着模范岛的未来。

然而,完全是另一码事。这条船根本不是大家等待的那条船,而且,它也不是来自欧洲。准确地说,这条轮船来自美国沿海,来自马德莱娜海湾。此外,那条装载婚礼财宝的轮船也并未迟到,因为,婚礼定在2月27日,而这一天仅仅是2月11日,还有足够的时间等它到来。

那么，这条轮船究竟想要干什么？……它究竟带来了什么消息……它为什么要降半旗？……为什么公司要派遣它来到新赫布里底群岛的这片海域？它肯定早就知道能在这里找到模范岛……

也许，它来就是为了向亿万富翁们紧急传达一个信息，而且是一条十分严重的信息？……

是的，而且，必须抓紧时间获悉这条信息。

轮船刚刚停靠码头，一位乘客立即登岛。

他是公司的一名高级职员，许多人好奇地向他焦急询问，但是，他一律不予答复，径直在右舷港的码头上跑了起来。

一列有轨电车正准备出发，此人一刻也没耽搁，纵身跳进一辆车厢。

十分钟后，他来到市政府，以"事情紧急"为由，要求拜见总裁——他的请求立即获准。

西律斯·比克斯塔夫在自己的办公室接见了来人，见面时，办公室的大门紧闭。

不到一刻钟，名人委员会的三十位委员接到电话通知，紧急到会议室聚齐。

与此同时，在港口和城市里，各种猜想不胫而走，伴随好奇心的，是四处蔓延的极度恐慌情绪。

8点差20分，在总裁的主持下，名人委员会举行会议，出席会议的还有总裁的两位副手。于是，公司高级职员宣布了如下内容：

"在1月23日那一天，模范岛有限公司宣布破产，威廉·T.波默林先生被任命为全权清算人①，负责采取行动，尽量维护公司的利益。"

承担上述职责的威廉·T.波默林先生，就是这位高级职员本人。

消息传开了，事实就是，这则消息在模范岛产生的影响，甚至还不如它在欧洲产生的影响大。有啥办法？正如潘希纳所说，模范岛不过是"合众国广袤领土被分离出来的一小块儿"。因而，对于美国人来说，破产事件司空见惯，即使这消息突如其来，也不过如此……既然是做生意，破产就在所难免，无非是一场变故，能够接受，而且已经被接受了，不是吗？面对这种情况，亿万富翁们习以为常，泰然处之……公司垮台了……仅此而已。即使最受人尊敬的金融企业，也难免破产……它的负债很多吗？……非常多，根据清算人提供的公司资产负债表：5亿美元，约合25亿法郎……那么，究竟是谁导致了这次破产？……是投机行为——而且可以说，是一次丧失理智的投机行为，因为这次投机亏损得一塌糊涂——不过，它本来是可以成功的……这次投机涉及一个巨大的项目，原本要在阿肯色州②的一块地皮上修建一座崭新的城市，然而，没人能预料到，

---

① 破产清算人是在公司宣告破产后，由法院指定接管破产企业，负责破产财产的保管、清理、估价以及处理和分配的专门机构。它独立于债权人和债务人，与破产财产无利害关系。

② 阿肯色州是美国南部的一个州，位于密西西比河中下游，自然环境优越。

由于地层下陷，这块地皮被水淹没了……总而言之，并非公司的过错，不过，既然地皮塌陷了，同时陷入深渊的，当然也包括股东，这一点都不奇怪……即使像欧洲那样坚实的陆地，这事儿也难免发生……面对这类事情不必惊慌失措，更何况，与陆地，或者土石结构的岛屿相比，模范岛更具有压倒性的先天优势，难道不是吗？

关键在于，必须采取行动。公司的资产"此时此地①"囊括机器岛的价值，包括它的外壳、工厂、公共建筑物、房屋、田野，以及那支小船队——一句话，威廉·特森工程师设计的这座浮动机器承载的一切物品，以及与它相关的物品，除此之外，还包括位于马德莱娜海湾的公司机构。那么，是否可能成立一家新公司，通过协商的方式，或者拍卖的方式，把上述一切打包买下来？……是的……在这个问题上来不得半分犹豫，随着对公司债务的清算，有关资产销售将立即开始……然而，为了创立这家新公司，是否有必要求助外国资本？……亿兆城的富翁们是否足够阔绰，有能力自掏腰包，"给自己买下"模范岛？……作为普通的租房客，他们是否愿意成为太平洋瑰宝的主人？……他们对模范岛的管理，能够与破产公司的管理水平媲美吗？……

在名人委员会的成员当中，大家都知道谁的兜里拥有上十

---

① 此处为希腊语，系资产评估专业术语，意指：评估对象在此时此地所表现出来的一切资产存在的总和。

亿的财富。因此，他们赞成购买模范岛，而且毫不迟疑。那位清算人有权力做主吗？……他有这个权力。另一方面，如果模范岛公司有幸，能够在最短时间内找到必需的资金，以便实行清算交割，那么，这笔资金只能从亿兆城的名流们那里得到，更何况，在名流当中，有几位原本就是公司最有分量的股东。眼下，这座城市两个街区的对立状态已经消除，两个主要家庭也已握手言和。所以，这件事情应该水到渠成。合众国的盎格鲁－撒克逊人做事情，一向讲究干脆利索。因此，资金问题当场就解决了。根据名人委员会的意见，无须举行公开认购。由杰姆·坦克顿、纳特·科弗利，再加上几位名流，一共掏出4亿美元。另外，对于这个价格，也无须讨论……对方只需接受，或者干脆放弃……结果，清算人表示接受。

名人委员会在市政厅举行的会议于8点13分开始。散会的时间是9点47分，其间，模范岛的产权已经落入亿兆城的两位"超级富豪"，以及他俩的几位朋友手里，新公司的名称是"杰姆·坦克顿与纳特·科弗利有限公司"。

可以这么认为，如果说，模范岛公司破产的消息并没有在机器岛居民当中引起轰动效应，那么，对于几位主要名流攫取机器岛产权的消息，居民们同样无动于衷。对于这件事儿，大家觉得理所当然，即使需要筹集更多资金，对于亿兆城的富豪们来说，也是易如反掌。他们觉得十分满意，因为从此，这里就像是他们自己的家园，或者至少，他们不再隶属于一家岛外公司。因此，太平洋瑰宝承载的各阶层岛民，包括雇员、职员、公务员、军官、民兵，以及水手们，大家十分感谢那两个家庭的家长，因为他们惠及了全体岛民的利益。

那一天，公园里举行了一个集会，与会者通过连续三次齐声欢呼的方式，就一个议题形成了一个动议。大家立即委托几位代表，组成使团，前往科弗利家，以及坦克顿家的府邸。

使团受到了殷勤接待，它带回来一个保证：模范岛的所有规章制度，包括风俗习惯，一切都将维持不变。行政管理机构一切照旧！所有公务员依然履行自己的职责，所有雇员仍旧各司其职。

其实，他们又怎么可能改弦更张呢？……

结果就是，埃塞尔·西姆科准将仍然负责海事部门，仍然拥有模范岛航行的最高指挥权，并按照名人委员会制定的航线驾驭机器岛。同样，斯图尔特上校仍然负责指挥民兵队伍。至于观象台，它的职责一如往昔，马勒卡利亚国王依然坚守天文学家的岗位，毫不动摇。总而言之，无论在两个港口，还是电力生产工厂，包括市政府的行政管理部门，没有任何人离开自己原来的位置。甚至，就连阿萨纳塞·多雷姆斯也没有离开自己那个一无是处的职位，尽管他的舞蹈课和礼仪课门庭冷落，从来没有学生登门求教。

不用说，模范岛与四重奏乐队之间的协议也没丝毫改变，模范岛将履行承诺，乐队将继续领取高额薪酬，直到本次航行结束。

"这些人实在了不起！"当弗拉斯科林了解到，事情已经办妥,所有人都很满意,他不禁说道。

"那是因为,他们手中拥有亿万财富!"潘希纳回答道。

"也许,我们应该利用这次业主变换的机会,解除我们的合同……"塞巴斯蒂安·佐恩提醒道,他始终固执己见,不愿放弃自己关于模范岛前途的愚蠢预言。

"解除!"殿下大声叫道,"好呀! 你胆敢试试看!"

中提琴手一边说,一边用左手张开五指,再把五指握拢,似乎正在第四根弦向高把位演奏①,他威胁大提琴手,声称要对他饱以老拳,挥拳的速度将达到每秒8米50厘米②。

然而,总裁的地位发生了一点变化。西律斯·比克斯塔夫曾经是模范岛公司的全权代表,现在,他觉得自己应该辞职。总之,在当前的形势下,他做出的辞职决定合情合理。因此,他的辞呈被接受了,不过,准予总裁辞职的条款极为体面。至于总裁的两位副手,巴泰勒米·鲁格,以及哈布利·哈考特,因为他俩持有模范岛公司的大量股份,因此,公司破产让他俩濒于破产,他俩的心愿,就是搭乘最近的轮船航班离开机器岛。

尽管如此,西律斯·比克斯塔夫接受任命,继续负责市政管理部门,直到本次航行结束。

就这样,模范岛完成了财产财务的重大变革,整个过程悄无声息、毫无争议、有条不紊、和谐一致。事件的处理果断、迅

---

① 中提琴的把位越高,左手越向前伸出。此处形容伸臂挥拳的姿势。
② 普通人挥拳的速度基本在一秒钟5—8米的范围。此处形容出拳速度很快,超过极限。

速,因此,事情一结束,清算人随即重新登船,带走了主要买家的签名,以及名人委员会提供的担保。

至于那位人物,就是才华横溢,备受瞩目的卡利斯图斯·蒙巴尔,无与伦比的太平洋瑰宝的艺术娱乐总监,他对模范岛做出的贡献无人不知,与此同时,他的薪金和利益也得到了保证。事实上,到哪里能找到接替他的人呢?总监的位置无人可以取代。

"好了!"弗拉斯科林提醒道,"一切顺利,模范岛的前途无忧,从此太平无事……"

"我们走着瞧吧!"执拗的大提琴手喃喃自语道。

就是在这样的局面下,沃尔特·坦克顿与蒂·科弗利小姐即将完婚。两个家庭的联姻将建立在金钱利益之上,这样的婚姻,无论在美国,还是在其他任何地方,都将形成最为牢固的社会关系,并且为模范岛公民的锦绣前程,提供最可靠的保障。自从归属于亿兆城的主要富翁之后,模范岛似乎比过去有了更多的独立性,命运也更多地掌握在自己手中!过去,总有一条绳索把模范岛与美国的马德莱娜海湾连接在一起,如今呢,这条绳索刚刚被斩断!

如今,一切称心如意!

现在,幸福感笼罩着有关各方,它们的愉快心情简直难以言表,对此,还需要强调描述一番吗?这对未婚夫妻如胶似漆,形影不离。对于沃尔特·坦克顿和蒂·科弗利小姐来说,这桩婚事不仅门当户对,而且他俩心心相印,情投意合,这感情与利益无涉，对此，大家坚信不疑。这对年轻男女品质优秀，他们的生活定将幸福美满。沃尔特有着金子般的灵魂，而且，请诸位相信，蒂小姐的灵魂也是用同样的金属铸就——这里只是打个比喻，并非指他俩拥有的亿万金钱所代表的物质上的含义。他俩是天造地设的一双，尽管这种说法略显庸俗，但是，它却从未有过如此准确的含义。他俩期盼着那一天，2月27日，在那天到来之前，他俩计算着结合前的每一天，每一刻。他俩仅为一件事情感到遗憾，那就是，模范岛没有朝180度经线行驶，如果此刻，模范岛正在从西向东航行，它将不得不把日历上的日期抹去24个小时，未来的幸福就将提前一天降临。不！只有当新赫布里底群岛映入眼帘的时候，婚礼才能完成，他们只能顺从天意。

此外，我们注意到，那条满载欧洲精品的轮船，也就是那条"花篮船"，至今尚未来到。不过，如果两位未婚夫妻需要互赠定情物，难道他们需要这些近似皇室风格的豪华礼品吗？他们把爱情彼此相赠，难道这还不够吗？

然而，新人的家庭，他们的朋友们，甚至模范岛的岛民们，大家都希望这场婚礼洋溢的气氛非同凡响。为了这个缘故，才有那么多望远镜坚持不懈地盯着东方海平线。杰姆·坦克顿与纳特·科弗利甚至悬赏巨额奖金，给予第一个发现那条轮船的人，为满足公众急不可耐的心愿，那条轮船的推进器正以空前的速度运转。

与此同时，庆典的节目单已经精心制作完成。节目包括娱乐活动、招待会、在新教礼拜堂和天主教堂分别举行的两场仪式、在市政厅举行的盛大晚会，以及在公园举行的联欢会。卡利斯图斯·蒙巴尔事必躬亲，拼死拼活，不遗余力，甚至可以说，他不惜拼了老命在打拼。有啥办法！他的性格使然，要想阻止总监卖命，简直比拦阻一列狂奔的火车还要困难。

至于那首康塔塔，已经准备好了。伊弗内斯写诗作词，塞巴斯蒂安·佐恩谱写乐曲，两人的才华都发挥到了极致。歌曲将交给一家紧急成立的合唱公司，由它的弥撒唱诗班演唱。演唱将在观象台的小花园里举行，夜幕降临时，这里将灯火通明，歌声响起时，效果一定相当动人心魄。随后，两位年轻新人将要登场，面对婚姻登记官，此后，午夜时分，将举行宗教婚礼仪式，届时，亿兆城将笼罩在童话般的烟火礼花当中。

终于，期盼的轮船在海面上现身。发现它的是右舷港的一位瞭望船员，他因此获得那笔不菲的美元赏金。

2月19日，上午9点钟，当这条轮船绕过港口防波堤后，很快，卸货开始了。

没有必要详细描述那些新婚货物清单，它们包括珠宝首饰、女式服装、时装，以及各种艺术品。我们只需知道，在科弗利家的宽敞大厅里，举行了上述物品的展览，盛况空前。亿兆城的所有居民都愿意前来观赏这些物品，人群中不乏腰缠万贯的主儿，只要肯出价，也能得到同样精美的产品，确实如此。不过，他们在挑选时，首先需要考虑的是品位与艺术感受，对此，并非人人都能胜任。此外，如果有人对这些货品的目录特别好

亿兆城的所有居民都愿意前来观赏这些物品。

奇，还可以查阅2月21日和22日的《右舷记事报》，或者《新先驱报》。如果仍然觉得不满足，那只能说，这世界上没有绝对的十全十美。

"匪夷所思！"伊弗内斯不置可否地说道，此刻，他和几位同伴刚刚从第十五大道府邸的宽敞大厅里走出来。

"匪夷所思！百思之后，我终于有所感悟，"潘希纳表示道，"那就是，您最好娶一位没有嫁妆的蒂·科弗利小姐……只娶她本人！"

至于两位年轻未婚夫妻，面对堆积如山的时髦艺术精品，他俩并未过分留意，此话当真。

不过，自从轮船抵达后，模范岛重新开始向西航行，准备驶往新赫布里底群岛。如果在2月27日之前，能够看到这座群岛的一座岛屿，沙罗船长就将与同伴们离开，然后，模范岛就可以开始返航了。

在太平洋西部的这片海域里，模范岛能够行驶得如此轻松自如，那是因为，马来亚船长对这里了如指掌。在西姆科准将的要求下，沙罗船长在瞭望塔上值班，为准将提供协助。当埃罗芒阿岛[①]的第一群山峰凸起在海平线上后，模范岛极为轻松地接近这座位于群岛最东端的岛屿——驶往这座岛屿，可以让模范岛避开新赫布里底群岛密布的暗礁。

[①] 埃罗芒阿岛是瓦努阿图群岛（即本书的新赫布里底群岛）第四大岛屿，位于该群岛的南部，面积约892平方千米。

也许是出于偶然,或者是因为沙罗船长希望出席这场婚礼,他想方设法让模范岛以极缓慢的速度行驶,以至于直到2月27日上午,瞭望船员才报告,发现新赫布里底群岛的第一批岛屿——这一天,恰恰是预定举行婚礼的日子。

不过,这也没啥关系。如果沃尔特·坦克顿与蒂·科弗利小姐的婚礼能在看得见新赫布里底群岛的地方举行,他们并不会因此感到不幸福,而且,只要能让这些勇敢的马来亚人高兴——对此,他们丝毫不加掩饰——那就允许他们自由出席这场模范岛的庆典吧。

模范岛首先遇到几座近海小岛,在沙罗船长的精确指引下,机器岛绕过它们,直奔埃罗芒阿岛驶去,在南边,看得见塔纳岛①上耸立的群峰。

塞巴斯蒂安·佐恩、弗拉斯科林、潘希纳,以及伊弗内斯现在所处的这片太平洋海域,距离属于法国的那几座岛屿并不远——最多也就300海里——包括忠诚岛②和新喀里多尼亚群岛,那里有一座感化院,恰好位于法国的对蹠地③。

埃罗芒阿岛的内陆森林茂密,突兀着众多山岗,在山岗脚下,伸展着广阔的台地,分布着许多农田。西姆科准将把模范岛停泊在岛屿东侧,距离库克海湾1海里的海面上。他没有轻率地继续靠近岛屿,因为,珊瑚灰岩形成的带状礁石出现在半海

---

① 塔纳岛位于西南太平洋瓦努阿图(新赫布里底)的南部,陆地面积556平方千米。
② 忠诚岛,又译罗亚尔特岛,是新喀里多尼亚东部岛群的洛亚蒂群岛的一个岛屿。
③ 对蹠地,亦称对蹠点,是位于地球直径两端的点,在地球两端遥遥相望,时差12小时。

里远的海面上，翻卷着浪花。另一方面，按照西律斯·比克斯塔夫总裁的想法，根本不要在这座岛屿前停泊，甚至，在这座群岛的任何一座岛屿前都不要停泊。婚礼过后，马来亚人就要下岛离开，随后，模范岛将北上驶往赤道，返回马德莱娜海湾。

现在是下午1点钟，模范岛保持停泊状态。

遵照当局的命令，所有人自由休假，无论官员还是职员，水手还是民兵，除了在岛边岗位上值守的海关关员，他们仍需警惕监视，不得松懈。

不用说，天气好极了，海风阵阵，空气凉爽。正如某句俗语形容的："太阳与我们共舞。"

"确切地说，这轮高傲的金乌正在服从那帮富人的指令！"潘希纳大声说道，"富人们给太阳下了命令，就像当初约书亚[①]命令延长白日，于是，太阳俯首听命！……噢！金钱万能呀！"

亿兆城的娱乐总监制定了婚礼的节目单，其内容动人心魄，我们没必要了解各项细节。从下午3点钟开始，全岛居民，包括居住在田野、居住在城里，以及居住在港口的岛民，大家一齐拥往公园，聚集在蛇形河两岸。那些名流也亲民地混杂在百姓中间，游乐活动气氛活泼，游戏的奖品也许并非无足轻重。人们在露天场地开起了舞会。娱乐场的一个大厅里的节目尤其令人瞩目，只见年轻小伙儿、年轻妇女，以及年轻姑娘们一起玩

[①] 约书亚是《圣经·旧约》记载的一个希伯来人，继摩西之后成为以色列人的领袖。他曾经请求上帝，让日头停止运行，以便让以色列人有更充足的时间杀敌。

游戏，动作优雅活泼。伊弗内斯和潘希纳参加跳舞，每当遇见美丽的亿万富翁女士，需要他俩扮演骑士，他们一定当仁不让。殿下的神态从未如此和蔼可亲，如此神采奕奕，而且，他的舞蹈从未获得如此成功。每当跳完一曲旋转的华尔兹，如果他的女舞伴对他说："噢，先生，我汗流浃背了！"他一定会大着胆子回答道："那是沃尔斯之水，女士，您身上流淌着沃尔斯之水①！"听他这么说，不必大惊小怪。

听见殿下这么表白，弗拉斯科林害臊得脸红到耳朵根儿，伊弗内斯听见这话，不禁自忖，为何上天没有打雷劈了这个罪人！

必须补充说一下，坦克顿一家，以及科弗利一家全都到齐了，年轻姑娘的两个妩媚的妹妹为了姐姐的幸福，由衷地感到高兴。蒂小姐挽着沃尔特的臂膀，缓步慢行——作为出生于自由的美利坚的公民，他俩的举止符合礼仪，无伤大雅。面对融洽惬意的这群人，大家报以热烈的掌声，欢呼喝彩，给他们献上鲜花，并且送上祝福，这群人则欣然接受，神态和蔼可亲。

随着时间的流逝，慷慨提供的清凉饮料让所有人情绪饱满。

夜幕降临，铝制月亮光芒四射，公园里灯火通明。太阳已经明智地消失在海平线下面！在如此灿烂的灯光下，黑夜如同白昼，面对此景，太阳也只能屈尊让位。

---

① 此处为戏谑双关语，法语单词"华尔兹"与"沃尔斯"不仅发音相同，而且词形相似。沃尔斯是产自瑞士的著名矿泉水品牌。

490

游乐活动气氛活泼。

晚上9点至10点钟之间,康塔塔的歌声嘹亮——无论诗人和作曲家承认与否,合唱取得巨大成功。甚至,也许此刻,大提琴手终于觉得,可以解除针对太平洋瑰宝的不祥预言了……

11点钟敲响了,一队长长的仪式行列走向市政厅。沃尔特·坦克顿和蒂·科弗利小姐走在家人中间。全体岛民簇拥着他们,沿着第一大道向前行进。

西律斯·比克斯塔夫总裁站在市政府的大厅里,在他的行政管理生涯中,他所能表达祝贺的,最美丽的一次婚礼即将礼成……

突然,在左舷街区最靠城市边缘的街道上,传来喊叫的声音。

仪式队列在第一大道中间停住了。

喊叫声更大了,几乎同时,远处传来爆炸声。

片刻之后,一些海关关员——其中很多人负伤——从市政府的花园里奔跑出来。

所有人惶恐不安。一阵莫名的惊骇掠过人群,这惊骇来自未知的危险……

西律斯·比克斯塔夫出现在市政府门前的台阶上,西姆科准将,以及斯图尔特上校紧随其后,还有从各处赶来的名流们。

大家询问海关关员,他们回答说,模范岛刚刚遭到一帮新赫布里底人的入侵——人数足有三千至四千——领头的就是那位沙罗船长。

第十一章　进攻与防守

　　沙罗船长准备已久的可恶阴谋终于开始实施了，参与阴谋的包括跟他一起登上模范岛的马来亚人、从萨摩亚群岛登上模范岛的新赫布里底人，还有来自埃罗芒阿岛，以及附近岛屿的土著。这事儿将有怎样的结局？由于这次可怕的入侵来得过于突然，因此，人们尚无法预料。

　　新赫布里底群岛属于英国的保护地，它拥有的岛屿数量不少于150座，从地理学角度看，这座群岛隶属于澳大利亚。无论如何，与位于同一海域西北部的所罗门群岛[①]相似，关于这座群岛的保护问题，一直是法国与联合王国之间争议不断的祸根。不仅如此，美国也在觊觎这片大洋，妄想独家占有，并且对这里出现的欧洲殖民地心怀叵测。大英帝国已经在这些群岛分别插上了自己的旗帜，它希望在这里建立一处供给基地，一旦位于澳大利亚地区的各殖民地想要摆脱"外交部[②]"的羁绊，这处

[①] 所罗门群岛位于澳大利亚东北方，巴布亚新几内亚的东方，共有超过990个岛屿，陆地总面积达28450平方千米。
[②] 此处特指英国外交和联邦事务部，泛指英国。

供给基地将发挥关键作用。

新赫布里底的居民包括黑人和马来亚人,他们都属于卡纳克族群。不过这些土著分属北部岛群与南部岛群,在体质与秉性方面,他们存在明显差异——因此,这座群岛可以划分为两个群落。

在北部岛群的桑托岛①,在圣菲利普海湾,那里的土著个头偏高,皮肤的颜色略淡,短头发的卷曲程度也小一些。那里的男人体胖而强壮,性情温柔平和,从来不会攻击欧洲商行和船只。至于瓦特岛②,或称桑威奇岛,情况与此相似,那里分布着众多村镇,欣欣向荣,其中就包括维拉港③,它也是这座群岛的首府——它还有一个名字,叫作弗朗斯维尔④——我们的移殖民充分利用那里丰富的资源,包括肥沃的土壤、丰茂的草场、适宜耕作的土地、适宜种植咖啡树、椰子树,以及香蕉树的坡地,还有利润丰厚的"干椰肉加工厂"⑤。自从欧洲人来了之后,这座群岛的土著发生了根本变化,其道德与智力水平大幅提高,在

---

① 桑托岛是瓦努阿图(新赫布里底)最大的岛屿,拥有"南太平洋最美的沙滩——香槟海滩"。
② 瓦特岛的旧名是桑威奇岛,是瓦努阿图(新赫布里底)最重要的岛屿,为火山岛。面积915平方千米。
③ 维拉港是瓦努阿图(新赫布里底)的首都,航运、交通、政治、文化、旅游中心和主要的航空枢纽。
④ 弗朗斯维尔的意思是"法兰西之城",此处强调其与法国的历史渊源。
⑤ 这种工厂利用椰果,把它们劈开,在阳光下晒干,或者用火烘干,得到一种名为"椰子仁干"的果肉,它是制作马赛皂的原料。——原注(马赛皂是一种清洁能力极强,用于身体保湿的香皂。创制于17世纪的法国马赛地区——译者)

传教士的努力下，过去经常上演的啃噬人肉的一幕，如今已不复存在。不幸的是，卡纳克人种正在趋向灭亡，显而易见，在这座群岛的北部岛群，卡纳克人终将消失，给这个岛群造成难以弥补的损失。与欧洲文明产生交集后，这个岛群已面目全非。

然而，上述遗憾尚未明显降临这座群岛的南部岛群。正是基于这个原因，沙罗船长选择南部岛群，作为向模范岛发起攻击，实现罪恶企图的地方，他的选择不无道理。在南部岛群的各个岛屿上，土著还保留着真正巴布亚人①的特性，他们处于人类进化阶级的最底层，无论在塔纳岛，还是在埃罗芒阿岛的土著，无不如此。尤其是埃罗芒阿岛的土著，正如一位曾经住在桑托岛的岛民对海恩医生说过："如果这座岛屿会说话，它说出来的事情，能让你毛骨悚然，不寒而栗！"

事实上，这些卡纳克人属于底层种族，与群岛北部岛群的土著不同，他们的身体里，没有掺入波利尼西亚血统。在埃罗芒阿岛上，总共只有2500名居民，自1839年以来，在英国传教士的努力下，岛上的土著居民中，有一半人皈依了基督教，与此同时，先后有五位传教士遭到屠杀。至于另一半土著，仍然信奉异教。另一方面，甭管这些土著是否已经皈依，尽管他们体质赢弱，体格不如桑托岛，或者桑威奇岛的土著强壮，但是，他们的本性依然凶残，他们仍旧享有可悲的凶残恶名，而且名

---

① 巴布亚人是太平洋西部新几内亚岛及其附近岛屿上的土著民族，是赤道人种的一支，其主要体质特征与美拉尼西亚人相同。

副其实。对于胆敢冒险进入南部岛群的旅游者来说，这些土著才是真正的危险，必须小心提防。

有很多实例，不妨列举如下：

大约在50年前，发生过针对曙光号双桅船的海盗行径，这次抢劫遭到法国的严厉镇压。1869年，传教士戈尔东被人用大头棒击杀。1875年，一条英国船遭遇背信弃义的袭击，全体船员被食人生番屠杀，并且被吃掉。1894年，在路易西亚德①附近的几座群岛，在罗塞尔岛上，一位法国商人和他手下的工人，还有一位中国船的船长和他手下的船员，他们都遭到食人生番的攻击并丧生。最后，英国巡洋舰保皇号不得不开启战端，以便惩罚那些屠杀了众多欧洲人的野蛮人。听到别人讲述这段历史，这一次，潘希纳没有再耸肩膀，毕竟，他也才刚刚逃脱斐济人那可怕的臼齿。

就是从这些土著当中，沙罗船长招募了实施阴谋的同党。他向这些土著许诺，一定会劫掠这座富裕的太平洋瑰宝，让岛上的居民无一幸免。模范岛接近埃罗芒阿岛的时候，窥伺它的土著们主要来自临近岛屿，这些岛屿被狭窄的海峡分隔开——其中最主要的岛屿是塔纳岛，它位于埃罗芒阿岛的南边，相距仅35海里。从这座岛上的瓦尼西地区，涌来大批身强力壮的土著，这些人几乎全身赤裸，狂热地崇拜蒂波洛神②，他们来自所

---

① 路易西亚德群岛是位于西太平洋上由若干个小火山岛和珊瑚礁组成的小岛群。是巴布亚新几内亚的属岛。

② 蒂波洛神是当地土著原始信仰的崇拜偶像。

谓的"桑加利黑沙滩",是这座群岛最令人生畏、最可怕的土著居民。

不过,虽然相对而言,北部岛群不那么野蛮,但这并不意味着,那里没有向沙罗船长提供任何支援。在桑威奇岛的北边,有一座岛屿名叫阿皮岛,岛上有18000名居民,这些土著啃噬俘虏,他们把俘虏的身躯留给年轻人,俘虏的胳膊和大腿留给成年男子,肠子则拿去喂猪,或者喂狗。还有一座名叫帕阿玛的岛屿,那里部落的凶残程度,与阿皮岛的土著相比,毫不逊色。还有一座马利科洛岛,那里的卡纳克人同样酷好啃噬人肉。最后,还有那座奥罗拉岛,它是这座群岛最为恶名昭彰的岛屿,没有一个白人胆敢居住在那里,就是在那里,几年前,有一条法国籍的独桅帆船的全体船员惨遭屠杀。以上这些岛屿都有土著前来加入沙罗船长的队伍。

当模范岛出现在这座群岛,当它停泊在距离埃罗芒阿岛仅有数链远的海面时,沙罗船长发出了当地土著等待已久的信号。

几分钟之内,三四千名野蛮的土著通过露出水面的岩石,蜂拥而至。

形势极为凶险,那些涌向亿兆城的新赫布里底人死战不退,面对暴力抵抗,毫不畏惧。突袭让他们占了上风,他们不仅手持带有骨刺的长杆萨格勒布[①],这种东西能给人造成严重创伤,

---

[①] 特指原始部落中土著使用的标枪。

而且使用带有植物毒液的弓箭,甚至还有施耐德步枪①,这种武器已经在这座群岛得到广泛使用。

这次入侵是经过长期准备的,因为,从一开始,沙罗就冲在入侵队伍的最前面。为此,模范岛必须召集所有民兵、水手,以及公务人员,动员所有能够参加战斗的男人。

西律斯·比克斯塔夫、西姆科准将,以及斯图尔特上校表现得极为镇静。马勒卡利亚国王也要参加战斗,虽然他已不如年轻时矫健,但依然勇气十足。土著们距离左舷港还挺远,那里的军官正在设法组织抵抗。然而,毫无疑问,那帮匪徒很快就要向城里冲来。

首先下达的命令是关闭围绕亿兆城栅栏的大门,目前,为了观看婚礼庆典,全城居民几乎都已返回城内。土著们扫荡田野与公园后,必然要来攻城。至于两个港口,以及电力制造工厂是否将遭到蹂躏,大家对此忧心忡忡。纵然冲角炮台和岛艉炮台也被摧毁,大家仍旧无能为力。最不幸的事情就是,倘若模范岛的大炮转而对准亿兆城,谁也不敢保证,那帮马来亚人会不会操纵大炮……

根据马勒卡利亚国王的建议,首先把大部分妇女和儿童集中到市政府里面。现在,这座市政大楼,与整座模范岛一样,陷入一片黑暗,因为发电设备已经停止运转,在来袭的土著面

---

① 施耐德步枪是英国于19世纪中叶开始生产的单发步枪,其海外殖民军队曾普遍装备该型武器,至19世纪后期退出现役。

野蛮的土著通过露出水面的岩石，蜂拥而至。

前，机械师们早已四散逃命。

不过，根据西姆科准将的安排，原来存放在市政府的武器被发放给民兵和水手，而且弹药充足。在安顿好蒂小姐、坦克顿夫人，以及科弗利夫人之后，沃尔特过来与大家会合，和他在一起的有杰姆·坦克顿、纳特·科弗利、卡利斯图斯·蒙巴尔、潘希纳、伊弗内斯、弗拉斯科林，以及塞巴斯蒂安·佐恩。

"瞧瞧吧，看来，事情的结局就是这个样子了！……"大提琴手喃喃自语道。

"但是，事情还没完呢！"总监说道，"不，这事儿不算完，我们亲爱的模范岛不可能被一小撮卡纳克人给毁掉！"

说得好，卡利斯图斯·蒙巴尔！我们都明白，看到自己苦心安排的庆典被一帮新赫布里底的混蛋搅乱，你难免义愤填膺！是的，必须设法把他们击退……不幸的是，对方依仗人多势众，攻势占了上风。

然而，远处，仍然不断传来爆炸声，声音来自两个港口。沙罗船长已经开始中断螺旋桨的运转，目的就是不让模范岛远离埃罗芒阿岛，因为，这里是他发动这场阴谋的策源地。

总裁、马勒卡利亚国王、西姆科准将，以及斯图尔特上校组成了卫戍司令部，他们首先想到的是发起一次出击。然而不行，因为这么做需要抽走一部分保护人员，而这里非常需要他们。与15天之前入侵模范岛的那帮猛兽相比，这群野蛮的土著更为凶残，休想指望他们手下留情。另一方面，这些土著是否试图让模范岛撞毁在埃罗芒阿岛的礁石上，然后实施抢劫？……

一个小时之后，入侵者已经来到亿兆城的栅栏外面，他们试图捣毁栅栏，但是栅栏很坚固。然后，他们试图翻越栅栏，结果遭到枪击而受挫。

既然一开始没能利用偷袭攻破亿兆城，现在周围一片漆黑，要想破城而入就更加困难。因此，沙罗船长把这群土著带往田野和公园，在那里等候天亮。

早晨四五点钟的时候，第一缕晨光让东方现出海平线。遵照西姆科准将和斯图尔特上校的命令，民兵和水手们留下一半人保护市政府，其他人聚集在观象台的小花园里，他们猜想，沙罗船长可能要从这里强攻栅栏门。既然不能指望外面出现任何救兵，那就必须不惜一切代价，阻止土著进入城市。

四重奏乐队跟随保卫者们，在军官的率领下，向第一大道的尽头走去。

"刚刚逃离了斐济的食人生番，"潘希纳叫道，"却又不得不为了保卫自己的排骨肉，与新赫布里底的食人生番拼斗！……"

"他们不可能把我们吃得一干二净，真是活见鬼！"伊弗内斯回答道。

"我将竭力抵抗，直到我的最后一块肉被吃掉，就像拉比什① 笔下的英雄！"伊弗内斯补充道。

至于塞巴斯蒂安·佐恩，他默默不语，大家都知道他对这趟冒险旅行的看法，不过，这并不妨碍他履行自己应尽的义务。

---

① 欧仁·拉比什（1815—1888），法国喜剧作家，一生创作了170余部剧本。

自从第一阵枪声响起之后，小公园附近栅栏两边开始持续相互射击。观象台附近栅栏边的抵抗十分英勇顽强。双方都有死伤。在亿兆城这一边，杰姆·坦克顿的肩膀负伤——伤势很轻，而且他拒绝离开战斗岗位。纳特·科弗利与沃尔特都战斗在第一线。马勒卡利亚国王冒着施耐德步枪射来的弹雨，设法瞄准沙罗船长，只见他在土著群里东奔西跑。

　　说实话，这些进攻者的人数太多了！埃罗芒阿岛、塔纳岛，以及其他临近岛屿能够参加战斗的土著，全都赶来，对亿兆城发起猛烈攻击。不过，此时，出现了一个有利的状况——西姆科准将应该已经注意到——受到一股小海流的冲击，模范岛并未漂向埃罗芒阿岛，反而朝着北方岛群的方向漂去，尽管最理想的情况是漂向广阔的大海。

　　然而，时间在流逝，土著们的进攻更加凶猛，与此同时，尽管防守的一方英勇抵抗，却很难遏制对方的攻势。将近上午10点钟，栅栏被拆除了。成群土著号叫着，冲进小公园，西姆科准将不得不指挥队伍，边打边撤向市政府，打算将那里作为堡垒，继续抵抗。

　　在撤退的过程中，民兵与水手们一步一步向后退去。现在，既然土著们已经攻入城内，在劫掠的本能驱使下，这些新赫布里底人应该会分散进入各个街区，如果这样，亿兆城一方有可能，在某种程度上夺回主动权……

　　这个希望落空了！沙罗船长不允许土著们离开第一大道，他们将顺着这条大道，一直打到市政厅，然后，在那里，把最

小公园附近栅栏两边开始持续相互射击。

后抵抗的被围者们彻底消灭，到那时，屠杀与劫掠也将开始。只要沙罗船长负责指挥，土著们必将取得最终胜利。

"确实……他们的人太多了！"弗拉斯科林说道，恰在此时，一支标枪擦着他的胳膊飞了过去。

箭矢，还有枪弹，如雨点一般飞来，防守一方加快了后撤速度。

将近下午2点钟，防守者们已经被压缩到市政厅前广场中心的小花园。攻守双方的战死人数已经多达50来位——至于受伤人数，更要多上一倍，甚至两倍。在市政厅被土著们攻入之前，大家奔跑进去，关上大门，要求妇女和孩子们躲到里面的房间去，以免遭到抛掷物的伤害。然后，西律斯·比克斯塔夫、马勒卡利亚国王、西姆科准将、斯图尔特上校、杰姆·坦克顿、纳特·科弗利，以及他们的朋友们，还有民兵和水手们，大家纷纷占据窗口，枪声再次更激烈地响了起来。

"我们必须坚守此处，"总裁说道，"这是我们最后的机会，希望上帝创造奇迹，拯救我们！"

沙罗船长很快下令开始进攻，尽管困难重重，但是，他坚信一定能够成功。实际上，市政厅的大门十分坚固，倘若没有大炮，很难攻破。土著们冒着窗户里射出的枪弹，用斧子攻研大门，但是死伤惨重。然而，他们的头领并未下令后撤。此时，如果他被击毙，也许，事情可能出现转机……

两个小时过去了，市政厅始终在顽强抵抗。尽管进攻者遭到枪弹的大量杀伤，但是，他们的人数仍在不断增加。包括杰姆·坦克顿、斯图尔特上校在内的优秀射手，一直在设法打死沙罗船长，但却始终功亏一篑。尽管沙罗船长周围倒下了许多土著，但是他却似乎刀枪不入。

突然，中弹的不是沙罗船长，而是西律斯·比克斯塔夫，在一阵空前猛烈的齐射里，一颗施耐德步枪射出的子弹飞到中央阳台，击中了他的胸部。他倒下了，嘴里冒出鲜血，只来得及勉强说出几句话。人们把他抬到后面的大厅里，很快，他就呼出了最后一口气。模范岛的第一任总裁，精明干练的管理专家，心胸宽阔而高尚的总裁，就这样阵亡了。

进攻还在继续，而且攻势更加凶猛。土著们的斧头已经快要攻破大门。如何击退进攻，守住模范岛这座最后的堡垒？如何拯救躲藏在这里的妇女、儿童，以及所有其他人，使他们免遭这场大屠杀？

马勒卡利亚国王、埃塞尔·西姆科，以及斯图尔特上校一起商量，是否应该从市政大厦的后门逃走。然而，又能逃到哪里去呢？……逃往岛艉炮台吗？……然而，他们能够抵达那里吗？……逃往一座港口？……可是，那里是否已经被土著占领？……还有伤员，他们数量众多，难道可以抛弃他们吗？……

就在此时，一发幸运的枪弹让局面出现转折。

马勒卡利亚国王冒着迎面飞来的弹雨，以及密集的箭矢，从阳台探出身子，他把步枪抵住肩膀，瞄准了沙罗船长。就在市政厅的一扇大门即将被攻破，土著们即将蜂拥而入的那一刻……

505

土著们的斧头已经快要攻破大门。

沙罗船长突然仰面跌倒。

看到沙罗船长毙命，马来亚人停止进攻，扛起他们首领的尸体，向后退去。大群土著拥挤着，跑向靠近小花园的栅栏门。

几乎与此同时，第一大道的上空响起一片呼唤声，枪声再次密集地响了起来。

那么，究竟发生了什么？……难道两座港口和炮台的守卫者们重新掌握了局面？……难道他们正在朝城里跑来？……难道，尽管他们的人数有限，仍然想对土著们发起反攻？……

"观象台那边的枪声好像愈发激烈了？……"斯图尔特上校说道。

"这些混蛋好像又得到了支援？"西姆科准将回答道。

"我不这么认为，"马勒卡利亚国王观察道，"因为这些枪声似乎不像……"

"是的！……有新加入的枪声，"潘希纳叫道，"而且，新加入的属于我们这边儿……"

"瞧呀……快瞧！"卡利斯图斯·蒙巴尔反诘道，"那些无赖全都开始后撤了……"

"走啊，我的朋友们，"马勒卡利亚国王说道，"去把这些无耻之徒赶出城市……冲啊！……"

军官、民兵、水手们，大家都跑到楼下，冲出市政厅大门……

野蛮的土著们已经逃跑，花园里空空荡荡，一部分土著顺着第一大道跑去，另一部分溜进了临近的大街小巷。

507

那么，这次突如其来，从天而降的逆转，究竟是如何发生的？……是否应该把它归功于沙罗船长的殒命？……是否因为土著们群龙无首？……进攻者人多势众，而且当时，市政厅马上就要被攻陷，仅仅由于头领的死亡，就丧魂落魄到这步田地，实在有点儿匪夷所思，难道不是吗？

在西姆科准将，以及斯图尔特上校的带领下，大约200名水手和民兵顺着第一大道向前推进，一同前进的还有杰姆和沃尔特·坦克顿父子、纳特·科弗利，以及弗拉斯科林和同伴们。那些土著仓皇逃跑，甚至不敢回头射出最后一颗子弹，或者投出最后一支箭矢，施耐德步枪、弓箭，以及原始标枪被抛弃在地上。

"前进！……前进！……"西姆科准将用洪亮的声音喊道。

然而，在观象台周围，枪声再次激烈响起……可以肯定，那里还在进行殊死的战斗……

模范岛上是否来了援军？……可是，援军是什么人？……他们又来自何方？……

无论如何，进攻的土著恐惧万分，正在四散逃跑。他们是否受到来自左舷港援军的攻击？……

是的……上千名新赫布里底人登上了模范岛，率领他们的，是桑威奇岛的法国移殖民！

当四重奏乐队遇见自己勇敢的同胞们，兴奋地用母语彼此打着招呼，这情形，谁见了都能感同身受！

从天而降的支援，就是如此发生的，可以说，它简直就是一个奇迹。

从前一天夜里开始,而且自从天亮以后,模范岛一直在不停地向桑威奇岛漂流。请别忘记,在那里居住着一批法国移殖民,而且日子过得红红火火。然而,当这些法国移殖民听说,沙罗船长正在发动一场进攻,他们决定动员自己麾下的上千名土著,一起前来救援机器岛。不过,要想运送这么多土著,桑威奇岛的小船根本不够用……

当天上午,在海流的推动下,模范岛漂到了桑威奇岛附近,见此情形,法国移殖民们喜出望外。即刻,所有人跳上小船,后面跟着一群土著——多数人泅水而来——然后,所有人从左舷港登上机器岛……片刻之间,冲角炮台与岛艉炮台的人,以及留守在两座港口的人,大家与法国移殖民的人会合到了一起。他们穿过田野,穿过公园,一路冲向亿兆城,多亏了这次牵制性的进军,市政厅才没有落入攻击者的手中,恰巧那个时候,沙罗船长的毙命,已经让土著阵营发生动摇。

两个小时后,新赫布里底匪帮被四处围捕,为了逃命,不得不慌忙跳进海里,企图泅水逃往桑威奇岛,不过,大部分人都被民兵射出的子弹击中,沉入海底。

现在,模范岛安全了:它逃脱了被洗劫、被屠杀,以及被毁灭的厄运。

照道理讲,平安度过了这场劫难,模范岛的岛民本应兴高采烈,感谢上苍……但是,不!噢!这些美国人,总能让人始料不及。甚至,他们让人觉得,这样的结果并非出人意料……

甚至早在预料之中。不过，必须承认，沙罗船长的阴谋，并未给模范岛造成灭顶之灾！

无论如何，应该看到，模范岛的主要业主们"发自内心地①"感到庆幸，他们保住了价值20亿的产业，而且，这件事恰恰发生在沃尔特·坦克顿与蒂·科弗利小姐的婚礼期间，这桩婚姻的本意，就是为这件产业的未来提供保障。

说起这对未婚夫妻，当他俩重新见面时，禁不住相互投入对方的怀抱。看到这一幕，没有任何人觉得不妥。早在24个小时之前，他们就应该已经结为夫妻了，难道不是吗？

另一方面，在我们的巴黎艺术家为桑威奇岛的法国移殖民举行的欢迎会上，你就别想找到典型美国式的含情脉脉。大家彼此热情洋溢地握手！法国同胞们对四重奏乐队表达了热烈的祝贺！幸亏当初子弹全都饱含怜悯之情绕过了他们，这两位小提琴手，一位中提琴手，还有那位大提琴手，他们都曾尽职尽责，勇敢战斗！至于那位杰出的阿萨纳塞·多雷姆斯，仍旧安静地守候在娱乐场的舞蹈厅里，他在等待一位学生，可是这位学生却永远不会出现……不过，谁又能因此而指责他呢？……

至于总监，他却是个例外。虽然他是典型的美国佬，但却表现得异常兴奋。有什么办法？谁让他的血管里，流淌着那位卓尔不群的巴纳姆的血液，大家不得不坦承，作为那样一位祖

---

① 此处为意大利语，强调暗自得意的心情。

先的后裔，他当然不会像自己的北美同胞那般麻木不仁！

这次事件结束后，在王后的陪同下，马勒卡利亚国王返回了自己位于第三十七大道的寓所，在那里，名人委员会对他的勇敢无畏，以及为公共事业的献身精神，表示了衷心感谢。

总而言之，模范岛毫发无损。但是，为了拯救它，付出了沉重的代价——在战斗最激烈的时刻，西律斯·比克斯塔夫阵亡了，还有60来位民兵和水手被子弹，或者箭矢击中，另外，在各级官员、雇员，以及商人当中，也有几乎相同数量的人被击中，他们都曾经英勇战斗。在这个公众哀悼的时刻，全体岛民勠力同心，太平洋瑰宝将永远铭记。

另一方面，亿兆城的市民按照自己特有的办事风格，雷厉风行，很快就让一切重新走上正轨。在桑威奇岛停泊数日之后，这场血腥战斗的所有痕迹都将被清除。

在此之前，西姆科准将被授予了军事指挥的全权，对于此项任命，这位长官完全胜任，无人可比。无论杰姆·坦克顿，还是纳特·科弗利先生，都绝无担当这副重担的想法。稍晚之后，还将通过选举，解决另一个重要的问题，就是遴选模范岛的新总裁。

第二天，右舷港码头举行隆重的仪式，岛民们被邀请出席。

如果说，马来亚人，以及土著人的尸体都被抛进了大海，对于为保卫机器岛而牺牲的公民来说，情况则大为不同。他们的遗体都被虔诚地收殓，送往礼拜堂，或者教堂，并在那里接受应有的敬意。西律斯·比克斯塔夫总裁与其他所有身份最低微的人一起，接受了同样的祈祷与哀悼。

随后，模范岛派出一艘速度最快的汽船，由它担负殡葬事务，负责运送这些尊贵的遗体，直奔马德莱娜海湾，前往那里的基督教墓地。

第十二章 右舷与左舷的决裂

3月3日,模范岛离开了桑威奇岛水域。启程之前,亿兆城的富翁们向法国殖民当局,以及他们的土著盟友表达了衷心的感谢。当他们再次相见的时候,将是朋友重聚。在新赫布里底群岛的这座岛屿上,塞巴斯蒂安·佐恩和同伴们有了自己的一伙兄弟,从今往后,这座岛屿将成为模范岛每年来访的固定一站。

在西姆科准将的指挥下,机器岛的维修工程很快就完成了。看来,机器受到的损失不太严重。电力生产设备完好无损。剩余的储备石油足够供应直流发电机运转很多个星期。另一方面,机器岛很快就将重返太平洋的相关海域,那里安置有海底电缆,可以让机器岛与马德莱娜海湾取得联系。因此,可以确信,这趟旅行将安然无恙,如期结束。再用不到4个月的时间,模范岛就将重返美国海岸。

此刻,总监正在一如既往地憧憬他的这架优秀航海机器的美好前程,塞巴斯蒂安·佐恩插嘴说道:"但愿如此。"

"但是,"卡利斯图斯·蒙巴尔提醒道,"我们应该吸取教训！……这些马来亚人曾经那么热心助人，还有那个沙罗船长，没有任何人对他起过疑心！……因此，下一次，模范岛再也不会为外来人提供庇护……"

"即使遇到海难，也把他们扔到半路不管不顾？……"潘希纳问道。

"我亲爱的……我现在既不相信遇难船只，也不相信海难船员！"

不过，尽管与从前一样，西姆科准将继续负责指挥机器岛，但那并不意味着民事业务也归他负责。自从西律斯·比克斯塔夫死了之后，亿兆城就没有了市长，而且，众所周知，两位前任市长副手也已经卸任离去。因此，必须为模范岛任命一位新总裁。

而且，由于缺少一位民事行政长官，沃尔特·坦克顿与蒂·科弗利小姐的婚礼也无法举行。这一切都应归咎于那个该死的沙罗！如果没有他，这些本都不该是问题。其实，不仅两位新人，就连亿兆城的所有名流，甚至模范岛的所有岛民，大家都希望这桩婚事早日圆满礼成。因为，这桩婚姻将为模范岛的未来提供坚强保障。这事儿不能再拖了，因为，沃尔特·坦克顿已经提出，在右舷港找一条汽船，与两家人一起乘船前往最近的一座群岛，在那儿，请一位市长为他们主持婚礼仪式！……真是活见鬼！无论在萨摩亚群岛、汤加群岛，还是马克萨斯群岛，总能找到一位市长，而且，只要汽船全速行驶，连一个星期都用不了……

对这位年轻人的焦虑，凡是头脑清醒的人都能给予理解。于是，大家开始筹备选举事宜……再过几天，就能任命新总裁了……新总裁处理的第一件行政事务，就是主持一个隆重的婚礼仪式，大家早已迫不及待……庆典的全套仪程将重新来过一遍……一位市长……一位市长！……所有人众口一词，呼唤着同一个心声！……

"但愿，这场选举不要让对立情绪死灰复燃……也许，这摊灰烬尚未彻底熄灭！"弗拉斯科林提醒道。

不会，而且就像人们常说的那样，卡利斯图斯·蒙巴尔将下决心，"竭尽全力"，让这件事获得圆满成功。

"而且，再说了，"他叫道，"我们那两位热恋的爱人就等在那儿，不是吗？……我觉得，你们肯定同意我的看法，在爱情面前，自尊心永远甘拜下风！"

模范岛继续向东北方航行，驶向南纬12度线与西经175度线的交会点。在抵达新赫布里底群岛之前，模范岛曾接到电报通知，马德莱娜海湾派出的补给船将在这片海域与自己会合。不过，补给问题并没有让西姆科准将感到不安，机器岛现有储备足够使用一个多月，在这位长官看来，一切尽在掌握之中，不必担忧。确实，已经很久没有收到来自外部的消息，报纸的政治专栏了无新意，《右舷记事报》牢骚满腹，《新先驱报》向读者表达歉意……其实有啥了不起！难道模范岛自己不就是一个五脏俱全的小世界吗，在这个地球上其他地方发生的事情，与模范岛又有什么相干？……难道模范岛也想玩一玩政治？……

好呀！很快，模范岛上就将政治风云乍起……而且，也许将风云突变！

事实上，选举期开始了。名人委员会的30名成员忙碌起来，在他们当中，左舷成员与右舷成员人数均等，旗鼓相当。显然，新总裁的人选必将引起争议，因为，杰姆·坦克顿与纳特·科弗利将成为竞选对手。

预备会议进行了好几天。由于两位候选人都有很强的自尊心，因此，从一开始就看得出来，双方无法沟通，或者，至少是很难沟通。因此，一股无声的躁动正在席卷整座城市和两座港口。双方代表都想发起一场群众运动，以便对名人委员会施加压力。随着时间的推移，看不到双方达成妥协的任何迹象。现在，杰姆·坦克顿和左舷区的主要人物想把自己的想法强加给右舷区，他们想要重提那个令人厌恶的主意，即，把模范岛变成一座工业和商业岛屿，但是，这个想法遭到右舷区主要人物的竭力抵制，情况着实令人担忧，难道不是吗？……对于另一个街区来说，这个想法永远不能被接受！总而言之，科弗利一党觉得已经抵制成功，与此同时，坦克顿一党却觉得必须坚持己见。于是，在两个阵营之间，爆发了言语粗俗，甚至尖酸刻薄的相互指责。两个家庭的关系明显冷淡下来——这局面，无论沃尔特，还是蒂小姐，他俩都不愿意见到。是哦，这种政治琐事，与他俩有啥关系？……

其实，有一个非常简单的办法，至少从市政管理的角度，能够稳妥处理这件事；那就是，做一个决定，让两位竞选者轮流

选举期开始了。

担任总裁职务——这个人干6个月,然后让另一个人干6个月。或者,更合适一点儿,轮流担任一年。这样以来,就不用再闹对立了,搞一份协议,让双方都能满意。然而,在这个世界上,主意再好也没有用。为了显示自己与其他大陆的卓然不同,模范岛不得不容忍凡夫俗子们的满腔热情。

"瞧着吧,"这一天,弗拉斯科林对同伴们说道,"我最担心的就是这些难题……"

"这些纠纷冲突与我们有什么关系!"潘希纳回答道,"这件事儿的结果对我们能有什么影响?……再过几个月,我们就将抵达马德莱娜海湾,合同也将履行完毕,我们每个人都将回到陆地,脚踏实地……兜里揣着那小小的一百万……"

"但愿别再发生什么灾难!"倔强的塞巴斯蒂安·佐恩反诘道,"这么一台漂浮的机器,它怎么可能拥有一个可靠的前途?……先是与一条英国轮船相撞,然后是猛兽入侵;继猛兽之后,再来一次新赫布里底土著的入侵……继土著入侵之后,又是……"

"别说了,你这个乌鸦嘴!"伊弗内斯叫道,"你闭嘴,要不然,就把你的嘴给封上!"

然而,十分遗憾,坦克顿—科弗利的联姻很有可能无法如期实现。不过,既然两个家庭已经被这层关系连在一起,要想缓和这个局面,也许并不太难……两位新人也许可以进行干预,而且干预的方式效果显著……无论如何,这场动荡不能继续下去了,因为,选举就定在3月15日进行。

于是，西姆科准将做出尝试，试图让这座城市的两个街区改善关系。但是，有人劝他守好本分，莫管闲事。他只需把机器岛驾驭好，就可以了！……他需要规避暗礁，那就专心规避好了！……政治这玩意并非他所擅长。

听了这话，西姆科准将沉默了。

就连宗教热情也掺和进了这场争斗。神职人员——也许，这么做是不对的——他们也不合时宜地参与其中。然而过去，礼拜堂与天主教堂之间，牧师与主教之间的关系，曾经是那么和谐！

至于那些报纸，不用说，它们也都进入了角斗场。《新先驱报》为坦克顿一方呐喊，《右舷记事报》则为科弗利一方助威。一时间，墨水横流，人们甚至担心，这墨水中早晚得掺进血水！……万能的上帝！在抵御新赫布里底野蛮人进攻的时候，在模范岛这块纯洁的土地上，难道流淌的鲜血还不够多吗！……

总体来看，普通老百姓更关心的，还是那对未婚夫妻，关于他俩的爱情故事，刚一开始就被打断了。然而，故事情节该如何发展，才能保证他俩过上幸福生活？如今，亿兆城两个街区之间已经不再来往，招待会、邀请，全都没有了，就连音乐晚会也取消了！倘若这情形继续下去，四重奏乐队的乐器都要在琴盒里发霉了，我们几位艺术家不劳而获，就能享受高额薪水。

至于总监，尽管他不愿意承认，但是忧心忡忡，担心得要死。他的处境十分微妙，对此，他心里十分明白，因为他使尽浑身解数，既不敢得罪一方，也不敢得罪另一方——但结果却是把所有人都得罪了。

在3月12日那一天，模范岛明显地开始北上，直奔赤道，因为，它现在所处纬度不够高，无法与马德莱娜海湾派来的补给船会合。而且，这次会合必须按时进行；但是，看起来，选举将在这次会合之前举行，因为，选举日期已经确定为3月15日。

与此同时，在右舷帮与左舷帮之间，进行了很多次民意测验，结果总是势均力敌。根本不可能出现一个多数派，最多也就是这一方，或者那一方，出现几票不同意见，仅此而已。而且，即使这几票，也好似虎口拔牙，难能可贵。

于是，有人想出了一个绝妙的主意。看起来，这个主意似乎是很多小人物同时想出来的。这个想法很简单，但十分高明，它能消弭双方的对立。面对这个正确的解决方案，即使两位候选人，也不得不低头服气。

为什么不能把模范岛的政府交给马勒卡利亚国王呢？这位昔日的君王聪明睿智，心胸开阔，意志坚强。他的宽容明理，将成为抵御未来可能出现的意外险情的可靠保障。他善于识别人心，知道如何防范人性的弱点，以及薄情寡义。他毫无野心，在机器岛这样的民主制度下，从来不曾妄想获取个人权力。他将仅仅出任这家新公司，即"坦克顿—科弗利有限公司"董事会的主席。

亿兆城的商人和公务员们组织了一个代表团，成员还包括两个港口的若干官员和水手，他们决定以请愿的方式，前去向这位皇室平民陈述这个建议。

在位于第三十九大道那栋住宅的底层客厅里，国王陛下接待了代表团。国王倾听了陈述，态度和蔼，但是，这个建议却遭到坚决拒绝。退位的君王伉俪想到了过去的经历，至今记忆犹新：

"先生们，我非常感谢，"国王说道，"你们的要求令我感动，但是，我们现在过得很幸福，而且，我们希望，从今往后，直至将来，不受任何外界打扰。请相信这一点！我们对于任何君权体制从不抱有任何幻想。我现在就是模范岛观象台的一位普通天文学家，不想过问任何其他事情。"

面对如此决绝的回答，代表团无法坚持，只好退了出来。

在投票日之前的几天时间里，全城群情激奋。根本无法沟通协商。杰姆·坦克顿的支持者，以及纳特·科弗利的支持者们拒绝见面，甚至在大街上也要避开对方。两个街区的人停止相互往来。无论右舷派的人，还是左舷派的人，谁都不会越界，走到第一大道的另一侧。亿兆城变成了两座相互敌对的城市。只有一位人物，还在两个街区之间来回奔跑，只见他心神不宁、苦口婆心、疲惫不堪、汗流浃背、泣血苦求、想尽办法，结果却被两边拒之门外，他就是那位濒于绝望的总监卡利斯图斯·蒙巴尔。每天，他就像一条没了舵的轮船，转来转去，然后在娱乐场的大厅里搁浅三四次，四重奏乐队竭力安慰他，却又无能为力。

至于西姆科准将，他专心从事自己应尽的义务，操纵着机器岛，沿着既定航线行驶。他不无道理地厌恶政治，甭管谁当

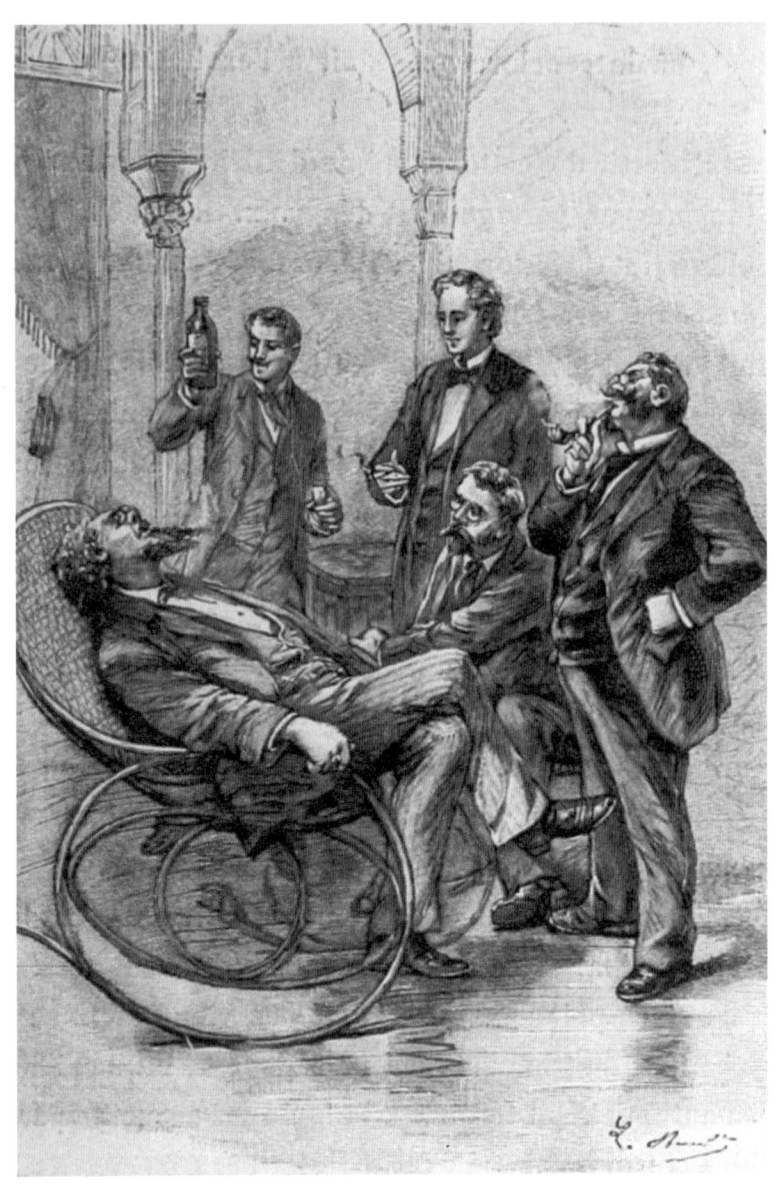

四重奏乐队竭力安慰他，却又无能为力。

总裁,他都能接受。他手下的军官,以及斯图尔特上校麾下的军官,他们都和西姆科准将一样,对政治问题不感兴趣,想到那玩意就头痛。在模范岛,你根本不用担心会发生军事政变。

与此同时,名人委员会一直聚集在市政厅里,不停地讨论,争论不休,甚至发展到人身攻击。警察也不得不采取某些防范措施,因为,在市政府大厦前面,从早到晚人头攒动,煽动性的呼喊声此起彼伏。

另一方面,一条令人遗憾的消息开始不胫而走:头一天,沃尔特·坦克顿前往拜访科弗利的府邸,但是吃了闭门羹。两位未婚夫妻已经被禁止相互往来,而且,既然在新赫布里底匪帮发起进攻前,他们的婚礼并未礼成,那么,谁敢说,他们的婚事不会发生变故?……

终于,3月15日这一天来临了。选举将在市政府的大厅里进行。骚动不安的人群聚集在市政府前面的街心花园里,就像罗马市民聚集在教皇选举会场的奎里纳莱宫①前,等待即将宣告登上圣彼得宝座的教皇②。

这场最高级别的审议会将得出怎样的结论?民意测验的结果始终显示两边势均力敌。倘若右舷区市民继续忠于纳特·科弗利,与此同时,杰姆·坦克顿始终得到左舷区市民的拥戴,

---

① 奎里纳莱宫位于罗马奎里纳莱山上,是1861年时的意大利国王的王宫,现为意大利总统府。

② 圣彼得宝座位于梵蒂冈圣彼得大教堂正殿中心,是文艺复兴大师贝尼尼的杰作,只有教皇才能坐在上面。

那将会发生什么事情？……

这是非常重要的一天。在下午1点至3点钟之间，模范岛的正常生活似乎停止了。市政府大厦的窗户外面，聚集躁动着五六千人。大家都在等待名人委员会的投票结果——这结果将立即通过电话，通知到两个街区，以及两座港口。

1点35分，第一轮投票结束。

两位候选人的得票数目相同。

一个小时之后，举行第二轮投票。

结果与第一轮投票如出一辙。

3点35分，举行第三轮，也是最后一轮投票。

这次依旧相同，没有人获得半数以上，哪怕一票的优势。

于是，委员会宣布散会。这么做完全正确。因为，如果会议继续下去，委员会的成员们怒气冲天，很可能会动手打起来。只见他们穿过市政府前面广场的小公园，一部分人前往坦克顿的府邸，另一部分走进科弗利的府邸，看到他们走过来，人群发出不满的喃喃低语。

然而，必须摆脱当前的处境，不能让这个局面持续，哪怕几个小时都不行。因为，这个局面伤害了模范岛的整体利益。

"咱们私下里说，"当总监把三轮投票的结果告诉潘希纳和他的三位同伴后，殿下不禁说道，"我觉得，有一个办法十分简单，能够解决这个问题。"

"什么办法？……"卡利斯图斯·蒙巴尔把双手举向天空，绝望地问道，"能有什么办法？……"

"把这座岛屿从中间一分为二……把它分成两个等份，就像切一块甜饼那样，让每一半选出自己的总裁，让它们俩分开各自航行……"

"把我们的岛屿一刀切开！……"总监大声叫道，那样子活像潘希纳建议他截断一条胳膊。

"找一把錾子，一把铁锤，再找一把活动扳手，"殿下补充说道，"把螺栓松开，问题不就解决啦。这样，太平洋上就不再仅有一座浮动岛屿，而是两座！"

这个潘希纳永远严肃不起来，即使面对如此严峻的局面，依然故我。

无论如何，既然名人委员会难以为继——至少在形式上无法继续——既然不可能用铁锤和活动扳手，沿着第一大道的中轴线，从冲角炮台，一直到岛艉炮台，把螺栓松开，那么，从精神层面说，实际上，模范岛已经一分为二了。左舷派与右舷派已经截然分开，形同水火，就好像彼此之间隔着一条宽达上百里的鸿沟。实际上，名人委员会的三十名委员已经决定，既然双方无法沟通，那就分开投票。一方面，杰姆·坦克顿被他的街区任命为总裁，并且将按照自己的心意行使管理权。另一方面，纳特·科弗利也被自己的街区任命为总裁，并将自行管理。每一个街区都保有自己的港口，自己的船队，自己的军官，自己的水手，自己的民兵，自己的公务员，自己的商人，自己的电力生产厂，自己的机器，自己的发动机，自己的机械师，自己的司机，两边都能自给自足，独立运行。

525

这样挺好。不过西姆科准将怎么办呢，他可没有分身术，还有那位总监卡利斯图斯·蒙巴尔，他应该如何履职才能让大家都满意呢？

对于总监来说，确实，他的工作并不太重要，那个职位本来就是个清闲差事。娱乐和节日庆典无足轻重，就怕模范岛爆发内战，因为，对立双方已无和解的可能。

仅凭这一个迹象，就能做出判断：3月17日，两家报纸同时宣布：沃尔特·坦克顿与蒂·科弗利小姐的婚事彻底告吹。

是的！吹了。尽管他俩苦苦哀告，百般祈求。尽管卡利斯图斯·蒙巴尔在某一天曾经吹嘘过爱情的力量，但爱情并非无所不能！然而，不！沃尔特与蒂小姐不会分手……他俩将抛弃各自的家庭……他们将要去国外结婚……在这个世界上，他们总能找到一处角落，能在那里幸福生活，不需要束缚自己的亿万财富。

不过，自从任命了杰姆·坦克顿与纳特·科弗利之后，模范岛的航线并未发生任何变化。西姆科准将继续驾驶机器岛向东北方向航行。一旦模范岛返回马德莱娜海湾，很有可能，许多亿万富翁将迁居大陆，因为，依照目前状态，太平洋瑰宝已经无法为他们提供所向往的清净生活了。也许，就连机器岛本身也将被抛弃？……它将被廉价处理，被拿去拍卖，就像废旧钢铁，按重量卖掉，被重新熔化！

随它去吧，不过，还有5000海里的路程需要航行，航行的时间需要5个月。航行期间，两位总裁的心血来潮，或者执拗固执，会不会对航向产生影响？另一方面，在岛民的头脑中，已经出现了动乱情绪，左舷帮与右舷帮会不会动手打起来？甚至动枪相互射击，让亿兆城的钣金路面血流成河？……

会不会再次发生一场南北战争①，这一仗的双方，虽然不是北方反对南方，但至少也是模范岛的左舷与右舷……不会的！毋庸置疑，双方不会闹到如此极端的地步！……然而，不幸的事情已经发生，而且，很可能酿成一场真正的大祸。

3月19日，一大早，在观象台的办公室里，西姆科准将正在等待模范岛所处纬度的初步测量报告。据他估算，模范岛距离补给船赶来会合的海域已经不远了。站在瞭望塔平台上的瞭望船员正在海面上进行广泛搜索，一旦海上出现补给船只的身影，必须立即报告。站在准将身边的是马勒卡利亚国王、斯图尔特上校、塞巴斯蒂安·佐恩、潘希纳、弗拉斯科林、伊弗内斯，以及若干位军官和公务员——我们可以把他们称为中间派，因为在分裂模范岛的纷争中，他们全都不持立场。对于他们来说，最重要的是尽快抵达马德莱娜海湾，到了那里，目前可悲的局面才可望结束。

此刻，有两种声音同时响起，电话里同时传来两道命令，都颁发给西姆科准将。两道命令都来自市政厅，杰姆·坦克顿与自己的主要支持者占据了市政大厦的右翼，纳特·科弗利与

---

① 南北战争是美国历史上一场规模最大的内战，战争的时间为1861年至1865年，战争造成75万名士兵死亡，40万名士兵伤残。

527

同伴们占据了大厦的左翼,他们就在那里管理着模范岛,而且——这点毫不令人意外——发出的行政命令绝对相互矛盾。

至少,在埃塞尔·西姆科驾驶模范岛的航线问题上,两位总裁本应相互沟通,但是,就在同一天早晨,他们的意见未能达成一致。一位总裁,就是纳特·科弗利,决定让模范岛向东北方行驶,以便抵达吉尔伯特群岛①。然而,另一位总裁,也就是杰姆·坦克顿,一心想要开拓贸易关系,决定让模范岛朝西南方航行,直奔澳大利亚海域。

两个对手就这样狭路相逢,而他们的朋友也下决心支持他俩。

两道命令同时送达观象台,面对这两道命令:

"这恰恰就是我最担心的……"准将不禁说道。

"这种做法根本无视公共利益!"马勒卡利亚国王补充道。

"您打算如何决断?……"弗拉斯科林问道。

"当然啰,"潘希纳叫道,"我很好奇,很想看一看,西姆科先生,您将如何操作!"

"可恶!"塞巴斯蒂安·佐恩反诘道。

"首先,我们需要让杰姆·坦克顿和纳特·科弗利知道,"准将回答道,"他们的命令是无法执行的,因为这两道命令自相矛盾。另外,现在最好还是让模范岛原地不动,等待赶来这片海

---

① 吉尔伯特群岛是位于太平洋中西部的环礁群,由十六个珊瑚岛礁组成,陆地总面积约430平方千米。处于美国和澳大利亚的海上交通线中间。

"这恰恰就是我最担心的……"准将不禁说道。

域与我们会合的船只！"

他的回答十分明智，并且立刻通过电话告知了市政厅。

一个小时过去了，观象台这边再也没有收到任何消息。很可能，两位总裁放弃了各自修改航线的想法，毕竟这两个想法相互抵触……

突然，模范岛的岛壳古怪地动了起来……这种动作意味着什么？……杰姆·坦克顿与纳特·科弗利的顽固执拗终于发展到了极端。

在场的所有人面面相觑，禁不住相互询问道：

"怎么了？……发生什么了？……"

"发生了什么事儿？……"西姆科准将耸了耸肩膀，回答道，"只能是杰姆·坦克顿直接向左舷港的机械师沃森先生发出了命令，与此同时，纳特·科弗利向右舷港的机械师索姆瓦先生发出了相反的命令。其中，一道命令是让机器岛向前，驶往东北方，另一道命令是让机器岛向后，驶往西南方。结果就是，模范岛将在原地转圈，而且，只要这两个固执的人心血来潮，互不相让，模范岛就将一直旋转不止。"

"走着瞧吧！"潘希纳叫道，"这件事儿最终变成了一场华尔兹舞！……执拗固执的人跳起了华尔兹！……就连阿萨纳塞·多雷姆斯也相形见绌！……怪不得亿万富翁们不需要找他上课！……"

也许，眼前这个愚蠢的局面——从某种意义上说十分滑稽——确实让人忍俊不禁。然而不幸的是，正如西姆科准将提醒的，这种"双重机动"十分危险。在一千万匹马力的拉扯，而且是反向拉扯下，模范岛面临被拆散的危险。

事实上，机器已经在全速运转，螺旋桨也发挥出了最强大的威力，地面以下部位的钢铁震颤就能证实这一点。你只要想象一套马车，其中一匹马向"吁"的方向拉拽，另一匹马向"驾"的方向拉拽①，这种情况下产生的后果，不言自明。

然而，随着运动的不断加速，模范岛绕着自己的中心开始旋转。公园、田野，画出了一个个同心圆，位于圆周外圈的岛屿边缘部分，开始以每小时10至12海里的速度移动。

那些机械师制造了这场回旋运动，要想让他们恢复理智，根本办不到，因为西姆科准将对他们毫无权威可言，他们仅仅听命于右舷派，或者左舷派同样狂热的指令。他们的头领，也就是沃森先生与索姆瓦先生顽强坚持到底，机器对阵机器，直流发电机对阵直流发电机……

就在此时，发生了一件事，它所带来的烦恼，本来可以让头脑冷静下来，让狂跳的心平缓下来。

随着模范岛的旋转，众多亿兆城市民，特别是女性市民开始感到异常古怪的头晕目眩，在居民住宅里面，很多人感到令人作呕的恶心，特别是在那些远离城市中心的地方，旋转运动造成的后果更为明显。

---

① 此处为双关语，法语"吁"表示驱赶马匹向左，"驾"表示驱赶马匹向右，两个单词组成的词组转义为"两个人各行其是，背道而驰"。

531

面对如此闹剧般的荒诞局面，伊弗内斯、潘希纳，以及弗拉斯科林禁不住笑得前仰后合。然而，局面却变得渐趋严峻，事实上，太平洋瑰宝面临的，已经不是精神层面，而是物质层面的被撕裂，而且，撕裂的程度有过之无不及。

至于塞巴斯蒂安·佐恩，在旋转作用的影响下，他的脸色变得惨白，甚至雪白……他"颜面尽失①"，潘希纳如此形容他，而且，佐恩觉得心脏剧烈跳动，几乎要从嘴里蹦出来，这场闹剧是不是没完没了？……他感觉自己被囚禁在一张旋转不已的巨大桌子上，前途未卜，茫然无措……

在接下来的整整一个星期里，模范岛始终在围绕自己的中心，没完没了地旋转，而这个中心，就是亿兆城。于是，整座城里麇集了疯狂的人群，大家都想逃脱恶心呕吐的感觉，因为，在模范岛的这块地方，旋转的感觉相对轻微。马勒卡利亚国王、西姆科准将，以及斯图尔特上校都曾尝试劝说占据市政大厦两侧的两个政权，但是白费口舌……他们谁都不愿意低头服软……即使西律斯·比克斯塔夫重新在世，面对这种典型美国式的顽固不化，恐怕也无能为力。

然而，更为不幸的是，最近8天以来，天空一直云遮雾罩，根本没有办法测量经纬度……西姆科准将也不知道模范岛所处的准确位置。在功率强大的螺旋桨反向作用力的推动下，能够

---

① 此处为双关语，这句话法语的字面意思为"携带旗帜投降"，而"旗帜"一词的本义为"颜色"，所以译为"颜面尽失"，形容其脸色苍白，狼狈不堪的样子。

感觉到机器岛正在颤抖，甚至钢箱的钢板都在颤抖不已。于是，所有人都不敢回到房间里。公园里挤满了人，大家在外面露宿。这边，响起喊声："拥护坦克顿！"另一边则回应："拥护科弗利！"大家怒目相视，摩拳擦掌。现在，如果出现过激行为，是否会爆发内战？民众的疯狂情绪是否已经登峰造极？……

尽管如此，无论哪一方都不愿意正视已经临近的危险。双方谁也不肯让步，即使让太平洋瑰宝粉身碎骨，也在所不惜，就让它这么旋转下去，一直到电流耗尽，直流发电机再也无法驱动螺旋桨。

对于这场席卷全岛的动乱，沃尔特·坦克顿完全没有参与，而且，他感到前所未有的恐惧。他不是为自己感到担忧，而是担心蒂·科弗利小姐，担心亿兆城突然散架，土崩瓦解。8天以来，他一直没有再见到自己的未婚妻，而她本来应该已经成为他的妻子。因此，他陷入绝望当中，无数次地祈求父亲停止这种固执愚蠢的行为……杰姆·坦克顿根本听不进去，一口回绝……

于是，在3月27日至28日的那天夜里，借着夜色，沃尔特试图找到年轻姑娘。他想，一旦灾难发生，自己应该守候在她身边。他从麇集在第 大道的人群中溜了过去，潜入敌对 方的街区，试图来到科弗利家的府邸……

天亮前不久，一次巨大的爆炸声在空中回荡，响彻云霄。左舷锅炉耐不住超负荷运转的压力，终于爆炸了，爆炸掀翻了工厂的建筑物。而且，由于这一侧的电力供应突然中断，模范岛的一半陷入无尽的黑暗之中。

第十三章　潘希纳描述的场面

如果说，由于锅炉爆炸，左舷的机器已经无法运转，那么现在，右舷的机器依然完好无损。事实就是，模范岛好像完全没有了向前行驶的驱动机械，它现在仅剩右舷的螺旋桨，只能原地转圈，无法朝前方航行。

这场事故令局面变得更为严峻。实际上，当模范岛还拥有两台机器的时候，而且两台机器同时运行，那么，只需通过坦克顿一派与科弗利一派之间的沟通协调，就能结束眼前的困局。两台发动机只需依照惯例运行，向同一个方向推进，那么，机器岛还能够驶往马德莱娜海湾，充其量就是迟到几天而已。

然而，现在，情况已经发生变化，即使达成了协议，航行也已不可能继续。西姆科准将已经不再拥有必要的推动力，无法驾驶模范岛离开这片遥远的海域。

不仅如此，倘若在最后这个星期里，模范岛没有离开原地，假如原先等待的轮船能够赶来会合，也许，模范岛还可能驶往北半球……

然而，不，这一天，天象观测显示，经过长时间旋转，模范岛已经向南漂移,从南纬12度线,漂移到了南纬17度线。

事实上,在新赫布里底群岛与斐济群岛之间,由于两座群岛距离较近,形成了若干股海流,而且海流是向东南方涌动。如果模范岛的机器还能正常协调运转,它完全可以逆流行驶。然而,自从机器岛进入晕头转向的状态之后,只能束手无策,任凭海流把它冲向南回归线。

情况弄清楚后,西姆科准将毫不隐瞒地向那些正派人士,也就是持中间立场的人坦诚相告,让他们明白局势的严重性。下面就是西姆科准将对他们说的话:

"我们已经被迫向南移动了5度,然而,就像一个水手在一艘机器损坏了的轮船上束手无措,我在模范岛上同样一筹莫展。我们的岛屿没有风帆,无法利用风力,我们只能顺从海浪,随波逐流。海流将把我们冲向何方? 我一无所知。至于从马德莱娜海湾驶来的轮船,他们只能在约定的海域白费力气地寻找我们。现在,我们正以每小时8至10海里的速度,漂向太平洋最人迹罕至的水域!"

仅仅用这几句话,埃塞尔·西姆科就讲清楚了面临的处境,而且他对此无能为力。机器岛就像一座巨大的船只残骸,任凭海流戏弄玩耍。倘若海流向北涌动,机器岛就随着向北漂移;反之,如果海流向南涌动,它就将向南漂去 —— 也许一直漂移到南极洲海域的最南端。到那时……

无论在亿兆城,还是在两座港口,模范岛的岛民很快都知道了面临的处境,一种大祸临头的感觉油然而起。凭着这种感觉——凡人难免如此——面对即将来临的危险，大家的头脑开始清醒。人们不再一味想着自相残杀，尽管仇恨依然阴魂不散，但至少，它不再发展为暴力对抗。慢慢地，大家陆续返回自己的街区，自己的街道，回到自己的住宅。杰姆·坦克顿与纳特·科弗利也不再争风吃醋，抢夺头把交椅。而且，在两位总裁的亲自建议下，名人委员会重新聚拢，面对当前处境，开始恢复理智；委员会把所有权力重新还给西姆科准将，让他成为唯一的统帅，从今往后，拯救模范岛命运的重担，就托付给他了。

埃塞尔·西姆科毫不犹豫地接受了这副重担。他依靠的是朋友们的献身精神，以及他麾下的军官，还有全体部下。然而，在这座巨大的漂浮机器上面，他能怎么办？要知道，这座机器的面积足有27平方千米，而且，自从没有了两台机器，这座浮动的岛屿已经无法驾驭……

总而言之，这是不是意味着，模范岛已经被判处了死刑，尽管它曾经被看作海船建造史上空前的杰作，仅仅因为这么一场事故，它就被海浪与海风玩弄于股掌之上了吗？……

确实，这场事故并非源于大自然的威力，这枚太平洋瑰宝自创建以来，曾经面对飓风、暴雨，以及气旋，每次无不战而胜之。这次事故的罪魁祸首是内部分歧，是彼此对立，是那些亿万富翁，他们冥顽不化，不顾一切，一部分人要奔南方，另一部分人则要求北上！正是他们愚不可及的行为，导致了左舷锅炉的爆炸！……

然而，非难指责又有什么用呢？现在要做的，首先是查看左舷港的破损状况。为此,西姆科准将召集了手下的军官和工程师们。马勒卡利亚国王也与他们在一起。对于这位豁达明理的国王来说,看到人类激情居然可以酿成如此惨剧,他并没觉得过分惊讶!

组成了一支考察团,他们赶往岛屿的另一侧,那里矗立着电力能源生产厂,以及动力工厂。发生爆炸的是蒸汽发生设施,由于过度燃烧加温,已经被彻底摧毁,同时炸死了两名机械师,以及6名锅炉工。同样,爆炸几乎彻底摧毁了电力生产厂,半个模范岛的多个部门,全都依靠这家工厂提供电力。幸运的是,右舷的直流电动机还能运转,正如潘希纳观察到的:

"我们现在已经沦为独眼龙了!"

"就算是吧,"弗拉斯科林回答道,"不过,我们同时还失去了一条腿,而且,剩下的那条腿也派不上用场了。"

独眼龙,还是个瘸子,这可真够呛!

调查的结果显示,相关损坏无法修复,因此,无法制止模范岛继续向南漂移。现在这股海流正在把模范岛冲出热带地区,只能等待它脱离这股海流。

损坏的情况弄清楚了之后,还需要检查组成岛屿外壳的钢箱的状况。在那八天的时间里,模范岛的回旋运动激烈地震颤着岛屿外壳的钢箱,它们会不会受到损害?……钢板是否已经松动?铆钉是否安然无恙?……如果出现漏水的缝隙,该如何封堵?……

工程师们开始了第二次调查。调查报告被提交给了西姆科

爆炸几乎彻底摧毁了电力生产厂。

准将，结果显示，情况很不理想。在旋转拉扯的作用下，很多地方的钢板被撕裂，支撑螺杆被折断，数千只螺栓被甩掉，岛体已经被撕裂。一部分钢箱已经灌入海水，不过，既然机器岛的吃水线尚未下沉，坚固的金属地面尚未出现严重裂痕，因此，模范岛的新业主们尚无须对自己的产业担惊害怕。裂痕出现最多的地方是岛舯炮台。至于左舷港，爆炸导致一座码头被毁……不过右舷港仍然完好无损，它的港内湿坞依然可以保护港内船只免受海上涌浪的袭扰。

尽管如此，命令很快颁发下来，要求对凡是可以修复的地方，尽快予以修复。必须让岛民们对机器岛结构的安全性放心，这点十分重要。但也只能做到这些，因为，由于缺少左舷发动机，模范岛无法向距离最近的陆地靠拢，在这个问题上，无药可医。

剩下的，就是食物与饮水的问题，这个问题更为严峻……储存的物资还够一个月……或者两个月的用度吗？……

下面是西姆科准将提供的账单：

关于饮用水，没有必要担心。如果说，爆炸摧毁了一座蒸馏水厂，那么，另一座蒸馏水厂还在运转，能够满足所有需求。

关于生活物资，情况比较令人担忧。总体算来，维持的时间不会超过半个月，除非对岛上1万居民实施严格的配给制。大家都知道，除了水果和蔬菜，其他一切物资都需岛外供给……然而岛外……他们在哪儿呢？……模范岛距离最近的陆地还有多远？如何才能抵达那里？……

因此，一系列恶劣的后果将接踵而至，西姆科准将不得不

爆炸导致一座码头被毁。

颁布政令，实行配给制。当天晚间，这个灾难性的消息通过电话和电报传遍全岛。

由此，恐惧情绪弥漫了整座亿兆城和两个港口。人们预感到，更大的灾难即将到来。如果用一个通俗，但却动人心魄的词形容，那就是：饥荒的幽灵正在徘徊，它将很快出现在海平线上，因为，模范岛已经没有任何办法补充给养，难道不是吗？……实际上，西姆科准将手头没有一条船可以派往美洲大陆……在命运的安排下，最后一条船已经出海了，那是在三个星期之前，船上装载了西律斯·比克斯塔夫，以及其他在抵抗埃罗芒阿岛入侵的战斗中献身者们的遗体。现在，大家终于认识到，为了所谓的"自尊心"，模范岛现在的处境，甚至比新赫布里底匪帮入侵时的处境更糟糕！

确实！即使拥有亿万财产，富可敌国，堪与罗斯柴尔德家族、马凯家族、阿斯特家族、范德比尔特，以及古尔德①比肩，然而，任何财富也无法抵御饥饿！……毋庸置疑，这些富豪的大部分财产都安全地储存在新旧两个大陆的银行里！然而，谁知道在不太遥远的某一天，即使花一百万也未必能给他们买来一磅肉，或者买不来一磅面包！……

总而言之，他们彼此荒诞的争执，愚蠢的对立，以及攫取权力的欲望，导致模范岛陷入目前处境！对此，他们负有罪责，就是那些坦克顿、科弗利之流，他们是罪魁祸首！至于岛上的

---

① 以上均为同时代的美国超级富豪，请参阅本书上部第五章相关注释。

官员、公务员、雇员、商人，以及所有陷入困境的岛民，他们义愤填膺，誓言报复。一旦饥饿开始折磨他们，他们的怒火是否会爆发？富豪们还是小心为妙！

我们知道，这些指责永远不会针对沃尔特·坦克顿与蒂·科弗利小姐，受到非难的仅仅是他们各自的家庭！不！这个年轻人，还有年轻姑娘，他们不必承担任何罪责！他们两人的结合本来可以成为两个阵营未来前途的保障，而且，这个结合的破碎也并非他俩所愿！

在过去的48小时里，由于天气的缘故，没有进行过一次天文观测，因此，无从知晓模范岛的准确位置。

3月31日，天刚亮，天顶显得格外清澈，海面上的雾气很快消散。看来，这是测量定位的好时机。

大家万分焦急地等待测量结果。冲角炮台附近聚集了好几百位岛民，沃尔特·坦克顿也挤在他们当中。然而，无论是他的父亲，还是纳特·科弗利，抑或是任何一位名流，都没有走出自己的府邸，因为，所有人都认准了，模范岛陷入困境，他们难辞其咎。面对公众的愤怒情绪，他们只好闭门不出。

正午之前不久，观测员们准备对准太阳，等待它进入中天状态①。与此同时，还有两个六分仪②，一个在马勒卡利亚国王手

---

① 中天状态是指行星、恒星或星座等天体，在周日运动的过程中，正经过当地子午圈的时刻，即该天体最接近天顶的时刻。
② 六分仪是测量远方两个目标之间夹角的光学仪器。通常用于测量某一时刻太阳或其他天体与海平线或地平线的夹角，以便迅速得知海船或飞机所在位置的经纬度。

里，另一个在西姆科准将手里，他们都对准了海平线。在确定子午高度之后，他们开始进行精准计算，结果出来了：

南纬29度17分

将近两点钟的时候，观测条件同样良好，于是进行第二次观测，测出的经度为：

东经179度32分

由此可知，自从模范岛进入那场疯狂的旋转以来，海流已经把它向东南方涌动了大约1000海里。

把测量的经纬度交会点放到地图上，可以看清如下位置：

距离最近的岛屿——至少相距100海里——那里是克马德克群岛①，由岩石构成，几乎无人居住，而且也没有任何资源，再说了，模范岛如何能够抵达那里？再向南300海里，坐落着新西兰，然而，如果海流向大洋方向涌动，模范岛如何向那边靠拢？在西边，相距1500海里的地方是澳大利亚。东边，数千海里之外，那里是南美洲，模范岛所处纬度与智利持平。从新西兰再往南就是南冰洋②，那是靠近南极的荒漠般的大洋。难道，模范岛要一直撞向南极大陆吗？……难道就是在那儿，后世的航海家们将在某 天找到全体模范岛的岛民遗骸，发现他们已经悲惨地饿死？……

至于这些海域里的海流，西姆科准将打算认真仔细地研究

---

① 克马德克群岛位于南太平洋，是一群小火山岛组成的火山群岛，陆地面积仅33平方千米。

② 南冰洋又称南极洋或南大洋，是围绕南极洲的海洋，也是世界五大洋中的第四大洋。

543

一番。然而，倘若这股海流不改变方向，那将会怎样？倘若模范岛无法遇到逆向涌动的海流，如果遇到猛烈的暴风雨，那该怎么办？要知道，极地附近海域的暴风雨可是相当频繁……

这些消息足以引发恐惧情绪。岛民们越来越抱怨这场灾难的罪魁祸首，指责亿兆城品质恶劣的超级富豪，认定他们就是这场灾难的始作俑者。为了平息岛民的暴动情绪，马勒卡利亚国王努力说服，西姆科准将和斯图尔特上校竭尽所能，各位官员辛苦努力，所有水手和民兵恪尽职守。

一天过去了，没有变化。每个人都必须遵守定量配给食物的规定，所有人仅限满足最低需要——无论最有钱的主儿，还是最缺钱的穷人，大家一视同仁。

与此同时，瞭望船员们也集中全部精力，全神贯注搜索海平线。如果能够出现一条船，必须向它发送信号，也许，就能恢复已经中断了的联系。不幸的是，机器岛已经被冲离海上航路，目前所处海域临近南极洲的海洋疆域，很少有船只从这里经过。如果再往南去，不难想象，极地的景象将如幽灵般出现，在埃里伯斯火山[1]，以及坦洛山[2]的火光照耀下，让人心悸胆寒！

然而，在4月3日至4日的那天夜里，发生了一件让人感到庆幸的事情。几天来，强烈的北风持续不断，此刻却骤然停止了。紧接着，四周陷入死一般的寂静。突然，海风向东南方刮去，

---

[1] 埃里伯斯火山是南极洲上的一座活火山，海拔3794米，是拥有熔岩湖的世界仅有的三大火山之一。

[2] 坦洛山是埃里伯斯火山东面的一座较小的死火山锥。

这种戏剧性的大气变化，往往发生在二分点①的季节。

西姆科准将心中重新燃起了希望。只要能让模范岛向西漂移百十来海里，它就能进入逆向涌动的海流，并且被这股海流带往澳大利亚，或者新西兰。无论如何，机器岛向极地海域漂移的步伐似乎停止了，在大洋洲广阔的大陆附近，它有可能遇到过往船只。

太阳升起的时候，东南风已经十分强劲。在模范岛上，可以明显感觉到风力的影响。岛上的高层建筑，包括瞭望塔、市政厅、礼拜堂，以及教堂，都在某种程度上受到风力的推动。它们犹如船上的风帆，牵动着这座重达43200万吨的巨无霸!

尽管天空中条状云彩快速移动，犹如一张布满沟槽的唱片，但是，仍然可以进行效果良好的天文观测。

事实上，人们连续两次从云朵的缝隙中捕捉到太阳的身影。

通过计算，得出结论：从昨天开始，模范岛已经向西北方向移动了两度。

不过，仍然很难确定机器岛的移动是否仅仅依靠风力的推动。最终，人们得出结论，模范岛已经进入一股逆向海流，这股海流正是太平洋大股海流的分界线。能遇到这股向西北方涌动的海流，简直太走运了，已经可以确认，模范岛幸运地得救了。然而，上帝保佑！但愿它尽早获救，因为，迄今为止，岛上依

---

① 二分点是指天球赤道和黄道的两个交点，或两个交点之一。在3月21日左右为春分，在9月23日左右为秋分。

然需要实行配给制。模范岛上有一万居民需要吃饭,储备物资正以令人担忧的速率不断减少!

当最新的天文观测结果被传送到两座港口,以及亿兆城里的时候,所有人的心里都像一块石头落地。人们终于知道,一群人的情绪原来可以如此迅速地发生变化,从绝望转向充满希望。眼前发生的一切就是明证。与大陆上各个大城市里麇集的可怜人群相比,模范岛的岛民截然不同,他们不大可能,而且确实不曾轻易陷入惊慌失措,他们更有头脑,而且更有耐心。不过确实,面对饥饿的威胁,有谁能无动于衷呢?……

整个上午,风向明确,风力强劲。气压计的显示正在缓慢下降①。海面波涛起伏,浪花汹涌,这表明,东南方的海面出现剧烈动荡。对此,模范岛曾经无所畏惧,但如今,对起伏动荡的海面已不似从前那般无动于衷。好几栋房屋开始从下向上摇摆不定,状况十分危险,一些物体开始移位,那情形好似发生了地震。对于亿兆城的市民来说,这种现象还从未出现过,难免令人忧心忡忡,恐惧不安。

西姆科准将和部下始终坚守在观象台,各个部门的人员也都齐聚在那里。建筑物的震颤不已,难免让人产生疑虑,不得不预想最为严重的后果。

"情况十分明显,"准将说道,"模范岛的基础结构出了问

---

① 气压计是测量大气压强的仪器,气压高时天气晴朗;气压降低时,将有风雨天气出现。

题……它的钢箱正在解体……它原本依靠外壳的刚性保证岛身的坚固，但是，它的刚性已经丧失殆尽……"

"情况的确如此，"马勒卡利亚国王补充道，"模范岛无法抵御狂风暴雨，因为，它已经不够结实！"

是的！现在，岛民们对这块人造乐土已经丧失信心……大家都感到，模范岛的根基已经不复存在……人们每时每刻都在提心吊胆，生怕它四分五裂，沉入太平洋的无底深渊，与其那样，倒不如让它在南极大陆的岩石上撞得粉碎……面对此情此景，即使一个人拥有铁石心肠，也难以坦然面对，无动于衷。

然而，对于部分钢箱是否出现新的破损，现在无法确认。一些钢箱隔板已经折断，由于钢箱分离，一些钢板的铆钉已经脱落。在公园里沿着蛇形河，在城市偏离市中心的街道上，人们都发现扭曲翘起的钢板，并由此导致地面解体。已经有很多建筑物开始倾斜，如果它们轰然倒塌，必然导致下面的地基崩裂！至于漏水的地方，根本休想堵住漏洞。海水正在从地下多处奔涌渗入，这一点确切无疑，因为模范岛的吃水线正在发生变化。在城市周围的四面八方，无论是两座港口，还是冲角炮台和岛艉炮台，吃水线整体下降了一英尺。而且，如果吃水线继续下降，海浪就将涌过岛岸。一旦模范岛内部灌满了海水，它或迟或早，必将沉没。

对于这个局面，西姆科准将原想隐瞒不予公布，因为，它将不可避免地引发恐慌，甚至导致更糟糕的后果！对于这场灾难负有罪责的始作俑者，全岛居民可能会采取极端措施！他们找不到逃生的出路，如果他们是在一条轮船上，还可以跳上救生小船，或者搭建一个小木排，大家挤在上面，希望可以漂在海面等待救援……但是，不！他们的木排，就是模范岛本身，而这座模范岛即将沉没！……

在这一天里，西姆科准将毫不间断地记录着模范岛吃水线的变化。岛身仍在继续下沉，这表明，海水正在不断渗入钢箱，渗透的速度缓慢，然而持续不断，无可挽救。

与此同时，天气变得更加恶劣。在天空一片灰白的底色上，透出暗红与紫铜般的韵彩，气压计的显示正在急剧下降。气象显示，一场暴风雨正在莅临。海平线笼罩在浓厚的雾气里，模糊不清，视线几乎局限在模范岛的岛岸四周。

随着夜幕的降临，刮起了可怕的飓风，滔天巨浪遮天蔽日，钢箱被撕裂了，连接支杆纷纷折断，钢板被撕碎。四面八方传来金属断裂的声音。城市里的街道，以及公园里的草坪，全部出现裂口……于是，随着夜色渐趋浓重，人们纷纷离开亿兆城，逃往城外的田野，因为那里没有沉重的建筑物，载荷较轻，显得更为安全。全体岛民分散到两座港口，以及冲角炮台和岛艉炮台之间的地方。

将近夜里9点钟，一次震动波及整座模范岛，甚至深入其内部结构。位于右舷，负责向全岛提供电力照明的工厂陷落，沉入海底。周围漆黑一团，既看不到天空，也望不见大海。

很快，地面又传来一阵抖动，房子犹如纸牌搭建的城堡，纷纷倒塌。用不了几个小时，模范岛上的建筑物就将荡然无存！

"先生们，"西姆科准将说道，"我们不能在观象台停留更长时间，因为它也即将沦为废墟……我们去田野吧，在那里等待暴风雨停歇……"

"这是一场飓风。"马勒卡利亚国王指着气压计回答道，此刻，气压计的指针已经降至713毫米。

事实上，机器岛正在被卷入一个飓风活动区，这个区域犹如一台巨型冷凝器，狂风旋转着，卷起大量海水，海水围绕着一个几乎竖直的轴心旋转，并且从西向东逐渐移动。掠过南半球的南部海域。所谓飓风，就是一种典型的转瞬即逝的巨大灾难，要想躲避灾难，就需进入它的中心区域，那里相对比较平静，或者至少，想办法进入飓风运行轨迹的右侧，那是"可供操控的半边"，在那边，可以躲避狂风巨浪的冲击。然而，由于模范岛丧失了动力，它根本无法采取行动。这一次，彻底毁灭模范岛的，不再是人类的愚蠢行为，也不是那些领袖人物白痴般的固执，而是无法抗拒的大气现象。

马勒卡利亚国王、西姆科准将、斯图尔特上校、塞巴斯蒂安·佐恩和同伴们、天文学家，以及军官们离开了观象台，因为待在那里已经很不安全。他们离开得非常及时！仅仅走了两百步，瞭望塔就发出吓人的爆裂声，轰然倒塌，把街心小花园砸了一个窟窿，消失在海底深渊。片刻之后，整座观象台已经沦为一堆废墟。

然而，四重奏乐队却在沿第一大道奔跑，返回娱乐场，希望尽可能地拯救放在那里的乐器。娱乐场还在，尚未倒塌，艺

房子犹如纸牌搭建的城堡，纷纷倒塌。

术家们成功抵达那里，跑进自己的房间，抄起两把小提琴、一把中提琴，还有一把大提琴，然后跑进公园去躲避。

公园里已经拥挤了好几千人，大家来自两个街区，坦克顿一家，以及科弗利一家也在这里。也许，他们应当感到庆幸，因为周围一片黑暗，大家彼此看不清，相互无法辨认。

然而，沃尔特却感到十分幸福，因为能够与蒂·科弗利小姐重新相聚。一旦发生灭顶之灾，他就能奋力拯救姑娘……和她一起爬上一块残骸……

年轻姑娘已经猜到小伙子就在附近，于是不禁叫了一声：

"哎！沃尔特！"

"蒂……亲爱的蒂……我在这儿！……我再也不会离开你……"

至于我们那几位巴黎佬，他们也不愿意彼此分离……紧紧依偎在一堆。弗拉斯科林依然沉着冷静，伊弗内斯情绪激动，潘希纳仍旧冷嘲热讽，至于塞巴斯蒂安·佐恩，只听他不停地对下决心过来投奔同胞们的阿萨纳塞·多雷姆斯反复说道：

"我早就预言过，这趟旅行不得善终！……这话我老早就说过！"

"少弄点儿小调颤音①吧，我的以萨伊②老兄，"殿下冲他喊

---

① 此处为双关语，颤音是提琴通过运弓的特殊指法，得出一种连续交替出现的特殊音响效果，能使音乐更加优美动听。此处比喻佐恩反复叨叨，不厌其烦。
② 尤金·以萨伊(1858—1931)，比利时小提琴家、指挥家、作曲家，素有"琴坛泰斗"之称。

叫道,"别再叨叨你那些忏悔诗篇①了!"

　　将近午夜时分,飓风刮得更加猛烈,纠缠在一起的狂风掀起滔天巨浪,肆虐冲击着模范岛,这场飓风将把机器岛冲向何方?……模范岛会不会在礁石上撞得粉身碎骨?……它会不会在大海里被分解得七零八落?……

　　现在,模范岛的外壳已经千疮百孔,连接杆四处断裂,它的建筑物,包括圣玛丽教堂、礼拜堂,以及市政府大厦相继倒塌,地面伤痕累累,破裂的地方,海水如泉水一般喷涌而出,那么多壮观的建筑物,连一处遗迹都没有幸免。无数的财富、数不清的珍宝、油画、雕刻,以及艺术品,全部毁于一旦!天亮之后,岛民们将再也看不到这座雄伟的亿兆城。不过,对于模范岛来说,太阳还会升起来吗?模范岛会不会从此永远沉沦,陷入黑暗当中!

　　实际上,在公园和田野里,尽管地下结构尚未解体,但是,海水已经开始四处蔓延,吃水线进一步下沉。机器岛的地面已经与海面齐平,在飓风的催动下,海浪从海面上不断扑面而来。

　　无遮无掩,无处躲藏。冲角炮台迎风而立,但是,它既无法抵御汹涌澎湃的海浪,也无法遮蔽侵袭而来的狂风。钢箱已经四分五裂,钢箱爆裂的声音犹如震耳欲聋的雷电轰鸣,在撞

---

① 此处为双关语,《圣经》中的诗篇五十一篇是一首忏悔诗,表达灵性最深处的痛悔,对罪行最透彻的认识。忏悔诗也是西方古典音乐的一种表现形式。此处比喻佐恩总喜欢吃后悔药。

击爆裂声中，岛壳开始四散崩溃，灭顶之灾终于临近……

将近凌晨3点钟，沿着蛇形河的河床，公园裂开了一道长达两千米的口子，海水从这道凹槽里喷涌而出，海水覆盖了公园。必须尽快逃离这里，全体岛民分散跑向田野。一部分人跑向两座港口，另一部分人跑向两座炮台。很多家庭成员跑散了，母亲徒劳无功地寻找自己的孩子，与此同时，劈头盖脸的浪花横扫模范岛的表面，犹如汹涌的潮水此起彼伏。

沃尔特·坦克顿始终没有离开蒂小姐，想要领着她跑向右舷港。但是，蒂小姐没有力气跟上他，沃尔特把她扶起来，把几乎失去知觉的蒂抱在怀里，穿过恐惧惊呼的人群，在可怕的黑暗中摸索前行……

清晨5点钟，在模范岛的东部，再次传来金属撕裂的声音。

一块面积大约半平方英里的岛身脱离了模范岛……

那是右舷港，连带着工厂、机器，以及仓库，漂流而去。

飓风仍在加剧，狂风大作，风力已经登峰造极，模范岛如同一片残骸，随风摇摆不定……它的外壳已经彻底解体，钢箱四散飘零，其中一部分灌满海水，不堪重负，消失在大洋的无底深渊。

…………

"随着模范岛公司的覆亡，机器岛亦寿终正寝！"潘希纳叫道。

这句话，恰如其分地描述了眼下的场面。

劈头盖脸的浪花横扫模范岛的表面。

现在，曾经辉煌壮丽的模范岛，只剩下分散的若干小块儿，犹如一颗彗星残存的碎片，只不过，这些碎片并非在太空中飘荡，而是漂浮在浩瀚无垠的太平洋！

第十四章 结局

晨曦初现,如果有人能够从数百英尺的高空俯瞰这片海域,他将看到如下景象:在这片海域里,漂浮着三块模范岛的较大碎片,每一片两至三公顷大小,另外,还漂浮着十二块面积小一些的碎片,彼此相距十来链远。

天放亮的时候,飓风的风势开始减弱,按照这类大规模气象动荡的特性,飓风中心已经向东移动了三十来海里。不过,曾经巨浪翻腾的海面依然动荡不已,那些模范岛的残骸,无论大片,还是小片,犹如一艘艘船只,在怒气未消的海面上,颠簸起伏,随波逐流。

模范岛上受到损毁最严重的地方,就是曾经作为亿兆城地基的部位,在那些建筑物的重压下,这部分已经完全沉没。要想找到那些建筑物的废墟,包括曾经矗立在两个街区主要街道两旁的府邸,根本就是痴心妄想!左舷区和右舷区的分裂,从来没有如此彻底决绝,确实,对此,它们做梦都不曾想到!

遇难的人数是否很多?……这个问题确实令人担忧,尽管城里的居民及时疏散到了田野,在模范岛分崩离析的那一刻,田野部分相对比较牢固。

好了！这下大家满意了吧，那些科弗利派与坦克顿派之间的对立，导致了眼前的结局，实在罪责难逃！而且，他们任何一方都没能驱逐另一方！……亿兆城沉没了，与它一起沉没的，是亿万富翁们曾经付出的巨额财富！……然而，对他们的命运无须给予同情！因为，在美国和欧洲的银行保险柜里，这些人还存着成百万上千万的财富，足够让他们的晚年生活衣食无忧！

残留的较大一块碎片包括从观象台一直延伸到冲角炮台的田野。这片碎块的面积足有三公顷，上面麇集着海难者——我们可以这样称呼他们吗？——数量多达3000人。

第二片碎块的面积略微小一点，上面还残存着几栋建筑物，这块碎片临近左舷港，那里有不少仓库，储存着食物，还有淡水储水罐。至于那里的电力生产厂、安装机器和锅炉的厂房，它们在锅炉爆炸的时候就已灰飞烟灭。在第二片碎块上避难的岛民大约有2000人。如果左舷港的小船都还完好无损，那么，也许他们能和第一片碎块上的难民取得联系。

说到右舷港，大家都还记得，午夜过后，凌晨三点钟，这块地方就被生拉硬扯地脱离了模范岛。这片碎块可能已经沉没了，因为，大家极目远眺，始终未能发现它的踪影。

与前面两片碎块一起，还漂浮着第三片碎块，它的面积为四至五公顷，包含了田野伸展到岛艉炮台的那一部分，这里麇集了大约4000名海难者。

最后是那十二片碎块，每一片的面积大致为数百平方米，它们收容了其他死里逃生的模范岛居民。

以上就是太平洋瑰宝的全部遗存!

如此计算下来,在这场灾难里,遇难者的总数多达数百人。谢天谢地,模范岛总算没有整个沉没在太平洋的深渊!

不过,既然它们远离任何一块陆地,这些碎块如何才能抵达太平洋的海岸?……这些海难者,最终会不会死于饥馑?……在这场史无前例的海难中,在那些遇难者的名单里,能否有一个人幸存,并且成为这场灾难的见证人?……

不,不必绝望。在这些漂移的碎片上,麇集的人们刚毅无比,他们将竭尽所能,全力自救,他们一定能做到。

在靠近冲角炮台的那片碎块上,聚集着埃塞尔·西姆科准将、马勒卡利亚国王和王后、观象台的工作人员、斯图尔特上校、他麾下的几名军官、亿兆城名人委员会的几名成员,以及几位神职人员——总之,模范岛最重要的人物全在这里。

此外,科弗利一家,以及坦克顿一家也在这里,不过,他们都因自己的家长罪孽深重而萎靡不振。然而,更让他们感到痛心不已的,是最心爱的人失踪了,因为,沃尔特和蒂小姐都不见了踪影!……难道他俩逃到另一片碎块上去了?……还有希望与他俩重新相见吗?……

四重奏乐队,包括他们的乐器,全都安然无恙,亲密无间。用一句耳熟能详的俗话形容:"他们至死不渝!"面对此情此景,弗拉斯科林仍然沉着镇定,而且满怀希望;伊弗内斯依旧习惯于从特殊视角观察事物,面对这场灾难,他大声叫道:

"简直难以想象,事情的结局竟然如此壮丽!"

至于塞巴斯蒂安·佐恩,他怒气冲天。他早就预见到今天,预言过模范岛的不幸结局,就像耶利米①曾经预言过耶路撒冷②的灾难。但是,现在他并未因此感到欣慰,因为他肚子很饿,身上很冷,身患感冒,剧烈地咳嗽,而且咳起来没完没了。

恰在此时,那位死不悔改的潘希纳跑过来对他说道:

"你错了,我的佐恩老兄,连续两个五度音程③,那是不允许的……请注意音调和谐!"

如果身上有力气,大提琴手真想一把掐死殿下,可惜,他现在浑身无力。

那么,卡利斯图斯·蒙巴尔呢?……原来,总监正在表达高尚情怀……是的!高尚!……他现在既没有对拯救海难者丧失信心,也没有对拯救模范岛丧失信心……大家一定能返回故乡……机器岛也一定能修复如初……那些碎片不都挺好嘛,它们恰恰证明,作为航海建筑的旷世杰作,模范岛名副其实!

有一点十分明确,那就是,眼下,危险并非迫在眉睫。在飓风肆虐的时候,应该沉没的东西,都已经跟随亿兆城沉入海底,包括它的建筑物、府邸、住宅、工厂、炮台,总之,所有分

---

① 根据《圣经·旧约》记载,耶利米是古代犹太国的一位先知和祭司,曾经预见到犹太国的灭亡。
② 耶路撒冷曾是犹太王国的首都,公元前586年,耶路撒冷陷落,犹太国灭亡。
③ 此处为双关语。法语"阵咳"与"五度音程"为同一个词。音程是指两个音级在音高上的距离,包含五个音级七个半音的,是纯五度音程。此处嘲弄佐恩阵咳不停。

559

总监正在表达高尚情怀。

量沉重的上层建筑都已经沉入海底。眼下，残存的碎片状态良好，它们的吃水线已经明显回升，海浪也已不再横扫碎片表面。

因此，局面暂时得到缓解，甚至有所改善，既然灭顶之灾的威胁已经远去，海难者们的精神状态明显好转，大家的心情平静了许多。只有妇女和孩子们，心境依然难以平复，尚且无法摆脱恐惧。

至于阿萨纳塞·多雷姆斯，他现在怎么样了？……自从模范岛开始崩溃解体，舞蹈礼仪教授就和自己那位年老的女仆被人群裹挟到一块残骸上，后来，海流又把这块残骸冲到了他的四重奏乐队同胞们所处的那片碎块上。

与此同时，西姆科准将犹如一艘海难船的船长，得到忠心耿耿的部下帮助，开始着手工作。首先，有没有可能把各个孤立漂浮的碎块聚拢？如果不可能，有没有可能在各个碎块之间建立联系？最后这个问题很快就得到了确切的解决方案。因为，左舷港内还有多条小船完好无损。让这些小船在各个碎块之间梭巡，西姆科准将就能知道，目前还有那些资源可供使用，包括淡水，以及食物。

另外，能否测量一下这支碎块组成的"船队"所处的位置，包括经度和纬度？……

不能！因为他们没有测量工具，无法测定眼下所处的位置，此时，这支所谓的"船队"究竟是否靠近大陆，或者某座岛屿？对此，无人知晓。

将近早晨9点钟的时候，左舷港派来一条小船，西姆科准将

和手下两名军官登上小船,然后乘船巡视了各个碎块,通过这次调查,他观察到如下情况:

左舷港的蒸馏设施已经被毁,但是,储水罐里的淡水还可供15天饮用,前提是把供应量减少到最低限度。至于港口仓库里储存的食物,亦可在同样的时间内满足海难者们的需求。

因此,必须在两个星期之内,让所有海难者抵达太平洋的某一个地方。

上述情况在某种程度上安抚了人心。甭管怎么说,西姆科准将不得不承认,刚刚过去的这个可怕的夜晚,造成了数百人丧生。至于坦克顿一家,以及科弗利一家,他们的悲痛无以言表。在小船寻访过的各个碎块上,并没有找到沃尔特和蒂小姐的身影。灾难发生的那一刻,年轻人抱着昏迷不醒的未婚妻,跑向了右舷港,然而,在太平洋的海面上,模范岛的这片碎块迄今片甲无存。

下午,风势渐趋减弱,海浪开始平息,各个碎块随波逐流,轻微摆动。多亏左舷港派出的小船往返梭巡,西姆科准将忙碌着给海难者们分配食物,每人只能得到不至于饿死的最低限量。

与此同时,碎块之间的联络变得更为方便和快捷。遵照吸引力法则①,就像一个盛满水的脸盆里,一些软木碎块彼此靠拢,海面上模范岛的各个碎块也逐渐彼此靠近,就好像那位充满自

---

① 吸引力法则又称吸引定律,是说某个领域相关的事物,依靠一种肉眼看不见的能量,即吸引力而相互吸引。

多亏左舷港派出的小船往返梭巡。

信的卡利斯图斯·蒙巴尔所预言的，这种现象是否预示着，太平洋瑰宝终将涅槃重生？

入夜，黑暗笼罩了周围的一切。遥想当初，亿兆城里各条大道纵横，商业区里街巷交错，公园里绿草茵茵，田野里，草地上，灯光闪烁，铝制月亮光辉灿烂，照耀着模范岛，到处一片光明！然而这一切，已经成为遥远的过去。

黑暗当中，好几片碎块彼此相碰，这种碰撞无法避免，不过，幸运的是，碰撞的力度不算太大，还不至于造成损害。

天亮之后，人们发现，这些碎块已经相互靠拢，犹如一堆漂浮的罐头盒，由于海面平静，它们彼此之间不再碰撞。只需轻轻划几下船桨，人们就能相互来往。西姆科准将分发食物和饮用水的工作变得更轻松了。这个问题至关重要，对此，海难者们都很清楚，而且心甘情愿，服从分配。

小船运送了很多个家庭，他们都在寻找自己失联未见的家庭成员。当他们重新相聚时，不禁兴高采烈，忘记了自己尚未脱离险境！至于其他家庭，他们徒劳无功地呼唤家人，难掩心中哀痛！

显然，最为幸运的情况出现了：海面终于恢复平静。也许，多少还是有点儿遗憾的是，东南风也已停息，它曾经与这股海流一起，把模范岛的碎块"船队"从太平洋的这片海域，一直送往澳大利亚的陆地。

遵照西姆科准将的命令，瞭望船员们各就各位，仔细观察各个方位的海平线，一旦出现某艘船只，必须立即发出信号。

然而，在这片偏僻的海域里，很少有船只过往，特别是在每年的这个季节，春季的风暴几乎连续不断。

要想在海天之间的那条线上发现一缕移动的黑烟，或者在海平面上看见几点凸起的船帆，这种运气实在过于渺茫……然而，将近下午2点钟的时候，西姆科准将收到一位瞭望船员的如下报告：

"在东北方向，有一个明显移动的点，尽管还无法看清它的船身，但可以确认，这是一艘轮船，正在距离模范岛不远的海域行驶。"

这条消息让大家顿感无比兴奋。马勒卡利亚国王、西姆科准将、军官们，以及工程师们，大家纷纷赶往发现轮船的碎块另一侧。命令下达了，要求力争引起对方注意，或者是在一根桁木顶端升起旗帜，或者利用手中的武器，齐声鸣枪。如果在天黑之前，上述信号还没有被对方发现，那就在碎块尽头生起一堆篝火，在夜色中，火光能够传到很远的地方，不可能不被发现。

无须等到晚上。看得出来，那个物体正在靠近，物体上端冒出浓重的黑烟，毫无疑问，它正在设法靠拢模范岛的残存碎块。

于是，数架望远镜对准来船，它的船身在海面上并不突出，因为它既没有桅杆，也没有船帆。

"朋友们，"很快，西姆科准将叫了起来，"我不会弄错！……这是我们岛上的一片碎块……只能是右舷港，它曾经被海流冲

565

到了远处！……毫无疑问，索姆瓦先生设法修好了他的机器，正在朝我们驶来！"

这个消息受到热烈欢迎，所有人欣喜若狂，现在看来，大家肯定能够脱困！这是模范岛最富生命力的一部分，它随着右舷港这片碎块回来了！

事实上，事情的经过正如西姆科准将猜想的那样，自从被撕裂开来，右舷港陷入了一股逆向海流，被裹挟冲向东北方。天亮以后，作为右舷港的官员，索姆瓦先生修好了受损不太严重的机器，驶回海难发生现场，同时，带回来好几百位幸存者。

3个小时之后，右舷港距离碎块船队只有一链之遥……大家兴高采烈，热情欢迎它的到来！……灾难发生时，双双避难到右舷港的沃尔特·坦克顿和蒂·科弗利小姐，此刻，彼此依偎着。

不仅如此，右舷港返回，同时带来了储存的物资和饮用水，大家获救的机会更大了。而且，右舷港的仓库里还有许多燃料，可供机器和直流电动机运转，维持螺旋桨连续推进好几天。这些机器拥有500万匹马力的功率，足以让它抵达距离最近的陆地。根据右舷港军官的测量定位，那块陆地就是新西兰。

然而，困难在于，这好几千岛民能否都挤上右舷港，这片碎块的面积仅有6000至7000平方米，是否可以派它率先前往50海里以外的地方寻找救援？……

不行！这段航程费时太久，然而，时间却很紧迫。一天都不能耽误，事实上，还必须考虑如何让海难者摆脱饥饿造成的恐慌。

"我们还可以有更好的办法，"马勒卡利亚国王说道，"右舷港碎块、冲角炮台碎块,再加上岛艉炮台碎块,它们合起来,足够搭载模范岛的全体幸存者。我们用结实的绳索把这三片碎块连接到一起,让它们列队而行,就像一艘拖轮,拉着一列平底驳船。然后,让右舷港领头,驱动它那500万匹马力,一直把我们拖到新西兰!"

这可真是个好主意,它不仅实用,而且完全可能成功。因为,右舷港确实拥有如此巨大的拖拽力。大家的信心恢复了,好像看到了希望的曙光。

这一天剩余的时间,全部用来准备所需的绳索,在右舷港的仓库里,有许多可供使用的缆绳。根据西姆科准将的判断,采取这种方式航行,这串漂浮的碎块每昼夜大约可以前进8至10海里。也就是说,在海流的助推下,用5天时间,可以行驶50海里,抵达新西兰。而且,可以保证,现有的物资能够维持到那个时候。不过,出于谨慎,防备航行时间过长,仍然必须实行严格的配给制度。

准备工作完成以后,将近晚上7点钟,右舷港开始牵引,在螺旋桨的驱动下,另外两片碎块被拖拽着,开始缓慢移动,此时,海面波澜不兴。

第二天,晨曦微露,瞭望船员们已经看不到模范岛遗留的最后几块残骸。

在接下来的4月4日、5日、6日、7日,以及8日的几天时间里,没有发生任何意外,航程也未被耽误。天气一直很好,海面轻微起伏,航行条件良好,十分顺利。

4月9日,将近上午8点钟,前方左舷处,报告发现陆地——那是一片隆起的高地,离着老远就能瞥见。

利用右舷港保留的工具,进行测量,对这片陆地的定位准确无误。

这里是伊卡纳马维岛①,是位于新西兰北部的一座大岛屿。

又过去了一天一夜,第二天,4月10日上午,右舷港在距离拉瓦拉基海湾一链远的海边搁浅了。

当模范岛的岛民们脚下踩着真正的土地,而不再是模范岛的人造地面时,他们感到何等的心满意足,何等的安全放心!然而,如果不是由于人类的欲望导致模范岛的毁灭,狂风与海浪如何能够摧毁那座坚固的航海机器,他们本来还可以在那上面生活很久!

好客的新西兰人热情地接待了海难者们,殷勤地向他们提供一切所需物品。

抵达伊卡纳马维岛的首府奥克兰②后,沃尔特·坦克顿与蒂·科弗利小姐终于成婚,婚礼在当地条件允许的情况下,豪华而隆重。补充说一句,在这场婚礼上,四重奏乐队进行了最后一场演出,所有亿兆城的市民全都有幸出席了婚礼。这是一个充满幸福的结合,可惜没能为了大家共同的利益而早一点儿完成!而且,夫妇俩每人只能得到区区百万年金的彩礼……

---

① 伊卡纳马维岛,根据下文内容,这座岛屿即新西兰今日所称的"北岛"。
② 奥克兰坐落于新西兰北岛的北部,是新西兰最大城市,曾经是新西兰的首都。

"虽然,"正如潘希纳所说,"这笔财富有点儿寒酸,但我们尽可相信,他们的生活定将幸福美满!"

至于坦克顿、科弗利,以及其他名流,他们心中想的就是返回美国,在那儿,他们不必再为一座机器岛的行政大权而你争我夺。

同样希望返回美国的还有西姆科准将、斯图尔特上校,以及他俩麾下的军官、观象台的工作人员,甚至也包括总监卡利斯图斯·蒙巴尔,他仍然没有放弃建造一座新的人工岛屿的想法,甚至对此信心满满。

马勒卡利亚国王与王后丝毫不掩饰对模范岛的怀念,本来,他们想在那里平静生活,直至终老!……我们祝愿这对退位君主伉俪能够找到世界的一个角落,在那里安度晚年,不再受到政治纷争的打扰!

那么,四重奏乐队呢?……

说起来,甭管塞巴斯蒂安·佐恩怎么想,这趟旅行毕竟让四重奏乐队获益匪浅,如果他们怨恨卡利斯图斯·蒙巴尔,认为他们被逼无奈才上了模范岛,那可就真的有点儿忘恩负义了。

事实上,从上一年的5月25日,到这一年的4月10日,时间仅仅过去不到11个月,在这段时间里,几位艺术家的生活内容丰富多彩,对此,我们一清二楚。他们领到了4个季度的薪水,其中3个季度的薪水已经存入旧金山和纽约的银行,如果他们愿意,只需签个字,随时都能取出来……

在奥克兰举行的婚礼仪式结束后,塞巴斯蒂安·佐恩、伊弗内斯、弗拉斯科林,以及潘希纳向朋友们告辞,其中包括阿萨纳塞·多雷姆斯。随后,他们登上了一艘开往圣迭戈的轮船。

5月3日,四重奏乐队抵达了这座下加利福尼亚地区的首府城市,他们首先要做的一件事,就是在报纸上刊登一则道歉声明,为自己在11个月之前的失约,让大家等待许久,表达诚恳的歉意。

"先生们,我们愿意再等你们20年!"

圣迭戈音乐晚会的经纪人客气地对他们如此回答道。

主办方简直太客气,太殷勤了。看到对方如此礼貌周全,四重奏乐队唯一能够表达感谢的方式,就是举办这场期待已久的音乐会!

面对无数热情洋溢的听众,四位从模范岛海难事故中死里逃生的著名艺术家,演奏了莫扎特的F大调弦乐四重奏,作品第九号,这是他们艺术生涯中最为成功的演奏之一。

关于世界第九大奇迹,那个无与伦比的太平洋瑰宝的故事,就这样结束了。俗话说,"只要结局好,一切都不差",换句话说,只要结局差,那就一切都糟糕。对于模范岛来说,这句俗话是否一语中的?……

结束了?不!也许,早晚有一天,模范岛将被重建——恰如卡利斯图斯·蒙巴尔所言。

但是——正如我们多次重复说过的——建造一座人工岛,一座在海上可以移动的岛,是不是已经超越了人类智慧的极限?对于无力驾驭海风与海浪的人类来说,是否应该禁止他们在造物主面前,轻率地造次僭越?……

译后记

小时候，读过凡尔纳的《机器岛》，看不大懂，囫囵吞枣。

长大些，再读《机器岛》，除了神奇感，仍有许多地方看不懂。

十年浩劫后，文风大开，《机器岛》的各种新译本陆续问世。翻看过几本，不懂的地方少了，但疑点仍旧很多。

退休后，试着翻译了几本尚未见中译本的凡尔纳小说，诸如《南方之星》《布兰尼肯夫人》《北方反对南方》。

然后，人民文学出版社的黄编辑问，是否愿意重译《机器岛》？我欣然领命，因为，很想细读一遍原著，弄清诸般疑点。

平心而论，《机器岛》的故事情节并不复杂，但知识点太多，遍涉历史、文学、音乐、自然、天文、地理，当然还有科学技术史。如果不加详解，读起来难免囫囵吞枣，甚至艰涩乏味。

于是，征得责任编辑的同意，在重新翻译时，凡有必要尽量加注。寻找、核对注释资料所花费的功夫，甚至超过翻译原文。

记得一位翻译家说过,"重译是提高翻译水平的一个好方法"。

感谢人民文学出版社,给了我们提高翻译水平的机会。

许崇山　钟燕萍
2022年清明节